LE HASARD FAIT BIEN
LES CHOSES

VI KEELAND

Le Hasard fait bien les choses
Traduit de l'anglais par Laure Ludovic et Valentin Translation
Mannequin de couverture : Alessandro Dellisola
Photographe : Jakub Koziel
Conception de la couverture : Sommer Stein, Perfect Pear Creative

LE HASARD FAIT BIEN
LES CHOSES

1

Autumn

Je deviens vraiment trop vieille pour ça.

Je jetai une pile de courrier sur le canapé et me laissai tomber juste à côté. Il était à peine dix-huit heures, mais cela ne m'aurait pas dérangée de grimper dans mon lit pour en finir avec cette journée. J'avais besoin de vacances pour me remettre de mes mini-vacances de quatre jours. Dieu merci, j'avais prévu un week-end pour récupérer. Mon voyage entre filles pour fêter l'enterrement de vie de jeune fille de mon amie Anna à Las Vegas — celui où nous devions toutes nous détendre au bord de la piscine et bénéficier de soins au spa — s'était transformé en soirées complètes en boîte de nuit et j'avais failli manquer mon vol de retour plus tôt dans la journée, parce que je ne m'étais pas réveillée. Cela faisait vraiment longtemps que je n'avais pas bu plus de deux verres de vin en l'espace d'une semaine, et mon âge avancé de vingt-huit ans se faisait ressentir avant même que le soleil ne se couche en ce vendredi soir. Dieu merci, je ne devais pas travailler le lendemain.

J'envisageai brièvement de soigner le mal par le mal et d'avaler une vodka en zappant sur Netflix, mais mon téléphone sonna, me ramenant à la réalité.

Argh...

Papa apparut sur l'écran. J'aurais dû en finir et lui parler, mais je n'en avais pas l'énergie. Néanmoins, m'autoriser à éviter le stress que parler à mon père allait inévitablement engendrer me rappela l'autre chose que je devais faire et que j'avais évitée tout l'après-midi. *La lessive*. L'une des tâches que j'aimais le moins — principalement parce qu'elle m'obligeait à squatter la buanderie miteuse du sous-sol de mon immeuble. Jusqu'à quelques mois plus tôt, je lançais ma lessive et revenais quarante-cinq minutes plus tard pour la passer au sèche-linge. Mais cette pratique s'était arrêtée après qu'une de mes machines avait disparu — une machine entière de soutiens-gorge et de sous-vêtements mouillés. Qui donc volait des vêtements mouillés ? Au moins, prenez-en des secs ! Néanmoins, c'était une leçon coûteuse, et désormais, je ne quittais plus le sous-sol avant que mes vêtements ne soient lavés et séchés.

Poussant un lourd soupir, j'allai à contrecœur dans la chambre et ouvris ma valise, toujours posée sur le lit. J'avais rangé sur le dessus une jupe en lin que je n'avais finalement pas portée, et j'envisageais de la suspendre dans la salle de bains dans l'espoir que les plis s'effaceraient d'eux-mêmes après plusieurs douches chaudes. Je détestais repasser presque autant que je détestais faire la lessive au sous-sol.

Mais quand je soulevai le couvercle de la valise, ma jupe en lin n'était pas là. Au début, je crus que mon bagage avait été sélectionné pour une fouille et que les choses n'avaient pas été remises dans l'ordre... Cependant, la paire de brogues que je soulevai n'était absolument pas à moi.

Merde !

Paniquée, je fouillai la valise.

Un pantalon chic, des vêtements de *running*, une chemise d'homme... Un sentiment d'écœurement m'envahit, et je me jetai sur l'étiquette du bagage pour la regarder. Je n'avais jamais rempli la carte d'identification intérieure, mais le cuir extérieur était gravé de mes initiales.

Et celle-là... n'avait pas d'initiales.

Merde ! Merde ! Merde !

J'avais attrapé la mauvaise valise sur le carrousel à bagages. Je me mis à transpirer. Tout mon maquillage était dans ce sac ! Sans compter une semaine de mes meilleures tenues et chaussures. Il fallait que je le récupère. Je me précipitai dans la cuisine, récupérai mon portable sur le chargeur posé sur le comptoir et cherchai sur Google le numéro de téléphone de la compagnie aérienne. Après avoir suivi une demi-douzaine d'instructions, je tombai sur un enregistrement.

« Merci d'avoir appelé American Airlines. En raison d'un nombre d'appels sans précédent, votre temps d'attente est estimé à quarante et une minutes environ. »

Quarante et une minutes ! Je soufflai un bon coup. *Génial ! Vraiment génial !*

Entre-temps, alors que je patientais, le haut-parleur branché, écoutant de la musique grésillante, il me vint à l'esprit que la personne dont j'avais pris la valise pouvait très bien avoir la mienne. Je n'avais même pas vérifié l'étiquette du bagage pour voir si, contrairement à la mienne, les informations d'identification étaient remplies.

Je retournai en vitesse dans ma chambre.

Bingo !

Donovan Decker, un nom plutôt cool. Et il vivait ici, dans la City ! Heureusement, Donovan avait même inscrit son numéro de téléphone. Ça ne peut pas être si facile, si ? J'en doutais, mais vu que j'avais encore quarante minutes avant de pouvoir parler à quelqu'un de la compagnie aérienne, je ne perdais pas grand-chose à essayer. D'un glissement de doigt, je mis donc fin à mon appel. Je commençai à taper les numéros sur l'étiquette, puis décidai d'ajouter *67 au début pour masquer mon numéro. Avec la chance que j'avais, le type n'aurait pas ma valise, mais serait un vrai pervers.

Je fus prise au dépourvu quand la voix grave d'un homme répondit à la première sonnerie. Je n'avais pas encore réfléchi à ce que j'allais dire.

— Euh. Bonjour. Je m'appelle Autumn, et je pense que j'ai peut-être votre valise.

— C'était rapide ! On a raccroché il y a deux minutes.

Il devait penser que j'appelais de la part de la compagnie aérienne.

— Oh, non ! Je ne travaille pas pour American. Je suis rentrée chez moi ce matin et j'ai dû prendre le mauvais bagage à JFK.

— Quelles sont vos initiales ?

— Mes initiales ?

— Oui, vous savez, la première lettre de votre prénom et la première lettre de votre nom de famille.

Je levai les yeux au ciel.

— Je sais ce que sont des initiales. Je ne comprends pas pourquoi vous me demandez... *Oh !* Ça veut dire que vous avez ma valise ? Mes initiales sont en relief sur l'étiquette.

— Ça dépend de vos initiales, Autumn. La première lettre correspond.

— Mes initiales sont AW.

— Eh bien, il semble que vous soyez la voleuse qui a dérobé mon bagage !

D'accord, je n'avais pas vérifié l'étiquette, mais cela me vexait qu'il me traite de voleuse.

— Ne serions-nous pas tous les deux des voleurs ? Puisque vous êtes en possession de mon bagage ?

— J'ai pris le vôtre uniquement parce que c'était le dernier à tourner sur le carrousel. Vous voyez, contrairement à vous, *j'ai* vérifié l'étiquette de la valise la première fois qu'il est passé, et quand j'ai vu que ce n'était pas le mien, je l'ai laissé pour que son propriétaire légitime le récupère. Mais la file d'attente du bureau des réclamations était de vingt personnes, et j'avais une réunion pour laquelle j'étais déjà en retard. Alors, j'ai pris en otage la valise qui me restait jusqu'à ce que la compagnie aérienne puisse régler le problème.

Mes épaules s'affaissèrent.

— Oh ! Désolée.

— Ce n'est pas grave. Vous êtes ici dans la City ?

— Oui. Pourrait-on se rencontrer pour échanger nos bagages ?

— Bien sûr. Quand et où ? Je n'y suis pas en ce moment, mais je serai de retour dans une heure ou deux.

L'étiquette indiquait une adresse dans l'Upper East Side, mais j'habitais dans le West Side, plus dans le centre.

— On peut se retrouver au Starbucks sur la quatre-vingtième et Lex ?

C'était plus près de chez lui, mais au moins, je n'aurais à traîner la valise que dans un seul métro.

— Je ne trouve aucune *excuse* pour ne pas le faire. À quelle heure ?

C'était une drôle de façon de formuler un oui, et la manière dont il souligna le mot *excuse* semblait bizarre. Mais bon, j'allais récupérer mes affaires. Qu'est-ce que cela pouvait faire qu'il s'avère être un peu étrange ? Au moins, j'avais caché mon numéro de téléphone, et nous nous rencontrerions dans un lieu public.

— Vingt heures ?

— À tout à l'heure, alors.

On aurait dit qu'il était sur le point de raccrocher.

— Attendez... l'interpellai-je. Comment saurai-je que c'est vous ?

— Je serai l'homme transportant votre bagage, Autumn W.

Je gloussai.

— Oh, oui ! Désolée... longue semaine à Vegas.

Je me penchai et soulevai la chaussure sur le dessus de la valise. Ferragamo. *Chères*. Et grandes, aussi. Un rapide coup d'œil révéla que c'était une pointure quarante-six. L'adolescente en moi ne put s'empêcher de penser *grands pieds, grand...* De plus, ce type avait une voix grave et sexy. J'allais certainement explorer davantage la valise de cet homme après avoir raccroché.

— Je vous retrouve à vingt heures, dit-il.

— À tout à l'heure.

J'étais sur le point d'éteindre mon téléphone quand je me rendis compte de quelque chose. *Oh, mon Dieu !*

— Allô ? *Attendez...* vous êtes toujours là ?

Cela prit une seconde ou deux, mais la voix sexy revint à l'autre bout de la ligne.

— Qu'y a-t-il ?

— Euh... Avez-vous... ouvert mon sac ?

— Je l'ai dézippé à l'aéroport pour m'assurer que ce n'était pas le mien quand j'ai remarqué les initiales sur l'étiquette.

— Avez-vous... vu quelque chose ?

— Il y avait un string rose sur le dessus, donc ça a plutôt bien confirmé que ce n'était pas à moi. Mais je ne l'ai pas fouillé, si c'est ce que vous voulez savoir.

J'avais oublié que j'y avais fourré le string à la dernière minute. Je l'avais trouvé au fond d'un tiroir en vérifiant une dernière fois la chambre d'hôtel en partant. Mais je préférais qu'il ait vu mes sous-vêtements plutôt que les *autres* affaires se trouvant dans la valise. Je poussai un soupir de soulagement.

— OK, c'est super. Merci. On se voit à vingt heures au Starbucks.

— Waouh ! Attendez une seconde, pas si vite. Vous aviez l'air plutôt nerveuse que j'aie pu fouiller dans votre sac. Vous cachez quelque chose de sinistre là-dedans ? Je ne vais pas me promener avec une valise pleine de drogue ou autre, n'est-ce pas ?

J'esquissai un sourire.

— Non, absolument pas. C'est juste que… je préférerais que vous ne la fouilliez pas.

— Vous avez fouillé la mienne ?

Je regardai la chaussure dans ma main. Sortir une malheureuse chaussure n'était pas considéré comme fouiller, si ? *Nah.*

— Non, je ne l'ai pas fait.

— Vous en avez l'intention ? demanda-t-il.

Je n'avais aucune idée de l'apparence de cet homme, mais je devinai à sa voix qu'il souriait, à présent.

— Non, mentis-je.

— Très bien. Alors, nous avons un accord. Je ne fouillerai pas votre valise, et vous ne fouillerez pas la mienne.

— OK. Merci.

— J'ai votre parole, Autumn W ? Il est possible que j'aie des choses que je préférerais que vous ne voyiez pas, dedans.

— Comme quoi ?

Il ricana.

— On se voit à vingt heures.

Après avoir raccroché, je remis la chaussure dans la valise et me penchai pour la fermer. Mais tandis que mes doigts atteignaient la fermeture éclair, ma curiosité prit le dessus. Me baladait-il ou avait-il vraiment quelque chose dedans qu'il ne voulait pas que je voie ? Bien sûr, je savais ce que j'avais dans la mienne, ce qui me rendait encore plus curieuse.

Je secouai la tête et commençai à fermer la fermeture éclair. À mi-chemin, j'éclatai de rire. De qui me moquais-je ? Maintenant que je n'avais plus de lessive à faire, j'avais presque deux heures entières à tuer avant de rencontrer Mister Bigfoot. Cette valise me narguerait jusqu'à ce moment-là. Je finirais certainement par céder, alors, pourquoi ne pas m'épargner ça et jeter un simple petit coup d'œil à l'intérieur maintenant ? Ensuite, je pourrais me détendre. Il ne saurait jamais que je n'avais pas respecté ma part du marché. Sans compter que si ça se trouvait, il était dans *ma* valise jusqu'aux coudes en ce moment même. Dans ce cas, ce ne serait que justice que je fouille dans la sienne, non ?

Je me mordillai la lèvre quelques secondes alors qu'une vague de culpabilité m'envahissait. Mais je la chassai rapidement de mon esprit. *Bien sûr que j'ai raison !*

Me sentant à présent dans mon bon droit, j'ouvris la valise et pris une minute pour noter mentalement la façon dont tout était emballé : une chemise blanche était pliée sur le dessus, et deux chaussures étaient placées de chaque côté, talons vers le haut. Je les ôtai avec soin et les plaçai sur le lit, à côté de la valise, dans le même ordre. La couche suivante était constituée d'autres vêtements pliés : deux chemises de luxe, un pantalon de jogging, des boxers et quelques tee-shirts, dont l'un portait une inscription sur le devant — des caractères familiers commençant par HA. Je le dépliai pour voir ce que cela disait. *Harvard Law.*

Argh ! *Un de ceux-là.* Pas étonnant qu'il puisse se payer des chaussures Ferragamo.

Sous la pile de vêtements se trouvait un sac à linge blanc — le genre qu'un hôtel vous donne pour mettre le linge du pressing, mais que la plupart des gens utilisent pour séparer leurs vêtements sales. N'ayant aucune envie de trier des chaussettes malodorantes, je me mis à replacer les vêtements dans la valise, avec un sentiment de déception. Mais lorsque j'aplanis les couches de la pile, je sentis quelque chose de lourd et de dur en dessous, dans le sac à linge en plastique. Je ressortis donc les vêtements et regardai à l'intérieur, espérant découvrir... je ne sais pas trop quoi. Mais ce que j'y trouvai n'était pas du tout ce à quoi je m'attendais.

Le sac était rempli d'au moins vingt ou trente de ces petites bouteilles de shampoing que les hôtels distribuent. En fait, un examen plus approfondi révéla que certaines étaient des après-shampoings et quelques autres des crèmes hydratantes. Tout au fond se trouvaient également trois petits kits de couture et une demi-douzaine de brosses à dents emballées dans du plastique — le genre que vous pouvez obtenir à la réception d'un hôtel quand vous avez oublié la vôtre.

Qu'avait donc fait Mister Bigfoot ? Volé un chariot de ménage ? Ce genre de choses était ce que l'on trouvait habituellement dans ma valise, bien qu'en moindre quantité, puisque j'étais tout le temps fauchée. Mais ce n'était pas le genre de choses que l'on s'attendait à découvrir dans la valise d'un homme qui était allé à Harvard et portait des chaussures de ville à sept cents dollars.

À présent, j'étais encore plus curieuse de rencontrer Donovan Decker.

J'arrivai au Starbucks avec presque vingt minutes d'avance, aussi fis-je la queue pour m'offrir un *flat white* avec du lait d'amande et du miel. Le simple fait de le commander me fit saliver, pensant à cette boisson douce et crémeuse. Le café coûteux était mon péché mignon, mais cela n'arrivait pas trop souvent avec un ticket de caisse à cinq dollars et mon budget serré.

Je me tenais au bout du comptoir, attendant ma boisson et scrollant sans réfléchir sur mon téléphone, quand un homme passant la porte d'entrée attira mon attention.

Oh, waouh !

Ça, c'était un bel homme ! Le décrire comme simplement grand, sombre et beau n'était pas suffisant, loin de là. Ses cheveux noir de jais encadraient un magnifique visage à la structure osseuse masculine ciselée, aux lèvres pulpeuses et au nez romain. Je ne fus pas non plus la seule à le remarquer. Je vis l'adonis reculer à l'extérieur pour tenir la porte à une femme qui sortait de la boutique, et la pauvre trébucha en l'apercevant.

Ne semblant pas conscient d'avoir causé l'incident, il tendit la main pour l'aider à se relever, afficha un sourire ravageur et entra. Ses yeux bleu vif balayèrent la salle et s'arrêtèrent sur moi. Gênée d'avoir été surprise en train de le dévisager, je reportai rapidement mon attention sur mon téléphone. Quelques secondes plus tard, je faisais toujours semblant d'être captivée par mon écran lorsque des pieds stoppèrent devant moi. Je levai les yeux et clignai plusieurs fois des paupières. Le type de la porte me fit un sourire en coin.

— Vous avez pu vous contrôler ?

Mon front se plissa.

— Excusez-moi ?

Ses yeux pétillèrent d'hilarité, et il baissa la voix.

— Je parie que non.

Je le regardai fixement pendant un moment gênant avant de finalement secouer la tête.

— Mais de quoi parlez-vous ?

L'homme fronça les sourcils.

— Nous avons fait un marché, vous vous souvenez ? Je ne fouillais pas dans la vôtre si vous ne touchiez pas à la mienne ?

J'avais regardé cet homme entrer, j'étais restée plantée à le fixer pendant au moins une bonne minute, et ce ne fut que *maintenant* que je remarquai qu'il avait quelque chose dans sa main.

— Oh mon Dieu ! Vous avez ma valise !

Il rit, mais semblait toujours perplexe.

— De quoi pensiez-vous que je parlais ?

— Je... je ne sais pas. J'étais complètement perdue.

— Je croyais que vous m'aviez vu entrer.

Oui. Mais je ne suis pas allée plus bas que ton visage.

— Non, je n'avais pas remarqué. Je suis désolée. Je suppose que je regardais juste dans le vide.

La barista derrière le comptoir cria mon nom. J'étais contente d'avoir une excuse pour mettre de la distance entre ce type et moi. J'avais besoin d'un moment pour rassembler mes esprits. Cependant, quand je revins, je me sentais toujours un peu à l'ouest.

— Merci d'être venu pour échanger les valises, dis-je. Je suis vraiment désolée d'avoir pris la mauvaise.

— Pas de problème.

Je fis rouler la sienne devant moi et relâchai la poignée. Mais l'Adonis ne fit pas de même. En fait, il rapprocha mon bagage de lui.

— Avant d'échanger...

Il inclina la tête et étudia mon visage.

— ... je suis curieux de savoir si vous avez tenu parole.

J'imitai sa pose et inclinai la tête.

— Et si je dis que je ne l'ai pas fait ?

— Eh bien, vous devrez payer une pénalité pour avoir violé les termes de notre accord.

Je haussai un sourcil, intriguée.

— Une pénalité ?

Il hocha la tête.

— C'est exact. Il y a une pénalité.

Je levai mon café en riant pour en boire une gorgée.

— Je viens juste de rentrer d'un week-end entre filles à Vegas. Je suis sûre que cette boisson hors de prix a épuisé les cinq derniers dollars de mon compte en banque.

— Je ne faisais pas référence à une pénalité monétaire.

— Quel genre de pénalité, alors ?

Il caressa sa barbe de trois jours quelques secondes.

— Vous devrez prendre un café avec moi.

Ce type pensait-il vraiment que ce serait une épreuve ? Je débattis intérieurement sur la façon de répondre. Si je disais la vérité, ce serait gênant. Je veux dire, j'avais fouillé dans les affaires personnelles de cet homme. Mais d'un autre côté, je pourrais le mater un peu plus autour d'un café. Cela dit, ce serait accepter de passer du temps avec un parfait inconnu. Cependant... chaque fois que je rencontrais un homme en ligne, je le retrouvais généralement dans un café par la suite, et j'en savais probablement plus sur cet homme après avoir fouillé dans sa valise que sur eux après une discussion sur le Net. Sans oublier que, dernièrement, aucun de mes rencards en ligne n'avait ressemblé à Donovan Decker. En fait, aucun n'avait dépassé le stade du café depuis un moment.

Adonis avait observé mon visage pendant que je débattais de ma réponse. Son sourire en coin me fit penser qu'il savait déjà que j'avais regardé dans son sac. Alors, pourquoi pas !

Je me tins droite et affrontai son regard.

— La femme de ménage a-t-elle été blessée pendant le cambriolage ?

Ses yeux se rétrécirent pendant une seconde, puis un grand sourire se répandit sur son visage. Il tendit la main vers les tables.

— Après vous, Autumn W.

2

Donovan

Presque dix mois plus tard

— C'est ridicule. Ils ont fouillé ma maison, l'ont mise sens dessus dessous et n'ont même pas rangé avant de partir. Et ils ont emporté mes biens. Qu'allez-vous faire pour ça ?

— Je vous ai prévenu que je pensais que c'était imminent, dis-je. Avez-vous fait ce que je vous ai conseillé la semaine dernière ?

— Oui.

La paupière droite de mon client tressaillit. Cet enfoiré ne serait jamais capable de venir témoigner à la barre. Je l'avais rencontré trois fois avant aujourd'hui, pour un total de peut-être six heures, et je savais déjà que sa paupière droite avait un tic quand il mentait. Sans compter qu'il était à trente secondes de sortir un mouchoir sale de sa poche et d'essuyer la sueur qui perlait sur son front rougeaud.

Je soupirai et regardai la femme assise à côté de lui. Elle sourit, une étincelle dans le regard. Quelle blague ! Je pariais que je pourrais dire à la fiancée de vingt-cinq ans de Warren Alfred Bentley que j'avais besoin de discuter de ma stratégie avec elle en privé et la faire pencher sur mon bureau. Non pas que je sois intéressé par ça. Les croqueuses de diamants n'étaient franchement pas mon truc.

— Warren...

Je jetai un nouveau coup d'œil au gestionnaire de fortune gâté de soixante ans, puis à sa princesse aux cheveux platine, et fis un signe de tête en direction de la porte.

— Peut-être que nous devrions parler en privé, vous et moi.

— Tout ce que vous avez à me dire, vous pouvez le dire devant Ginger.

— En fait, ça ne marche pas exactement comme ça. Ginger n'est pas votre épouse, et...

Il m'interrompit.

— C'est ma fiancée. Quelle est la différence ?

Est-ce qu'il ne regardait pas au moins *New York, police judiciaire*, bon sang ?

— Une fiancée peut être contrainte à témoigner ; pas une épouse.

Il secoua la tête.

— Ginger ne ferait jamais ça.

Bien sûr qu'elle ne le ferait pas ! Il faudrait que le procureur menace pendant dix minutes de l'inculper en tant que complice pour qu'elle se retourne contre ton vieux cul flasque. Mais je devais jouer le jeu, au moins devant cette femme.

— Je suis sûr que non. Mais le secret professionnel vous protège non seulement vous, mais aussi Ginger. Vous voulez être sûr que le procureur ne pourra pas venir fouiner autour de la future madame Bentley, n'est-ce pas ?

— Bien sûr.

— Alors, je pourrais demander à mon assistante de préparer un cappuccino pour Ginger avec la nouvelle machine que nous venons d'installer dans le salon des invités ? Tout le monde en parle avec enthousiasme.

Pour les stupides vingt mille dollars qu'ils avaient payés pour une machine qui faisait du café avec un peu de lait mousseux, ce truc avait intérêt à faire une tasse de café correcte !

Warren regarda Ginger, qui hocha la tête, et grommela :

— Bien.

— Je n'en ai que pour une minute.

Je me levai et fis le tour de mon bureau, tendant la main pour que la jeune femme me précède.

— Par ici.

Mon assistante n'étant pas à son bureau, je conduisis donc la fiancée trophée au salon et promis d'envoyer Amelia dès son retour. Alors que je me retournais, Ginger m'attrapa le coude. Elle enroula ses bras autour de mon cou et s'approcha pour me serrer dans ses bras avant que je puisse l'arrêter.

— Merci beaucoup, monsieur Decker. Je suis tellement inquiète pour Warren !

Ses seins durs se pressèrent contre mon torse. Ils avaient dû être achetés récemment et n'avaient pas eu le temps de s'assouplir.

Je me détachai poliment d'elle et reculai.

— Inutile de me remercier. Je fais juste ce pour quoi je suis payé.

De retour dans mon bureau, je me dis qu'il était temps d'être franc avec mon client. J'ôtai ma veste de costume et la jetai sur la chaise voisine de celle de Warren avant de m'installer à mon bureau et de retrousser mes manches

— ce que je faisais rarement parce que cela exposait mes avant-bras, qui étaient couverts de trop d'encre pour que la plupart de ma riche clientèle se sente à l'aise.

— Donc... monsieur Bentley. Nous ne nous connaissons pas encore très bien, mais vous devriez savoir deux choses sur moi. Primo, quand vous me demandez un conseil, vous l'obtenez. Souvent, ça signifie que vous n'aimerez pas ce que j'ai à dire, mais je ne suis pas payé pour vous dire ce que vous voulez entendre. Je ne suis ni votre ami ni votre laquais. Je suis votre avocat, et le meilleur que vous puissiez trouver. Comme vous êtes assis de l'autre côté de mon bureau et pas ailleurs, je vais supposer que vous le savez déjà parce que vous vous êtes renseigné. Alors, ne me posez pas de questions en espérant que je tourne autour du pot. Vous me payez à l'heure. Par conséquent, je ne vous ferai pas perdre de temps en vous racontant des histoires. Vous obtiendrez la réponse dont vous avez besoin — mais comme je l'ai dit, ce ne sera pas toujours celle que vous voulez.

Je repris ma respiration. Je voyais qu'il était sur le point de m'interrompre, alors je levai la main.

— Veuillez m'excuser, mais je vais continuer, pour que nous soyons sur la même longueur d'onde. La deuxième chose que vous devez savoir sur moi est que je suis très doué pour lire les gens. En fait, c'est la raison pour laquelle je peux facturer mille deux cents dollars de l'heure. Souvent, cette compétence fonctionne à votre avantage. Je sais quand un procureur bluffe, quand un jury sera ou non en ma faveur et qu'il est temps de passer un accord. Mais souvent, cette même compétence peut être un inconvénient pour vous, parce que je saurai aussi quand vous mentez. Et je ne travaillerai pas avec un client qui n'est pas honnête avec moi. Si je ne peux pas vous faire confiance, comment voulez-vous qu'un jury y parvienne ? Donc si je vous surprends à me mentir régulièrement, je mettrai fin à notre partenariat.

Le visage de Warren devint cramoisi.

— Hé, attendez une minute ! Je vous ferai savoir que...

Je lui coupai la parole.

— Je suis au courant que vous êtes membre du même country club que l'un des associés principaux. Ce n'est pas la première fois que j'ai un client qui fréquente le même cercle social que des membres de ce cabinet. Et ce ne serait pas non plus la première fois que je virerais un client ayant ce type de connexions. Oui, Dale ou Rupert seront mécontents de moi, mais au bout du compte, je leur fais gagner des millions par an, pas vous. Donc ils s'en remettront. Vous, d'un autre côté, non. Parce que le dossier que le gouvernement a contre vous est parfaitement irréfutable. Et quand vous devrez vous adresser à un autre cabinet et à un autre avocat, vous obtiendrez vingt-cinq ans, parce que je suis la seule chance que vous ayez de vous en sortir, monsieur Bentley. Certains peuvent me trouver arrogant de dire ça, mais je m'en fiche complètement. Parce que même si je le suis... c'est aussi la vérité.

Je me redressai sur ma chaise et fis un petit concours de regards avec monsieur Bentley. Il était furieux — j'étais sûr que cela faisait des décennies que personne ne lui avait parlé de cette façon. Et à ce moment précis, il était en train de réfléchir à la possibilité de me virer. Mais en fin de compte, les gens qui atterrissaient de l'autre côté de mon bureau, ceux qui se retrouvaient impliqués dans des combines compliquées et tordues qui les mettaient dans le pétrin, n'étaient pas idiots. Ils étaient intelligents. Très intelligents. Et ils aimaient leur liberté. La plupart d'entre eux avaient donc fait leur travail avant de franchir le seuil de ma porte, et ils savaient que j'étais leur meilleure chance de conserver cette liberté.

À partir de là, maintenant que j'avais fait mon petit discours, nous jouions au jeu de la poule mouillée. Le premier qui parlait perdait.

Trois ou quatre minutes s'écoulèrent — ce qui paraît long quand on reste assis à fixer un homme en silence —, mais finalement, Warren céda.

Il se pencha en avant et posa ses mains sur ses genoux.

— Bien. Que fait-on, maintenant ?

Je passai les quarante-cinq minutes suivantes à parler de stratégie. Il ne fut pas content quand je lui dis qu'il ne pourrait probablement pas payer sa caution une fois que les fédéraux auraient gelé ses avoirs. Mais comme nous n'en étions encore qu'au début, il était au moins partiellement dans le déni — pensant que ses amis et ses associés viendraient à la rescousse.

Peut-être qu'ils se montreraient pour une caution de cinquante mille dollars, mais la sienne serait à sept chiffres.

Quand nous eûmes terminé et mis au point un plan d'action, mon client souffla un grand coup.

— Combien de temps me reste-t-il avant qu'ils ne m'arrêtent ?

— Un jour ou deux, tout au plus.

— Que dois-je faire en attendant ?

Je soutins son regard.

— Vous êtes sûr de vouloir mon avis là-dessus ?

Il fronça les sourcils, mais hocha la tête.

— Rentrez chez vous, monsieur Bentley. Appelez un chef cuisinier privé pour qu'il vous prépare votre plat préféré, puis baisez votre magnifique fiancée. Parce que vos actifs seront gelés demain matin, et une fois que ce sera fait, elle mettra au clou le caillou qu'elle a au doigt pour se payer un billet en première classe et retourner d'où elle vient.

— Puis-je voir votre pièce d'identité, s'il vous plaît ?

Je m'adossai à ma chaise et souris à mon ami de l'autre côté de la table.

— Va te faire foutre, grommela Trent à mon intention tout en sortant son permis de conduire de son portefeuille.

Il n'avait même pas levé les yeux pour voir mon visage, mais il savait que je m'amusais de ce moment.

La serveuse examina sa pièce d'identité et la lui rendit. Cette routine était assez fréquente. Trent Fuller avait trente ans, mais n'en paraissait pas plus de dix-huit. Je ne l'avais jamais vu avec une barbe, et pourtant, nous avions participé à des enterrements de vie de garçon qui avaient duré quatre jours à La Nouvelle-Orléans.

Je souris à notre serveuse.

— Il est en retard dans sa puberté. Vous voulez voir la mienne ?

— Ça ira. Vous faites plus de vingt et un ans.

— Vous êtes sûre ? Pas même pour jeter un coup d'œil à mon adresse, au cas où vous passeriez dans le coin ?

La serveuse rougit. Je la taquinais, cependant elle était jolie, bien qu'un peu jeune pour moi.

— Je reviens avec vos boissons dans une minute.

Trent attrapa un gressin au centre de la table et le croqua.

— Qui était la blonde sexy que je t'ai vu raccompagner à la réception avec son père cet après-midi ?

— Le vieux est son fiancé, pas son père. Mais si ça t'intéresse, je suis sûr qu'elle va bientôt chercher un autre pigeon. Mon client est sur le point de perdre une bonne partie des actifs qui le rendent si beau.

— Merde ! On n'a jamais de femmes qui ressemblent à ça dans le service de la propriété intellectuelle.

— Si tu veux courir avec les grands chiens, tu dois apprendre à pisser dans l'herbe haute.

Le visage de Trent se plissa.

— Mais qu'est-ce que ça veut dire ?

Je gloussai.

— Aucune idée. Comment ça s'est passé avec la femme que tu as réussi à ne pas effrayer il y a quelques semaines ?

Mon pote et moi sortions pour un *happy hour* ou un dîner une ou deux fois par mois. Nous travaillions tous les deux quatre-vingts heures par semaine au cabinet, alors nous n'avions pas du temps libre à revendre.

Trent fronça les sourcils.

— Je l'ai emmenée dîner dans un très bon restaurant. Je lui ai laissé un message le lendemain pour lui dire que j'avais passé un bon moment, et elle ne répond pas à mes appels.

— L'as-tu divertie pendant le repas avec ton habituelle et passionnante conversation sur les droits d'auteur et les brevets ?

— Va te faire foutre !

Je me mis à rire. Je plaisantais, bien sûr. Trent était en réalité un gars assez drôle. Il était spirituel et intelligent. C'était vraiment tant pis pour elle, mais je ne le lui avouerais jamais à lui.

— Et toi ? demanda-t-il. Comment ça s'est passé avec la brune que tu as rencontrée ? Elle avait l'air vraiment sympa.

— Partie. Elle a raté le deuxième test.

Il secoua la tête.

— Toi et tes tests ridicules ! C'est quand la dernière fois que quelqu'un est allé au-delà du deuxième ?

La serveuse revint et servit le vin de Trent et ma bière avant de disparaître à nouveau. Je savais exactement à quand remontait la dernière fois où une femme avait réussi à passer mes tests prétendument ridicules. Mais je n'avais pas besoin de mentionner que cela faisait un moment juste pour prouver que mon ami avait raison.

— Sérieusement, combien de temps ? insista-t-il.

— Je ne sais pas...

— Tu ne le sais que trop bien. Tu te souviens de tout ce que tu as entendu dans le ventre de ta mère, Decker.

Il secoua la tête.

— C'était la femme à la valise, n'est-ce pas ? La rousse avec qui tu as passé le week-end et qui a disparu le lundi matin. Quel était son nom, déjà ? Summer ?

Je pris une longue gorgée de ma bière.

— Autumn.

Cela faisait dix mois que j'étais entré dans ce café pour échanger nos valises, et trois jours de moins depuis la dernière fois que je l'avais vue. Nous nous étions rencontrés pour récupérer nos affaires et avions fini par nous installer au Starbucks jusqu'à sa fermeture. Ensuite, nous étions allés dîner, puis nous étions allés chez moi quand le restaurant avait fermé. *Autumn W.* J'avais même séché une journée de travail après qu'elle m'avait plaqué, c'était la première fois que je faisais ça depuis que j'avais commencé à bosser chez *Kravitz, Polk et Hastings* sept ans plus tôt.

Nous avions à peine dormi de tout le week-end, même si nous n'avions pas couché ensemble. Une autre première pour moi : passer trois nuits avec une femme sans avoir de rapports sexuels avec elle. Pourtant, rencontrer quelqu'un ne m'avait jamais rendu aussi enthousiaste, et j'avais *cru* que le sentiment était réciproque. Voilà pourquoi j'avais été grandement surpris quand j'étais sorti de la douche le lundi matin et que j'avais trouvé un appartement vide. Pas de mot. Pas de numéro. Je ne connaissais même pas son nom de famille. La seule chose qui me restait était un bout de papier plié, une liste bizarre que j'avais oublié de remettre dans sa valise quand je l'avais fouillée. Elle était encore pliée dans mon portefeuille à ce moment précis. Encore une chose que je ne mentionnerais pas à Trent.

— Tu sais pourquoi tu n'as rien pu trouver de mal à celle-là, non ? déclara mon collègue en sirotant son vin. Parce qu'elle t'a mis un vent. Si elle ne l'avait pas fait, tu aurais trouvé un test pour qu'elle échoue. Peut-être que ce que tu dois faire, c'est ajouter *ne pas me mettre de vent* à ta liste de tests. Comme ça, tu ne te languiras pas d'une femme qui t'a rejeté. Que s'est-il passé avec celle que tu as rencontrée chez McGuire la semaine dernière, d'ailleurs ?

— On est sortis dîner le lendemain soir... pas de signaux d'alarme. Alors, je lui ai demandé si elle aimait le hockey. Elle a dit qu'elle était une grande fan et est venue regarder le match le jour suivant. Elle a joué sur son téléphone pendant toute la première période. Elle ne savait même pas combien de *quart-temps* il y avait dans le match.

— Tu sais, tu trouves que c'est un problème qu'elle ait un peu déformé la vérité. Mais je pense que te dire qu'elle aimait le hockey était une bonne chose. Ça montre qu'elle était prête à faire des compromis et à rester là pendant que tu regardais un match juste pour passer du temps avec toi. Est-ce qu'elle doit aimer le sport et regarder chaque minute ?

— Non, pas du tout. Mais quand je lui ai demandé si elle aimait le hockey, sa réponse a été : « J'adore ça. Je le regarde tout le temps. » Il y a là un problème de cohérence. Si ce qu'elle dit et ce qu'elle fait ne sont pas cohérents dès le départ, c'est un signal d'alarme.

Je bus un peu de bière.

— De plus, le lendemain, elle m'a envoyé une photo de ses seins.

Trent secoua la tête.

— Il n'y a que toi pour retenir ça comme argument contre une femme.

Pas de selfies nus avant au moins un mois. Même si je les demande. Bon, je réalise que demander quelque chose, mais en tenir rigueur à une femme qui me le donne pourrait faire de moi un connard, mais c'est comme ça.

Je secouai la tête.

— J'aime les selfies nus autant que n'importe qui. Mais si une femme t'en envoie un alors que tu la connais depuis moins d'une semaine, c'est un gros signal d'alarme.

— Peu importe. J'accepte un selfie nu si et quand une femme veut m'en envoyer un.

Je souris.

— Le problème avec ça, c'est que les seules femmes que tu attires sont celles qui ont ton âge apparent, donc c'est considéré comme de la pédopornographie.

— Tête de nœud !

Comme d'habitude, notre conversation passa de notre vie sociale pitoyable au sport avant de retomber sur le cabinet. Nous pouvions dire des conneries sur cet endroit pendant des jours. Mais dernièrement, notre intérêt principal était de savoir si je deviendrais associé.

— Alors, comment se passe le décompte des voix ? demanda Trent.

J'étais face à une rude concurrence. Une fois tous les cinq ans, notre cabinet ouvrait les portes du partenariat à deux de ses collaborateurs les plus performants. L'ancienneté moyenne nécessaire pour devenir associé était de dix à douze ans. J'étais chez *Kravitz, Polk et Hastings* depuis un peu moins de sept ans quand le vieux Kravitz m'avait dit que j'étais en lice quelques mois plus tôt. Si j'étais retenu cette année, je serais le plus jeune associé de l'histoire du cabinet, ce que je voulais vraiment. Être le premier à battre ce record signifiait plus pour moi que l'argent supplémentaire que je gagnerais. Je n'avais déjà pas assez de temps pour dépenser tout celui que je gagnais.

— Je pense qu'il ne me manque que Rotterdam et Dickson pour avoir les deux tiers nécessaires.

— Le Dick devrait être facile à décrocher. Il est dans ton département.

— Je sais. Mais il ne m'a pas présenté son cul nu pour que je l'embrasse dernièrement. Je viens aussi de découvrir que s'il vote pour moi et que je deviens associé, je battrai *son* record. Il est devenu associé au bout de huit ans.

— Merde ! Tu ferais mieux d'espérer que son *ego* est plus petit que le tien, alors.

— Ne me le rappelle pas.

Il était presque vingt-trois heures quand nous quittâmes le restaurant. Alors que nous sortions, mon téléphone sonna. Je regardai l'identité de l'appelant et secouai la tête.

— Quand on parle du loup.

— C'est qui ?

— Le Dick.

— C'est un peu tard pour un appel, non ?

— Sans blague ! J'imagine qu'il n'y a pas d'heure limite pour faire de la lèche.

Je fis glisser mon doigt sur l'écran pour répondre.

— Donovan Decker.

— Decker. J'ai besoin d'un service.

— Bien sûr. Que se passe-t-il, patron ?

Je fermai le poing et pompai de haut en bas, mimant une branlette, tandis que Trent regardait dans ma direction.

— J'ai besoin que vous preniez un autre cas *pro bono*.

Putain ! J'avais déjà fait ma part annuelle. Ce dont j'avais besoin, c'était de facturer chaque dernière heure possible avant le vote des associés, pas de passer des heures sur un cas non facturable. Mais... j'avais besoin de Dickson, alors je pris sur moi.

— Pas de problème. Envoyez-moi le dossier, et je le regarderai à la première heure demain matin.

— J'ai besoin que vous vous y mettiez tout de suite.

— Maintenant ?

— Pouvez-vous descendre au commissariat du soixante-quinzième district ?

C'était le dernier endroit où j'avais envie d'aller *quelle que soit* l'heure de la journée. Je fronçai les sourcils, mais répondis :

— Oui, bien sûr.

— Le gamin s'appelle Storm. Il est mineur.

— Prénom ou nom de famille ?

— Je suis presque sûr que c'est son nom de famille. Il se fait appeler Storm, donc je ne sais pas trop quel est son prénom. Son assistante sociale est en route et vous retrouvera là-bas.

— D'accord. Pas de problème.

— Merci, Decker. Je vous revaudrai ça.

J'éteignis mon téléphone. Cet enfoiré ferait mieux de s'en souvenir dans deux mois.

Je n'avais pas mis les pieds dans cet endroit depuis plus de treize ans, et pourtant, dès que j'entrai, je reconnus l'odeur familière. Essayant d'ignorer les souvenirs, je me dirigeai directement vers le gradé de permanence.

— Comment allez-vous ? Avez-vous un gamin nommé Storm, ici ? Je ne sais pas si c'est son nom de famille ou son prénom.

— Qui le demande ?

— Je suis son conseiller juridique.

Le vieil homme me regarda de haut en bas.

— Je suppose que c'est *pro bono* pour un cabinet chic.

— Bonne supposition. J'en déduis qu'il est ici ?

Le flic prit le téléphone et tapa quelques numéros.

— J'ai un joli garçon ici pour Storm. Il a l'air plus cher à l'heure que le connard d'avocat de mon ex-femme pour lequel j'ai dû raquer lors du divorce, donc... pas de précipitation.

La police n'était pas vraiment fan des avocats de la défense. Je secouai la tête.

— Vous devriez essayer un passe-temps plus original. Être épouvantable avec tous les avocats est assez cliché. Mais quoi qu'il en soit, je ne devrais pas avoir à vous rappeler que tout interrogatoire s'arrête maintenant. Et je suppose que, comme il l'est requis, vous avez tenté de bonne foi de contacter le parent ou le tuteur du gamin avant de lui demander quoi que ce soit.

— Vous êtes sûr que vous n'êtes pas de la famille du gamin ? Vous avez le même tempérament.

Il m'indiqua l'autre côté de la pièce et se remit à fixer son ordinateur.

— Installez-vous confortablement sur le joli banc en bois. Je vous appellerai dès qu'on trouvera le temps de le faire.

Je soupirai, mais je savais que se disputer dans un commissariat de police était généralement inutile. Je fis donc ce que l'on me disait et posai mon cul sur le banc. Une demi-heure plus tard, j'étais occupé à répondre à des e-mails quand j'entendis la porte du commissariat s'ouvrir et se refermer. Je ne pris pas la peine de lever les yeux jusqu'à ce que j'entende le sergent dire *Augustus Storm*. Il parlait à nouveau au téléphone, tandis qu'une femme se tenait devant lui au bureau.

Augustus, hein ? Je souris. Pas étonnant que le gamin s'en tienne à Storm. C'était déjà assez difficile de se faire respecter dans ce quartier sans avoir à porter un prénom comme *Augustus*. Je redressai ma cravate et me levai, ayant l'intention de me diriger vers la femme que je supposais être l'assistante sociale du gamin. Mais un seul regard sur son profil et mes pas faiblirent.

Je me figeai.

Le côté de son visage me semblait terriblement familier...

Alors que je la fixais, elle parla de nouveau au sergent de permanence, alors je me penchai et tendis l'oreille.

Cette voix !

Je connaissais ce son doux comme une plume — le genre qui pouvait dire à quelqu'un d'aller se faire foutre sans même qu'il le sache.

Mais ce ne fut que lorsque le sergent pointa son doigt dans ma direction, et que la femme se retourna que je réalisai qu'elle m'*avait* dit d'aller me faire foutre — pas avec des mots, mais avec ses actes. Nos regards se croisèrent et je souris, mais le sentiment n'était pas réciproque. Au lieu de cela, les yeux de la femme s'écarquillèrent tandis que je m'approchais.

— Bonjour, Autumn.

3

Autumn

Oh merde !

L'officier de permanence, complètement inconscient de nos réactions, fit un signe de la main en direction de Donovan.

— L'avocat du gamin est là-bas.

— Hmmm... oui. Merci.

Je fis quelques pas hésitants. Seigneur, il était encore plus beau que dans mon souvenir ! *Waouh ! Juste... Waouh !*

D'abord, ses yeux étaient d'une couleur bleu-gris unique... mais l'étincelle qui en émanait actuellement rendait quiconque incapable de détourner le regard.

Je me raclai la gorge.

— Bonjour.

Il tendit la main vers moi.

— Si j'en crois ta tête, je suppose que tu ne t'attendais pas non plus à me voir.

Je secouai la tête.

— Certainement pas.

Sa main était toujours tendue, et il la montra du regard.

— Elle est propre, je le jure. J'ai lavé les deux dans les toilettes pour hommes il y a un petit moment.

Je me sentis idiote d'éviter le contact, alors je mis ma main dans la sienne. Comme la première fois, il y eut une étincelle. Mon pouls s'accéléra, et mon bras, mon épaule et ma nuque se couvrirent de chair de poule, tous les petits poils se dressant. Sauf qu'aujourd'hui, c'était encore pire que la première fois, parce que je savais ce que ça faisait d'avoir ces mains sur tout mon corps — la meilleure alchimie sexuelle de ma vie, *de loin*, et nous n'avions même pas vraiment couché ensemble.

Il était presque minuit, et Donovan ne semblait pas s'être changé après une longue journée de travail, ce qui signifiait qu'il n'avait probablement pas mis d'eau de Cologne depuis le matin, mais il sentait *toujours* aussi bon. Il tint ma main plus longtemps que pour une poignée de main professionnelle acceptable, et ses yeux restèrent fixés sur mon visage. L'air autour de nous semblait crépiter de la même électricité que lors de notre première rencontre, et je dus détourner le regard pour me rafraîchir. Mais en baissant les yeux vers nos mains jointes, je remarquai les initiales monogrammées sur sa chemise habillée noire et la montre de luxe qui entourait un poignet très masculin. C'était vraiment une situation sans issue.

Je retirai ma main et la mis en sécurité dans ma poche.

— Tu es ici pour Storm ?

Il hocha la tête.

— En effet.

— Tu travailles donc pour *Kravitz, Polk et Hastings* ?

— Encore correct.

— Je n'en avais aucune idée, marmonnai-je dans ma barbe.

Ou du moins en avais-je l'intention.

Il inclina la tête.

— Comment aurais-tu pu ? Ce n'est pas comme si tu m'avais laissé un numéro pour qu'on puisse mieux se connaître.

Normalement, je n'étais pas du genre à rougir, mais je sentis la chaleur remonter le long de mon visage. Je détournai le regard, ayant besoin de me dépêtrer de la toile dans laquelle je me sentais prise.

— Hmmm... Tu as pu parler à Storm ?

— Non. Ils n'ont même pas voulu me dire pourquoi il a été amené ici.

Je soupirai.

— Bagarre. *Encore*.

— Je suppose que ce n'est pas son premier rodéo ?

Je secouai la tête.

— Absolument pas. Il s'est déjà retrouvé mêlé à des bagarres, et une fois, il a été arrêté pour vol à l'étalage.

Quelque chose changea chez l'homme qui se tenait devant moi. Il avait toujours cette lueur dans le regard, mais elle n'était plus focalisée sur moi de la même manière. Donovan mit ses mains sur ses hanches comme s'il passait en mode avocat.

— Quel âge a-t-il ?

— Il a douze ans, ou il les aura dans moins d'une semaine.

— C'est bien. Treize ans, c'est un nombre magique, ici, dans la City. Alors je suis content qu'il n'en soit pas encore là.

Je hochai la tête.

— Mais le juge a menacé de le déplacer, la dernière fois. Il vit à *Park House*, qui est l'un des meilleurs foyers pour jeunes. Le juge a dit que s'il le revoyait, il l'enverrait dans un centre de détention pour mineurs. Il ne faut surtout pas. Ça ne fera qu'empirer les choses pour lui.

La porte menant à la zone arrière où tous les flics étaient installés s'ouvrit.

— Storm ! cria quelqu'un.

Donovan tendit la main pour que je le précède.

À la porte, le policier souleva un porte-bloc.

— Nom ?

— Je suis Autumn Wilde, l'assistante sociale de Storm.

— Donovan Decker, conseiller juridique, répondit celui-ci, toujours derrière moi.

L'officier nous fit traverser la grille et remonter un long couloir, puis il ouvrit la dernière porte à droite. À l'intérieur, nous trouvâmes le gamin menotté à un banc contre le mur.

— Les menottes sont-elles vraiment nécessaires ? Mon client n'a même pas douze ans ! dit Donovan.

L'officier haussa les épaules.

— Il a cassé le nez d'un adulte. Il est considéré comme dangereux.

— Je vais prendre le risque. Enlevez-les-lui.

Le policier secoua la tête, mais s'exécuta. Storm se frotta les poignets dès que les menottes furent enlevées.

— Merci, *porc*, cracha-t-il.

Donovan me dépassa et se planta devant son client, les yeux baissés vers lui. Il désigna l'officier et parla d'un ton ferme et sévère.

— Augustus, excuse-toi auprès du gentil officier.

— Mais il...

— *Tout de suite !*

Storm leva les yeux au ciel.

— D'accord. Peu importe. Je suis désolé que tu sois un porc.

— Pas comme ça, Augustus, le mit en garde Donovan.

— D'accord. *Désolé.*

L'officier sortit en nous regardant.

— Bonne chance.

Dès que la porte se referma, Storm se leva et commença à dire que ce n'était pas sa faute. Donovan leva simplement la main et lui lança un regard d'avertissement. Surpris, le gamin ferma la bouche.

— Assieds-toi et réponds seulement aux questions qu'Autumn et moi te poserons.

Storm bouda, mais il se tut et prit place à la table. Donovan tira une chaise et me fit signe de m'y asseoir.

— Merci.

Je parlai à Storm pendant que Donovan fouillait dans sa sacoche et déballait son matériel d'avocat.

— Tu sais ce que le juge a dit la dernière fois, Storm ?

— Ce n'était pas ma faute. C'est le mec qui a commencé.

Donovan fit cliquer son stylo et prépara un bloc-notes jaune.

— Commençons par là. Le mec a un nom ?

— Sugar.

— Pourquoi pas un vrai nom ?

Storm haussa les épaules.

— Je ne sais pas. Tout le monde dans le quartier l'appelle Sugar.

— Bien. Dis-moi ce qui a précipité ta bagarre avec Sugar.

Durant les vingt minutes suivantes, Storm tissa une histoire élaborée qui débuta par le vol de son vélo et se termina par une bagarre avec un jeune de dix-huit ans. Je le connaissais depuis trois ans maintenant, alors je savais qu'il ne fallait pas le croire sur parole quand il avait peur.

Et il *avait* peur au poste de police, qu'il l'admette et me laisse entrevoir cette vulnérabilité ou non.

Donovan passa quelques coups de fil, demandant des informations sur un type nommé Sugar à je ne sais qui à minuit, puis il quitta la pièce pour parler à la police.

Quand il revint, il dit :

— J'ai une bonne et une mauvaise nouvelle. La bonne nouvelle est que j'ai obtenu qu'ils te gardent ici pour la nuit plutôt que de t'envoyer au centre de détention. Comme tu es mineur, tu resteras seul dans une cellule. Et demain matin, ils t'emmèneront au palais de justice pour l'audience préliminaire. Mais la mauvaise nouvelle, c'est qu'ils t'inculpent pour agression. Tu as cassé le nez du gars et dévié son septum. Il va avoir besoin d'une opération.

Je secouai la tête.

— Mince ! Bon, eh bien, je suppose que nous n'avons pas d'autre choix que de prendre les choses au jour le jour.

Je regardai Storm.

— Je suis contente qu'au moins, tu puisses rester ici ce soir.

Un peu plus tard, Donovan et moi dîmes bonne nuit au petit. Je détestais le laisser seul, mais ce n'était pas la première fois que nous faisions cela, et ce n'était pas comme si j'avais le choix. Nous lui promîmes de le retrouver au palais de justice et lui conseillâmes de dormir un peu.

Dehors, sur les marches du commissariat, je pris une grande inspiration.

— Merci d'être venu. Je ne sais plus quoi faire de lui.

— Il a de la famille ?

— Sa mère est une droguée. Quand ils l'ont trouvé, il vivait seul dans un immeuble abandonné. Avant, il vivait dans une voiture avec sa mère et son nouveau petit ami, jusqu'à ce que ce dernier lance un ultimatum : c'était le gamin ou lui. Il est parti le lendemain parce que la voiture était chauffée et qu'il ne voulait pas que sa mère soit dehors dans le froid. Il ne connaît pas d'autre famille, et la mère dit qu'il n'y a qu'eux.

Donovan passa une main dans ses cheveux.

— C'est dur.

— C'est également un enfant intelligent. Il ne fait pas ses devoirs et ne fait aucun effort, mais il a quand même de bonnes notes à tous ses contrôles. Il parle aussi couramment l'espagnol et le russe, et il connaît un peu le polonais.

— Trois langues ? Sa mère est bilingue ?

— Non. Sa mère est allemande, je crois. Mais elle ne parle rien d'autre que l'anglais. Quand je l'ai interrogée à ce sujet, elle a dit qu'ils avaient beaucoup bougé dans Brooklyn. Quand ils vivaient à Brighton Beach, il est allé à l'école avec un grand nombre d'enfants russes, et il l'a appris comme ça. Le polonais, c'est quand ils vivaient près de Greenpoint. L'espagnol, il l'a absorbé de divers amis au fil des ans.

— Enfant intelligent. Son cerveau ressemble à une éponge.

— C'est le cas. Pourtant, je n'arrive pas à l'atteindre.

— Les enfants seuls n'acceptent pas facilement l'aide ni n'écoutent les gens. Mais je suppose que je n'ai pas besoin de te le dire.

Je hochai la tête.

— J'espère juste qu'il ne sera pas envoyé dans un centre de détention pour mineurs. Certains sont aussi durs qu'une prison, pour des enfants.

— Je sais. Je ferai de mon mieux.

Je me rendis soudain compte combien c'était calme à l'extérieur du poste de police. Il n'y avait que nous deux, et cela me donna envie de fuir aussi vite que possible.

— Tu as besoin de quelque chose de ma part pour l'audience préliminaire ?

— Non, ce n'est qu'une formalité.

— Oh ! D'accord. Eh bien, merci encore ! Je te verrai demain matin, alors.

Je le saluai maladroitement et commençai à m'éloigner.

Mais Donovan attrapa ma main.

— Pas si vite...

Merde !

Je pris le risque de lever les yeux vers lui, et il haussa silencieusement les sourcils comme s'il s'attendait à ce que je parle.

— Quoi ? demandai-je.

— Va-t-on faire comme si ce week-end n'avait jamais eu lieu ?

Je me mordis la lèvre inférieure, priant pour que ce soit une question rhétorique. Quand le silence s'éternisa, je réussis à dire :

— Ce serait super. Merci.

Donovan sourit.

— Bien essayé, mais aucune chance.

Je soupirai.

— Je suis retourné à ce Starbucks tous les jours pendant deux semaines en espérant tomber sur toi.

Il fit une pause et chercha mon regard.

— Comme tu as filé en douce de chez moi et que tu ne m'as laissé aucun moyen de te contacter, je ne connaissais même pas ton nom de famille jusqu'à ce que tu le dises à l'officier de police à l'intérieur. Wilde...

Il sourit.

— Ça te va bien.

Mon cœur se serra un peu. Presque un an s'était écoulé, et pourtant, je pensais encore à lui chaque fois que je passais devant *n'importe quel* Starbucks. Seulement, contrairement à lui, j'avais évité d'entrer dans celui où nous nous étions rencontrés après notre week-end ensemble.

— Désolée... Je, euh...

Ses sourcils se rapprochèrent l'un de l'autre.

— Es-tu mariée ?

— Mon Dieu, non !

— Tu n'as pas... passé un bon moment ? Parce que je pensais que si.

Il me fit un sourire en coin plein de fossettes, ce qui fit fléchir mes genoux.

— Je pensais que tu avais passé *plusieurs* bons moments.

Je ne pus m'empêcher de rire.

— Oui, j'ai passé un bon moment.

— Alors, pourquoi tu m'as envoyé balader ?

— J'ai juste... Je cherchais ce que nous avons eu. Pas plus.

Il sembla digérer ça pendant une minute avant de hocher la tête.

— Tu aurais pu simplement le dire. Je suis un grand garçon. J'aurais aimé te dire au revoir. Peut-être même te préparer un petit déjeuner, te faire du café, au moins.

Je me sentais gênée et j'étais contente qu'il fasse si noir dehors.

— Désolée. Je... je ne suis pas douée pour ces choses-là.

Donovan frotta sa lèvre inférieure avec son pouce. C'était l'une des choses qui m'avaient attirée lors de notre première rencontre. Il prenait son temps et choisissait ses mots, plutôt que de faire ce que la plupart des gens font — débiter les pensées qui leur viennent immédiatement à l'esprit. Enfin... Ça et ses larges épaules, ses yeux fascinants et sa structure osseuse qui aurait dû faire de lui un candidat pour être une cinquième tête sculptée sur le mont Rushmore. Au diable les présidents. Ça, j'irais le voir.

— Tu es désolée ? Alors, ça veut dire que tu te sens mal de la façon dont les choses se sont terminées ?

Mon visage se plissa.

— Oui. C'est pour ça que je me suis excusée.

— Eh bien, puisque tu te sens mal, je devrais te laisser te rattraper. Pour qu'on soit quittes.

Je gloussai.

— Et comment je ferais ça, exactement ?

— Prends avec moi le café que tu as fui... maintenant.

Il fit un mouvement de tête vers le trottoir d'en face.

— Il y a un *dîner* ouvert vingt-quatre heures sur vingt-quatre à un pâté de maisons d'ici.

C'était tentant, mais je savais que c'était une mauvaise idée. J'offris un sourire conciliant.

— Il est assez tard. Je devrais rentrer chez moi.

Donovan se força à sourire, mais je voyais qu'il était déçu. Honnêtement, je l'étais aussi. Il fourra ses mains dans ses poches.

— Je te verrai demain, alors ?

J'acquiesçai d'un hochement de tête.

— Bonne nuit, Donovan.

Je croyais que c'en était terminé, et nous commençâmes à nous éloigner, mais après quelques pas, il cria.

— Hé, Red !

Je m'arrêtai et me retournai. Même si j'avais les cheveux auburn, il était la seule personne à m'avoir jamais appelé ainsi.

— Le tribunal ne prendra qu'une heure. Donc il ne sera pas trop tard pour prendre un café ensuite.

Je ris.

— Bonne nuit, monsieur Decker.

— Oh, ça a été une bonne nuit !

Il sourit.

— Et j'ai hâte d'être à demain.

4

Donovan

— Tu ne parles pas, sauf si le juge te pose une question et que je te donne le feu vert pour répondre. Compris ?

— Peu importe.

Passer la nuit enfermé dans une cellule de prison n'avait pas emballé plus que ça mon client au tempérament enjoué. Alors que ce comportement chez un client m'aurait normalement mis hors de moi, c'était beaucoup d'efforts de faire semblant d'être énervé contre ce gamin. Il me rappelait tellement moi-même à cet âge que je trouvais cela amusant.

Je me raclai la gorge.

— Pas *peu importe*. Dis-moi que tu as compris ce que j'ai dit et que tu vas suivre mes règles.

Storm leva les yeux au ciel.

— Très bien. Parle quand on te parle. J'ai compris, d'accord ?

— C'est mieux.

Je relevai la manche de ma chemise pour vérifier l'heure sur ma montre. Nous avions encore quelques minutes avant que le garde ne l'appelle pour la parade d'identification et le défilé obligatoire des accusés jusqu'à la salle d'audience à l'étage. Seuls les avocats étaient autorisés en bas pour rendre visite à leurs clients avant la lecture de l'acte d'accusation, et c'était donc la première fois que j'étais seul avec lui. Je me dis que je pourrais tout aussi bien faire bon usage de cette occasion.

— Ton assistante sociale... depuis combien de temps travailles-tu avec elle ?

Il haussa les épaules.

— Je ne sais pas. Quelques années, je suppose.

— Tout va bien avec elle ?

Un autre haussement d'épaules.

— Elle a un beau cul.

Je pointai mon doigt vers lui.

— Hé, ne sois pas irrespectueux, petit con !

— Quoi, vous n'aimez pas son cul ? Il est beau et rond.

— Premièrement, c'est une dame, alors, ne parle pas comme ça. Ensuite, je suppose qu'elle est probablement la seule bonne chose que tu aies dans ta vie la plupart du temps, alors ne mords pas la main qui te nourrit. Et enfin, tu as *douze ans* !

Je laissai de côté « dernièrement, il n'est pas beau et rond, c'est plutôt un cœur à l'envers ».

— Peu importe. Elle est cool. Elle sait conduire un camion.

Je fronçai les sourcils.

— Autumn sait conduire un camion ? Tu veux dire une camionnette ou un pick-up ?

Storm secoua la tête.

— Non. Un gros dix-huit-roues.

— Comment tu sais ça ?

— Parce qu'une fois, on était à une de ces stupides retraites dans le nord de l'État où nous envoie *Park House.*

Un type a garé son camion pile devant l'entrée du lieu. Lui et un autre gars discutaient. Elle est sortie de notre voiture et lui a demandé de le déplacer ; il lui a répondu qu'il était occupé et qu'il allait le faire. Ça l'a énervée. Alors elle lui a demandé si les clés étaient à l'intérieur. Le type a ri et lui a dit de se faire plaisir si elle pensait pouvoir conduire un camion à dix-huit vitesses. Elle nous a dit de rester dans la voiture, puis elle a déplacé le camion un bloc plus loin, l'a garé et est revenue.

Je ne savais pas quel type d'informations j'avais cherché, mais ce n'était pas ça. Cependant, je la pris.

— Que sais-tu d'autre sur madame Wilde ?

Il haussa les épaules.

— Elle déteste les bagarres. Deux ou trois fois, elle était là quand des enfants se sont battus. Ce sont à peu près les seules fois où je l'ai vue se mettre *vraiment* en colère. La plupart du temps, elle ne répond pas au téléphone quand son père l'appelle, et elle a de mauvais goûts en matière de musique.

— Quel genre de musique écoute-t-elle ?

Le gamin fit une grimace.

— Quoi, vous écrivez un livre ?

Heureusement, le garde évita au petit emmerdeur de subir un autre interrogatoire. Il ouvrit la porte et dit :

— Allons-y, Storm. C'est l'heure du spectacle.

Je pliai le carnet en cuir dans lequel j'avais noté des choses dont je voulais me souvenir et me mis debout avec mon client.

— N'oublie pas, je me fiche de ce que le juge *te* dit ou dit *sur toi*, tu ne dis pas un mot sans ma permission.

Il fronça les sourcils, mais hocha la tête en sortant.

De retour à l'étage, je fis une halte aux toilettes pour hommes avant de me rendre à la salle 219, où l'audience préliminaire de Storm aurait lieu une quinzaine de minutes plus tard. Je repris du poil de la bête en trouvant une certaine assistante sociale rousse assise sur un banc à l'extérieur de la salle. Autumn griffonnait sur un bloc sur ses genoux, aussi ne me vit-elle pas approcher.

— Bonjour.

Elle leva ses grands yeux verts vers moi.

— Oh, salut ! Je suis contente que nous puissions nous voir avant l'audience.

— Je t'ai manqué, hein ? répliquai-je avec un grand sourire.

Elle rit.

— En fait, après être rentrée chez moi hier soir, j'ai pensé à des choses que tu pourrais vouloir dire au juge à propos de Storm. J'étais en train de les écrire.

— Voyons ce que tu as trouvé.

Je m'assis à côté d'elle et tendis la main pour qu'elle me passe la liste.

En parcourant les notes, je constatai que, après avoir parlé à mon client et sorti son casier judiciaire, je savais déjà la plupart des choses qu'elle avait notées. Autumn avait listé ses arrestations antérieures, le nom de sa mère et le nom du psy qu'il devait voir tous les mois, comme stipulé dans sa dernière négociation de peine. Elle avait aussi répertorié ses notes. Je soulevai le papier pour m'assurer que je lisais correctement la dernière partie.

— C'est vrai ? Sa moyenne générale est de quatre-vingt-dix-neuf ?

Autumn acquiesça.

— Et il prend aussi tous les cours avancés. La seule raison pour laquelle il n'a pas 100, c'est qu'il a eu 90 en sport.

Mes sourcils se dressèrent.

— En sport ? Sérieusement ? C'est ce qui fait baisser sa moyenne ?

La veille, elle avait mentionné que le gamin était un bon élève, et quand, un peu plus tôt, j'avais demandé à Storm comment ça se passait à l'école, il avait grommelé un « bien ». J'avais supposé que cela signifiait qu'il n'échouait dans aucune matière et que ses notes devaient tourner autour des soixante-dix pour cent.

— Il a eu des problèmes deux fois en sport pour avoir lancé trop fort un ballon de football sur des gamins, alors le prof a baissé sa note. Sinon, il aurait eu 100.

Je secouai la tête.

— Ses notes sont en fait une bonne information à mentionner au juge. Son épouse est enseignante, donc il accorde beaucoup d'importance aux résultats scolaires des enfants. Je vais l'utiliser. Merci.

Alors que j'allais rendre le papier à Autumn, j'eus un déclic et le repris pour l'examiner de plus près. *Oui, c'était sa liste.*

L'après-midi du jour où nous nous étions rencontrés pour échanger nos bagages, j'avais fouillé dans sa valise. Elle avait été si catégorique sur le fait que je ne devais pas regarder ; comment pouvais-je ne pas le faire ? À l'intérieur, il y avait des trucs sacrément intrigants — d'énormes vibromasseurs et autres trucs dans le genre qui, je l'avais appris par la suite, avaient servi d'accessoires pour l'enterrement de vie de jeune fille duquel elle revenait. Mais j'étais aussi tombé sur une sorte de liste — une liste d'excuses, dont certaines étaient rayées. Je l'avais oubliée jusqu'à ce que je la retrouve sous mon lit la semaine suivante. Elle avait dû s'y glisser quand j'avais refait son sac. J'ignorais si c'était elle qui l'avait écrite ou quelle en était la signification, mais voir son écriture me fit m'en souvenir. Elle avait une cursive penchée assez caractéristique.

— Tu es gauchère ? demandai-je.

Elle hocha la tête et leva la main pour me montrer le dos de son poignet.

— C'est l'encre que j'ai toujours sur le dos de la main ou mon horrible écriture qui m'a trahie ?

— L'inclinaison. Mon assistante a la même.

Cela faisait longtemps que je n'avais pas parcouru la liste qu'elle avait écrite, alors je ne me souvenais plus trop de ce qui s'y trouvait. Je savais qu'il y avait quelques excuses de base, des choses comme : « mon téléphone est sur le point de rendre l'âme. Le travail appelle sur l'autre ligne. Je vais entrer dans un bâtiment où le réseau est terrible. » Mais il y avait aussi des excuses assez étranges, comme : « Mon poisson se noie. »

Autumn rangea les informations sur Storm dans un dossier sur ses genoux et commença à dire quelque chose quand son téléphone sonna. *Papa* apparut sur l'écran. Me rappelant ce que Storm m'avait dit — qu'elle répondait rarement au téléphone quand son père appelait —, voir ses sourcils se froncer quand elle lut le nom me sembla logique. Alors qu'elle hésitait à répondre, un officier de justice ouvrit la porte à côté de nous.

Il regarda son bloc-notes et cria à la volée :

— Affaire 5487723-B, Storm !

Autumn me regarda et prit une profonde inspiration.

— C'est nous.

Nous nous levâmes. Son téléphone était toujours dans sa main et *Papa* réapparut. Je ne savais pas trop si elle l'avait remarqué, alors je le montrai du regard.

— Tu dois prendre d'abord cet appel ?

— Non, c'est bon. Je le rappellerai plus tard.

L'audience préliminaire se passa bien. Je plaidai en faveur de mon client, et Storm fut remis à la garde de l'État, représenté par les services sociaux. Il devrait aussi se présenter à un APM — agent de probation pour mineurs. Mais nous avions quelques mois avant de devoir monter un dossier. Malgré tout, le gamin devait se tenir à l'écart des problèmes.

Une fois que nous eûmes récupéré ses affaires dans la salle des biens, je demandai à Autumn si je pouvais avoir quelques minutes seul avec mon client.

— Oui. Bien sûr.

Je fis un signe de tête en direction des toilettes pour hommes quelques portes plus loin.

— Entre dans mon bureau, petit.

— Je peux pisser pendant que vous me rebattez les oreilles ?

— Tu peux attendre que j'aie fini. Allons-y !

Dans les toilettes pour hommes, j'attendis que le type qui se lavait les mains ait terminé et soit sorti. Puis je m'appuyai contre le lavabo et croisai les bras sur le torse.

— J'ai parlé à quelques personnes. Sugar n'a pas seulement pris ton vélo.

Je lançai un regard furieux à mon client.

Il détourna les yeux.

— Si. Il a volé mon vélo.

— *Voler* implique qu'il l'a pris sans te dédommager correctement. Mais ce n'est pas ce qui s'est passé, n'est-ce pas, Storm ?

Le matin même, j'avais contacté un ami qui vivait encore dans le quartier où Storm traînait et lui avais demandé de faire des recherches. Apparemment, Sugar était un dealer local. Je n'étais pas sûr de ce qui s'était passé, mais j'avais un bon pressentiment.

— Ce type est un con !

Storm était un garçon imposant pour à peine douze ans, mais je mesurais presque un mètre quatre-vingt-dix. Je me penchai, les mains sur les cuisses, et je lui parlai les yeux dans les yeux.

— Je connais déjà la vérité. Alors si tu essaies de me mentir, je le saurai, bluffai-je. Je ne peux pas te défendre si tu n'es pas honnête avec moi. Tu peux peut-être te débrouiller dans la rue, mais crois-moi, tu auras des problèmes s'ils te transfèrent dans un endroit comme le centre de détention pour mineurs de Wheatley. J'ai entendu dire que tu es un gamin intelligent. Tu sais ce qu'est un schéma répétitif ?

Storm secoua la tête.

— C'est quand quelqu'un répète un comportement... généralement quelque chose qu'on lui a fait subir. Quatre-vingts pour cent des enfants de Wheatley ont été victimes d'abus physiques ou sexuels dans leur enfance. Tu peux additionner deux et deux et comprendre ce que je te dis qu'il se passe à Wheatley ?

Le muscle de la mâchoire de Storm se contracta, mais il tint bon.

— Pourquoi ne pas commencer par le début ? Combien tu devais à Sugar ?

Il réfléchit à sa réponse pendant une minute avant de baisser les yeux.

— Quarante.

Je le savais !

— Il a pris ton vélo parce que tu ne l'as pas payé, et tu as essayé de le récupérer.

— Je ne pensais pas qu'il était chez lui. Je voulais juste reprendre mon vélo.

— Tu fumes juste de l'herbe ou tu prends d'autres drogues ?

— Juste de l'herbe.

Je le fixai dans les yeux pendant trente bonnes secondes. Les enfants des rues étaient bien plus difficiles à lire que les connards en costume qui volaient des millions, mais j'étais presque sûr qu'il disait la vérité.

Je me redressai et hochai la tête.

— Très bien. Je vais voir ce que je peux faire de cette information. Mais tu es sur la corde raide, gamin. Tu ne peux rien faire de mal — ni acheter de l'herbe ni te battre à nouveau, rien. Bon sang, ne jette même rien sur la voie publique !

Il fronça les sourcils.

— Bien.

Je montrai la porte d'un mouvement de tête.

— Allons-y. Madame Wilde nous attend.

Quand nous arrivâmes à la porte des toilettes pour hommes, Storm s'arrêta et me regarda.

— Si vous êtes mon avocat, vous êtes soumis au secret professionnel, non ?

Le coin de ma bouche se contracta. Le gamin était déjà plus intelligent que monsieur Bentley.

— C'est exact.

— Donc vous ne pouvez pas dire à madame Wilde que j'ai acheté de l'herbe, pas vrai ?

Je lui avais dit, en gros, que l'endroit où il risquait d'être envoyé était rempli d'agresseurs d'enfants, et il était plus inquiet de décevoir Autumn. C'était le premier aperçu que j'avais de l'enfant toujours présent à l'intérieur de ce corps en pleine croissance.

Je mis ma main sur son épaule.

— Tu as ma parole.

Dehors dans le hall, Autumn nous regarda à tour de rôle.

— Tout va bien ?

Je hochai la tête.

— Tout roule.

— Le greffier a dit que Storm avait vingt-quatre heures pour s'enregistrer auprès du service de probation des mineurs, mais le bâtiment est juste à côté. Tu penses qu'on peut y aller maintenant ?

— Je pense que c'est une bonne idée.

Autumn regarda Storm, puis moi.

— D'accord, eh bien... dis merci à monsieur Decker.

La dernière chose que je voulais, c'était d'être absent du bureau toute la matinée, mais je n'étais pas prêt à laisser Autumn repartir si vite. Ce ne serait pas la première fois que je travaillerais toute la nuit pour rattraper les heures facturables perdues.

— Je vais vous accompagner. Je connais quelques APM. Je peux peut-être vous faire entrer plus rapidement.

— Oh ! Ce serait génial, si ça ne te dérange pas.

— Je ne savais pas que tu t'occupais de ce type de droit pénal, dit Autumn. Je pensais que tu faisais plus dans la criminalité en col blanc.

Autumn et moi étions assis dans le hall du service de probation pendant que le nouveau APM de Storm lui parlait seul à seul. Je n'avais plus aucune raison d'être là, maintenant qu'il était entré — enfin, aucune raison professionnelle.

— C'est le cas, lui dis-je. Je n'ai touché à rien d'autre qu'à du blanchiment d'argent, du délit d'initié et du détournement de fonds depuis au moins six ans. J'ai été assistant du procureur pendant un an juste après la fac de droit, à poursuivre des crimes de classe B. J'ai changé de côté et, un an plus tard, je suis passé de la criminalité urbaine à celle de Wall Street. Mais l'un des associés de mon cabinet m'a demandé de prendre l'affaire de Storm dans le cadre de notre programme *pro bono*. C'est lui qui s'occupe normalement de la délinquance urbaine, mais je suis candidat au titre d'associé, et il sait que j'ai besoin de son vote, alors il me l'a refilé.

Je surpris le regard d'Autumn.

— Je trouvais que ce gars faisait son connard, comme d'habitude, mais je crois que je lui dois des remerciements, maintenant.

Elle tenta de cacher son sourire en baissant les yeux.

— Quel est le nom de l'associé qui t'a assigné sur l'affaire ?

— Blake Dickson. Nous l'appelons le Dick, parce que c'est une vraie tête de nœud.

Autumn hocha la tête.

— Comment s'est passé le mariage de ton amie ? Il a dû avoir lieu, maintenant, non ? La mariée a-t-elle fait sa danse jusqu'à l'autel ?

Autumn en resta bouche bée.

— Oui, et le mariage était génial, mais je n'arrive pas à croire que tu te souviennes de ça.

— C'est assez difficile d'oublier une histoire sur une mariée qui prévoit de remonter l'allée en dansant sur *Crazy Bitch* de Buckcherry.

Elle rit.

— Oui, je suppose.

— Et puis...

J'attirai son regard.

— ... je me souviens de tout concernant notre week-end ensemble.

J'hésitai à dire autre chose, mais elle m'avait vraiment ébranlé quand elle avait disparu et je ressentais le besoin de le lui faire savoir. Aussi ignorai-je le fait que j'avais probablement l'air d'une mauviette désespérée et me raclai-je la gorge.

— Je me souviens que tu ne portes toujours qu'un seul écouteur à la fois, jamais deux, afin d'être consciente de ton environnement. Mais tu alternes le droit et le gauche tous les dimanches pour que l'autre ne se sente pas négligé. Tu accélères aussi quand tu passes sur un pont, juste au cas où il s'effondrerait. Et tu connais une tonne d'anecdotes parce que tu as un besoin incessant de te plonger dans tout ce dont tu entends parler et sur quoi tu as l'impression de ne pas en savoir assez, ce qui te fait te perdre dans des recherches sur Google pendant des heures. Si je ne me trompe pas, il s'agissait de gagnants de la loterie, parce qu'on avait regardé ce film sur un type qui gagne et perd tout son argent. Tu as passé une heure à me parler de choses qui avaient plus de chances de se produire que gagner à la loterie pendant que je nous préparais le dîner. De plus, tu dors avec les couvertures sur la tête, et tu es si petite qu'il est difficile de dire si tu es dans le lit ou si c'est juste une bosse faite par les couvertures.

Autumn cligna des yeux plusieurs fois.

— Comment sais-tu comment je dors ? Nous n'avons jamais dormi dans la même chambre, sauf pour quelques courtes siestes. Je dormais dans ton lit, et tu dormais sur le canapé.

Je souris.

— Je suis venu jeter un coup d'œil. Il se peut que j'aie retiré les couvertures et t'aie regardée dormir pendant une minute ou deux une fois.

— C'est un peu effrayant...

— Je voulais m'assurer que tu allais bien. Et puis je n'ai pas pu détacher mes yeux de toi. Tu es belle, même quand tu dors.

Elle détourna le regard, et quand elle s'adressa à nouveau à moi, elle évita le contact visuel.

— Ce qui va arriver à Augustus cette fois me rend nerveuse. Sa dernière arrestation remonte à quelques mois seulement.

Je supposais que c'était la fin de notre voyage dans le passé...

— J'ai peut-être quelque chose que je peux utiliser pour faire disparaître tout ça.

— Que veux-tu dire ?

— Les procureurs n'aiment pas particulièrement punir des enfants de douze ans, surtout ceux qui ont du potentiel, comme Storm. Donc si on peut leur apporter quelque chose qu'ils *aiment* poursuivre et les aider à voir qu'il y a aussi une bonne voie pour notre client sans le mettre dans un centre de détention juvénile ou l'envoyer dans un endroit où il ne fera qu'empirer, alors généralement, ils trouvent un arrangement.

Son nez se plissa.

— Je ne te suis pas. Qui aimeraient-ils poursuivre en justice ?

Même sans le secret professionnel, je n'allais pas rompre ma promesse à Storm. Les enfants comme lui ne faisaient pas confiance facilement, alors s'ils sentaient que l'on n'avait pas tenu parole, on les perdait pour de bon.

— Laisse-moi faire, d'accord ?

Elle avait l'air méfiante.

— D'accord...

Cette fois-ci, quand elle essaya de détourner le regard, je m'assurai de l'atteindre.

— Autumn ?

Elle leva les yeux et croisa mon regard.

— Fais-moi confiance, d'accord ? Je vais faire tout ce que je peux pour lui.

Avec un soupir, elle hocha la tête.

— D'accord. Merci.

Mon téléphone portable sonna dans ma poche. Le sortant, je vis que c'était le bureau. Je regardai ma voisine.

— Excuse-moi une minute.

Elle hocha la tête, alors je pris l'appel et me levai, m'éloignant de quelques pas.

— Donovan Decker...

— Decker, comment s'est passée l'audience ?

Oui, bonjour à vous aussi, Mister Dick.

— Salut, Blake. L'audience s'est bien passée. Plutôt standard.

— Vous allez pouvoir faire sortir le gamin ?

— Je ferai de mon mieux. J'ai peut-être une petite piste à exploiter.

— Vous avez intérêt. Il y a beaucoup d'enjeux pour vous.

Sérieusement ? Sept fichues années à gagner des dizaines de millions sur des affaires très médiatisées, et mon destin reposait sur une affaire *pro bono* que je n'aurais même pas dû avoir, pour un gamin de douze ans, pendant qu'il décidait s'il votait pour que je devienne associé ou non ? J'avais envie de l'envoyer chier, mais au lieu de ça, je m'envoyai chier — même si, physiquement, je me contentai de déglutir pour refouler mes pensées et faire de la place pour mon léchage de bottes.

— Absolument, je ne vous décevrai pas.

Clic ! Ce connard me raccrocha au nez.

Je secouai la tête et grommelai dans ma barbe. *Passe une bonne journée, toi aussi, Ducon !*

Aussi exaspéré que m'ait rendu cette courte conversation, ma colère se dissipa rapidement lorsque je me retournai. Autumn tenait ses épais cheveux auburn dans sa main et les attachait en un de ces chignons que les filles faisaient plus vite qu'un ninja. Cheveux lâchés ou relevés, elle était belle, mais les voir amassés sur sa tête me rappela le matin où je m'étais réveillé et l'avais trouvée devant ma cuisinière, à préparer le petit déjeuner vêtue de l'un de mes tee-shirts. Elle fredonnait *Little Boxes*, une vieille chanson qui avait fait son retour en tant que bande originale de la série *Weeds*, et je l'avais secrètement prise en photo. Trent me cassait encore les couilles avec ce cliché. Je le lui avais montré une fois, en zoomant pour qu'il ne puisse pas voir ses jambes nues, mais elle était dans mon dossier de favoris — la seule photo pour laquelle j'avais appuyé sur le petit cœur afin de la mettre dans ce dossier de mon iPhone.

Je n'avais pas réalisé que je la fixais jusqu'à ce qu'Autumn me surprenne. Les coins de ses lèvres se relevèrent légèrement, et sa tête s'inclina sur le côté. Je m'approchai, me sentant incroyablement bien de voir qu'elle semblait aimer que je la regarde.

— Désolé. C'était mon bureau. Tu dois avoir des amis haut placés pour que le Dick appelle et vérifie comment se passent les choses. Je crois que c'est la troisième fois que ce type m'appelle en sept ans, et c'est le deuxième appel en vingt-quatre heures à propos de ton affaire.

— Hmm… oui, je suppose.

— Tu as dit que ton père était avocat, non ? C'est comme ça que tu as obtenu que mon cabinet prenne cette affaire ? Il connaît quelqu'un ? Nous n'acceptions plus de nouveaux cas *pro bono* cette année.

— En fait, ce n'est pas grâce à mon père. Je connais en quelque sorte quelqu'un de ton cabinet.

— En quelque sorte ?

Elle baissa les yeux

— Je sors avec l'un des avocats.

Mon estomac fit un plongeon. Elle fréquentait un autre homme ? Quelqu'un que je *connaissais* ? Mais si je pensais que cette nouvelle était un coup de pied dans le ventre, j'eus une autre surprise quand elle lâcha la bombe suivante.

— Quel avocat ? demandai-je.

Elle grimaça, se forçant à sourire.

— Je crois que tu l'appelles le Dick.

5

Donovan

J'étais assis à mon bureau avec une carte de visite entre les doigts, la tournant sans cesse, perdu dans mes pensées. Je n'avais même pas remarqué que Juliette était entrée jusqu'à ce qu'elle pose ses fesses sur l'une de mes chaises.

— *Tu en fais une tête*[1] ! dit-elle.

— Non. Je ne suis pas d'humeur pour une branlette. Merci quand même.

Elle rit.

— Pourquoi cette tête, mon ami ?

— Je réfléchis juste à une affaire.

Juliette était originaire de France, mais nous avions débuté ensemble au cabinet en tant que stagiaires d'été, avec Trent et douze autres personnes. Nous avions été les trois seuls à être embauchés cet automne-là, et nous étions restés proches depuis. Trent et elle passaient habituellement beaucoup de temps à parler de leur vie amoureuse, ou de leur absence de vie amoureuse — analysant pourquoi leurs relations ne semblaient jamais

---

1 NdT : En français dans le texte

fonctionner. Je commentais et donnais mon avis, mais ce n'était pas courant que nous examinions la mienne, parce que la plupart du temps, j'étais relativement satisfait de la façon dont mes non-relations fonctionnaient. Cependant, aujourd'hui, je me disais que j'aurais bien besoin de l'avis d'une femme...

— Je voudrais te demander quelque chose. Tu as un type ?

— D'hommes ?

Je hochai la tête.

— Que ce soit pour le physique ou la personnalité.

— J'en ai un. J'ai tendance à être attirée par les *losers*.

Je souris.

— Non, vraiment.

— Malheureusement, je ne plaisante pas. Je suis attirée par les artistes — peintres, sculpteurs, écrivains — qui sont, pour la plupart, au chômage la moitié du temps.

— Qu'est-ce qui t'attire chez eux ?

Elle haussa les épaules.

— Je ne sais pas. Je suppose que j'aime qu'ils soient des livres ouverts faciles à lire. Les artistes ont tendance à être en contact avec leurs émotions et à se soucier de choses qui me tiennent à cœur, comme l'environnement et la justice sociale. Je trouve très sexy un homme qui se passionne pour des choses qui ne lui rapportent pas forcément d'argent.

— Et sur le plan physique ?

— Tu as rencontré les mecs avec qui je suis sortie. Ils sont généralement minces, avec un look hippie mais terre à terre, comme si on ne savait pas trop s'ils sont sans abri ou pas.

Elle me regarda de haut en bas.

— Fondamentalement l'opposé de toi, mon joli. Mais pourquoi tu me demandes ça ?

— J'essaie de comprendre comment une femme pourrait sortir avec moi, puis avec un vrai connard.

Elle sourit fièrement.

— Ce n'est pas la même chose ?

Je pris une feuille de papier sur mon bureau, en fis une boulette et la jetai sur elle.

Elle rit et l'attrapa.

— Qu'est-ce qui t'arrive ? Crache le morceau, Decker.

Je soupirai.

— Tu te souviens que je t'ai parlé d'Autumn ?

— Bien sûr. La femme avec qui tu as passé tout un week-end de célibat et dont tu es tombé amoureux parce qu'elle n'a pas laissé tomber, et qui t'a largué avant que tu puisses la larguer *elle* ?

Je levai les yeux au ciel. Je croyais entendre Trent.

— Ce n'est pas pour ça que je l'aimais bien. Mais peu importe, je n'ai pas le temps d'en débattre. Je dois encore facturer douze heures aujourd'hui, et il n'en reste que six pour finir la journée. Bref, je suis tombé sur elle.

— Oh, waouh ! Comment ça s'est passé ?

Je fronçai les sourcils.

— Elle m'a dit qu'elle ne m'avait pas laissé son numéro parce qu'elle ne cherchait pas plus que ce que nous avons eu.

— Aïe !

Je secouai la tête.

— Mais notre alchimie est toujours là.

— On dirait qu'avoir une relation n'est pas son truc, alors.

— C'est ça, le problème. Elle voit quelqu'un en ce moment.

— Peut-être que tu l'as rencontrée quand elle traversait quelque chose.

— Je ne sais pas, dis-je avant de hausser les épaules. Peut-être.

— Tu as quand même eu son numéro ?

Je montrai la carte de visite toujours dans ma main.

— C'est l'assistante sociale d'un mineur qui a été arrêté. Un dossier *pro bono*. Donc elle me l'a donné pour le travail, pas exactement parce qu'elle veut que je l'emmène quelque part.

— D'accord... Je suis toujours perdue sur l'origine de cette conversation. Autumn est la femme qui sort avec le connard ?

Je confirmai d'un hochement de tête.

— Tu l'as rencontré ? Il était avec elle ?

— Non, il n'était pas avec elle. Mais il n'y a aucun doute sur le fait que je l'ai rencontré.

Je la regardai droit dans les yeux.

— Elle sort avec Blake Dickson.

Les yeux de Juliette se rétrécirent.

— *Le* Blake Dickson ? Genre, l'un des associés dont le vote est nécessaire pour que tu deviennes associé ?

Je soufflai un grand coup.

— Le seul et unique.

⌒

Ce soir-là, je décidai de faire un détour en rentrant du travail. J'étais un peu trop habillé pour le quartier dans lequel j'allais me rendre, aussi enlevai-je ma cravate et la mis-je dans ma poche — ce qui ne m'empêcha pas de me faire remarquer dans la rue après être sorti du métro.

Les regards que je reçus en marchant sur le trottoir étaient plutôt amusants — la moitié des gens me regardaient comme s'ils envisageaient de voler mon portefeuille, et l'autre moitié se dispersait comme des cafards, supposant que le type en costume sombre était probablement un agent des stups.

Je trouvai Dario exactement là où je l'avais laissé onze ans plus tôt : assis sur son perron, à quatre portes de l'endroit où j'avais vécu. Il était presque onze heures du soir, mais on ne l'aurait pas cru, au nombre de personnes qui traînaient dans le coin.

— Oh, merde !

Il se leva et sourit.

— Qu'est-ce que tu portes, bon sang ? Tu as perdu un pari ?

Nous nous serrâmes la main comme personne au bureau ne le faisait jamais — une série de poignées de main et de *checks* qui se terminaient par une accolade.

— C'est comme ça que s'habillent les hommes qui ne vivent pas dans le même immeuble que leur mère, débile !

Il secoua la tête. Je me moquais de lui, et il le savait. Dario n'était jamais parti parce que sa mère refusait de quitter l'appartement qu'elle occupait depuis plus de quarante ans. Elle était confinée dans un fauteuil roulant, et il restait toujours à proximité pour s'occuper d'elle.

Il regarda ses potes, que je n'avais jamais vus pour la plupart.

— Quelqu'un a un mouchoir ? Mon ami ne peut vraiment pas s'asseoir sur un perron sale.

Je ris.

— En effet. Alors, ça te va d'aller faire un tour dans le quartier ?

Il hocha la tête et dit à ses copains qu'il revenait, qu'il devait *me raccompagner au train pour que je ne me fasse pas agresser.*

Une fois hors de portée de voix, je dis :

— Comment va Rosanne ?

— Maman va bien. Tu te souviens du vieux Stimpson ?

— Bien sûr. Il a décapité ce gros bonhomme de neige qu'on a passé des heures à construire après cette tempête de dingue qu'on a subie quand on avait sept ou huit ans.

Dario eut un petit sourire en coin.

— C'est vrai. J'avais fait croire que ma mère m'avait envoyé emprunter du sucre ou un truc comme ça, et j'avais volé sa pipe en épi de maïs. Comment peut-on faire un bonhomme de neige sans pipe ?

Je ris.

— Et donc, Stimpson ? Il lui est arrivé quelque chose ?

— Non. Il est toujours dans le coin. Mais il vient et passe du temps avec maman plusieurs fois par semaine. Sa compagne est morte il y a quelques années. Maman dit que c'est son ami particulier.

— Sans déconner ? Ta mère s'abaisse à Stimpson ?

Dario me donna un coup de poing.

— Tu ne veux pas que j'abîme ce costume, si ?

Je gloussai.

— Tant mieux pour Rosanne. Je suis content qu'elle soit heureuse. Mais écoute, je suis venu chercher des informations qui pourraient aider l'un de mes clients. Il a douze ans et me fait beaucoup penser à nous deux à son âge.

— Le pauvre...

— Oui.

Je souris.

— Tu ne connaîtrais pas un type qu'on appelle Sugar ?

— Bien sûr. Il est pharma sur Lyme Street.

Pharma était l'abréviation de pharmacien, ce qui voulait dire que c'était un dealer local. Je le savais déjà depuis que Storm avait admis la vérité sur leur dispute.

— Tu sais autre chose sur lui ?

— Je sais qu'il tabassait sa copine. Elle a trois frères aînés, et ils lui ont rendu une petite visite. Le lendemain, ses deux bras étaient plâtrés de l'épaule au poignet.

J'étais content que ce soit un connard et pas un ami de Dario.

— Pour qui travaille-t-il ?

— Je suppose que ce dont on parle là reste entre nous ? Ça ne me dérange pas que tu le coinces, mais je ne veux pas qu'on dise que je suis une balance.

— Bien sûr que non ! Je peux m'habiller comme un crétin, mais je n'en suis pas un.

Dario ricana.

— Sugar travaille pour Eddie D., qui travaille pour le Grand Boss.

Excellent — une brochette de connards ! Je hochai la tête.

— Merci pour l'info.

Mon plus vieil ami et moi fîmes plusieurs fois le tour du pâté de maisons. Il me mit à jour des nouvelles du quartier. À l'époque, j'avais hâte de partir d'ici, mais il y avait quelque chose de réconfortant à être de retour. Peut-être était-ce la confiance que j'avais en certains de mes vieux copains, et qu'ils avaient en moi. Les années pouvaient passer, mais nous avions traversé trop de trucs ensemble pour que ce lien se brise un jour.

Quand nous nous approchâmes du porche de Dario pour la quatrième fois, nous nous arrêtâmes.

— Tu as des nouvelles de Linda ? demanda-t-il.

Ma mâchoire se crispa à la mention de ma mère.

— Pas depuis un moment. Elle a dû trouver un autre pigeon à qui pomper de l'argent.

Dario hocha la tête.

— Entendu. Tu veux monter et traîner un peu ?

— Non. Une autre fois. Je dois retourner au bureau à l'aube.

Nous nous serrâmes la main, et mon ami me donna un léger coup de poing sur le bras.

— Ne mets pas trois ans avant de t'arrêter à nouveau.

— Non. Prends soin de toi, Dario, et transmets mon bonjour à ta mère.

Le lendemain, je téléphonai à l'assistant du procureur chargé du dossier de Storm. J'appris qu'il était absent pour le reste de la semaine, aussi faudrait-il attendre un certain temps avant de pouvoir lui parler et avoir une excuse pour appeler Autumn. Malgré tout, je ne cessai de jeter des coups d'œil à sa carte de visite sur mon bureau. Juste avant d'aller déjeuner, je pris la carte et la jetai dans mon tiroir. Peut-être qu'ôter son nom de ma vue m'aiderait à ne plus penser autant à elle.

Je retrouvai Trent et Juliette dans une salle de conférence pour déjeuner. Nous avions commandé des plats chinois dans un restaurant en bas de la rue.

— Donc, j'ai des ragots, lança Juliette dès que nous fûmes assis.

— Si tu nous forces encore à écouter des histoires débiles, il vaudrait mieux qu'elles concernent de vraies personnes, cette fois, dis-je en ouvrant mon carton.

La dernière fois que nous avions déjeuné ensemble, Juliette nous avait raconté une histoire détaillée sur un homme qui fréquentait une dizaine de femmes. Je m'y étais intéressé jusqu'à ce que je réalise que les personnes dont elle parlait n'étaient pas de vrais amis à elle. Elle avait répété des conneries sur les derniers épisodes du *Bachelor*.

— Oh, il s'agit de personnes réelles ! Mais je sais que secrètement, tu veux savoir ce qui est arrivé à Kayla quand elle a emmené Jeff visiter sa ville natale et a dû lui dire qu'elle avait un enfant. Mais je garde ça pour après.

— Super, merci ! grommelai-je.

— Sois gentil ou je ne te dirai pas que j'ai croisé mon amie Trina tout à l'heure dans les toilettes des femmes.

— C'est qui, Trina, déjà ? demanda Trent.

Juliette grimaça et regarda dans ma direction, même si je n'avais pas posé la question.

— C'est l'assistante de Blake Dickson.

Ça, ça attira mon attention.

— Qu'est-ce qu'elle avait à dire ?

— Je lui ai demandé comment allait son patron grincheux. Elle a dit qu'il était plus tolérable ces derniers temps.

Ma fourchette se figea, une crevette en chemin vers ma bouche.

— Je ne veux pas savoir ce qui le rend plus tolérable.

Elle plissa le visage.

— Beurk ! Je ne suis pas entrée dans ce genre de détails. Mais elle a dit qu'il voyait quelqu'un de nouveau. Je me suis dit que tu voudrais savoir ce qu'il y a entre eux.

— Entre qui et qui ? demanda Trent.

J'avais oublié que je ne lui avais pas encore parlé de ma rencontre avec Autumn.

— Je te mettrai au courant dans une minute, dis-je avant de lever mon menton vers Juliette. Continue.

— Eh bien, ils ne sortent ensemble que depuis un mois et demi, et d'après ce qu'elle sait, ils ne se voient qu'une fois par semaine. Sans grande surprise, le Dick fait faire ses réservations au restaurant par son assistante.

Juliette secoua la tête.

— Elle a dit qu'Autumn n'a téléphoné qu'une seule fois au bureau, lorsqu'elle rappelait Dickson. Donc les choses ne semblent pas trop sérieuses.

Le front de Trent se plissa.

— Autumn ? La femme qui t'a jeté ?

Je lui racontai ce qui s'était produit depuis l'appel que j'avais reçu lorsque nous étions sortis dîner. Il se redressa sur sa chaise.

— Merde ! Que vas-tu faire, alors ?

— Vu que j'ai besoin du vote de Dickson ? Rien, répondis-je en haussant les épaules.

Trent et Juliette se regardèrent. Une communication muette s'établit entre eux, puis ils éclatèrent de rire.

— Mais qu'y a-t-il de si drôle ?

— Toi, ricana Juliette. Tu le dis comme si tu y croyais vraiment.

— Croire quoi ?

— Que tu peux contrôler ton instinct qui te pousse à poursuivre quelque chose que tu veux.

6

Donovan

Lorsque le samedi soir arriva, j'avais hâte de ne rien faire du tout — peut-être regarder un nouveau film d'action en *streaming*, arroser mes plantes, mettre les pieds sur la table basse et siroter une ou deux bières bien fraîches. Je méritais une récompense. J'étais parvenu à rattraper mes heures facturables, et je n'avais pas craqué et appelé une certaine femme à qui je ne penserais pas ce soir — surtout quand je me coucherais plus tard. Au cours des derniers jours, j'avais réussi à me convaincre de descendre de la falaise sur laquelle je me trouvais. J'avais travaillé sept longues années pour arriver où j'étais aujourd'hui, je n'allais pas laisser une femme tout foutre en l'air, surtout une femme qui ne s'intéressait pas à moi.

Non. Autumn Wilde ne m'intéressait pas.

Pas le moins du monde.

Je récupérai le vaporisateur sur le comptoir de ma cuisine et me dirigeai vers la première de mes plus de dix plantes éparpillées dans mon appartement.

— Elle n'est pas mon type, de toute façon.

Vaporise. Vaporise.

Comme pour contester cette affirmation, mon cerveau fit remonter un souvenir d'Autumn lors de notre week-end ensemble — de longues jambes, une peau crème, de magnifiques cheveux d'un roux profond, une taille minuscule et de jolies fesses bien remplies pour une petite chose...

— Bon, d'accord, grommelai-je. Elle est peut-être un peu mon type... physiquement, en tout cas. Mais elle demandera vraiment plus d'efforts que je ne peux en faire.

Vaporise. Vaporise.

Cependant... quand je repensais au week-end que nous avions passé ensemble, ce que j'avais certainement fait à plusieurs centaines de reprises, *efforts* n'était pas exactement le mot que j'aurais employé pour décrire les choses. Au contraire. Autumn et moi étions restés enfermés dans mon appartement pendant trois jours complets, et cela avait probablement été la période de ma vie m'ayant demandé le moins d'efforts depuis... peut-être toujours. Nous avions discuté jusqu'à ce que le soleil se lève et passé nos journées à louer des films, folâtrer un peu, rire et nous endormir enlacés sur le canapé. J'avais même fait sa fichue lessive pendant qu'elle dormait.

Je secouai la tête et passai à la plante suivante.

— Bien.

Vaporise. Vaporise.

— Mais que veux-tu que je fasse, bon sang ? Elle n'est pas intéressée. En plus, elle sort avec mon patron. Alors, est-ce que ça compte qu'elle soit un fantasme ambulant qui a pu me faire sourire pendant tout un week-end *sans* qu'on couche ensemble ? Ou que je puisse encore sentir son parfum en ce moment, même si je ne l'ai pas approchée depuis deux jours ? Ou que je me souvienne de son goût à chaque baiser qu'on a partagé ?

Vaporise. Vaporise.

— Je vais te donner la réponse. *Non. Ça n'a aucune putain d'importance !*

Même s'il y avait une centaine de raisons pour lesquelles je ne pouvais pas la chasser de mon esprit, elle sortait avec *mon patron*. Rien que ce fait devait faire pencher la balance du côté de « ne t'approche pas », et l'emporter clairement sur toutes les raisons que j'avais de lui téléphoner. Il me fallait juste ne plus penser à elle pendant un moment. Rien de plus.

Aussi finis-je d'arroser mes plantes en silence, pris-je une bière fraîche dans le frigo et m'assis-je sur le canapé pour faire défiler les films disponibles sur Netflix. Mais alors que je regardais la bande-annonce d'un long métrage qui aurait dû s'intituler *Ocean's Nine Hundred and Ninety ou peu importe*, mon portable vibra dans ma poche. J'envisageai brièvement de l'ignorer, mais le bourreau de travail en moi ne pouvait pas laisser l'appel aller sur la messagerie vocale. Alors, je le sortis et fis glisser mon doigt sur l'écran, répondant à un numéro que je ne reconnaissais pas, tout en portant ma bière à mes lèvres.

— Donovan Decker.

— Salut, euh... C'est Autumn. Je suis désolée de te déranger.

Je me redressai immédiatement et posai la bière sur la table basse. Quelque chose n'allait pas. Je pouvais entendre la nervosité dans sa voix.

— Que s'est-il passé ?

— C'est Storm. Il s'est enfui.

Je passai une main dans mes cheveux. *Merde !* L'une des conditions de sa libération était qu'il devait rester sous la responsabilité directe des services sociaux.

— Depuis combien de temps est-il parti ?

— Depuis environ quatre heures de l'après-midi. C'est son anniversaire aujourd'hui. La dernière fois qu'il a parlé à sa mère, elle a promis de lui rendre visite pour son anniversaire. Elle n'est jamais venue. Les heures de visite se sont terminées à quinze heures trente, et quand la directrice du foyer est allée le voir, elle a trouvé une fenêtre cassée et Augustus était parti. Ils savent qu'ils sont tenus d'appeler le service de probation si quelque chose de ce genre se produit, mais Lita, la directrice du foyer, est une amie, alors elle m'a appelée en premier. Je lui ai demandé si je pouvais m'occuper de faire la déclaration... Mais c'était il y a cinq heures, et je ne l'ai pas fait. Je ne savais pas qui d'autre appeler. Je risque de lui attirer plus de problèmes si je continue à reporter cet appel ?

— C'est à *toi* que tu peux attirer des ennuis. En tant qu'assistante sociale, tu as le devoir légal d'agir.

— Je me fiche de ça, mais...

Elle fit une pause, et j'entendis un *toc toc* en bruit de fond.

— Je suis désolée. Tu peux patienter une seconde ?

— Oui.

J'écoutai des voix étouffées. Celle de l'homme se fit plus forte, et je crus qu'il disait : « C'est que cinq foutus dollars. » Les poils de ma nuque se dressèrent.

— Autumn ? criai-je dans le téléphone.

Elle revint quelques secondes plus tard.

— Désolée... j'en étais où ?

— Oublie où tu en étais avec ton histoire. *Où* es-tu en ce moment ?

— Je suis sur un parking. Je pense que je suis sur Delaney Street ou peut-être que c'était Delancey. Je ne me souviens plus où j'ai tourné.

Je me dirigeai vers le placard pour prendre mes chaussures.

— Tu es dans le quartier de Storm ?

— Oui. Je le cherche depuis quelques heures.

— Tu es en voiture ?

— Oui.

— Quelqu'un vient de frapper à ta vitre pour te demander de l'argent ?

— Oui. Je me suis garée dans un parking vide pour t'appeler, et je n'ai remarqué personne. Je pense qu'il y a peut-être des sans-abri qui vivent ici.

Secouant la tête, je pris mes clés et mon portefeuille sur le comptoir.

— Si tu es sur Delaney, tu te trouves à huit pâtés d'immeubles environ du commissariat du soixante-quinzième district, où il était détenu l'autre nuit. C'est à l'angle de Sutter et Essex. Entre ça dans ton GPS et vas-y. Je te retrouve sur le parking du commissariat. Ne baisse ta vitre pour répondre à personne, et garde tes portières verrouillées.

— On va demander à la police de nous aider à retrouver Storm ?

— Quelque chose comme ça. Je serai là dès que possible. Une fois au poste de police, reste juste dans ta voiture. N'y va pas sans moi.

— D'accord.

Autumn sursauta quand je tapai à sa vitre, puis sembla soulagée en se rendant compte que c'était moi et appuya sur le bouton pour la baisser.

— Ça te dérange si on prend ta voiture ? demandai-je.

— Non, c'est bon. Mais où allons-nous ?

— Trouver Storm.

— Je croyais qu'on allait demander de l'aide à la police ?

— Non, c'était juste l'endroit le plus sûr que je connaisse où te faire attendre jusqu'à mon arrivée.

— Oh...

Je fis le tour de la voiture et m'installai sur le siège passager. Autumn regarda le parking tout autour d'elle.

— C'est ta voiture, là-bas ? demanda-t-elle en la pointant du doigt.

— Oui.

— Jolie. Tu es sûr que tu ne veux pas prendre la tienne ?

Je bouclai ma ceinture.

— Certainement pas. Celle-ci s'intégrera mieux. Les gens de ce quartier ne font pas confiance à deux types de personnes : la police et les possédants.

— Les possédants ?

— Oui. Ils se considèrent comme des *n'ayant rien*, et les possédants sont extérieurs. Si on doit tourner en voiture, ta Hyundai sera moins voyante que ma Mercedes hors de prix.

— D'accord.

Je montrai du doigt le bas de la rue.

— Sors et prends à gauche, puis va tout droit sur environ huit cents mètres. Nous allons commencer par le parc le plus proche.

Autumn s'exécuta. Alors que nous attendions à un feu rouge, elle dit :

— Pourquoi l'as-tu achetée ?

— Quoi ?

— La Mercedes. Tu as dit qu'elle était hors de prix. Alors, pourquoi l'as-tu achetée ?

— Je ne l'ai pas achetée. Le cabinet la loue. Ils nous donnent trois choix de voitures pour que nous fassions illusion quand nous allons voir un client. Je ne la conduis pas souvent car je vis et travaille dans le centre et que je préfère le train.

— Oh ! fit-elle, avant de demander une minute plus tard : Quel genre de voiture prendrais-tu si tu l'achetais ?

— Si je l'achetais et que je ne prévoyais pas de m'arrêter chez un client avec ?

Elle acquiesça.

— Une Ford Bronco de 1970.

— Vraiment ? Une voiture vieille de cinquante ans ? Je ne sais pas à quoi ça ressemble.

— Tu as déjà vu le film *Speed* ?

— Je ne suis pas sûre.

— Eh bien, c'est ce que conduisait Keanu Reeves. J'ai regardé ce film vingt fois quand il est sorti juste pour voir la voiture de son personnage.

Elle sourit.

— Ce n'est pas le genre de voiture que je t'imaginais convoiter.

— Je pense qu'il y a beaucoup de choses sur moi que tu vas découvrir ce soir et que tu ne t'imaginais peut-être pas.

Je pointai le doigt droit devant moi.

— Gare-toi devant ces magasins.

— Près de ce groupe d'hommes ?

— Oui.

Autumn obéit. Mais quand elle mit la voiture au point mort, elle voulut couper le contact.

— Laisse tourner le moteur. J'en ai pour une minute.

— Je veux venir avec toi.

— Tu ne viens pas avec moi.

— Pourquoi pas ?

— Tu peux juste me faire confiance ?

Elle soupira.

— D'accord, d'accord. J'attendrai dans la voiture.

J'ouvris ma portière et me retournai avant de sortir.

— Verrouille derrière moi.

Trois gars étaient debout devant une épicerie de quartier fermée. Ils me regardèrent approcher.

— Je cherche un garçon de douze ans nommé Storm. Vous l'auriez vu dans le coin, par hasard ?

Le plus grand des trois leva le menton.

— Qui le demande ?

— Moi. Je suis Decker.

Il secoua la tête.

— Je ne connais pas de Decker.

— Je n'habite plus dans le quartier. Je traînais avec Dario sur Cleveland Street et je prenais mes repas avec Bud presque tous les soirs.

Le gars se frotta le menton.

— Decker, hein ? Ça me dit quelque chose.

— Écoutez, j'essaie de trouver le gamin pour lui éviter plus d'ennuis qu'il n'en a déjà.

Je montrai la voiture d'un mouvement de tête.

— C'est son assistante sociale dans la voiture. Elle prend des risques en n'appelant pas pour dire qu'il a disparu de *Park House*. Si je ne le trouve pas, on va devoir le signaler, et ensuite, il sera dans un merdier plus profond que nécessaire.

Deux des gars se regardèrent, et l'un d'eux hocha la tête.

— Je ne sais pas si le gamin que tu cherches est là, mais un groupe de son âge traîne sur le parking abandonné de Belmont Avenue. Et regarde derrière la pizzeria sur Jerome Street.

— Merci.

Autumn et moi nous arrêtâmes au parc, puisque c'était sur le chemin. Je sortis en courant et regardai autour de moi, mais c'était vide. Puis je lui indiquai la direction du terrain abandonné que les gars du magasin avaient mentionné.

— Tu connais plutôt bien ce quartier. Tu avais des clients ici quand tu t'occupais de délinquance urbaine ?

— Non. Je vivais moi-même ici.

— Vraiment ? Je ne pense pas que tu l'aies mentionné quand on... s'est rencontrés pour échanger nos bagages.

Je tournai la tête vers elle et attendis que son regard croise le mien.

— Je ne pense pas que tu aies mentionné que je n'avais que soixante-douze heures pour te raconter ma vie parce que tu allais disparaître.

Elle sourit tristement.

— Je suppose que je le mérite.

Nous restâmes silencieux tous les deux jusqu'à ce que nous nous arrêtions sur le parking abandonné. Une fois encore, je sortis seul et échangeai quelques mots avec les gens que je rencontrai. Malheureusement, Storm n'était pas là, mais l'un des jeunes le connaissait et suggéra d'essayer le pâté d'immeubles d'une certaine Katrina, car Storm « en pinçait pour cette fille ».

Pendant deux heures, nous allâmes d'un endroit à un autre. Nous commencions à avoir l'impression d'une quête futile quand je vis enfin un gamin de la taille de Storm marcher seul dans un lieu où il n'aurait pas dû se trouver. Nous arrivâmes à son niveau et, bien sûr, c'était lui.

Alors que nous nous rapprochions encore, Autumn demanda :

— Je peux m'en occuper ?

Je hochai la tête.

— Bien sûr. Reste juste près de la voiture, s'il te plaît. Et s'il agit comme un petit voyou et s'enfuit, tu reviens dans la voiture et tu me laisses le poursuivre à pied. D'accord ?

— D'accord.

Restant dans le véhicule, je regardai Autumn et Storm discuter. J'eus l'impression qu'elle l'engueulait un bon coup, et le gamin fut assez intelligent pour encaisser et ne pas répliquer. Dix minutes plus tard environ, il grimpa sur la banquette arrière pendant qu'Autumn s'installait derrière le volant. Je me retournai.

— Je suis sûr qu'Autumn a déjà dit ce qui devait être dit, alors je vais juste ajouter deux choses.

Je comptai sur mes doigts.

— Un, tu te fous peut-être de ce qui t'arrive, mais Autumn pourrait être arrêtée pour ne pas avoir signalé que tu avais pris la fuite. Je vais faire un acte de foi et supposer que tu ne le savais pas. Mais maintenant que tu le sais, tu dois réfléchir à deux fois à la façon dont tes actions affectent les autres... en particulier une personne qui est bonne pour toi.

Storm évitait tout contact visuel, alors je pris un ton sévère.

— Regarde-moi !

Ses yeux brillaient lorsqu'ils rencontrèrent les miens.

— Sur combien de personnes peux-tu compter dans ta vie ? J'ai le sentiment que ce nombre est faible. Je vais donc te donner un conseil de vie, d'homme à homme — pas d'avocat à client stupide. Quand tu trouves une personne qui assure tes arrières, tu t'assures de faire la même chose pour elle. Donc à partir de maintenant, avant de faire quelque chose de stupide, tu agis comme un homme et tu penses aux conséquences. Compris ?

Étonnamment, il ne râla pas trop.

— Compris.

Autumn conduisait, aussi ne pouvait-elle pas voir notre interaction, mais je fis un signe de tête dans sa direction, en espérant qu'il comprenne.

Storm fronça les sourcils, mais quelques secondes plus tard, il parla :

— Désolé, Autumn. Je ne voulais pas vous causer de problèmes.

Satisfait, je poursuivis ma leçon :

— Et deux, tu as beau être un dur, ne te promène pas seul dans ces rues la nuit. Tu restes avec un copain, ou mieux encore, deux ou trois. Si tu as grandi ici, tu sais que ce que tu viens de faire est stupide. Tu as peut-être des amis et tu connais les rues à éviter, mais ce n'est pas sûr, ici, tout seul, même pour un dur à cuire.

Il ne fut pas aussi réceptif à ce commentaire, mais au moins, il ne discuta pas. Honnêtement, la difficulté pour un enfant dans sa situation était de savoir quelles batailles mener et lesquelles abandonner. Storm était intelligent et avait compris cela très tôt.

— Je ne me souviens pas de la direction du poste de police, dit Autumn. Je dois tourner à droite ou à gauche au feu ?

— Le poste de police est à droite, mais va à gauche. Déposons-le à *Park House* avant que tu me ramènes à ma voiture.

— C'est bon. Je peux m'en occuper, maintenant. Je t'ai déjà fait sortir très tard.

— Ce n'est pas grave. Je préfère m'assurer que la directrice de l'établissement n'est pas allée trop vite en appelant le service de probation, et aussi que personne ne te cause de problèmes.

— Oh, d'accord ! Merci.

Park House était calme et, heureusement, personne n'avait appelé l'administration. Alors une fois que je sus qu'il n'y avait pas de problème, j'attendis dehors pour laisser à Autumn et Storm le temps de parler. Je sentais qu'elle voulait avoir un autre tête-à-tête avec lui.

J'étais appuyé contre sa voiture quand elle sortit quelques minutes plus tard.

— Tout s'est bien passé ?

Elle hocha la tête.

— Même si je pensais aussi que tout allait bien se passer l'autre jour quand je l'ai déposé. Je ne comprends simplement pas ce qu'il va falloir pour l'effrayer.

— Malheureusement, peu de choses effraient un gamin comme lui.

Les yeux d'Autumn parcoururent tranquillement mon visage.

— On dirait que tu dis ça par expérience personnelle.

— C'est le cas.

Elle fit une grimace qui me rappela pourquoi je ne parlais pas souvent de mon enfance. Je *détestais* la pitié. Ce truc devrait être réservé aux gens qui ne pouvaient pas se retenir.

Je mis mes mains dans mes poches.

— Chaque gamin bousillé qui réussit à s'extirper de la crasse a croisé une personne qui a fait la différence dans sa vie. Tu es cette personne pour Storm. Tu dois utiliser ça à ton avantage de temps en temps.

— Que veux-tu dire ?

— Il n'a pas d'estime pour lui-même, en ce moment. Mais il t'estime *toi*. N'hésite pas à faire ce que j'ai fait dans la voiture — rappelle-lui que ses actes pourraient avoir pour conséquence de t'attirer des ennuis ou de *te* blesser d'une manière ou d'une autre. Il fera ce qu'il faut pour toi, même s'il ne le fait pas encore pour lui-même.

— Ça semble vraiment manipulateur de lui dire ça.

Je souris.

— Crois-moi, il te manipule encore plus.

Autumn soupira.

— Merci. Pas seulement d'être venu avec moi, mais de m'avoir donné un aperçu de ce qui se passe dans la tête de Storm. Ils n'enseignent pas ce genre de choses en cours pour devenir travailleur social.

— Quand tu veux.

— Je te revaudrai ça. Je ne suis pas sûre de pouvoir enfiler une cape et venir à ton secours comme tu l'as fait pour moi ce soir, mais garde cette reconnaissance de dette dans ta poche au cas où tu aurais besoin d'aide avec les services sociaux pour une affaire ou une autre.

Je hochai la tête.

— Viens, dit-elle. Je vais te déposer à ta voiture avant qu'il ne soit déjà l'heure pour toi d'aller au travail.

— En fait, que dirais-tu d'aller prendre un café ou un verre ? Je ne suis pas fatigué.

Autumn se mordilla la lèvre inférieure.

— Je devrais y aller.

Il aurait été plus intelligent d'utiliser sa reconnaissance de dette pour qu'elle parle en ma faveur à son petit ami, mais à la place, je fouillai dans ma poche et fis semblant d'en sortir quelque chose. Tendant ma main vide vers elle, je dis :

— J'aimerais encaisser cette reconnaissance de dette qui fait un trou dans ma poche.

Je souris.

— Prends un café avec moi.

7

Autumn

— C'est du latin ?

Mes yeux suivirent le bras de Donovan alors qu'il levait son verre.

— C'est du latin.

— Qu'est-ce que ça veut dire ? Si ça ne te dérange pas que je le demande.

— Pas du tout. *Vincit qui se vincit.* Ça se traduit par « Celui qui se domine est vainqueur ». Quelqu'un dont je suis proche le disait tout le temps quand j'étais un enfant qui se fourrait dans les problèmes. En gros, ça veut dire que si je peux me contrôler, je peux tout conquérir.

— Ça simplifie beaucoup de choses, n'est-ce pas ?

Donovan sourit, affichant l'une de ses fossettes, et cela déclencha des papillons dans mon ventre. Son sourire avait une sorte de qualité diabolique cachée sous la surface ; il était confiant et, d'une certaine manière, ouvertement sexuel. *Dangereux.* Voilà ce qu'il était. Je quittai son visage des yeux pour poser mon regard sur ses avant-bras. Cela n'aida certainement pas ma situation.

Ils étaient très musclés et bronzés, et tous ses tatouages rendaient l'ensemble incroyablement sexy.

— Tu sais, tu n'as pas du tout la même allure en jean et tee-shirt qu'en costume et cravate.

Ses yeux parcoururent mon visage.

— Ah oui ? Laquelle préfères-tu ?

C'était une question difficile, comme de devoir choisir entre les truffes au chocolat au lait et celles au chocolat noir de Godiva. Les deux étaient délicieuses. Bien qu'un homme aussi beau que l'était Donovan dans un costume sur mesure *et* avec tous ces tatouages cachés en dessous soit dangereux pour ma santé mentale. Mais je ne pensais pas que ce soit intelligent de faire part de ces réflexions, aussi haussai-je les épaules et me remis-je à déguster mes frites.

Quand je levai les yeux, je vis que Donovan me regardait comme si j'avais deux têtes.

— Quoi ? demandai-je, m'essuyant le menton et regardant mon tee-shirt. J'ai fait tomber quelque chose ?

Son expression était un étrange mélange d'amusement et de dégoût.

— Tu viens de tremper ta frite dans ton milk-shake au chocolat avant de la manger ?

— Oh ! gloussai-je. Je suppose que oui.

— C'est dégoûtant.

— Tu as déjà essayé ?

— Non.

— Alors, comment sais-tu que c'est dégoûtant ? Tu pourrais aimer.

Donovan sourit, sirotant son milk-shake au chocolat.

— Je n'ai jamais mangé de crotte de chien non plus. Je suis sûr qu'il y a des choses que tu n'as pas besoin de goûter pour savoir qu'elles n'auront pas bon goût.

— Peu importe.

Je haussai les épaules.

— Tu ne sais pas ce que tu rates.

Donovan et moi étions allés dans un *dîner* ouvert vingt-quatre heures sur vingt-quatre, pas très loin de *Park House*, pour prendre un café. Mais comme je n'avais pas dîné, j'avais un peu faim, aussi avais-je décidé de prendre un milk-shake et des frites, alors qu'il n'avait opté que pour un milk-shake. Venir ici avec lui était probablement stupide, mais comment pouvais-je dire non alors qu'il avait passé des heures à parcourir les rues avec moi pour retrouver Storm ? Du moins, c'était la raison dont je m'étais convaincue pour accepter de venir. Cela n'avait rien à voir avec le fait que l'homme assis en face de moi était beau ni avec la forte attraction magnétique qu'il exerçait sur moi.

— Savais-tu que les frites sont l'un des aliments les plus chers au Venezuela ? dis-je en agitant une frite devant lui. McDonald's les a même retirées de son menu pendant un moment.

— Je ne le savais pas. Tu es allée au Venezuela récemment ?

Je secouai la tête.

— Je l'ai lu, une fois, quand je cherchais quelque chose.

Il eut un sourire narquois.

— Laisse-moi deviner : quelqu'un a mentionné que les pommes de terre étaient l'aliment le plus riche en amidon, et ça t'a envoyée dans la spirale infernale de Google. Tes plongées en profondeur et tes anecdotes m'ont manqué.

Je tirai la langue parce que, eh bien, il avait raison. J'avais trouvé ça lors d'une de mes dégringolades dans le tourbillon infini de la recherche, donc je n'avais rien à répliquer.

Les yeux de Donovan tombèrent sur ma bouche.

— Tu ne devrais pas sortir ce truc, sauf si tu prévois de l'utiliser.

Il fit un clin d'œil.

Je ris. Mais j'aspirai aussi assez de milk-shake pour me geler le cerveau, parce que j'avais besoin de me rafraîchir. Remuant avec la paille ce qui restait dans mon verre, je dis :

— Alors... j'espère que je n'ai rien interrompu en t'appelant ce soir. C'est un samedi soir et tout.

Il sourit. *Mon Dieu, il faut vraiment qu'il arrête de faire ça !*

— Tu me demandes si j'avais un rendez-vous amoureux ?

— Non, me défendis-je. Je disais juste que j'espérais n'avoir rien interrompu de bien.

— Tu l'as fait.

Je fronçai les sourcils, sentant une pointe de jalousie inattendue.

— Oh ! Désolée.

Donovan se pencha, son sourire narquois s'élargissant.

— J'avais prévu un rencard torride avec Bruce Willis. Et toi ? Des projets gâchés pour ce soir ?

Je secouai la tête.

— Juste une soirée de rattrapage du *Bachelor*.

Donovan fronça le nez.

— Tu aimes cette émission ?

— J'y suis accro — à tel point que je ne supporte pas le stress de ne la regarder qu'une fois par semaine et d'attendre pour savoir ce qui s'est passé. Je les enregistre et je ne commence pas avant de pouvoir passer une soirée entière à *binger* les épisodes. Mon amie Skye et moi la regardons ensemble.

Il partit d'un petit rire.

— Je trouve ça amusant quand les femmes parlent des gens de cette série comme s'ils étaient réels.

— Comment ça « comme s'ils étaient réels » ? Ils *sont* réels.

— Tu ne penses pas que les émissions de ce genre sont scénarisées ?

— Ne dis pas ça !

Il rit.

— Est-ce que je viens de dire à Autumn, huit ans, que le père Noël n'existe pas ?

— Eh bien, même si c'est scénarisé, c'est mieux que... quel héros vieillissant as-tu dit que tu allais regarder ? Bruce Willis ou Tom Cruise ?

— Bruce.

— Ces films sont plus faux que *Le Bachelor*. La plupart des acteurs ne font même pas leurs propres cascades.

Les yeux de Donovan se posèrent sur mes lèvres un instant. Cela dura moins d'une seconde — j'aurais pu cligner des yeux et le manquer —, mais cette fraction de seconde déclencha une frénésie de papillons dans mon ventre. Ça. C'était ça, la raison pour laquelle j'avais fait quelque chose que je n'avais jamais fait auparavant et passé un week-end entier avec un homme que je connaissais à peine. Il nous suffisait de nous regarder pour que les étincelles jaillissent.

Je ressentis le besoin de changer de sujet, mais quoi de plus sûr que de parler de films d'action ?

— Bref... dis-je. Je suis contente de ne pas avoir interrompu les grands projets que tu avais pour ce soir.

Il hocha la tête, puis le silence s'installa tandis qu'il me regardait. J'eus la nette impression qu'il hésitait à dire quelque chose, et quand il finit par parler, je compris que j'avais raison.

— Donc... le Dick. Depuis combien de temps ça dure ?

Je remuai à nouveau mon milk-shake pour éviter tout contact visuel.

— Pas très longtemps. Un mois ou deux.

Il hocha la tête.

— Je suppose que les choses ont changé, en un an, alors ?

Mes sourcils se rejoignirent.

— Que veux-tu dire ?

— Après notre échange de bagages, tu as disparu parce que tu ne voulais que ce que nous avions eu — un week-end, pas une relation. Et maintenant, tu en as une.

— Il n'y a rien de sérieux avec Blake. On se voit juste de temps en temps.

— Pourtant, tu lui as donné ton numéro de téléphone et tu lui as permis de te voir plus d'une fois...

— C'est différent.

— Comment ?

— Eh bien, Blake et moi ne nous voyons vraiment qu'une fois par semaine, quand on se voit. Nous faisons en sorte que les choses restent simples. Il est divorcé avec des enfants et ne cherche rien de compliqué.

— J'aurais fait en sorte qu'elles restent simples, si c'était ce que tu voulais.

— Vraiment ? Parce que je n'aurais pas été capable de le faire.

— Pourquoi pas ?

— Je ne sais pas.

Je secouai la tête.

— Mais le temps que nous avons passé ensemble ne ressemblait pas à quelque chose de simple pour moi. C'était le cas pour toi ?

Il m'étudia.

— Non, mais ça ne veut pas dire que je t'aurais poussée à donner plus que tu n'étais prête à le faire. Je travaille entre quatre-vingts et quatre-vingt-dix heures par semaine, de toute façon.

Je soupirai.

— Je préfère juste que les choses restent simples.

— Donc les choses avec Dickson… ne sont pas compliquées ?

— C'est ça.

— Et ça veut dire…

— Je ne sais pas. Je suppose que ça signifie que je n'ai pas à m'inquiéter que les sentiments de l'un ou de l'autre deviennent trop envahissants.

Donovan se gratta le menton.

— Voyons voir si je comprends bien. Tu m'aimais bien, et tu as apprécié le week-end que nous avons passé ensemble. Mais tu t'es dit que l'un de nous, ou les deux, pourrait développer des sentiments. Tu n'as aucune inquiétude à ce sujet avec Dickson, donc tu continues à le voir.

— Eh bien… oui !

— Donc tu ne sors qu'avec des hommes que tu n'apprécies pas vraiment ?

— Je, euhh… non… je veux dire… eh bien…

Je secouai la tête.

— Arrête de faire l'avocat avec moi. Tu me perturbes sur ce que je suis en train de dire.

Donovan sourit et secoua la tête.

— Ça craint vraiment d'être de ce côté-ci.

— Quel côté ?

— Cette connerie de « ce n'est pas toi, c'est moi ». Généralement, c'est moi qui dévie les choses comme tu es en train de le faire.

— Je ne dévie rien. J'essaie d'être honnête avec toi.

Encore une fois, ses yeux tombèrent sur mes lèvres. Seulement, cette fois, ils s'attardèrent beaucoup plus longtemps. Quand ils remontèrent enfin pour regarder mon visage, j'eus l'impression que Donovan pouvait voir à travers moi.

— Donc vous deux n'êtes pas exclusifs, alors ?

— C'est exclusif pour moi.

Il plissa les yeux.

— Et ça ne l'est pas pour lui ?

Je haussai les épaules.

— Peut-être que si. Je ne suis pas sûre. On n'en a jamais discuté. Mais je préfère seulement... tu sais... avec une seule personne à la fois.

La mâchoire de Donovan se contracta, et sa peau bronzée sembla devenir un peu plus sombre. Il hocha sèchement la tête.

— Compris.

Quelques minutes plus tard, la serveuse passa à notre table. Quand je dis que je ne voulais rien d'autre, Donovan demanda l'addition. Il était tard, mais j'eus le sentiment que son désir soudain de mettre un terme à la soirée n'avait rien à voir avec l'heure.

Après nous être disputés pour l'addition, qu'il finit par payer, nous nous dirigeâmes vers ma voiture. Le trajet de retour jusqu'au poste de police fut calme, mais l'atmosphère était remplie de non-dits. Je me garai sur la place à côté de sa voiture et coupai le moteur.

— Eh bien, merci encore pour ce soir. J'apprécie vraiment tout ce que tu as fait pour Storm.

— Pas de problème.

Donovan ouvrit la portière de la voiture et pivota pour me faire face une fois sorti. Les lumières du parking diffusaient une douce lueur jaunâtre sur son beau visage. Il me regarda quelques secondes, puis lentement — comme s'il me donnait le temps de l'arrêter —, il s'approcha de moi et me toucha la joue, caressant ma peau avec son pouce. Mon cœur fit des ricochets dans ma poitrine.

— Pourquoi ça me semble être une terrible erreur de sortir de cette voiture sans t'embrasser pour te souhaiter bonne nuit ?

Ses yeux se posèrent une fois de plus sur mes lèvres, et je ne pus contrôler la vitesse à laquelle ma poitrine se mit à monter et descendre.

— Je... Je ne sais pas.

Il se pencha lentement. Au début, je crus qu'il allait vraiment le faire, mais au dernier moment, il dévia et ses lèvres touchèrent mon oreille à la place.

— Tu m'arrêterais si je le faisais ?

À ce moment-là, je ne l'aurais absolument pas fait. Pire, une partie de moi *voulait* qu'il le fasse. *Vraiment très fort*. Je retins mon souffle, l'attendant.

Mais quand je ne dis rien, Donovan se recula et chercha mon regard. Il caressa ma joue une dernière fois avant de s'éloigner.

— Ce qu'il y a entre nous n'est peut-être pas simple, mais ce n'est pas fini non plus. Rentre bien, Red.

8

Donovan

Me retrouver dans mon ancien quartier au cours de la semaine passée m'avait rappelé que cela faisait trop longtemps que je ne m'étais pas arrêté pour voir Bud. Bud, de son vrai nom Frances Yankowski, était celui qui se rapprochait le plus d'un père pour moi. Pour être honnête, il était aussi ce qui se rapprochait le plus d'une mère. Ainsi, le lendemain soir, plutôt que de rentrer chez moi après avoir quitté le bureau, je retournai à Brooklyn et m'arrêtai dans un commerce local pour savoir où Bud s'était installé ces jours-ci. J'entrai dans une épicerie qui était là depuis mon enfance, même si je n'avais jamais vu la femme derrière le comptoir auparavant.

— Bonjour. Pouvez-vous me dire comment aller chez *Bud's Flower Shop*, s'il vous plaît ?

C'était un code pour « Quel endroit squatte Bud pour nourrir la communauté, ce soir ? » Tous les commerces du coin connaissaient la réponse et aucun ne rechignait à aider à faire passer le message. Du moins, ça ne les dérangeait pas de partager l'information avec des gens qui semblaient avoir besoin d'un repas gratuit.

Mais la caissière me regarda de haut en bas et fronça les sourcils.

Oui, je sais. Je porte toujours mes vêtements de travail. La plupart des gens vous jugeaient parce que vous portiez des vêtements de seconde main troués, mais pas dans mon ancien quartier. Pointez-vous en ayant l'air de faire vos courses chez *Brooks Brothers*, et vous risquez d'énerver quelqu'un.

— 462, Carnie Street.

Elle leva le menton en direction des rayons derrière moi.

— Apparemment, vous pouvez vous permettre d'apporter un dessert ou autre chose.

— Bonne idée.

Je souris, attrapai une demi-douzaine de paquets de biscuits sur l'étagère et les apportai à la caisse pour payer.

— Passez une bonne soirée.

Lorsque j'arrivai à l'adresse que la femme m'avait donnée, des gens entraient et sortaient d'une maison délabrée aux fenêtres barricadées, donc je sus que c'était le bon endroit. Bud servait un dîner communautaire sept jours sur sept dans n'importe quel bâtiment ou parking abandonné qu'il pouvait trouver. Parfois, il parvenait à rester au même endroit pendant des mois, d'autres fois, il était mis à la porte après seulement un ou deux jours. Les gens qui se plaignaient de lui étaient généralement les propriétaires qui avaient laissé l'immeuble se dégrader au point qu'il n'était plus louable ou la banque qui en avait repris la propriété. Les flics, eux, regardaient de l'autre côté, en faveur de Bud. Au fil des ans, je les avais même vus déposer des gens qu'ils avaient ramassés et qui avaient besoin d'un repas.

Le jour, Bud faisait des tournées pour *Boar's Head* ; tous les matins, il livrait des viandes fraîches aux traiteurs, aux restaurants et aux supermarchés, mais il récupérait également leurs aliments prochainement périmés, qu'il transformait en un festin quotidien pour nourrir les affamés et les sans-abri de la communauté. Mais *personne* ne mangeait gratuitement plus d'une fois. Pas d'exceptions. Il fallait travailler pour Bud afin de continuer à être nourri, que ce soit en l'aidant à cultiver son jardin, en chargeant et déchargeant son camion rempli de provisions ou en tondant les pelouses des restaurants qui l'aidaient. Bud était le cœur de cette communauté, et il était aussi mon seul moyen de manger un repas décent la plupart du temps lorsque ma mère partait.

Pénétrant dans la maison délabrée, je me dirigeai vers la rangée de tables où il servait de la nourriture sur des plaques chauffantes à piles. Il avait peut-être près de soixante-dix ans, maintenant, mais il était vif comme l'éclair et ne manquait jamais rien. Je crus qu'il ne m'avait pas remarqué, jusqu'à ce qu'il grommelle sans lever les yeux :

— Bon sang, tu ressembles à un flic des stups !

Bud agita la cuillère de service dans sa main, indiquant mon costume.

Je gloussai. Si j'avais porté une tenue de soubrette, on m'aurait moins cassé les pieds, par ici.

— Content de te voir aussi, Bud.

Il fit un signe de tête vers la place vide à côté de lui derrière la table de service.

— Enfile un tablier, petit. J'apprécierai l'aide. Mais je ne voudrais pas que tu abîmes ce costume de singe.

Treize ou trente ans, cela n'avait pas d'importance. Je fis ce que le vieil homme m'avait dit. Pendant l'heure qui suivit, nous servîmes donc, côte à côte, des pâtes *primavera*, des brocolis et du pain vieux d'un jour ou deux qu'il avait transformé en croûtons à l'ail, tout en discutant de tout et de rien. Je l'interrogeai sur ses plantes bien-aimées, et il me parla de nouvelles graines de tomates variées qu'il cultivait et qui avaient été *développées au Mexique*. La façon dont il me le dit me fit comprendre que j'étais censé en être impressionné. À dix-neuf heures précises, nous éteignîmes les plaques chauffantes, qui étaient installées et retirées tous les jours pour que personne ne puisse les voler, et nous emportâmes deux assiettes pleines sur le perron, où nous nous assîmes pour manger.

— Alors, quoi de neuf au pays des gros bonnets ? Tu as sauvé l'un de ces idiots spécialistes de la pyramide de Ponzi qui volent aux gens leur épargne retraite, dernièrement ?

— Heureusement, non.

Je fourrai une grande quantité de pâtes dans ma bouche. C'était probablement la chose la plus savoureuse que j'aie mangée depuis des mois. Bud ne plaisantait pas quand il s'agissait de cuisine ou de ses plantes. J'essuyai la sauce sur ma bouche.

— Comment va ton genou ?

— Il tient le coup. L'humidité a été faible, donc ça aide. Je ne sais pas pourquoi la Floride est le pays des vieux. La chaleur sèche est tellement plus adaptée aux vieux os !

Bud me mit au courant des derniers potins du quartier — qui se disputait avec qui, et qui se faisait prendre à faire quoi. Je lui dis que j'étais passé voir Dario quelques jours plus tôt, et avant que je ne m'en rende compte, il ne restait plus que nous deux dans la maison.

— Bon...

Il se leva.

— Je suppose qu'on ferait mieux d'y aller avant que les drogués ne s'énervent qu'on traîne dans leur baraque.

Je souris.

— Je vais charger ta camionnette.

J'emballai toutes les fournitures de service et verrouillai l'arrière du véhicule de Bud avec la même chaîne rouillée et le même cadenas qu'il utilisait depuis que j'étais enfant.

— Je pense qu'il est temps de changer de verrou, dis-je en le tenant toujours.

— Pourquoi ? Celui-là est cassé ?

— Non, mais il est rouillé à mort. Un jour, la clé ne tournera plus.

Bud haussa les épaules.

— Alors, c'est ce jour-là que j'achèterai une nouvelle serrure.

Nous nous serrâmes la main à côté de la camionnette.

— Si tu n'es pas occupé ce week-end, dit-il, je dois retourner le jardin. J'aurais besoin d'un coup de main supplémentaire.

— Samedi ou dimanche ?

— Samedi. J'ai des projets avec ma bonne amie, le dimanche.

Merde ! Je devais travailler le samedi pour maintenir mon taux de facturation. Il faudrait que j'y aille à l'aube, mais je trouverais un moyen d'y arriver.

— À quelle heure ? demandai-je.

— Quatorze heures, ça me semble bien. Quand tu auras fini, tu pourras m'aider à préparer le service du soir.

Je hochai la tête.

— Ça me va. À samedi, alors.

Je commençai à m'éloigner, puis me retournai.

— Au fait, ça te dérange si j'amène quelqu'un ?

Bud haussa les épaules.

— Il a des bras et sait se servir d'une pelle ?

— Il a des bras, et je peux lui apprendre à se servir d'une pelle s'il ne sait pas. C'est un client à moi, il a douze ans. Malheureusement, ce gamin me fait beaucoup penser à moi à cet âge.

— Oh Seigneur !

Bud secoua la tête.

— Pas sûr que je puisse en gérer deux comme toi. Mais oui, d'accord. Amène-le.

—

— Creuser ? Vous venez de dire à madame Benson de *Park House* qu'on allait à votre bureau pour parler de stratégie.

— Eh bien, ce n'était pas un mensonge absolu. Je considère tous les endroits où je me trouve comme mon bureau, et je veux vraiment discuter de ton cas pendant quelques minutes à un moment ou un autre aujourd'hui.

— Mais pourquoi allez-vous creuser le sol de quelqu'un ?

Je jetai un coup d'œil à Storm, puis à la route.

— Pas *moi*.

— Vous venez de dire qu'on allait chez un type pour retourner la terre de son ancien jardin afin qu'il soit prêt à en planter un nouveau. Ce n'est pas creuser le sol ?

— Oui, mais tu m'as demandé pourquoi *j'allais* faire ça. Ce n'est pas *moi* qui vais le faire. C'est n*ous*.

Storm me regarda comme si j'avais deux têtes.

— Je ne vais pas manier une pelle.

— Tu veux parier ?

— Bordel !

Je le pointai du doigt.

— Surveille ton langage. Bud te fera émincer une dizaine d'oignons, même s'il n'en a pas besoin, si tu parles comme ça. Et puis, un peu de respect. Je suis plus vieux que toi, et je suis aussi ton avocat.

— Si vous êtes mon avocat, vous devriez me faire sortir au lieu de m'emmener creuser la terre.

Je dus me retenir de rire aux éclats. Ce gamin était *tellement* comme moi à douze ans ! Voilà pourquoi je savais qu'il avait besoin d'un homme comme Bud dans sa vie.

— Tu es au courant du dîner gratuit qui est ouvert aux gens de ton ancien quartier ?

— Vous parlez du vieil homme qui nourrit les camés ?

— Il s'appelle Bud, et il ne nourrit pas seulement les gens qui ont des problèmes de dépendance. Tous ceux qui ont faim peuvent aller manger un repas chaud fait par lui tous les soirs. C'est son jardin qu'on va retourner.

Storm haussa les épaules.

— Peu importe. Pourquoi on doit aller l'aider ?

— Parce que si tu n'aides pas à planter les arbres, tu ne mérites pas de t'asseoir à l'ombre.

Son visage se crispa.

— On plante des arbres aussi ?

Je souris.

— Non. Je voulais juste dire qu'il faut rendre aux gens qui donnent, dans la vie.

— Pourquoi ?

— Pour beaucoup de raisons. Ça aide ceux qui ont besoin d'aide. Ça te fait te sentir bien dans ta peau. Ça t'apprend des valeurs.

Storm se tut. Il regarda l'avant de ma voiture.

— C'est du vrai bois ?

Je hochai la tête.

— C'est du noyer.

— Donc vous aidez à planter des arbres et ensuite, vous obligez les gens à les couper pour les mettre dans votre belle voiture.

Je ne pus cacher mon sourire, cette fois.

— Tu es un petit con malin !

Storm pointa son doigt vers moi.

— Surveillez votre langage, ou vous allez devoir émincer des oignons !

Ça allait être une longue journée !

—

— Alors, c'est quoi, son histoire ?

Bud se tenait à la fenêtre, à l'arrière de sa maison, regardant Storm qui travaillait dans le jardin.

Je me lavai les mains dans l'évier de la cuisine.

— Il vit à *Park House*. Très intelligent. Des parents inutiles. Utilise ses poings pour évacuer sa colère.

Les yeux de Bud croisèrent brièvement les miens avant de retourner regarder dehors.

— Ça me fait penser à un garçon que j'ai connu.

Je séchai mes mains, puis remplis deux verres d'eau fraîche et allai me placer à côté de lui à la fenêtre.

— Oui, fis-je en lui en tendant un. Il aurait vraiment besoin d'un peu d'encadrement.

Bud but son eau à grandes gorgées.

— Drogue ?

Je secouai la tête.

— De l'herbe. Rien d'autre, que je sache.

— Bien, c'est bien. De la famille à qui parler ?

— La mère est en vie. Mais elle n'est même pas venue le voir pour son anniversaire. C'est une droguée.

Bud fronça les sourcils. Sa fille avait été une droguée. Il l'avait perdue à la suite d'une overdose l'année où j'étais né. Il n'en parlait pas souvent, mais je savais que cela faisait partie des raisons pour lesquelles il avait commencé à nourrir les gens. Il la tirait régulièrement du type d'immeubles dans lesquels il passait ses soirées, maintenant. Souvent, quand il partait la chercher, il voyait des enfants affamés assis là pendant que leurs parents shootés utilisaient le peu d'argent qu'ils avaient pour acheter plus de drogue. Le fait qu'il nourrisse le voisinage et qu'il passe du temps dans ces endroits m'avait toujours semblé être à la fois une punition et une pénitence pour ne pas avoir pu sauver sa fille.

— Il a une assistante sociale en qui il semble avoir confiance, dis-je. Autumn.

Bud hocha la tête.

— C'est bien qu'il ait quelqu'un. Mais on sait tous les deux que les gens des services sociaux ont tendance à aller et venir assez vite. Un jour ils sont là, le lendemain ils sont partis, et un enfant comme Storm se sent à nouveau abandonné.

Je savais que c'était vrai, alors je m'abstins de mentionner que son assistante sociale avait déjà laissé *un enfant comme Storm* se sentir abandonné — *moi*.

Storm termina les derniers travaux de jardinage tandis que Bud et moi commencions à préparer son repas du soir. Une fois que nous eûmes terminé tous les trois, je sortis pour appeler *Park House* et faire savoir à la directrice que j'emmenais son pensionnaire dîner et que je le ramènerais après. Bien sûr, elle fut d'accord, puisque les avocats figuraient sur la liste des visiteurs autorisés à faire sortir les enfants du foyer. Ça lui faisait aussi une personne de moins pour qui s'inquiéter.

Quand je retournai à l'intérieur, je demandai à Storm de m'aider à charger la camionnette de Bud.

— Je me suis dit qu'on pourrait aider à servir le dîner avec Bud, ce soir.

Le gamin haussa les épaules.

— D'accord.

Il ne le dirait jamais, mais j'étais sûr qu'il avait aimé travailler dans le jardin cet après-midi-là.

— C'est le diminutif de quoi, Bud ? demanda-t-il en remontant le chemin vers la maison. Budrick ou un truc comme ça ?

— En fait, Bud s'appelle Frances. Tout le monde l'appelle Bud à cause de son jardin — Bud comme les bourgeons des plantes. Cet homme peut faire pousser n'importe quoi.

Storm secoua la tête.

— Frances, c'est pire qu'Augustus.

J'ébouriffai ses cheveux en ouvrant la porte.

— Va te laver, Augustus.

La journée s'était déroulée encore mieux que je ne l'avais prévu. Storm avait baissé sa garde, et j'étais presque sûr qu'il avait été surpris de voir quelques personnes qu'il connaissait au service du dîner, y compris l'un de ses copains du quartier.

Je m'arrêtai à *Park House* et garai la voiture.

— J'ai dit à la femme à qui j'ai parlé tout à l'heure que je t'emmenais dîner, dis-je. Je n'ai pas mentionné *où* nous allions manger.

Storm eut un sourire en coin.

— Vous me dîtes de mentir ?

— Absolument pas. Si quelqu'un demande, tu lui dis la vérité. Je voulais juste te faire savoir que je n'ai pas donné de détails sur l'endroit où on allait manger, donc si personne n'en parle, personne n'en parle.

Le sourire de Storm s'élargit.

— Donc... ne mens pas, mais omets certains détails.

Je donnai un petit coup sur son épaule.

— Ne sois pas un emmerdeur.

Il ricana.

— Je dirai à Bud que vous avez dit « emmerdeur », comme ça, vous devrez émincer des oignons.

Nous sortîmes de la voiture et nous dirigeâmes vers l'entrée.

— Sois gentil. Ou tu n'auras pas l'occasion d'accepter l'offre de Bud.

Bud avait demandé à Storm si un vieux vélo qu'il avait dans son garage pouvait l'intéresser en échange d'un coup de peinture à la clôture de son jardin.

— Vous pouvez m'y emmener le week-end prochain pour que je commence à peindre ?

Je hochai la tête.

— Il faut que j'en parle à Autumn pour voir ce qu'elle en dit.

À l'intérieur de *Park House*, j'enregistrai Storm à la réception. Il me surprit quand il me tendit la main.

— Merci, dit-il.

Je lui serrai la main en souriant.

— Pas de problème.

En retournant à la voiture, je me sentais vraiment bien. Cela faisait trop longtemps que je n'avais pas passé du temps avec Bud. De plus, j'avais l'impression que celui-ci pourrait avoir besoin d'un Storm dans sa vie, tout comme Storm avait besoin d'un Bud.

Et puis il y avait le bonus : j'avais une raison d'appeler Autumn le lendemain.

9

Donovan

— Tout se passe bien ? demanda mon assistante quand j'entrai enfin dans le bureau en milieu d'après-midi. Je pensais que vous n'en aviez que pour quelques heures.

Je soupirai.

— Oui, moi aussi. Le juge O'Halloran a rejeté la demande de report du plaignant, alors nous avons fini par commencer le procès. J'ai eu de la chance que ma plaidoirie d'ouverture ait été prête.

— Oh, waouh ! Oui, heureusement.

Elle désigna la porte de mon bureau.

— Vos messages sont sur votre table, mais une femme a appelé deux fois. Je ne pense pas que ce soit une cliente parce que je n'ai pas reconnu le nom, et quand je lui ai demandé de quoi il s'agissait, elle a dit que c'était personnel.

Mon assistante grimaça.

— Elle avait l'air bouleversée et frustrée, donc vous devriez peut-être la rappeler d'abord.

Mon front se plissa. Je n'avais pas énervé de femme dernièrement, du moins pas à ma connaissance.

— Quel était son nom ?

— Autumn Wilde. Son numéro est sur votre bureau.

Merde ! Dans quoi Storm s'était-il fourré, maintenant ? Et moi qui pensais avoir réussi à l'atteindre, la veille !

J'enlevai ma veste de costume et la jetai sur le dossier de mon fauteuil. Avant même que j'aie eu le temps de regarder la pile de messages qui m'attendait, mon assistante passa la tête par l'entrebâillement de la porte.

— Euh... vous avez un appel sur la ligne un.

Je secouai la tête.

— Dites-leur que je rappellerai. J'ai besoin d'une minute pour m'organiser.

— C'est encore Autumn Wilde.

Je hochai la tête.

— Je vais la prendre. Pouvez-vous fermer la porte derrière vous, s'il vous plaît ?

M'asseyant derrière mon bureau, j'attrapai le combiné et appuyai sur la ligne un.

— Autumn, que se passe-t-il ?

— Pourquoi tu ne m'as pas rappelée ?

— Parce que j'étais au tribunal tout ce matin et cet après-midi. Que s'est-il passé ? Storm a encore eu des problèmes ?

— Non. Mais je suis sûre que ce n'est qu'une question de temps avant qu'il n'en ait, vu que tu le fais traîner avec des drogués.

Ma tête se redressa vivement.

— Quoi ?

— Mais pourquoi as-tu pensé qu'emmener un enfant perturbé de douze ans dans un bâtiment abandonné rempli de toxicomanes serait une bonne idée ?

Je levai la main, même si elle ne pouvait évidemment pas me voir.

— Attends une seconde. Je crois que tu n'as que la moitié de l'histoire.

— Vraiment ? Donc tu n'as pas emmené Storm dans un bâtiment abandonné hier soir ? Un bâtiment barricadé par des planches ?

— Si, mais...

— Et ce bâtiment n'était pas rempli de drogués et de sans-abri ? Oh, et un type qui se fait appeler Jésus et propose à Storm de rejoindre ses disciples ?

Je secouai la tête.

— Artémis est inoffensif. Il est un peu malade mentalement, mais il ne ferait jamais de mal à personne.

— Sérieusement, Donovan ? *Un peu* malade mentalement ? Bon sang !

— Écoute, je sais que dit comme ça, ça a l'air mauvais. Mais tu sors tout du contexte. Storm t'a dit pourquoi nous étions là-bas ou t'a parlé de Bud ?

— *Storm* ne m'a rien dit du tout. Quand je l'ai vu tout à l'heure, je lui ai demandé comment s'était passé son week-end, et il s'est contenté de hausser les épaules et de dire « bien ». Mais apparemment, il s'est vanté auprès d'autres garçons d'avoir traîné dans un repaire de camés, et l'un des plus jeunes a eu l'intelligence de venir me le dire... principalement parce qu'il admire Storm et que sa propre mère est morte d'une overdose, donc il était inquiet.

Merde ! Je me frottai le visage.

— D'accord. Ce n'est vraiment pas ce que tu crois. J'ai emmené Storm rencontrer Bud, un gars du coin qui sert à manger tous les soirs à la communauté. Je le connais depuis plus de vingt ans. C'est un type bien, et Storm est toujours resté dans mon champ de vision. Il n'a jamais été en danger. Je te le jure.

— S'il n'a jamais été en danger et que l'endroit où tu l'as emmené était si honnête, pourquoi avoir menti à la directrice ?

— Je n'ai pas menti. J'ai dit que je l'emmenais dîner.

— Ne fais pas l'avocat avec moi, Donovan. Omettre des informations est autant un mensonge que dire un mensonge pur et simple — parce qu'on ne divulgue pas la véritable histoire. C'est peut-être parfaitement acceptable dans ton travail, mais ça ne l'est pas dans le mien ni dans la vie en général.

Je passai une main dans mes cheveux.

— Écoute, je suis désolé. Je ne voulais pas te contrarier. Je pense vraiment que Bud peut faire du bien à Storm. J'avais prévu de t'appeler aujourd'hui, mais le procès s'est éternisé. Bud a offert un travail à Storm, et je pense...

— Un travail ? Pour faire quoi ? Vendre de la drogue ?

Je soupirai. Autumn avait une image en tête, et je ne pourrais pas la changer à moins qu'elle ne voie la vérité par elle-même. Je regardai ma montre. Il était un peu plus de dix-sept heures.

— Tu as déjà dîné ?

— Non. Mais c'est quoi, cette...

Cette fois, je l'interrompis.

— Bien. Ne le fais pas. Je passe te prendre dans une heure. Nous pourrons en discuter autour d'un repas.

— Je ne sortirai dîner avec toi !

— Ne prends pas tes désirs pour des réalités. Ce n'est pas un rencard. Bud se sent insulté si tu lui rends visite et que tu ne manges pas sa cuisine. Il faut donc que tu manges pour voir où j'ai emmené Storm. Tu dois le voir par toi-même. Envoie-moi ton adresse.

— Et puis, à treize ans, il a volé une Cadillac et percuté une voiture de police.

Je levai les mains.

— Je n'ai pas *volé* la voiture. Le frère de Jimmy Lutz l'avait achetée pour une centaine de dollars.

Bud secoua la tête.

— Il a acheté une Cadillac d'un an en parfait état pour cent dollars, et lui et son abruti de copain ont trouvé que c'était réglo, donc ils l'ont prise pour faire un tour. Ils ont fait trois pâtés de maisons et ont embouti l'arrière d'une voiture de police.

Autumn rit. Elle avait eu le sourire aux lèvres à la minute où nous nous étions assis avec Bud. J'avais oublié quel charmeur le vieil homme pouvait être. Et j'espérais qu'il continuerait à raconter des histoires — je n'en avais rien à faire qu'elles me fassent passer pour un idiot —, parce que regarder le sourire d'Autumn l'emportait largement sur mon besoin d'avoir l'air cool. Elle me surprit en train de la regarder, et ses yeux se rétrécirent pendant une seconde — comme si elle essayait de comprendre ce qui se passait dans ma tête. J'aurais été heureux de le lui dire, mais je me serais probablement fait gifler. Cependant, c'était entièrement sa faute, vraiment. Parce que comment pouvait-elle s'attendre à ce que je regarde ses lèvres se retrousser de plaisir *sans* me rappeler qu'elles avaient fait la même chose quand je lui avais fait un cunnilingus le week-end que nous avions passé ensemble ?

Certaines femmes faisaient de drôles de têtes quand elles jouissaient — les yeux fermés, la bouche tordue comme si elles venaient de sucer un citron. J'avais été avec une femme qui, juste avant l'orgasme, devenait blanche comme un linge et avait les yeux ronds comme des soucoupes. Puis sa bouche s'ouvrait en un cri silencieux. La première fois que j'avais vu ça, j'avais cru qu'il y avait peut-être un assassin avec une hache au-dessus de moi, prêt à me découper le crâne. Mais pas Autumn. Elle avait souri tout au long de l'orgasme. Et c'était carrément phénoménal.

Lorsque Bud eut fini de raconter d'autres histoires sur l'enfant pourri que j'avais été, il se retira pour aller parler à quelqu'un d'autre.

Je fis un signe de tête en direction du type aux cheveux longs, à l'allure hippie et au jean déchiré, qui aurait pu passer pour l'un des sans-abri qui venaient manger.

— C'est le pasteur de l'église épiscopalienne locale. Bud n'autorise personne à venir prêcher, que ce soit un spécialiste des addictions ou un membre du clergé. Mais il reste en contact avec tous les responsables de l'église locale. Si quoi que ce soit se passe dans cette communauté, cette équipe-là est au courant.

Autumn regarda Bud saluer le pasteur, et les deux hommes sortirent ensemble.

— Il est assez incroyable, dit-elle. Je n'arrive pas à croire qu'il n'ait manqué que quatre jours de distribution de repas en vingt-six ans. Il n'est jamais malade ?

— Honnêtement, je ne me souviens pas de l'avoir déjà vu malade, en tout cas pas assez pour l'immobiliser. Mais je ne suis pas sûr que quoi que ce soit puisse immobiliser cet homme, à part peut-être une corde et des chaînes.

Je ricanai.

— Même dans ce cas, il trouverait un moyen.

— Je suis désolée d'avoir tiré des conclusions hâtives quand j'ai appris que tu avais amené Storm ici. J'ignorais qu'on pouvait enseigner autant de leçons dans un tel endroit.

— Ce n'est pas grave. J'aurais dû te prévenir. Mais je n'avais prévu que de lui faire rencontrer Bud, pas de l'emmener dîner ici. Je ne sais même pas trop ce que j'attendais en l'emmenant chez Bud. Je suppose que, comme j'ai l'impression qu'il m'a sauvé, ça pourrait peut-être déteindre sur Storm.

Autumn sourit chaleureusement.

— Je suppose que ta mère t'a fait faire du bénévolat chez Bud parce que tu te créais des problèmes quand tu étais adolescent ?

Je repoussai le maïs dans mon assiette avec ma fourchette.

— Du bénévolat ? Pas exactement. J'ai commencé à travailler pour Bud parce que j'avais faim.

Le sourire d'Autumn se fana.

— Oh, je suis désolée ! J'ai juste supposé...

— C'est bon. Tu n'as pas à être désolée. Je n'ai pas honte d'où je viens ni des choses que j'ai dû faire pour manger. Plus maintenant, en tout cas. C'est juste que je n'en parle pas souvent parce qu'une fois que les gens savent que ta mère était une prostituée et qu'elle disparaissait parfois pendant des jours ou des semaines, laissant un enfant de huit ans se débrouiller seul, ils te regardent différemment.

Le visage d'Autumn s'adoucit. Je le pointai avec ma fourchette.

— Comme ça. Ils me regardent exactement comme ça. Elle sourit.

— Désolée. Tu as d'autres parents ?

— Juste Bud. Ma mère est toujours en vie — du moins, elle l'était la dernière fois qu'elle a pris contact pour me demander de l'argent. Mon père était un client. Elle n'avait aucune idée duquel il s'agissait et ne semblait pas trouver que ce soit important, de toute façon. Mes deux grands-parents sont morts avant ma naissance. Ils ont eu ma mère sur le tard, et pour autant que je sache, elle était fille unique. Cependant, la moitié des propos qui sortent de sa bouche de ma mère sont des mensonges, donc il est possible que j'aie de la famille quelque part. Je pourrais être apparenté à la reine d'Angleterre, si ça se trouve.

Autumn resta silencieuse pendant un moment.

— C'est drôle. Tu es un peu comme un oignon. La première fois qu'on s'est rencontrés dans ce café, je pensais t'avoir cerné.

— En tant que quoi ?

Elle haussa les épaules.

— J'ai supposé que tu étais comme la plupart des hommes auprès de qui j'ai grandi à Old Greenwich, dans le Connecticut — intelligent, éduqué, aisé, né avec une cuillère en argent dans la bouche. Tu sais, puisque tu étais allé à Harvard et portais des chemises faites sur mesure et des boutons de manchette. Même si les trente mini-flacons de shampoing et d'après-shampoing et les autres trucs qui se trouvaient dans ta valise m'ont vraiment déroutée.

— On est deux, alors. Je me demandais pourquoi tu avais besoin d'avoir quatre vibromasseurs géants dans ton sac.

Les joues d'Autumn devinrent rose vif. Elle cacha son visage derrière ses mains.

— Oh mon Dieu ! dit-elle en riant. Je peux te l'expliquer…

— J'ai plus ou moins compris quand nous avons pris ce café et que tu as mentionné que tu revenais d'un enterrement de vie de jeune fille et que tu avais des décorations embarrassantes dans ton sac. À moins que tu n'aies simplement l'habitude de les transporter avec toi.

Je levai le menton vers son sac à main.

— Il y en a un là-dedans en ce moment ?

— Non ! s'exclama-t-elle, riant. Mon Dieu... je suis au moins contente que nous ayons été deux fouineurs, alors.

— En fait, je n'avais pas fouillé dans ta valise jusqu'à ce que tu insistes autant pour que je ne le fasse pas. Donc j'étais obligé de le faire.

— D'accord, eh bien...

Elle secoua la tête.

— Tu sais pourquoi j'avais des trucs bizarres. Donc je pense qu'il est juste que tu me parles de ce qu'il y avait dans ton bagage. Tu étais passé devant un chariot de ménage sans surveillance en sortant et tu t'étais senti rebelle ou quelque chose comme ça ?

— Non. Juste une vieille habitude. Quand j'étais enfant et que ma mère ne rentrait pas à la maison pendant une longue période, j'étais à court de beaucoup de choses. Alors, je me faufilais dans un hôtel, trouvais un membre du service d'entretien, faisais semblant d'être un client et demandais un supplément de tout.

Je haussai les épaules.

— Je voyage pas mal pour le travail, donc je n'ai pas payé de shampoing ou de dentifrice depuis des années. En général, je ne demande plus de supplément, sauf si je croise par hasard un agent d'entretien dans le hall. Pour ce voyage-là, lorsque je suis passé devant la chambre voisine, une femme était en train de faire le ménage. J'ai demandé si elle pouvait laisser un ou deux suppléments dans ma chambre. Elle a dit que ce n'était pas un problème et m'a raconté que je ressemblais à son fils. Quand je suis revenu, elle en avait laissé un paquet.

Autumn sourit.

— Tu vois ? Tu es un oignon. Je n'aurais jamais deviné non plus que tu avais tous ces tatouages cachés sous la chemise impeccable que tu portais quand on s'est rencontrés au Starbucks. Quand je t'ai interrogé à leur sujet, tu as dit que tu avais eu une phase adolescente sauvage. J'ai donc supposé que tu t'étais rebellé contre ta famille riche et coincée pendant quelque temps. Puis il y a eu les plantes partout dans ton appartement. Pour une raison étrange, elles m'ont vraiment déroutée. Tu as dit que tu aimais juste les plantes, mais j'ai supposé qu'à un moment donné, il y avait eu une femme dans ta vie qui les avait laissées derrière elle.

Je souris.

— Bud m'a fait découvrir les plantes. Je travaille trop pour avoir un chien ou un hobby, alors elles sont à peu près tout.

— Je vois ça, maintenant.

— De plus, elles ne me répondent pas.

— Te répondre ? Genre, tu leur parles ?

Je haussai les épaules.

— D'habitude, je teste juste mes plaidoiries d'ouverture ou de conclusion d'une affaire dessus, mais parfois, elles sont la cible de ma colère quand je suis énervé.

Autumn sourit. Je ne pus m'empêcher de fixer ses lèvres du regard. Quand elle me surprit en train de le faire, j'indiquai son assiette du doigt.

— Tu en veux encore ?

Elle se frotta l'estomac.

— Non merci. Mais c'était vraiment délicieux.

Je hochai la tête.

— Alors, c'est quoi, ton histoire ? Tu en sais beaucoup sur ma vie, maintenant, et pourtant, je ne sais pas grand-chose sur toi.

— Que veux-tu savoir ?

Je haussai les épaules.

— Je ne sais pas. Comment es-tu devenue travailleuse sociale ? As-tu toujours voulu aider les enfants ?

— Non, j'ai plutôt pris le chemin le plus long pour en arriver là. J'ai fait des études de commerce, puis j'ai commencé à étudier le droit à Yale. Mais ma première année terminée, j'ai décidé que ce n'était pas ce que je voulais faire.

— Sérieusement ?

— Oui. Tu sais déjà que mon père est avocat. C'est à Yale qu'il a fait ses études, et il a toujours espéré que j'y aille.

— *Il* a toujours espéré, pas toi ?

— Je sais que ça peut paraître idiot, mais je ne sais pas si j'avais déjà réfléchi à ce que je voulais avant de commencer mes études. Comme je n'avais pas de passion pour autre chose, et que c'était ce qu'on attendait de moi, j'ai suivi le mouvement.

— Qu'est-ce qui t'a fait changer d'avis ?

Autumn baissa les yeux.

— Tout.

Je restai silencieux, attendant d'en savoir plus, mais elle ne continua pas.

— Alors comment en es-tu arrivée à travailler dans le social ?

Elle soupira.

— C'est un peu une longue histoire. Mais j'ai rencontré une jeune fille qui avait traversé des moments difficiles, et je voulais l'aider d'une manière ou d'une autre, sauf que je ne savais pas comment. Ça m'a fait réfléchir, alors j'ai assisté à un cours faisant partie du Master en travail social pour voir si ça pouvait me plaire. Dès la troisième semaine, j'ai décidé de m'inscrire au programme complet. Je travaille maintenant sur mon doctorat en psychologie.

Je prends des cours à temps partiel. J'ai fait une pause pour l'été, mais je devrais finir l'année prochaine.

— Waouh ! C'est impressionnant. Ce n'est pas facile de quitter une voie une fois qu'on l'a empruntée. Je t'admire d'avoir fait marche arrière et d'avoir compris ce que tu voulais faire. La plupart des gens auraient juste fini la fac de droit et auraient été malheureux en pratiquant.

— Merci, dit-elle avec un sourire. Et toi ? Tu as toujours su que tu voulais être avocat ?

— Je savais que soit j'aurais besoin d'en avoir un, soit j'en serais un. Je n'étais simplement pas sûr de la façon dont les choses se passeraient.

Elle rit.

— Est-ce une coïncidence que tu aies eu une enfance difficile et que tu exerces une profession qui paie bien où tu as affaire à des clients fortunés ? Alors que j'ai grandi à Old Greenwich, dans le Connecticut, plutôt gâtée et entourée de gens riches, et que j'exerce une profession qui paie mal où j'ai affaire à des gens pauvres toute la journée ?

Je me frottai le menton.

— Je suppose que nous avons tous deux appris ce que nous ne voulions pas de la vie.

Je fis une pause.

— Tu es restée en contact avec elle ?

Autumn fronça les sourcils.

— Qui ?

— La fille que tu as rencontrée et que tu voulais aider sans savoir comment.

Elle sourit.

— En fait, oui. Skye aura vingt-deux ans le mois prochain, et elle est devenue ma meilleure amie au fil des années.

Bud s'approcha et indiqua sa montre.

— Il est temps de fermer boutique.

Il fit signe à deux gars qui se tenaient à quelques mètres derrière lui.

— J'ai demandé à Tweedledee et Tweedledum de m'aider à démonter et à tout charger dans la camionnette. Pourquoi vous ne partiriez pas d'ici avant qu'il ne soit trop tard ?

Je portai ma main à mon oreille.

— Quoi ? J'ai dû mal entendre. On aurait dit que tu m'offrais un *repas gratuit*.

Je regardai Autumn de l'autre côté de la table.

— Personne ne mange gratuitement plus d'une fois sous la surveillance de Bud.

Bud agita sa main devant moi.

— Fais attention, petit malin. Ou je vais te faire poncer la rouille de certains tuyaux que j'ai dans mon sous-sol.

Je secouai la tête.

— Il faut déjà le refaire ? J'ai l'impression que c'est hier que tu me l'as fait faire avec un morceau de papier de verre tellement usé qu'il n'y avait presque plus de grain dessus.

Bud fit un clin d'œil à Autumn.

— J'avais du papier de verre neuf dans le tiroir depuis le début. Je ne me souviens pas de ce qu'il avait fait cette fois-là pour m'énerver, mais je suis sûr qu'il le méritait.

Autumn rit.

— Je vous crois.

— De plus, dit Bud, j'ai quelques trous dans mes murs que ça ne ferait pas de mal de reboucher, si tu n'as pas perdu la main avec un couteau. Je sais que le travail manuel n'est pas ton truc ces jours-ci. Je le devine à tes mains douces, mon beau.

— Mes mains ne sont pas douces, papy.

— Bien, répliqua-t-il en hochant la tête. Alors, tu pourras me rembourser le dîner quand tu amèneras le petit pour qu'il commence à gagner ce vélo.

Je regardai Autumn.

— Tu es d'accord pour que Storm travaille pour Bud ?

Elle hocha la tête avec un sourire.

— Je pense que ce serait vraiment bien pour lui.

Nous dîmes au revoir à Bud, et je l'informai que je le verrais le week-end suivant. Autumn resta silencieuse sur le chemin du retour vers son appartement. Moi aussi, mais ce fut surtout parce que je passai mon temps à envisager de la kidnapper et de l'emmener chez moi pour lui rappeler à quel point notre week-end ensemble avait été incroyable. À quelques immeubles du sien, je me garai et coupai le moteur.

— Je vais te raccompagner, annonçai-je.

— Ce n'est pas nécessaire.

— Peut-être pas, mais je vais le faire quand même.

Je trottinai jusqu'à son côté de la voiture pour pouvoir ouvrir la portière et lui tendis la main pour l'aider à sortir. Elle hésita, mais la prit. Bien trop vite, nous fûmes devant sa porte.

Elle se retourna pour me faire face.

— Merci pour ce soir. Et encore une fois, je suis désolée de t'avoir sauté à la gorge sans comprendre où tu avais emmené Storm et pour quoi.

Je haussai les épaules.

— Ce n'est pas grave. Il a besoin de quelqu'un qui le protège. Je préfère que tu sois énervée plutôt que personne n'en ait rien à foutre.

Autumn hocha la tête, mais baissa les yeux. Quand son regard revint vers moi, je pus y voir de l'hésitation.

— Je peux te demander quelque chose de personnel ?

— Vas-y.

— Les services sociaux sont intervenus quand tu étais plus jeune ? Je veux dire, tu as trouvé Bud parce que tu avais besoin d'un endroit pour manger. Ils ne se sont pas manifestés ?

Je haussai les épaules.

— C'est arrivé. Surtout quand je faisais des bêtises. Mais j'appelais mes amis pour qu'ils aillent aux endroits habituels de ma mère, et ils la payaient vingt dollars pour qu'elle aille au poste de police et fasse semblant de se soucier de moi, comme si je n'étais qu'un gamin hors de contrôle. Les services sociaux n'ont pas vraiment cherché plus loin puisque quelqu'un venait me chercher. Je suppose qu'il y a trop d'enfants comme Storm qui n'ont même pas quelqu'un qui puisse faire semblant.

Elle soupira.

— Le système est loin d'être parfait.

— Tout s'est arrangé, en fin de compte.

— Je suppose.

— Je peux te demander quelque chose de personnel, maintenant ?

— Bien sûr. Ce n'est que justice puisque je suis curieuse.

— Pourquoi tu ne veux pas de relation et ne sors qu'avec des gars qui veulent la même chose ?

Elle fronça les sourcils.

— Tu vas vraiment droit au but, n'est-ce pas ?

— Désolé. Déformation professionnelle, je suppose. Mais j'aimerais comprendre ce que je rate ici. Je sais qu'il y a quelque chose.

Autumn hocha la tête. Elle détourna le regard avant de reprendre la parole.

— J'étais dans une relation qui... s'est terminée. Et je ne suis pas prête à revivre ça.

Je voyais qu'elle était mal à l'aise d'en parler, mais elle m'avait un peu laissé entrer, alors j'insistai doucement.

— Ça s'est terminé il y a combien de temps ?

— Six ans.

Waouh ! Ça faisait long pour se remettre des choses. Mais je me dis qu'elle avait peut-être subi une perte. Ce genre de situation pouvait absolument requérir plus de temps que d'habitude pour se remettre en selle, pour ainsi dire.

Avant que je puisse demander quoi que ce soit de plus, elle se retourna pour entrer.

— Bonne nuit, Donovan. Merci encore pour tout.

10

Autumn

Dix ans plus tôt

— C'était un beau cadeau que tu as fait à Lena.

La voix grave semblait sortir de nulle part.

— Seigneur ! Tu m'as fait une peur bleue.

— Depuis combien de temps es-tu assise ici ?

— Je ne sais pas, répondis-je, haussant les épaules. Peut-être vingt minutes.

Le jardin de derrière était dans le noir complet, mais je connaissais la voix. *Braden Erlich.* Le fils du nouveau partenaire de travail de mon père. Correction, le fils *ridiculement sexy* du nouveau partenaire de travail de mon père.

— Est-ce que l'éclairage est cassé ? demanda-t-il. Celui qui s'allume quand il détecte du mouvement ?

— Pas que je sache.

Braden resta silencieux pendant un moment.

— Donc, ça veut dire que tu n'as pas bougé depuis vingt minutes ?

Je souris dans le noir.

— C'est une sorte de passe-temps pour moi. J'aime

voir combien de temps je peux rester immobile avant que les détecteurs de mouvement ne me repèrent.

— Quel est ton record ?

Je notai une pointe d'amusement dans sa voix.

— Vingt-six minutes.

Il se tut quelques instants.

— Très bien. Voyons si on peut le battre.

Je ris, mais je fis attention à ne pas trop bouger mon visage ou laisser mon corps trembler.

— Tu vas rester planté là sans bouger pour que je batte mon record ?

— Ça dépend.

— De quoi ?

— Si tu admets que le cadeau que je viens de voir la fiancée de ton père ouvrir à l'intérieur est du recyclage.

— Qu'est-ce qui te fait penser que ça en est ?

— Ma mère te l'a offert à ta fête de fin de lycée il y a trois mois.

Merde ! Vraiment ? Je fermai les yeux. *Oh mon Dieu ! Je pense que c'est possible.*

— Désolée, dis-je.

— Pourquoi es-tu désolée ? De ne pas vouloir de figurine en porcelaine à dix-huit ans ?

— C'est un Lladro. Ça a probablement coûté sept cents dollars.

— Ça n'a pas coûté autant à ma mère.

— Comment le sais-tu ?

— Parce qu'elle l'a reçu en cadeau de ma grand-mère il y a deux ans.

J'écarquillai les yeux.

— Tu veux rire ?

— Non.

Je gloussai.

— Waouh ! Bon, je ne me sens plus aussi mal.

— Tu ne devrais pas. Tu es trop jolie pour te sentir mal.

Oh, waouh ! J'étais vraiment contente que nous soyons encore dans le noir, car il ne me vit pas rougir.

— Merci.

— De rien.

— Tu savais qu'il existe une édition limitée de Lladro qui coûte quarante-sept mille dollars ? Ils n'en ont fait que cinq cents exemplaires.

— Donc tu as vérifié la valeur avant de décider de recycler, hein ?

Je ris.

— En fait, non. Parfois, je me renseigne simplement sur des choses vraiment anecdotiques.

— Intéressant.

Je passais probablement pour une vraie ringarde.

— Je ne reste pas enfermée chez moi à faire ce genre de chose. C'est juste un truc que je fais de temps en temps.

— J'aime ça. Tu es curieuse.

Une bonne minute s'écoula, et aucun de nous ne dit rien. Finalement, Braden reprit la parole.

— Tu es toujours là ?

— Oui.

— Tu n'as pas eu peur que Lena se souvienne de t'avoir vue déballer la figurine à ta fête de fin de lycée ?

— Lena n'y était pas. Mon père et elle ne se sont rencontrés que le 4 juillet.

— Ça fait moins de deux mois.

— Oui.

— Et ils sont déjà fiancés ?

— Il a fait sa demande le jour de leur premier mois ensemble.

— Waouh !

— Oui. Apparemment, c'est son truc. Il a demandé sa dernière femme en mariage le jour anniversaire de leurs six mois.

— Sa dernière femme ? Combien en a-t-il eu ?

— Ce sera sa quatrième.

— Quel était le numéro de ta mère ?

— Elle était la première. Elle est morte quand j'avais douze ans.

— Je suis désolé.

— Merci.

— Je me sens mal de t'avoir fait parler de ça. Je crois savoir où je peux trouver un joli Lladro pour me faire pardonner.

Je ris.

— Je vais bien. Mais merci pour l'offre.

— Pourquoi tu es assise ici dans le noir, d'ailleurs ?

— Il n'y a que des gens qui travaillent avec mon père et la famille de Lena à l'intérieur. Et puis, c'est une nuit claire, et j'aime regarder les étoiles.

— Es-tu déjà allée à *Long Wharf Park* pour regarder les étoiles ?

— Non. C'est où ?

— New Haven.

Je soupirai.

— Mon père m'enquiquine, il refuse que je conduise la nuit sur la I-95, puisque je n'ai mon permis que depuis six mois. Peut-être que mon amie Alley m'y emmènera.

Il resta silencieux un moment.

— Ça fait trois ans que je conduis.

Mon cœur s'emballa. Était-il en train de dire qu'il voulait m'emmener voir les étoiles ?

Avant que je puisse répondre, il reprit la parole.

— Je vais te dire. Et si on faisait un petit pari ? Si tu bats ton record, je te donnerai les coordonnées du meilleur endroit pour voir les étoiles. Mais si tu ne le bats pas, tu devras me laisser t'y emmener.

Hmmm... Qui se soucie de ce record débile ?

Je commençai immédiatement à chercher comment faire en sorte que le détecteur de mouvement se déclenche sans avoir l'air de l'avoir fait exprès.

— Alors... on a un accord ? demanda Braden.

J'essayai de paraître nonchalante.

— Oui. Pourquoi pas ?

Cinq secondes plus tard, le jardin s'éclaira. Je clignai des yeux pour m'habituer à la lumière. Avais-je bougé ? Je ne le pensais pas.

Je regardai Braden, qui arborait un sourire jusqu'aux oreilles.

— Je n'ai pas bougé, dis-je.

Son sourire s'agrandit.

— Je sais. J'ai balancé mon bras en l'air. Le pari que tu as accepté ne spécifiait pas qui serait responsable si les lumières s'allumaient, seulement qu'elles le feraient.

Il inclina la tête et tendit la main.

— Viens, partons d'ici.

11

Autumn

— Salut !

Je souris au visage de mon amie Skye apparaissant sur l'écran et fis glisser mon doigt pour répondre. Je n'avais jamais vu cette photo. Elle louchait et sa langue pendait de façon adorable.

— Je commence à me sentir délaissée, dit-elle. Tu n'appelles pas... Tu n'écris pas...

Je ris.

— Quand as-tu changé ta photo dans mon téléphone ?

— La dernière fois que je suis passée. Si je me souviens bien, tu m'ignorais, occupée sur ton ordinateur à chercher l'origine d'une chanson que tu avais entendue dans une publicité.

— Ah... oui. *Magic* par The Pilots ! Ils sont Écossais, tu sais.

— Bien sûr que je le sais. Tu me l'as dit, ainsi que quatre cents autres faits que tu as cherchés après avoir regardé une pub de dix secondes.

Un taxi klaxonna à côté de moi dans la rue.

— Où es-tu ? demanda Skye.

— En route pour dîner avec Blake. J'avais pris un Uber, mais la circulation stagnait, alors je suis descendue pour faire les deux derniers pâtés d'immeubles à pied.

— Blake ? C'est le nouveau gars dont j'ai dit qu'il avait l'air ennuyeux ?

— Il est très gentil.

— Tout comme mon voisin de soixante-dix-huit ans, Wilbur. Rappelle-moi de t'arranger un rendez-vous si ça ne marche pas.

— Très fin !

— Bref, j'appelais juste pour savoir si c'était toujours bon pour la semaine prochaine et si tout s'était bien passé avec ton enfant qui avait disparu. Tu étais censée m'appeler le lendemain.

— Désolée. Les choses ont été un peu... je ne sais pas... bizarres dernièrement. Je me sens si tête en l'air ! J'aurais dû appeler. Mais nous avons trouvé Storm, il va bien, et c'est carrément bon pour la semaine prochaine. Je meurs d'envie de savoir ce qui se passe avec Kayla.

— D'accord, super. Mais tout va bien sinon ? Tu te sens bizarre à cause de quelque chose ?

— Tu te souviens d'un type dont je t'ai parlé, Donovan ?

— Le mec à la valise que tu voulais épuiser jusqu'à l'os, mais tu ne l'as pas fait ?

Je souris.

— Lui-même.

— Qu'a-t-il fait ?

— Eh bien, on s'est encore croisés.

— Ooooh... ce type était carrément plus intéressant que le nouveau. Il avait des tatouages. Je n'ai jamais rencontré de mec ennuyeux qui portait des tatouages. Laisse-moi deviner, Blake n'en a pas ?

Je soupirai.

— En fait, non.

— Donc tu vois aussi la Main verte, maintenant ?

Je secouai la tête.

— Pas sur un plan personnel, mais il représente Storm, donc je suppose que je vais le voir.

L'établissement où je devais retrouver Blake n'était qu'à quelques immeubles de là.

— Écoute, je dois te laisser. Je suis sur le point d'entrer dans le restaurant. On se voit la semaine prochaine ?

— J'ai hâte. Passe une bonne soirée.

— Toi aussi.

Je fis glisser mon doigt sur l'écran pour mettre fin à l'appel juste au moment où j'atteignis la porte du restaurant. Avant d'entrer, je m'arrêtai et pris une grande inspiration. Quelques minutes de plus pour me vider la tête ne m'auraient pas fait de mal, mais j'étais déjà en retard, et je ne voulais pas être impolie. J'avais espéré que mon humeur s'améliorerait avant d'arriver, mais au lieu de cela, j'étais passée de « ne pas avoir envie de sortir » à « redouter la soirée ». Mais je fis mon plus beau sourire quand l'hôtesse m'accompagna jusqu'à la table. Blake était déjà installé.

Il se leva et m'embrassa sur la joue.

— Tu es magnifique.

— Merci.

Il tira ma chaise, et je m'assis.

— Désolée pour le retard.

— Je commençais à penser que tu allais me poser un lapin.

— Mon Uber a annulé trois fois. J'aurais dû t'envoyer un message.

— Je serais venu te chercher chez ton amie.

J'avais presque oublié que j'avais menti à Blake en lui disant que je venais directement de chez une amie pour éviter qu'il vienne me chercher. Je l'avais balancé sans réfléchir, vraiment. Quand il m'avait annoncé qu'il serait chez moi à dix-neuf heures, je ne sais pas pourquoi, j'avais paniqué et lâché que je le rejoindrais au restaurant. Ensuite, j'avais dû inventer un prétexte pour expliquer pourquoi il ne pouvait pas venir chez moi. Ces derniers jours, j'avais fait de mon mieux pour éviter de penser à la raison pour laquelle j'avais fait ça, parce qu'au fond, je connaissais la réponse. Je ne voulais pas de Blake dans mon appartement parce que je ne pouvais pas m'empêcher de penser à un autre homme. Ce qui était exactement la raison pour laquelle je m'étais forcée à venir ce soir, alors que j'aurais préféré rester chez moi à regarder la télé.

— Elle vit à l'autre bout de la ville, et ton bureau est si proche d'ici !

— Tu vaux bien ce désagrément.

Je me forçai à sourire. La serveuse arriva avec la carte des vins. Je savais que Blake aimait le rouge, alors je parcourus la carte et dis :

— Ce que tu veux me convient.

— Tu es sûre ?

— Absolument !

J'avais rencontré Blake sur Tinder. Nous étions allés prendre un café, ce qui était le premier rendez-vous incontournable. De cette façon, s'il y avait de la gêne, ou si le gars s'avérait être un sale type, mes souffrances étaient abrégées relativement vite. Mais Blake et moi n'avions jamais eu une minute de malaise depuis que nous avions commencé à nous voir. Notre conversation semblait toujours couler de source, et nous n'avions jamais eu de silence embarrassant... jusqu'à maintenant.

Je ne savais pas si je l'imaginais ou non, mais je me sentais soudainement maladroite, sans rien à dire. Aussi attrapai-je un gressin pour avoir une raison de ne pas parler.

— Comment était le travail, cette semaine ? demanda-t-il. Tu avais l'air occupée quand on s'est parlé l'autre jour.

Je hochai la tête.

— Notre nombre maximum de dossiers est censé être de dix-huit. Hier, on m'a confié mon trente et unième cas actif.

— Ton service ressemble au mien. Sauf qu'avoir plus d'affaires signifie avoir plus d'argent, pour moi. Ça correspond seulement à du travail supplémentaire pour toi.

— Je n'imagine même pas ce que je gagne réellement de l'heure.

— Tu as déjà envisagé de faire du droit ? Ça rapporte bien, et tu peux toujours aider les gens en prenant des cas *pro bono*.

Je n'avais jamais mentionné que *j'étais* allée en école de droit pendant un an, et je n'avais aucune envie d'en parler maintenant. Alors, je secouai la tête.

— Non, je ne pense pas que ce soit pour moi.

— En parlant de *pro bono*, comment ça se passe avec le gamin pour lequel tu avais besoin d'aide ?

— Ça se passe bien.

Si on considère que s'enfuir quelques jours après avoir été arrêté et traîner ensuite dans un foyer de fortune pour sans-abri est « bien se passer », bien sûr.

— Bien. Fais-moi savoir si l'avocat à qui je t'ai confiée ne t'accorde pas l'attention dont tu as besoin.

Oh, il m'accorde beaucoup d'attention !

Je me souvins que Donovan avait dit être en lice pour devenir associé et qu'il avait besoin du vote de Blake, alors je me dis que glisser un mot en sa faveur pourrait aider. C'était le moins que je puisse faire.

— Donovan a été génial, en fait. Ce n'était pas la première fois que Storm avait des problèmes, donc ce n'est pas un cas facile. Mais il travaille certainement plus dur que tous les autres avocats auxquels j'ai eu affaire au fil des ans avec mes enfants.

Je me raclai la gorge.

— Il est dans ton cabinet depuis longtemps ?

— Un peu plus de sept ans. Je n'ai jamais été un grand fan de lui, personnellement. Mais il a un palmarès impressionnant.

Je me sentis immédiatement d'humeur défensive.

— Il m'a semblé assez sympathique. Qu'est-ce que tu n'apprécies pas chez lui ?

— Il en veut à tout le monde. C'est typique du genre de gars qu'on embauche.

— Quel genre de gars ?

Blake haussa les épaules.

— Des cuillères en argent gâtées issues des écoles de l'Ivy League.

Clairement, il ne connaissait pas très bien son employé. Mais la dernière chose dont Donovan avait besoin, c'était que son patron se mette à avoir des soupçons parce que je le défendais. Alors, j'affichai un sourire factice.

— Je connais le genre, mais il semble faire du bon travail pour Storm.

La serveuse arriva avec notre vin. Elle versa une goutte pour Blake, qui la but et hocha la tête avant qu'elle ne remplisse nos deux verres.

— Decker est en lice pour devenir associé, expliqua-t-il. Nous en ajoutons deux tous les cinq ans. L'un d'entre eux est déjà choisi ; il est dans le cabinet depuis douze ans et il est fiable. Donc, pour la deuxième place, c'est entre Decker et une demi-douzaine d'autres candidats. Mais en fait, c'est entre lui et un autre gars.

— Oh ? Tu penches pour l'un plus que pour l'autre ?

Je me sentis nerveuse en attendant sa réponse.

— Pas Decker, dit-il un instant plus tard. L'autre gars est avec nous depuis dix ans. Il a fait son temps.

Mon cœur se serra.

— Oh ! Donc c'est plutôt basé sur l'ancienneté ?

— Pas toujours. Je suis devenu associé au bout de huit ans. Decker facture plus d'heures que n'importe qui, mais il n'a pas besoin que son *ego* soit flatté en réussissant en un temps record.

Je soupirai intérieurement.

— Eh bien, on dirait que tu as pris ta décision, alors !

— Il y a encore du temps avant le vote.

Il tendit la main par-dessus la table et enlaça ses doigts aux miens.

— J'ai parié avec l'un des autres associés que Decker virerait un client qui a fait un truc stupide, cet après-midi. S'il parvient à se contrôler et à ne pas le faire *et* qu'il s'occupe bien de toi, je pourrais envisager de modifier mon vote.

— On va chez moi ?

Blake boucla sa ceinture de sécurité et me regarda, dans l'attente d'une réponse.

— Hmmm... Je crois que je vais juste rentrer chez moi, en fait. J'ai eu mal à la tête toute la journée, et c'est la mauvaise période du mois, donc une bonne nuit de sommeil ne me ferait pas de mal.

Blake fronça les sourcils, mais tenta de le dissimuler.

— Bien sûr.

Une fois arrivés à mon immeuble, il me raccompagna jusqu'à la porte.

— Es-tu libre samedi prochain dans l'après-midi, par hasard ?

— Euh...

— Nous avons un barbecue d'entreprise pour les associés. Pour être honnête, c'est généralement une torture. De la compagnie serait appréciable. La plupart des gens viennent avec leur famille ou une cavalière. T'avoir à mes côtés rendrait la journée plus supportable.

Il lut l'hésitation sur mon visage.

— De plus, mes partenaires aimeraient te rencontrer.

Cela me décontenança.

— Ils sont au courant pour moi ?

— J'ai dû mentionner que je voyais quelqu'un afin d'obtenir l'approbation des autres associés pour ajouter un cas *pro bono*, car nous avions déjà dépassé notre allocation pour l'année. J'ai peut-être vanté la bonté de la femme que je vois.

Mince ! Comment pouvais-je refuser de l'accompagner alors qu'il s'était donné du mal pour moi ? Je ne pouvais pas, aussi me forçai-je à sourire une nouvelle fois.

— Bien sûr. Un barbecue, ça semble sympa.

Comme nous étions allés dîner à dix-neuf heures, il n'était que vingt et une heures trente lorsque je m'installai sur mon canapé, vêtue de mon pantalon de survêtement préféré. Il était trop tard pour commencer à *binger* le *Bachelor*. De plus, j'avais promis à Skye de l'attendre pour qu'on le regarde ensemble. Alors à la place, je surfai sur les réseaux sociaux sur mon téléphone.

Mais mon esprit était ailleurs. C'était le cas depuis que

Blake et moi avions parlé de Donovan — avant ça même, si j'étais honnête avec moi-même. Je ne savais pas non plus comment gérer les informations qu'il m'avait données sur ce que Donovan devait faire pour devenir associé. D'un côté, ce serait mal de rapporter une conversation privée que j'avais eue avec l'homme avec qui je sortais. Mais d'un autre, Donovan s'était surpassé pour Storm et moi quand il m'avait aidée à le chercher — sans oublier qu'il lui avait présenté Bud et essayait de lui enseigner certaines valeurs. J'avais donc l'impression d'avoir une dette envers lui, et que lui transmettre une petite information interne en guise de remboursement pourrait régler nos comptes.

Je restai assise là pendant dix minutes, fixant le numéro de téléphone de Donovan dans mes contacts tout en débattant inlassablement. Soudain, mon téléphone vibra dans ma main, et quand je me rendis compte de l'identité de celui qui m'avait écrit, ce fut le signe dont j'avais besoin pour prendre une décision.

Donovan : Bud ne peut pas faire venir travailler Storm demain avant l'après-midi. Il a oublié qu'il avait un rendez-vous.

Je répondis.

Autumn : Oh, d'accord ! Merci de me prévenir. À quelle heure penses-tu que je devrais l'emmener ?

Donovan : 15 h, ça devrait aller.

Autumn : Merci.

Je me tapotai les lèvres avec l'index pendant une minute, réfléchissant une dernière fois à la façon de parler de ce que j'avais appris. Finalement, je décidai qu'une conversation en direct serait mieux.

Autumn : Es-tu occupé ? Peux-tu parler un moment ?

Mon téléphone sonna cinq secondes plus tard. Je décrochai avec un sourire.

— Bonsoir.

— Tu n'as pas encore compris ? dit-il. Je ne suis jamais trop occupé pour toi.

Seigneur, je ressentais cette voix grave et veloutée jusque dans mon ventre ! Le son associé à son flirt étira mes lèvres en un sourire si grand que je fus surprise que mon visage ne craque pas.

— Je parie que tu dis ça à toutes les filles.

— Non. Juste une.

Je ris.

— Écoute, c'est un peu bizarre d'aborder ça, mais j'ai parlé à Blake tout à l'heure, et il m'a demandé comment se passait l'affaire de Storm. J'ai dit que tout allait bien, et puis il a mentionné que tu étais en lice pour devenir associé.

— D'accord...

— Il a dit qu'il était encore indécis sur son vote, mais qu'il y avait deux choses qui pourraient faire pencher la balance en ta faveur.

— Lesquelles ?

— Bien t'en sortir sur l'affaire de Storm et... je ne sais pas vraiment à quelle affaire ça se réfère, mais il a dit que tu avais un client qui a fait quelque chose de stupide aujourd'hui, et que si tu parvenais à ne pas le virer, ce serait de bon augure pour toi.

Donovan resta silencieux tellement longtemps que je me demandai s'il n'avait pas raccroché.

— Tu es toujours là ?

Il laissa échapper un long gémissement.

— *Putaiiin !*

— Qu'y a-t-il ?

— Je l'ai viré il y a vingt minutes.

— Tu as viré le client ? Je ne savais même pas que c'était possible.

Au son de sa voix, je l'imaginais se passant la main dans les cheveux.

— Avec moi, ça le devient.

Il fit une pause.

— *Merde !*

— Désolée.

— Tu n'y es pour rien. J'ai juste... *putain... putain... putain !* Je dois contacter Bentley.

— C'est le client ?

— Oui.

— D'accord. Bon, je te laisse régler ça.

— Bon sang, sept ans de travail acharné auraient pu s'envoler si tu ne me l'avais pas dit !

C'était agréable d'avoir pu l'aider.

— Eh bien, je suis contente d'être sortie ce soir, après tout.

— Sortie ?

— Dîner avec Blake.

La ligne devint silencieuse. Quand Donovan reprit enfin la parole, sa voix était monocorde.

— Je dois y aller. Merci pour l'information.

12

Donovan

— C'est quoi, ça ?

Je me tenais sur le trottoir devant la maison de Bud, un sac d'ordures à la main, regardant une voiture arriver du bout de la rue. Un bruit de raclement sur l'asphalte se faisait de plus en plus fort à mesure qu'elle approchait, et des étincelles jaillissaient du passage de roue arrière, côté conducteur. Quand la voiture s'arrêta, je me rendis compte que c'était Autumn qui conduisait. Son aile arrière était complètement cabossée et un bout de métal pendait, ce qui devait être la source de la friction et des étincelles. Je vis qu'elle était à bout, surtout après s'être garée et avoir tenté de sortir ; la portière ne semblait pas s'ouvrir.

— Arrête ! criai-je en levant la main.

Elle cogna son épaule dans la portière une fois de plus. Je m'approchai de la voiture.

— Je vais essayer de l'ouvrir de l'extérieur.

Les premières tentatives permirent de l'ouvrir légèrement, mais pas assez pour qu'Autumn puisse sortir. Alors je levai le pied pour l'appuyer à côté de la portière et tirai d'un coup sec sur la poignée afin d'ouvrir en grand. La jeune femme sortit en grognant, tandis que Storm contournait la voiture, l'air un peu nerveux. Il n'avait pas semblé aussi mal à l'aise le soir où il avait été enfermé au poste de police.

— Qu'est-il arrivé à ta voiture ? demandai-je.

— Quelqu'un m'est rentré dedans.

— Tu vas bien ?

Je regardai Storm.

— Toi aussi ?

— Nous allons bien, m'assura Autumn. Nous n'étions pas dans la voiture quand c'est arrivé. Je me suis arrêtée à quelques rues d'ici pour acheter un gâteau pour Bud. Quand je suis sortie, quelqu'un avait défoncé ma voiture.

Elle regarda la carrosserie abîmée, puis fit un signe de tête en direction de Storm.

— Heureusement qu'il ne me croit pas capable d'entrer dans un magasin sans garde du corps, sinon il aurait été dedans.

Cela me fit sourire. Non pas qu'elle puisse être agressée en plein jour par ici — du moins les risques étaient faibles —, mais je ne l'aurais pas laissée entrer seule non plus.

Je saluai Storm d'un mouvement de tête.

— Bien vu.

Autumn leva les yeux au ciel.

— Quand j'ai demandé à l'autre conducteur le nom de son assurance, il a dit qu'il n'en avait pas. Qui conduit sans assurance ?

— As-tu obtenu un rapport de police ? demandai-je.

— Oui... même si le type ne voulait pas que je l'appelle.

Eh bien, cela expliquait pourquoi ils avaient une heure de retard. J'avais fini par penser qu'elle ne viendrait pas, qu'elle était peut-être énervée à cause de mon attitude de la veille au téléphone.

Je m'accroupis à côté de son pneu et jetai un coup d'œil à l'intérieur du passage de roue.

— Le flic aurait dû appeler une dépanneuse. Tu n'aurais pas dû conduire ce truc.

— C'est juste une bosse.

Je secouai la tête.

— Regarde la jante du pneu. Elle est censée être ronde, Autumn.

Elle plissa les yeux, puis fronça les sourcils.

— Oh... Je n'avais pas remarqué.

— Ta jante est pliée, une partie de la carrosserie de ta voiture pousse contre les freins du pneu, et tu traînes du métal.

Elle soupira.

— Super !

J'indiquai la maison de Bud de la tête.

— Viens. Entrons. Il y a un bon atelier de carrosserie à quelques rues d'ici... Ou du moins il y en avait un il y a quelques années. Je vais voir avec Bud s'il est toujours ouvert. Si c'est le cas, on pourra leur demander de jeter un coup d'œil et de voir s'ils peuvent la rendre sûre pour la conduite. Au moins, tu pourras ensuite la faire réparer plus près de chez toi.

— Comment on va l'y emmener ? Tu viens de dire que c'était dangereux de la conduire.

— C'est le cas. C'est pour ça que je conduirai ta voiture, et tu me suivras dans la mienne. Storm peut rester ici avec Bud.

— Merci, dit Autumn, alors que j'ouvrais la portière côté passager de ma voiture devant la carrosserie *Demott*.

Autumn leva les yeux au ciel.

— Écoute, concernant hier soir au téléphone, je suis désolée si je t'ai contrarié.

— C'est bon. J'ai réalisé quelque chose après avoir raccroché et ça m'a fait me sentir mieux.

Elle fronça les sourcils.

— Quoi ?

— Tu me parlais de Dickson... tu me disais des choses que tu n'aurais pas dites s'il était avec toi.

— Oui, et alors ?

— Ça veut dire que tu étais seule chez toi. Tu es sortie dîner avec un type avec qui tu sors depuis un moment, et pourtant tu es rentrée chez toi, toute seule, et il n'était même pas dix heures.

— J'avais mal à la tête.

Je souris.

— Bien sûr.

— Pourquoi tu souris ? Tu ne me crois pas ?

Je secouai la tête.

— Pas le moins du monde. Tu es sortie avec lui uniquement pour garder cette barrière entre nous. Mais en fin de compte, tu n'as même pas pu passer la nuit avec lui.

— Tu as une haute opinion de toi-même.

Je haussai les épaules.

— Ce n'est pas grave. Tu n'as pas besoin de l'admettre. Je connais la vérité. Et pour ta gouverne, je n'ai vu personne d'autre depuis la soirée au commissariat non plus. Je suis patient. J'attendrai que tu sois prête.

Elle continua à me regarder, les yeux plissés.

— Et si je ne suis jamais prête ? Tu vas attendre une éternité ?

Je fis un demi-pas de plus. Nous étions maintenant orteils contre orteils. Autumn n'essaya pas de reculer, me regardant attentivement. Mais ce n'était ni le moment ni le lieu pour voir ce qu'elle ferait si je la poussais. Au lieu de cela, je posai mes yeux sur ses pieds et les fis remonter lentement. Ils effleurèrent avec appréciation la courbe de sa hanche et s'arrêtèrent sur ses beaux seins ronds. Ses mamelons durcirent à travers son tee-shirt pendant que je la regardais, comme une fleur qui s'épanouit. Lorsque mes yeux atteignirent enfin son visage, ses lèvres étaient entrouvertes et ses paupières lourdes.

Je me penchai et chuchotai à son oreille :

— Ça ne prendra certainement pas une éternité.

⌒

— Oh, mon Dieu ! Et ensuite, Lindsey s'est assise entre eux et l'a embrassé.

— Cette fille ne cause que des problèmes, dit Bud.

— Je sais ! Mais apparemment, notre célibataire aime les problèmes. Il aime bien cette Justine, aussi.

Je secouai la tête.

— Je n'arrive pas à croire la conversation que je suis en train d'écouter. J'ai l'impression de déjeuner avec Juliette.

Autumn et Bud discutaient du *Bachelor* depuis vingt minutes. Je savais qu'Autumn regardait ce truc. Mais Bud ? Je me contentai de continuer à secouer la tête. Il avait dit que sa nouvelle « bonne amie » regardait cette émission, et il s'y était mis aussi.

Autumn se tourna vers moi.

— Qui est Juliette ?

— Une collègue de travail. Ne t'inquiète pas. Elle n'est pas une menace pour toi, ajoutai-je avec un clin d'œil. Juliette n'est pas mon genre.

Elle leva les yeux au ciel, mais je vis son sourire quand elle se détourna.

— As-tu au moins regardé l'émission ?

— Non, et je suis surpris que tu le fasses. C'est une émission où un mec sort avec, quoi, une vingtaine de femmes en même temps pendant qu'elles font n'importe quoi pour attirer son attention. Les femmes adorent ça, mais ces mêmes femmes péteraient un câble si l'homme qu'elles fréquentent envisageait de voir ne serait-ce qu'une seule autre femme.

Autumn secoua la tête.

— Il y a une différence entre ce que les femmes veulent dans la vraie vie et ce qu'elles veulent dans leur télé-réalité.

— Si tu le dis...

Storm revint du garage. Il avait passé le reste de l'après-midi dehors à nettoyer et à peindre.

— Je meurs de faim.

— Je distribue des tartines chaudes pour le dîner, ce soir, dit Bud. Et tu peux te servir dans le frigo.

Je secouai la tête.

— Pourquoi je ne nous commanderais pas une pizza ? Tes tartines chaudes ont toujours beaucoup de succès, et il n'y a jamais de restes.

Bud sourit.

— C'est parce que je fais griller le pain sur le gril et fondre le fromage avant de verser la sauce brune dessus. C'était le plat préféré de Donovan quand il était petit. Je devais en cacher trois s'il ne venait pas dîner tôt.

Storm se gratta la tempe.

— Vous mangiez avec les pauvres ?

— Non, *j'étais* les pauvres.

— Mais maintenant, vous êtes très riche. Vous êtes avocat, vous avez une belle voiture et vos chaussures sont toujours brillantes.

— Oui, et ?

Il haussa les épaules.

— La plupart du temps, les pauvres restent pauvres.

J'étais en train de réparer une porte de placard, mais m'arrêtai pour accorder toute mon attention à Storm.

— Si on pense comme ça, c'est généralement ce qui se passe. On doit être capable de se voir réussir pour avoir une chance de trouver le succès. Et on doit travailler plus dur que quelqu'un à qui on donne tout.

Je sentis les yeux d'Autumn sur moi, alors je la regardai.

— Sans vouloir te vexer.

Elle sourit.

— Je ne le prends pas mal.

— Tu as déjà fait de la course sur piste à l'école ? demandai-je à Storm.

— Oui.

— Tu sais pourquoi les coureurs ne partent pas tous de la même ligne ?

— Parce que la piste intérieure est plus courte.

— C'est ça. Ils rendent ça équitable pour tout le monde. Mais dans la vraie vie, ça n'arrive pas. Certaines personnes partent de derrière, et pour des raisons autres que la pauvreté.

Je fis une pause, pour m'assurer qu'il me suivait. Il eut le plus petit des hochements de tête.

— Alors, apprends à courir plus vite, et n'oublie jamais qu'il y a des gens qui partent d'encore plus loin que toi.

Je finis de réparer le placard, puis aidai Autumn, qui avait peint les moulures de la cuisine de Bud pendant ce temps-là. J'aurais pu donner un coup de main à Storm, mais Bud était allé l'aider, et je m'étais dit qu'un peu de temps en tête à tête avec lui pourrait faire du bien au gamin. De plus, je ne pouvais résister à l'opportunité de travailler près d'Autumn. Je lui jetais des regards chaque fois que je pouvais — quand elle s'étirait pour peindre les moulures du haut et que son tee-shirt remontait, exposant sa peau lisse couleur crème, quand elle se penchait pour tremper son pinceau dans la peinture, me donnant une vue directe sur son fessier phénoménal.

Je n'étais pas discret du tout ; Autumn m'avait pris en flagrant délit plus d'une fois, mais, chaque fois, elle avait souri plutôt que de me faire un reproche. Je savais qu'elle se doutait de ce qui se passait dans ma tête, mais je me demandais si elle pouvait lire dans mes pensées aussi bien que je pouvais parfois lire dans les siennes. Comme elle ne m'avait pas encore giflé, je dirais qu'il n'y avait probablement qu'un seul télépathe dans la pièce.

Lorsque nous eûmes liquidé une pizza tout entière, Bud dut se préparer pour le service du soir et Autumn dut ramener Storm à *Park House*. Je les conduisis donc à l'atelier de carrosserie pour voir s'ils avaient pu réparer suffisamment sa voiture pour qu'elle soit en état de rouler. Malheureusement, il s'avéra que c'était plus qu'une simple fissure dans la jante et qu'elle devait être envoyée en soudure. Alors nous laissâmes sa voiture là-bas, et Autumn et moi déposâmes Storm ensemble. Juste avant qu'il ne sorte, elle lui demanda s'il avait des projets pour la soirée, et il répondit qu'il allait étudier.

— Tu penses vraiment qu'il va étudier ce soir ? me demanda-t-elle une fois que nous fûmes seuls dans la voiture.

— Absolument pas.

— Peut-être qu'il t'a vraiment écouté quand tu as dit qu'on devait travailler deux fois plus ?

Je quittai la route des yeux pour la regarder, affichant une moue qui disait « *aucune chance* ».

— Eh bien, je vais penser positivement et supposer qu'il était sincère !

Je souris.

— Vas-y. Mais il ne l'était pas.

— Comment peux-tu en être aussi sûr ?

— Je suis doué pour dire quand les gens mentent. C'est mon super pouvoir. Je suis un détecteur de mensonges humain.

— C'est vrai ?

— C'est vrai.

Elle mit son doigt sur ses lèvres. Même en conduisant, je pouvais voir les rouages tourner dans sa tête.

— J'adore l'ananas sur la pizza. C'est mon plat préféré.

Je levai un sourcil.

— Suis-je censé deviner si tu mens ?

— Oui. Vas-y, détecteur de mensonges humain. Voyons à quel point tes superpouvoirs sont bons.

Nous étions sur le point de passer devant un *Wendy's*, alors je mis mon clignotant et entrai sur le parking.

Le front d'Autumn se plissa.

— Tu as faim ?

— Non. Mais je dois te regarder pour que mon superpouvoir fonctionne.

Je me garai sur la première place disponible et mis le véhicule au point mort. Puis je pivotai sur mon siège pour l'observer.

J'aime vraiment ce jeu. Avec cette vue, on devrait jouer plus souvent.

— Vas-y, dis-je. Parle encore de ta pizza préférée.

Autumn se tourna vers moi et se redressa sur son siège. Son sourire amusé était vraiment adorable.

— J'adore l'ananas sur la pizza. C'est mon plat préféré.

En fait, je ne pouvais pas dire si elle mentait ou non, mais je me dis que j'avais une chance sur deux, alors je bluffai.

— Mensonge.

Ses yeux pétillèrent.

— Comment tu l'as su ?

— Je te l'ai dit. J'ai un détecteur de conneries.

Elle rit.

— Ça aurait pu être juste de la chance. Je vais réessayer.

— Vas-y.

Elle regarda par la fenêtre un moment, puis se retourna.

— À douze ans, j'ai fugué de chez moi.

Sa présentation était assez différente de la façon dont elle avait parlé de la pizza, donc je me dis que ce n'était pas un mensonge.

— Vérité.

Sa mâchoire se décrocha, mais elle fit de son mieux pour ne pas paraître impressionnée.

— Encore un coup de chance.

Je croisai les bras sur mon torse.

— Combien d'essais faudra-t-il pour que tu croies en mes capacités ?

— Je ne sais pas. Cinq d'affilée ?

— Eh bien alors, c'est parti ! En fait, attends une seconde. Je suis curieux. Pourquoi as-tu fugué ?

Elle fronça les sourcils.

— Ma mère était morte depuis six mois, et mon père est rentré à la maison avec une femme que je n'avais jamais rencontrée et m'a annoncé qu'il allait se marier.

— Merde ! Désolé.

Autumn haussa les épaules.

— Ça va. Je ne suis allée que quelques mètres plus loin, chez mon amie Jane, et sa mère m'a fait des cookies, donc je n'étais pas exactement en train de vivre à la dure avec un bandana attaché à un bâton porté sur mon épaule. Et puis, ce mariage-là n'a duré que huit mois.

— Ce mariage-là ? Combien y en a-t-il eu ?

— Beaucoup. Il s'est fiancé à nouveau récemment.

Ce bout de vérité me fit me demander si son cher vieux père n'était pas en partie la raison pour laquelle elle était si aigrie par les relations.

— D'accord... j'en ai une autre, dit-elle.

Mais cette fois, en parlant, elle leva le bras et ajusta sa boucle d'oreille.

— J'ai eu une liaison avec mon professeur d'université.

— Mensonge.

— Comment l'as-tu su ? J'aurais pu en avoir eu une. Il y en a un qui m'a draguée plusieurs fois.

— Détecteur de conneries. Je te l'ai dit.

Je levai la main et touchai sa boucle d'oreille.

— Et puis, tu joues avec ça quand tu mens.

Ses yeux s'écarquillèrent.

— Vraiment ?

— Oui.

— Waouh ! Je ne l'avais jamais remarqué. Est-ce que tu es simplement super perspicace ? Tu remarques ce genre de choses chez tout le monde ?

— Pas chez tout le monde.

Mon regard chercha le sien.

— Juste les gens qui m'intéressent.

Les yeux d'Autumn s'adoucirent, et j'oubliai complètement que nous étions dans un parking très fréquenté en plein Brooklyn. Des voitures entraient et sortaient de la file du drive-in derrière nous, une voiture klaxonnait quelque part dans un voisinage tout proche, et pourtant, le moment était étrangement intime et romantique — et j'avais certainement été accusé par plus d'une femme, au fil des ans, de ne *pas* être romantique.

— Et toi ? chuchotai-je. Tu penses pouvoir deviner si je mens ?

Elle resta très immobile. Cela me fit me demander si elle ressentait la même chose que moi, comme si nous étions dans une petite bulle que je ne voulais pas faire éclater en bougeant.

— Je ne sais pas, dit-elle doucement.

— Essayons.

Je me rapprochai de quelques centimètres et baissai la tête pour que nous soyons exactement les yeux dans les yeux.

— Je te trouve absolument incroyable.

Elle déglutit.

— Je ne sais pas.

— Vérité. Essayons encore une fois.

Je me rapprochai encore un peu.

— J'ai été incapable de ne pas penser à toi depuis que je t'ai vue avec ma valise.

Autumn se mordit la lèvre inférieure.

— Mensonge.

Je remuai lentement la tête d'avant en arrière.

— Vérité. Une dernière. J'ai tellement envie de t'embrasser que ça me fait mal.

Elle déglutit encore et murmura :

— Vérité ?

Un sourire s'épanouit sur mon visage.

— Absolument.

Autumn sourit en retour. Et pendant quelques secondes, je me dis que nous faisions des progrès, qu'elle pourrait me donner le feu vert pour que je suce ses belles lèvres comme j'en mourais d'envie depuis qu'elle était revenue dans ma vie. Mais ensuite je le vis arriver ; ce qui la retenait frappa comme un éclair. Son sourire se transforma en un froncement de sourcils, et elle se racla la gorge en s'adossant à son siège.

— Ça doit être utile dans ta profession. D'avoir... comment tu appelles ça ? Un détecteur de conneries ?

Je continuai à la regarder, même si elle tourna la tête et fixa la fenêtre.

— Oui, ça aide.

— C'est bien.

Elle ne dit rien de plus. Apparemment, notre petit jeu était terminé.

Aussi passai-je la marche arrière et la conduisis-je chez elle. Le reste du trajet se limita à une conversation sans intérêt.

Autumn resta silencieuse alors que je la raccompagnais à la porte.

— Au fait, je ne t'ai pas remerciée, dis-je.

— Pour quoi ?

— Tu m'as sauvé les fesses.

— Oh ?

— Après avoir raccroché hier soir, j'ai pu appeler le client que j'avais viré et arranger les choses. C'était physiquement douloureux de lui faire de la lèche, mais j'y suis parvenu, donc je n'ai pas raté ma chance d'être associé... pour le moment.

Autumn sourit lorsque nous arrivâmes à sa porte.

— Je suis contente d'avoir pu t'aider, parce que je te dois pas mal de services. Merci pour tout ce que tu as fait aujourd'hui, Donovan. J'ai l'impression de te dire ça souvent. Je te remercie toujours pour quelque chose — parce que tu as aidé Storm, parce que tu m'as aidée à le retrouver quand il s'est enfui, parce que tu m'as aidée à m'occuper de ma voiture aujourd'hui. Tu es...

J'arquai un sourcil quand elle se tut.

— D'une grande aide ?

Elle gloussa.

— J'allais dire que tu es un très bon ami. Mais oui. Tu es d'une grande aide.

Je tirai une mèche de ses cheveux.

— C'est comme ça que tu me vois ? Comme un bon ami ?

— Oui.

Elle baissa les yeux, mais hocha la tête.

— Tu es un bon ami.

Je levai la main et touchai le poignet de sa main qui triturait sa boucle d'oreille. Au début, elle fut confuse, mais elle réalisa ensuite ce que j'indiquais.

Elle se couvrit la bouche.

— Oh, mon Dieu !

Je souris et fis un clin d'œil.

— J'ai hâte de te faire bientôt redire ces mots, *menteuse*.

13

Autumn

Huit ans plus tôt

— Une de plus.

Nick me tendit la bouteille de tequila.

Je secouai la tête.

— Pas question. J'ai déjà atteint ma limite.

Mon amie Felicia pointa son pouce vers moi.

— Sa limite est de un. Donne-moi ça.

Nick leva les yeux au ciel.

— Je croyais qu'on fêtait le fait que tu nous as botté les fesses au test de maths.

— C'est le cas. Mais je fête ça de manière responsable. Toi, tu te saoules et tu te pointes tout nu au *drive-in* du *Taco Bell*, puis tu te mets en colère quand la femme au guichet refuse de te donner ta commande.

Nick sourit.

— C'est arrivé une fois, et cette femme avait vraiment besoin de se détendre.

Felicia et moi rîmes.

— Je crois qu'on a découvert pourquoi on célébrait mon score parfait au test et pas ton soixante pour cent.

Nick prit la bouteille à Felicia et avala une autre longue gorgée avant de la passer à l'un des membres de sa fraternité.

— Dansez avec moi, mesdames.

Je regardai autour de moi. Personne d'autre ne dansait, mais cela n'arrêtait jamais Nick, et bon sang, il savait danser ! Je haussai les épaules.

— Bien sûr. Pourquoi pas ?

Il fit tout un remue-ménage pour dire qu'il avait besoin de plus d'espace dans le salon, puis il hurla à son pote de mettre la musique à fond. À la moitié de la chanson, la plupart des fêtards s'étaient joints à nous. Nick se plaça devant moi et bascula ses fesses en arrière, et je fis semblant de le frapper. Felicia et moi le prîmes en sandwich et nous nous déhanchâmes tout en bougeant de haut en bas. C'était inoffensif — nous nous amusions ensemble tous les trois depuis notre rencontre le jour de l'orientation des étudiants de première année, l'année précédente. De plus, Nick était plus intéressé par Ian, l'assistant de notre professeur de maths, que par Felicia ou moi.

Nous dansâmes encore sur quelques chansons, puis nous chantâmes sur une nouvelle ballade d'Ariana Grande tout en la mimant. À un moment donné, je pivotai, feignant d'être la fille de la chanson qui s'en va, et mes yeux se posèrent de l'autre côté de la pièce. Mon regard croisa celui de Braden. Je clignai des yeux plusieurs fois. J'avais bu quelques verres, mais ça ne pouvait pas être lui. Pourtant, ça semblait *exactement* l'être... En tout cas, qui que ce soit, il n'avait pas l'air *ravi*. Le type se tenait dans un coin de la pièce et ne faisait aucun effort pour venir vers moi, même s'il me fixait très clairement. Je fis signe à mes amis que je revenais et me dirigeai vers lui, essuyant la sueur sur mon front.

— Oh, mon Dieu, c'est vraiment toi ! Je croyais avoir des hallucinations.

Je souris.

— Que fais-tu là ? Je ne savais pas que tu venais ce week-end.

— De toute évidence. Je viens rendre visite à ma petite amie et je la trouve en train de se frotter à un mec. Alors, je suppose qu'on est deux à être surpris.

J'indiquai mon ami d'un geste de main.

— C'est juste Nick. Je t'ai déjà parlé de lui.

— Pour dire que vous étudiez ensemble, oui, pas que vous vous frottez l'un à l'autre.

— Nick est *gay*. Je ne l'intéresse pas. On ne fait que s'amuser.

— Tu t'amuses à me faire passer pour un idiot ?

— En quoi je te fais passer pour un idiot ?

Quelqu'un mit la musique encore plus fort. Braden fronça les sourcils. Il dut se pencher vers moi et crier juste pour que je puisse l'entendre.

— Ce n'est pas mon milieu. Je vais m'en aller. Je te verrai la prochaine fois que tu daigneras rentrer chez nous.

— T'en aller ? Quoi ? *Non !* Ne sois pas ridicule. Je vais juste dire à mes amis que je pars. Je reviens tout de suite.

Je me frayai un chemin à travers la foule pour retourner auprès de Nick et de Felicia. Je pus à peine m'entendre tandis que je criais par-dessus la musique. Mais je pointai Braden du doigt et agitai la main en guise d'au revoir, et ils semblèrent comprendre ce que j'essayais de leur dire.

Je rejoignis mon petit ami, et nous nous dirigeâmes vers la sortie. Quand je mis le pied sur le porche, mon ami Jason ne vit pas mon compagnon et me serra dans ses bras.

— La voilà. Sois ma partenaire de *beer-pong*, ma belle !

Je sentis la tension émaner de l'homme derrière moi avant même de me retourner. Je me détachai de Jason.

— Euh... en fait, je m'en vais. C'est mon petit ami, Braden.

Jason tendit la main.

— Braden, petit veinard !

Celui-ci baissa les yeux vers sa main, les remonta vers son visage sans dire un mot, puis croisa les bras sur son torse.

Jason buvait peut-être depuis quelques heures, mais il était impossible qu'il rate cet acte de mépris. Il saisit l'allusion et retira sa main.

— Très bien, alors.

Il croisa mon regard.

— Tu vas bien, Autumn ?

Je souris, appréciant son inquiétude, bien que déplacée.

— Oui, je vais bien. Merci, Jason.

Braden et moi descendîmes les marches et traversâmes la pelouse. Il tourna à droite sur le trottoir, aussi le suivis-je, même si mon dortoir était à gauche. Nous longeâmes le pâté de maisons en silence, passant devant d'autres maisons de fraternité. Lorsque nous arrivâmes au niveau d'une BMW, Braden se dirigea vers elle.

— C'est ce que tu conduis ? À qui est cette voiture ?

Il fit le tour du côté passager et m'ouvrit la portière.

— À moi.

— À toi ? Qu'est-il arrivé à la Toyota ?

— Je m'en suis débarrassé. Je me suis dit qu'il me fallait une plus belle voiture pour sortir les clients, maintenant que j'ai un travail.

Mes yeux s'agrandirent.

— Tu as eu le poste ? Lequel ?

— J'ai reçu une offre de trois cabinets. Mais j'ai accepté celle de chez *Andrews and Wilde*.

— Tu as accepté le poste du cabinet de nos pères ? Je croyais que tu ne voulais pas le faire ?

— J'y ai réfléchi. C'était la meilleure offre. Et puis j'aurai l'occasion de traiter des affaires bien plus tôt qu'ailleurs.

— Waouh ! Félicitations !

Je jetai mes bras autour de son cou et serrai. Braden ne me rendit pas mon étreinte, mais il ne m'arrêta pas non plus.

— Je suis si fière de toi !

— Merci.

Il fit un signe de tête vers la portière ouverte.

— Pourquoi tu ne monterais pas ?

Une fois que nous fûmes tous deux installés et attachés, je décidai de mettre les choses au clair. Même si j'étais surprise de le voir, j'étais vraiment heureuse qu'il soit là.

— Écoute, je ne voulais pas te contrarier en dansant avec Nick. Je suppose qu'à mes yeux, il est inoffensif puisqu'il n'aime pas les filles, et on ne faisait que danser.

— Se frotter l'un contre l'autre n'est pas danser. C'est simuler le sexe. Même si le gars n'est pas intéressé, tu te donnes en spectacle devant une putain de fraternité, Autumn !

Je n'y avais jamais pensé de cette manière. En fait, je n'avais jamais vraiment réfléchi à ce que danser pouvait représenter. Nous n'avions fait que boire quelques verres et évacuer un peu de stress.

— Je suis désolée. Je ne le voyais pas de cette façon. Mais je suppose que tu as raison.

Braden continua à secouer la tête et à fixer la route, même si nous étions toujours garés.

— C'est ce que tu fais tous les week-ends ? Aller dans les maisons de fraternité et te saouler ? Jouer au *beer-pong* et te comporter comme une pute ?

Je tournai vivement la tête vers lui.

— Une pute ? Je ne me comporte pas comme une pute. J'ai peut-être dansé avec mes amis, mais ne me traite pas de pute !

— Alors, essaie de ne pas te comporter comme si tu en étais une.

— Je me suis excusée. J'ai dit que je n'avais pas pensé à ce que ma façon de danser pouvait paraître aux yeux des autres. Mais ne me traite pas de pute. En fait, ne m'insulte pas.

Je débouclai ma ceinture et saisis la poignée de la portière. Alors que je m'apprêtais à l'ouvrir, Braden attrapa mon autre poignet. Sa prise était vraiment ferme.

— Aïe ! Tu me fais mal. Lâche-moi.

Sa mâchoire se contracta. Il me fixait, mais j'avais l'impression qu'il ne me voyait pas vraiment.

— Braden, *lâche-moi !* Ça fait mal.

Quelques secondes plus tard, il relâcha ma main.

— Reste. Ne sors pas.

Je me frottai le poignet.

— Tu m'as fait mal.

— Désolé. Ce n'était pas volontaire. Je voulais juste t'empêcher de partir.

Quelque chose me perturbait dans cet incident, et mon instinct me disait de m'en aller.

Mais Braden caressa mes cheveux.

— Je suis désolé, bébé. Désolé pour tout... pour t'avoir insultée et pour t'avoir serrée trop fort.

Il porta mon poignet à sa bouche et en embrassa l'intérieur.

— Je suis juste venu jusqu'ici après le travail pour te faire une surprise et t'annoncer la bonne nouvelle, et quand je t'ai trouvée, tu étais collée à un autre type, et ensuite un autre gars t'a enlacée.

Il secoua la tête.

— J'ai réagi de façon excessive. Je t'aime. Tu me pardonnes ?

Je me sentais mal. Il avait fait cinq heures de route jusqu'à Boston pour me trouver en train de me frotter à un autre.

— C'est bon. Mais s'il te plaît, que ça ne se reproduise plus.

Il sourit.

— Ça n'arrivera plus.

Il se pencha par-dessus la console centrale et ôta les cheveux de mon visage.

— Tu m'as manqué. Je suis content de t'avoir trouvée.

Je me radoucis.

— Tu m'as manqué aussi.

Alors qu'il démarrait la voiture, je me rendis compte pour la première fois qu'il m'avait effectivement trouvée.

— Comment as-tu su où j'étais, ce soir ?

— Ton iPhone. Système de localisation.

— Oh !

Je réfléchis une minute.

— Je ne savais pas que j'avais ça. Je ne dois pas te donner un accès ou quelque chose comme ça ?

Braden haussa les épaules et tendit la main.

— Je suppose que tu l'as fait à un moment ou à un autre.

Encore une fois, j'eus un sentiment étrange et fugace. Mais c'était mon petit ami depuis deux ans... Je lui avais probablement ouvert ma localisation à un moment donné et je ne m'en souvenais pas. Aussi mis-je ça de côté et liai-je mes doigts aux siens.

Cependant, pendant le reste du week-end, je ne pus me débarrasser de cette sensation désagréable. J'essayais sans cesse de me rappeler exactement quand j'avais partagé ma position géographique avec Braden. J'avais une assez bonne mémoire, et malgré tous mes efforts, je ne me rappelais pas l'avoir fait.

14

Donovan

— Allez, Elliott ! Aide-moi, un peu !

Elliott Silver jeta un dossier de son bureau vers une table pliante installée sur la droite. Celui-ci heurta une immense pile et en fit tomber deux autres sur le sol. Il fronça les sourcils.

Travailler au bureau du procureur ne me manquait vraiment pas.

— Il a deux antécédents et il a douze ans, Decker. Il a aussi cassé deux os du nez du gars — la violence s'intensifie. C'est *exactement* le genre d'affaire sur lequel je ne devrais *pas* passer d'accord.

— Et si on te donnait un dealer ?

Elliott montra son bureau d'un mouvement de bras.

— Est-ce que j'ai l'air d'avoir besoin d'une autre affaire ?

— Ce ne serait pas une *autre* affaire. Ce serait une *meilleure* affaire. Tu pourras te débarrasser de ce truc de rien du tout sur un mineur *et* mettre hors d'état de nuire un type qui pollue les rues avec de la drogue depuis des années.

Il secoua la tête.

— Ne le prends pas mal, Decker, mais tout ce que j'ai à faire, c'est conduire jusqu'à n'importe quel coin de rue de ce quartier, baisser ma vitre et montrer quelques billets... Je peux trouver un dealer. Pourquoi je laisserais un voyou s'en tirer alors que je n'ai pas besoin de ce qu'il sait ?

Cela s'avérait plus difficile que je ne le pensais.

— Storm n'est pas un voyou. C'est un bon gamin avec de bonnes notes qui n'a pas eu de chance dans la vie. C'est une victime de son environnement. Le mettre en maison de correction ne fera qu'aggraver la situation, pas l'améliorer.

Elliott me regarda en plissant les yeux avant de glousser.

— Merde ! Tu t'es encore amélioré avec les années. J'en arrive presque à croire que tu penses que ce gamin a une chance.

Je soufflai un grand coup. *Ce gamin a une chance.* Je le savais, parce que *j'étais* ce fichu gamin. En général, je n'étais pas le genre de type à dire du mal des gens, mais je me sentais assez désespéré à cet instant.

Je me penchai en avant sur mon siège.

— Écoute. Est-ce que tu n'as jamais fait d'erreur ?

— Est-ce que j'ai déjà cassé le nez de quelqu'un d'autre ? Non, jamais.

— D'accord, mais tu dois bien avoir commis *une* erreur.

J'hésitai, parce que ce n'était vraiment pas mon style de menacer quelqu'un, du moins pas depuis que j'avais grandi. Mais *putain !* J'avais besoin de ça, pour plus d'une raison.

— Peut-être même une fois ici, au travail ? N'as-tu jamais fait d'erreur qui aurait pu te foutre en l'air, et quelqu'un quelque part t'a donné une seconde chance ?

Elliott avait commencé à ranger sa mallette, mais il s'arrêta dans son élan et leva les yeux vers moi. Durant notre première année au bureau du procureur, il avait royalement foiré une affaire. Il avait rompu la confidentialité avec une femme avec qui il couchait et qui s'était avérée être la sœur du dealer ; elle l'avait piégé. J'avais repris l'affaire et l'avais enterrée pour lui en concluant un accord que le type ne méritait pas.

Il soutint mon regard en secouant la tête.

— Tu es un enfoiré, tu sais ?

Je baissai la tête et acquiesçai, trop honteux pour le regarder dans les yeux.

— J'ai besoin de cette faveur, Elliott.

Il recommença à ranger des dossiers dans sa mallette.

— Bien, dit-il en serrant les dents. Mais je n'abandonne pas les charges tout de suite. Il va suivre un programme de déjudiciarisation préprocès. Il va voir un psychologue chaque semaine pendant un an, s'inscrit dans un programme de gestion de la colère et fait cinquante heures de travaux d'intérêt général.

Il leva un doigt en guise d'avertissement.

— Si et quand il aura tout terminé, et à condition qu'il ne crée pas d'autres problèmes, alors, j'abandonnerai les charges.

Je levai intérieurement le poing.

— Marché conclu.

Elliott me regarda droit dans les yeux.

— Et après ça, nous sommes quittes. Je ne plaisante pas, Decker. Ne me refais plus ce coup de merde.

Je hochai la tête.

— Compris.

Il indiqua la porte derrière moi.

— Maintenant, fous le camp de mon bureau.

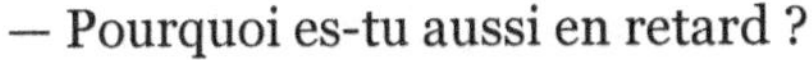

— Pourquoi es-tu aussi en retard ?

Juliette s'essuya la bouche, froissa sa serviette et la jeta dans son Tupperware vide sur la table.

J'attrapai le sachet et sortis mon déjeuner. Ils avaient téléphoné pour passer notre commande habituelle du mercredi pendant que je revenais du bureau du procureur.

— J'étais en ville pour une affaire.

— Ah oui ? Quel milliardaire peu méritant as-tu sauvé, aujourd'hui ?

Je m'assis et ouvris mon plat de brocolis et crevettes Szechuan.

— Aujourd'hui, j'ai utilisé mes superpouvoirs pour le bien d'un enfant, si vous voulez savoir.

Trent et Juliette se regardèrent.

— As-tu mis au point une stratégie pour savoir comment tu vas gérer les choses ? demanda-t-elle.

Je pris une crevette avec mes baguettes et la mis dans ma bouche.

— Pas besoin de stratégie. J'ai passé un accord.

Juliette secoua la tête.

— Je ne parlais pas de l'enfant, mais de son assistante sociale.

Mon front se plissa, et je haussai les épaules.

— Je ne le lui ai pas encore dit. Mais je suis sûr qu'elle sera heureuse de l'apprendre.

— Je voulais dire « comment tu vas gérer les choses quand tu coucheras à nouveau avec elle ». Ou c'est déjà arrivé ? On ne t'a pas vu depuis quelques jours...

— *Maman, papa*, je ne couche pas avec Autumn. Mais si c'était le cas, pourquoi aurais-je besoin d'une stratégie ? C'est assez simple... un peu comme faire le boogie-woogie horizontal. Tu mets ton pénis devant, tu mets ton pénis derrière, tu mets ton pénis devant, et tu fais de tout petits ronds. Je peux écrire les instructions, si vous voulez. Je sais que ça fait un moment pour vous deux.

Juliette, qui mordillait jusque-là le bout de sa baguette, l'utilisa pour me frapper le bras.

— Sérieusement, crétin ! Que vas-tu faire pour Dickson ?

— Eh bien, je ne vais *pas* faire le boogie-woogie <u>horizontal</u> avec lui.

— Arrête de faire l'idiot, et sois sérieux une minute, dit-elle. Tu as *besoin* du vote de Dickson. Tu penses vraiment que lorsqu'il découvrira que tu te tapes la femme qu'il voit, il va voter pour toi ?

— Premièrement, je ne couche pas avec Autumn, et deuxièmement, si je le faisais, ça ne serait pas ses oignons.

Juliette fronça les sourcils.

— Donc, c'est ça, ton plan ? Tu n'en as pas.

Je regardai Trent, telle la voix de la raison.

— Qu'est-ce que je rate ? Quels plans devrais-je avoir ?

Trent aspira son soda par la paille jusqu'à ce qu'elle émette un bruit de succion vide.

— Ton plan devrait être de te retirer, au moins jusqu'au vote des associés.

— Comment puis-je me retirer d'une affaire ?

Juliette leva les yeux au ciel.

— Tu viens de dire toi-même que tu as réglé l'affaire dans laquelle elle est impliquée. Tu l'appelles pour lui annoncer la bonne nouvelle, puis tu ne lui reparles plus pendant un ou deux mois.

J'avais plutôt pensé à le lui dire en personne et à lui proposer de prendre un verre pour fêter ça. Mais je n'en parlai pas.

— Tu t'inquiètes pour rien.

Nous déjeunions dans une salle de conférence aux murs de verre, un vrai bocal à poissons. Au moment où je portai un autre morceau de crevette à ma bouche, nul autre que Dickson en personne passa. Il jeta un coup d'œil à l'intérieur, me vit et ouvrit la porte.

— Decker, que se passe-t-il avec l'affaire Stone ?

Quel idiot ! Je savais ce qu'il voulait dire, mais pourquoi le laisser s'en tirer à bon compte ?

— Stone ? C'est une nouvelle affaire ? Ça ne me dit rien.

Ses lèvres se pincèrent.

— Vous ne vous souvenez même pas du nom de ce fichu gamin ? Le *pro bono* que je vous ai assigné...

— Oh ! Storm. Le nom de mon client est *Storm*.

— Peu importe. Où en êtes-vous là-dessus ?

Hors de question que je le laisse appeler Autumn avec mes bonnes nouvelles.

— Je suis en pourparlers avec le procureur. Ça semble prometteur.

Il hocha la tête.

— Bien. Faites en sorte que ça aboutisse. Cette affaire est importante pour moi. Tenez-moi au courant.

Je serrai les dents et arborai un sourire de politicien.

— Bien sûr.

Au moment de partir, il dit :

— Je ne pense pas devoir vous rappeler que la façon dont les choses se passeront le mois prochain dépend de vous. Assurez-vous de donner votre maximum sur chaque affaire, même celles pour lesquelles nous ne sommes pas payés. Ne vous contentez pas d'effleurer la surface parce qu'il n'y a pas d'heures facturables.

Comme s'il se souciait vraiment des affaires *pro bono*. L'année précédente, lorsque mon affaire gratuite concernait une résidente de maison de retraite, il m'avait dit que le temps consacré devait être proportionnel à la durée de vie de la femme.

Ma mâchoire se contracta.

— Bien sûr. Je ne vais pas faire qu'effleurer. J'irai au fond des choses.

Du coin de l'œil, je vis les yeux de Juliette s'écarquiller. Elle détourna rapidement le regard. Si Dickson le remarqua, il ne le montra pas. Il nous regarda tous les trois et hocha la tête.

— Bien. Tenez-moi au courant.

Dès que la porte se referma et qu'il fut dans le couloir, les yeux de Juliette s'agrandirent.

— Tu es fou ?

Je souris.

— Je fais juste ce que veut le patron.

— Tu es *vraiment* idiot. Oublie la stupide remarque sur le fait d'aller *au fond* des choses. Heureusement, ça lui est passé au-dessus de la tête. Mais il t'a demandé si tu avais réglé l'affaire — ce que tu as fait— et pourtant, tu as répondu que tu y travaillais, parce que tu veux le dire *toi-même* à Autumn.

— Et alors ? répliquai-je en haussant les épaules. Pourquoi ne pourrais-je pas annoncer la bonne nouvelle à ma cliente ?

— Autumn n'est pas ta cliente. Le gamin l'est. De plus, Dickson t'a demandé de le tenir informé de l'avancement de l'affaire. Tu ne penses pas qu'il sera énervé quand il apprendra par la femme qu'il voit que tu l'as réglée ?

Elle avait raison sur ce point, mais je ne laisserais pas cet abruti s'attribuer le mérite des ficelles que j'avais dû tirer. Je secouai la tête.

— Arrête de t'inquiéter autant. Ça ira.

— Tu sais ce qu'il te faut ?

Je hochai la tête.

— Oui. En fait, je suis la seule personne qui sache ce qu'il me faut.

Juliette m'ignora.

— Il te faut une distraction.

Être ici, au bureau, avait ressemblé à une distraction dernièrement.

— Je vais bien.

— Je vais te présenter mon amie. C'est une prof de yoga, elle se plie comme un bretzel et elle est magnifique.

— Pas la peine, mais merci.

Trent était resté silencieux, mais il me regarda et secoua la tête.

— Juliette a raison. Il reste un peu plus d'un mois avant le vote des associés. Que Dickson te harcèle sur cette affaire n'est pas anodin. Il est visiblement très intéressé par Autumn. Je ne dis pas que tu dois te retirer pour toujours. Mais peut-être que tu peux mettre ce que tu veux en veilleuse pendant un moment. Un mois d'attente, ce n'est pas si long que ça.

Cela faisait moins d'une *semaine* que j'avais vu Autumn, et c'était déjà trop long. J'étais certain que mes amis réagissaient de manière excessive. Mais il ne me faudrait pas longtemps pour réaliser qu'ils étaient peut-être dans le vrai...

15

Autumn

Je ne me sentais *pas* d'aller à une fête.

Mes entrailles se retournaient alors que nous roulions vers les Hamptons pour le barbecue. Je n'arrivais pas à me débarrasser du sentiment que je faisais quelque chose de mal — comme si j'étais coupable, même si je n'avais commis aucun crime. Enfin, pas un crime physique en tout cas. Mais la strangulation émotionnelle ? C'était une tout autre histoire.

Blake jeta un coup d'œil vers l'endroit où j'étais assise, regardant par la vitre.

— Tu te sens bien, aujourd'hui ?

— Oui. J'ai juste l'esprit très occupé par le travail.

Il hocha la tête.

— Stone te pose encore des problèmes ?

Je fronçai les sourcils.

— Storm. Et non, en fait, il a été un peu mieux ces derniers temps.

— Blake Jr., mon fils de huit ans, passe par des phases où il se comporte mal, aussi. En général, c'est juste parce qu'il veut un peu plus d'attention.

Euuh... Je pense que Storm est plus contrarié par le fait que sa mère est une droguée qui l'a abandonné et qu'il est coincé dans un foyer rempli d'enfants à problèmes dont personne ne veut.

— La plupart de mes enfants agissent parce qu'ils sont en colère, plutôt que pour attirer l'attention. Ils ne savent pas comment gérer leurs émotions et, dans la rue, on leur a appris que toute manifestation de sentiments est une faiblesse.

Blake sourit.

— Écoute-toi, tu parles déjà comme un docteur.

J'eus un sourire hésitant et me remis à regarder par la vitre.

La maison de Rupert Kravitz se trouvait dans le petit village de Sagaponack, qui faisait partie des Hamptons. Si Blake ne m'avait pas dit que c'était le code postal le plus riche de la côte est, j'aurais peut-être aimé la petite ville pittoresque que nous traversions. Mais dès qu'il commença à débiter les noms des personnes célèbres qui vivaient là et à dire combien de courtiers de Goldman Sachs possédaient des maisons au bord de l'eau, j'eus le même mauvais goût dans la bouche que lorsque je retournais dans ce bon vieux Greenwich, chez mon père et ses amis prétentieux.

Pour être honnête, je regrettais d'être venue, aujourd'hui.

Chez les Kravitz, j'eus l'impression d'être entrée dans un pot de départ à la retraite. Des hommes aux cheveux blancs, pantalon en toile et blazer bleu marine se tenaient là, buvant dans de petits verres en cristal, tandis que leurs épouses au visage figé portaient de grands chapeaux pour protéger leur botox des dommages du soleil. Tandis que Blake faisait les présentations, j'arborai le même faux sourire que j'avais utilisé pendant des années aux soirées de mon père. À l'extérieur se trouvaient des hommes moins âgés, mais Blake semblait vraiment être l'un des plus jeunes, si ce n'était le plus jeune. Je remarquai aussi que j'avais rencontré beaucoup d'associés nommés Rupert, Michael et Larry, et que s'il y avait au moins une certaine diversité parmi les hommes, il n'y avait pas une seule Susan, Michelle ou Christine.

— Votre cabinet n'aime pas les associées du sexe féminin ? demandai-je discrètement alors que nous nous rendions vers un bar en plein air installé près de la piscine.

Blake sourit.

— Nous en avons une. Nous en avions deux, mais l'autre est partie.

— Combien d'associés y a-t-il au total ?

— Il y a neuf associés principaux qui gèrent le cabinet, et vingt-huit autres qui participent au capital.

— Trente-sept associés et vous avez une femme... et, bien sûr, celle qui est partie. Aurait-elle pu partir parce qu'elle ne se sentait pas à sa place ?

Il eut un petit rire.

— En réalité, Elaina est partie parce qu'elle a déménagé en Grèce. C'est de là qu'elle venait. Sa mère est tombée malade, alors elle a pris un congé pour aller s'occuper d'elle, et pendant qu'elle était là-bas, elle a décidé qu'elle voulait la vie plus simple de chez elle.

— Pourquoi y a-t-il si peu de femmes associées ?

— Je suppose que c'est parce qu'il n'est pas facile de devenir associé dans notre cabinet. L'avocat moyen travaille entre soixante-dix et quatre-vingts heures par semaine pendant plus de dix ans avant d'y arriver. Nous sommes diplômés de la faculté de droit vers vingt-quatre ans, et beaucoup de femmes veulent un travail moins exigeant parce qu'elles se marient et ont des enfants, ou en ont l'intention.

— Ça semble incroyablement archaïque.

— Peut-être.

Il haussa les épaules.

— Mais c'est une décision qui touche à l'équilibre entre travail et vie privée. Si tu es marié à ton travail, c'est difficile d'être marié à quelqu'un d'autre. Demande à mon ex-femme.

Nous nous approchâmes du bar.

— Tu veux du vin ?

— Volontiers. Blanc, s'il te plaît.

Pendant que nous attendions nos boissons, je regardai autour de moi.

— Tu m'as présentée à beaucoup d'épouses, alors comment font ces types pour que ça fonctionne ?

— Ils ne le font pas. Pas avec leur première épouse en tout cas.

Blake passa la pièce en revue.

— Pas une seule femme que je vois en ce moment n'est l'épouse d'origine. Quand tu te maries la première fois, tu le fais généralement par amour, et cette personne attend ton amour et ton temps en retour. Quand tu constates que ça ne marche pas, tu te maries pour la compagnie et la commodité. Toutes tes cartes sont sur la table, donc on sait tous les deux dans quoi on s'engage.

— Ça a l'air... triste.

— Peut-être. Mais c'est réaliste, aussi. Beaucoup de femmes perdent leurs chances de devenir associées parce qu'elles veulent une famille, mais tout autant d'hommes perdent leur famille parce qu'ils veulent devenir associés.

Je ne savais pas trop si c'était déjà mon humeur avant notre arrivée ou si c'était la conversation que nous venions d'avoir qui était en cause, mais une certaine mélancolie s'installa en moi. La description de Blake de la seconde épouse me fit réaliser que c'était essentiellement ce que je recherchais — un compagnon avec qui passer du temps sans jamais vraiment l'aimer. Cela me rendit triste de constater que je n'aurais jamais de passion — pas celle qui vous consume le cœur, le corps et l'âme, en tout cas. Bien sûr, il y avait la passion sexuelle — cela, je pouvais l'avoir. Et ces dernières années, cela avait été suffisant. J'avais peut-être même oublié que quelque chose de plus pouvait exister. Mais cela ne semblait pas vouloir quitter mes pensées, ces jours-ci.

— Je peux te laisser quelques minutes ? demanda Blake. J'ai besoin d'aller aux toilettes après ce long trajet.

— Oh... oui, bien sûr !

Il m'embrassa sur la joue, et je me sentis soulagée qu'il parte. J'avais besoin d'être seule un moment. Mes stupides émotions m'étouffaient, aujourd'hui. Pourtant, alors que j'observais l'eau claire bleutée de la piscine, je ne pus m'empêcher de penser à Donovan. Ce que je ressentais en sa présence était très différent de ce que j'éprouvais quand je passais du temps avec Blake. Donovan me donnait *envie* — envie de plus, de prendre plus de risques, de faire confiance à nouveau, de croire que le monde pouvait changer et être un endroit agréable. Il était physiquement douloureux de continuer à essayer d'écraser tous ces sentiments. Je soupirai et sirotai mon vin.

Trop tôt, Blake fut de retour.

— Je t'ai manqué ? demanda-t-il.

— Bien sûr, mentis-je.

Une légère brise souffla, me piquant la peau. Je portais une robe d'été, aussi me frottai-je le bras.

— Tu as froid ?

Les sourcils de mon compagnon se froncèrent.

— Pas jusqu'à présent. La brise m'a fait frissonner.

Une serviette était enroulée autour de la boisson qu'il tenait. Il l'ôta du verre et l'utilisa pour essuyer la sueur sur son front.

— J'ai dû manquer cette brise. Si elle revient, envoie-la-moi. Il fait sacrément chaud, ici, près de la piscine.

Je me dis que c'était parce qu'il portait une chemise à manches longues, alors que j'étais en robe d'été.

— Pourquoi n'irions-nous pas nous mettre sous l'auvent ? Je n'ai pas vraiment froid. C'est juste cette petite brise qui m'a donné la chair de poule.

— Ce serait super, si tu veux bien.

Nous commençâmes à nous diriger vers la maison, moi devant Blake. Je gardai les yeux baissés, faisant attention à ne pas coincer mon talon dans la pelouse, mais quand nous atteignîmes le patio, je les relevai et me figeai. Blake se heurta à mon dos, renversant un peu de sa boisson sur ma peau nue. Il s'excusa, mais j'étais trop occupée à regarder droit devant moi pour faire attention à ce qu'il disait.

Cette chair de poule n'avait pas été due à une brise, après tout.

Je clignai des paupières plusieurs fois pour m'assurer que mon esprit ne me jouait pas de tours. Mais les yeux bleus qui me fixaient étaient aussi réels que possible.

Que fait Donovan ici ?

Maintenant, c'était moi qui transpirais.

Je me tenais aux côtés de Blake, feignant du mieux possible de prendre part à la conversation qu'il avait avec l'un de ses partenaires, mais mes yeux revenaient sans cesse sur l'homme qui se trouvait de l'autre côté du patio.

Toutes les trente secondes environ, je jetais un coup d'œil sur lui, et à chaque fois, je le trouvais en train de me fixer. J'étais nerveuse à l'idée que Blake le surprenne et pense qu'il me matait, et que cela nuise aux chances de Donovan de devenir associé. Blake avait déjà dit ne pas être un grand fan de Donovan Decker. J'étais droite comme un piquet, comme si j'attendais qu'un accident de voiture se déroule. Je la voyais arriver, déboulant à cent soixante kilomètres-heure, mais je ne pouvais rien faire pour l'arrêter.

J'étais plongée dans mes pensées pendant que les gens discutaient autour de moi, jusqu'à ce que la conversation attire enfin mon attention.

— Je vois que Mills et Decker sont arrivés. Que pensez-vous d'eux ?

— J'aime bien Mills, dit Blake. Il a la tête sur les épaules, prend des décisions fermes et a de l'ancienneté. Decker est un meilleur avocat, mais c'est aussi une tête brûlée. Il agit sous le coup de ses émotions, et ça indique qu'il n'est probablement pas prêt à devenir associé.

— C'est vrai, répondit l'autre gars en penchant son verre vers Blake. Mais Decker bat Mills à plate couture en matière de facturation. Et il apporte un bon nombre de nouvelles affaires. Il s'est fait connaître parmi les gros courtiers de Wall Street comme celui à qui s'adresser quand les merdes leur tombent dessus. Je ne voudrais pas qu'il quitte le navire et emporte ses contacts avec lui. Nous devons lui donner une raison de rester.

Blake haussa les épaules.

— Je n'ai pas encore pris de décision définitive.

Il me regarda et me fit un clin d'œil.

— Je vois comment certaines choses se déroulent.

Je me raclai la gorge.

— Je croyais que le barbecue d'aujourd'hui n'était que pour les associés.

— C'est le cas. Enfin, en quelque sorte. Les associés viennent tous, mais les derniers candidats au titre sont toujours invités. C'est un moyen d'apprendre à les connaître en dehors du bureau. Beaucoup d'associés ont très peu d'interactions avec les autres divisions, et pourtant, ils votent. C'est donc une tradition que les candidats soient conviés.

L'autre type sourit.

— C'est leur dernière occasion de ramper.

Quelques minutes plus tard, le propriétaire de la maison appela Blake à l'intérieur. Il s'excusa et m'embrassa sur la joue.

— Je serai de retour dans quelques minutes.

Dès qu'il franchit l'arche de la terrasse, Donovan s'avança. Mon cœur battait à tout rompre lorsqu'il me rejoignit.

— Je ne m'attendais pas à te voir ici, dit-il d'une voix stable, mais les yeux débordant d'émotion.

Je fronçai les sourcils.

— Je n'avais aucune idée que tu serais ici non plus. Blake a dit que c'était un barbecue pour les associés, et tu n'as jamais mentionné que tu venais.

Donovan but sa bière directement à la bouteille. Qu'il soit probablement le seul à ne *pas* boire dans un verre en cristal à cette fête chic ne m'échappa pas. Il me regarda par-dessus le haut de la bouteille pendant qu'il avalait.

— Je t'ai téléphoné hier. Tu ne m'as pas rappelé.

— Désolée. Je... J'étais occupée.

— Occupée à m'éviter...

— Donovan, je...

Par-dessus son épaule, je vis Blake sortir de la maison et revenir sur la terrasse. Donovan dut remarquer mon changement d'expression, car il se tourna pour suivre ma ligne de mire.

Blake n'était plus qu'à quelques mètres de nous quand il se retourna vers moi. Il regarda mes yeux à tour de rôle avant de se pencher pour chuchoter :

— Ça me tue de voir ses mains sur toi, même juste sur ton dos. Tu aimes l'effet que ça fait quand il te touche ?

Ses mots auraient pu paraître furieux, mais il y avait beaucoup de souffrance dans sa voix. Mon cœur se serra et je dus déglutir pour évacuer la boule coincée dans ma gorge. Il se redressa, buvant le reste de sa bière sans me quitter du regard.

— Decker, le salua Blake avec un hochement de tête sec.

Son bras s'enroula autour de ma taille et Donovan observa le mouvement jusqu'à fixer les doigts ressortant de l'autre côté. Fermant les yeux, je priai silencieusement pour qu'il ne fasse rien de stupide.

— Dickson, répliqua Donovan, lui retournant son salut brusque.

— Que se passe-t-il avec le dossier d'Autumn ? Je pensais que vous le confier serait une décision intelligente. Mais je commence à en douter. Je comptais sur vous pour au moins faire baisser les charges à un délit mineur.

La mâchoire de Donovan se contracta.

— En fait, j'ai réussi à faire entrer Storm dans un programme de déjudiciarisation. Les charges seront complètement abandonnées s'il fait quelques petites choses et ne s'attire pas d'ennuis pendant un an.

Je clignai des yeux.

— Vraiment ?

Donovan hocha la tête.

— Je t'ai appelée pour discuter des détails hier, mais je suis tombé sur la messagerie vocale dès la première sonnerie. Tu devais être au téléphone... ou tu as appuyé sur « ignorer ».

Je ris nerveusement.

— Je devais être au téléphone. J'imagine que je n'ai pas vérifié mes messages, mais c'est une excellente nouvelle. Comment as-tu réussi ? C'était sa troisième affaire, donc je pensais qu'il était vraiment dans une mauvaise situation.

Les lèvres de Donovan se relevèrent en un sourire apparent, qui n'avait pourtant rien de joyeux.

— J'ai vendu mon âme au diable. Mais je me suis dit que c'était une affaire importante et que ça en valait la peine.

Blake retira sa main de ma taille et la tendit vers Donovan.

— Beau travail. Je m'en souviendrai. Vous m'avez vraiment surpris, dernièrement. J'étais sûr que vous vireriez le vieux Bentley après la connerie qu'il a faite la semaine dernière.

Les yeux de Donovan s'ancrèrent aux miens. Il saisit la main tendue de Blake, mais ses paroles m'étaient clairement adressées.

— Je voulais le faire, mais j'ai réalisé que ce n'était probablement pas la meilleure idée.

La femme que l'on m'avait présentée plus tôt comme l'hôtesse de la fête, l'épouse de l'associé chez qui nous nous trouvions, s'avança et prit le biceps de Donovan entre ses mains.

— Vous voilà. Ça fait plaisir de vous revoir, Donovan.

— Vous aussi, Monica.

— Mon mari a refusé de vous demander si vous étiez célibataire, alors je me suis dit que j'allais venir le faire moi-même.

De nouveau, les yeux de Donovan rencontrèrent les miens.

— Je suis célibataire.

— Bien.

Elle indiqua d'un mouvement de tête la piscine où se tenait une superbe femme. Cette dernière devait avoir une vingtaine d'années et portait une courte robe blanche qui mettait en valeur des jambes bronzées d'un kilomètre de long.

— J'aimerais vous présenter ma nièce. Elle vient d'arriver de Californie et commence l'école de droit à l'automne. J'ai pensé que vous pourriez être amis, tous les deux.

La jalousie circula dans mes veines. Je savais que c'était absolument ridicule, puisque je me trouvais aux côtés d'un autre homme dont le bras était autour de ma taille. Mais la logique ne changeait pas ce que je ressentais.

Donovan sourit gracieusement.

— Bien sûr.

Il fit un nouveau signe de tête à Blake et suivit l'hôtesse sans un autre regard vers moi.

Durant le reste de l'après-midi, je tentai de me concentrer sur les conversations auxquelles j'étais censée participer tout en essayant de ne pas regarder deux personnes de l'autre côté du jardin. J'échouai lamentablement. Chaque fois que la blonde secouait ses cheveux, j'avais l'impression d'être un taureau lorgnant une cape rouge — et Seigneur, comme elle secouait ses boucles ! J'étais reconnaissante que la journée soit chaude, car le rouge sur mon visage était ainsi moins voyant. À un moment donné, elle posa ses mains sur le torse de Donovan en riant, et j'eus vraiment envie de rentrer chez moi.

— Excusez-moi une minute, je vous prie, dis-je à Blake et à l'associé quelconque avec qui nous discutions.

Honnêtement, ils se ressemblaient tous.

— Pouvez-vous m'indiquer les toilettes ?

— Bien sûr, répondit Blake en désignant la maison. En haut de l'escalier, puis à gauche ou à droite. Il y en a dans les deux directions.

En haut des marches, je tournai à gauche. Mais quelqu'un se trouvait déjà dans cette salle d'eau, aussi me mis-je à la recherche de l'autre. La trouvant libre, je m'enfermai à l'intérieur, jetai mon sac à main sur le réservoir des toilettes, et agrippai les côtés du lavabo, expirant profondément. J'avais l'impression que c'était la première fois que je pouvais respirer depuis des heures. J'avais envie de m'asperger le visage d'eau froide, mais je n'avais pas de maquillage pour réparer les dégâts que cela causerait. Alors, à la place, je baissai la tête, fermai les yeux et pris quelques profondes respirations. Je commençai à me sentir un peu mieux après une minute ou deux... jusqu'à ce que l'on frappe à la porte.

J'ignore pourquoi, mais je me contentai de fixer le battant sans dire un mot. Au bout d'une trentaine de secondes de silence, la poignée remua, mais je l'avais verrouillée en entrant. Un peu plus de temps s'écoula, et je me dis que la personne avait peut-être compris l'allusion, mais un autre coup fut frappé. Et cette fois, il fut accompagné d'une voix.

— C'est moi.

Donovan.

Je m'approchai de la porte et y appuyai la tête, parlant doucement.

— Va-t'en.

— Je n'irai nulle part. Ouvre la porte, Autumn.

J'envisageai d'argumenter avec lui, mais j'avais le sentiment qu'il ne céderait pas, et je ne voulais pas que quelqu'un le remarque planté là, à discuter à travers la porte des toilettes. Donc je déverrouillai.

Donovan ouvrit avec hésitation. Quand je ne dis et ne fis rien, il entra et verrouilla la serrure derrière lui.

— Tu ferais mieux de ne pas rester trop longtemps, dis-je. Ta nouvelle amie va se demander où tu es.

Le coin des lèvres de Donovan tressaillit.

— Jalouse ?

Je fronçai les sourcils.

— Non.

Il afficha un grand sourire suffisant.

— *Ben voyons !*

Je soupirai.

— Que veux-tu, Donovan ? Tu vas te faire prendre ici. Tu devrais retourner en bas.

— J'en ai rien à foutre de me faire prendre. Et qu'est-ce que je veux ? Je pensais que tu l'avais compris depuis le temps.

Il se rapprocha.

— C'est *toi* que je veux, Autumn.

Je baissai les yeux, secouant la tête.

— Tu n'as qu'à aller avec la blonde.

Le simple fait de prononcer ces mots provoqua une vive douleur dans ma poitrine.

— Je ne veux pas de la blonde. Je veux celle qui est juste en face de moi.

Il glissa deux doigts sous mon menton et releva ma tête pour que nos yeux se rencontrent.

— Je suis fou de toi, Autumn. Et je sais que tu ressens la même chose pour moi. Que va-t-il falloir pour que tu l'admettes enfin ?

J'eus un goût de sel dans la gorge et déglutis fortement pour combattre les larmes que je savais toutes proches.

— Je ne peux pas, Donovan.

Il se rapprocha encore.

— Tu peux. Je ne sais pas ce qui te fait si peur, mais quoi que ce soit, je vais t'aider à le surmonter.

Je pouvais supporter d'être jalouse. Je pouvais supporter qu'*il* soit jaloux et en colère, mais je ne pouvais pas supporter qu'il soit si formidable et attentionné. Des larmes me montèrent aux yeux.

— Donovan…

Il fit un pas de plus vers moi et prit mes joues entre ses paumes. Une larme chaude déborda et se mit à rouler sur mon visage, mais son pouce l'attrapa.

— Je ne sais pas quoi dire d'autre pour te convaincre. Alors, je veux te montrer.

Il me regarda attentivement dans les yeux.

— Arrête-moi maintenant si tu n'es pas d'accord.

Mon cœur tambourinait dans ma poitrine. Ma tête était un fichu bordel d'émotions contradictoires, mais mon corps ne l'était pas. Il voulait ce qui était sur le point de se produire plus que je ne pouvais me souvenir d'avoir jamais voulu quoi que ce soit — à tel point que mes lèvres s'écartèrent et que ma langue passa le long de ma bouche pour l'humidifier avant même que je puisse me reprendre pour réfléchir à ce à quoi elles se préparaient. Donovan regardait attentivement. Même si mon corps venait de lui dérouler le tapis rouge et de l'inviter à m'embrasser, il me laissait le temps de changer d'avis.

Il se rapprocha, centimètre par centimètre, jusqu'à ce que nous soyons nez contre nez et que mes inspirations deviennent ses expirations. L'une de ses grandes mains glissa de ma joue pour se diriger vers ma nuque. Il me regarda dans les yeux une dernière fois, et même s'il avait dit que je devais l'arrêter, je vis un soupçon d'hésitation. À ce moment-là, la panique que j'avais ressentie à l'idée qu'il m'embrasse se transforma brusquement en panique à l'idée qu'il ne le fasse pas. Alors, je hochai la tête.

Le plus grand des sourires illumina son visage, juste avant qu'il n'écrase ses lèvres contre les miennes. Nos langues se rencontrèrent avidement. Cela faisait près d'un an que nous ne nous étions pas embrassés, mais nos corps n'eurent pas besoin de temps pour se réapprivoiser. La main de Donovan glissa de mon cou à mes fesses et d'un coup sec, il me souleva. Mes jambes s'enroulèrent autour de sa taille, et il pivota sur lui-même avant d'avancer jusqu'à ce que mon dos heurte le mur. Donovan se frotta contre mes jambes écartées, et une main s'enroula dans mes cheveux et tira ma tête en arrière, exposant mon cou. Il gémit tout en déposant des baisers de mes lèvres jusqu'à mon menton, puis suça mon cou.

— Putain ! grogna-t-il. Est-ce que tu le sens ? Tu dois le sentir. Ça s'agrippe de l'intérieur pour essayer de sortir.

Il prit à nouveau ma bouche.

Rien n'avait jamais eu un aussi bon goût ni n'avait semblé aussi juste. Absolument rien. Il était impossible de nier la connexion physique, même si je continuais à nier le lien émotionnel.

Je ne sais pas trop combien de temps nous restâmes ainsi — à nous embrasser, nous empoigner, nous peloter et nous frotter —, mais je ne voulais pas que ça s'arrête. Tout semblait si juste, si parfait. Mais vous savez ce que l'on dit sur toutes les bonnes choses...

Elles prirent fin à cause d'un coup frappé à la porte.

— *Donovan...*

16

Autumn

— Donovan…

Je lui donnai un coup sur le torse.

— Tu as entendu ?

— Dis mon nom encore une fois, marmonna-t-il entre nos lèvres jointes. J'adore ça.

— Non… Donovan…

Je m'écartai.

— Quelqu'un a frappé.

Il saisit fermement mon cou et essaya de me rapprocher encore.

— C'est juste mon cœur qui bat contre mes côtes.

Aurais-je pu imaginer le coup frappé à la porte ? Je ne le pensais pas. Mais j'étais tellement concentrée sur ce qui se passait entre nous que tout était possible. J'écoutai attentivement quelques secondes, mais le seul son provenait de nos respirations bruyantes.

— Tu vois ? dit Donovan.

Il attira une fois de plus mon cou près de lui.

— Maintenant, donne-moi cette bouche.

Mais juste au moment où nos lèvres se rencontrèrent, un autre coup fut frappé, plus fort cette fois.

— Il y a quelqu'un là-dedans ?

Je hoquetai au son de la voix de l'homme. Donovan couvrit rapidement ma bouche d'une main et porta l'index de son autre main à ses lèvres. J'écarquillai les yeux lorsqu'il pencha la tête vers la porte et dit :

— Occupé. Je sors dans une minute.

— Désolé. Rien ne presse.

Les yeux de Donovan revinrent vers les miens. Il me fit encore signe de me taire. Je hochai la tête, et il retira sa main avant de me reposer et de me guider jusqu'au fond de la salle d'eau pour ouvrir le robinet.

Il se pencha vers moi et chuchota à mon oreille.

— Kyle Andrews. C'est un associé, un type bien. Mais il déjeune tous les jours avec Dickson.

Je sentis mon visage se vider de toute couleur.

— Que va-t-on faire ?

— Je vais sortir en premier et essayer de lui parler pour que tu puisses t'éclipser.

— Oh, mon Dieu ! On va se faire prendre.

— Je ne laisserai rien t'arriver.

— Je ne suis pas inquiète pour moi, Donovan. Oui, c'est merdique de faire ça alors que je suis ici avec un autre homme, et je serai mortifiée. Mais ma relation avec Blake est ponctuelle. Toi, en revanche, tu vas perdre ton travail.

— Ne t'inquiète pas pour moi.

Je secouai la tête.

— Restons juste ici.

Donovan fronça les sourcils.

— Ce type attend. De plus, les gens finiront par remarquer notre disparition. En particulier Dickson, s'il a la moitié d'un fichu cerveau.

— Pourquoi ne pas dire que je ne me sentais pas bien et que tu es venu m'aider ?

Les yeux de Donovan tombèrent sur ma bouche, et il passa son doigt sur ma lèvre inférieure gonflée.

— Il n'est pas idiot.

Je soufflai nerveusement et hochai la tête.

— D'accord.

— Écoute à la porte. Quand je dirai qu'il fait chaud aujourd'hui, ça voudra dire que tu peux t'éclipser.

J'acquiesçai.

Donovan coupa l'eau et se dirigea vers la porte. Je le suivis de près pour ne pas manquer d'entendre quoi que ce soit. Au moment de tendre la main vers la poignée, il s'arrêta et se retourna. Prenant mes joues dans ses mains, il se pencha vers moi et déposa un dernier baiser sur ma bouche. *Prête ?* dit-il du bout des lèvres.

Je ne l'étais pas, mais je confirmai quand même d'un mouvement de tête.

Je me sentis réellement mal quand il ouvrit la porte pour se glisser dehors. Au lieu de fermer derrière lui, il laissa le battant entrouvert pour que je puisse écouter.

— Vous en avez mis du temps, dit la voix de l'homme.

— Désolé. Où est votre femme, au fait ? Cheryl, c'est ça ?

— Oui. Elle n'est pas venue. Elle est à la maison avec ce qu'elle appelle la « grossesse sans fin ». Dieu me garde de lui rappeler qu'il lui reste encore deux mois.

Donovan rit tout bas.

— Elle est décoratrice, non ?

Comment fait-il pour rester aussi calme et avoir l'air aussi normal ?

— Elle dépense surtout des fortunes pour redécorer des pièces qu'elle a faites il y a un ou deux ans chez nous, mais oui... elle était décoratrice d'intérieur.

— Vous avez vu la peinture au bout du couloir ?

— Non, pourquoi ?

— Vous voudriez bien la prendre en photo et lui demander si elle sait qui est l'artiste ?

— Pourquoi ne pas demander à Kravitz ?

— Il ne s'en souvient pas.

— Oh... oui, bien sûr !

J'écoutai tandis que les bruits de pas s'éloignaient de la porte. Quand ils s'arrêtèrent, Donovan dit :

— C'est celle-ci. Je pense que c'est bien que votre femme ne soit pas venue, vu *la chaleur qu'il fait aujourd'hui.*

Oh, mon Dieu ! C'était mon signal. Je crus que j'allais vomir, mais j'entrouvris la porte pour jeter un coup d'œil au bout du couloir. L'associé me tournait le dos, faisant face au tableau et triturant son téléphone. Donovan se redressa et jeta un regard dans ma direction avant de me faire signe de partir. Je pris donc une profonde inspiration, tins fermement mon sac sur mon épaule en passant la porte et filai vers l'escalier aussi silencieusement que possible.

J'ignorais totalement si quelqu'un m'avait vue, car je ne m'étais pas arrêtée pour regarder derrière moi. Le sang circulait rapidement dans mes veines tandis que je descendais précipitamment les marches vers le rez-de-chaussée. Ce ne fut que lorsque mes pieds quittèrent la toute dernière marche que je remarquai que j'avais retenu ma respiration. Et apparemment, je ne faisais pas non plus attention à l'endroit où j'allais, parce que je fonçai dans un torse ferme.

— Waouh ! Il y a le feu ?

Blake sourit. Mais il jeta un coup d'œil à mon visage et son sourire se fana.

— Tu vas bien ?

Mes mains tremblaient. Le bout de mes doigts était engourdi, et je ne pouvais même pas essayer de cacher que le sang avait quitté mon visage. Une couche de sueur apparut également sur mon front.

Comme je ne répondis pas tout de suite, il posa les mains sur mes épaules.

— Tu es malade ?

Oh, merci Seigneur ! J'avais besoin que quelqu'un me procure un mensonge solide. Je confirmai d'un hochement de tête.

— Oui. Je suis désolée. Je ne sais pas si je couve quelque chose ou si j'ai mangé quelque chose qui n'est pas passé, mais je ne me sens pas bien.

— Je me demandais ce qui te prenait autant de temps aux toilettes. Tu veux que je t'apporte quelque chose ? Un soda, de l'eau ou autre chose ?

— Non, refusai-je, secouant la tête. Je suis désolée. Je pense que je vais simplement appeler un Uber pour rentrer chez moi.

— Un Uber ? Ne sois pas stupide. Je vais te reconduire.

— Non. C'est une fête pour ton travail, et nous ne sommes pas là depuis longtemps. Tu devrais rester. Je ne veux pas gâcher ton après-midi.

Blake sourit chaleureusement.

— Tu ne gâches rien du tout. Je déteste ces choses, de toute façon. Je me suis montré assez longtemps. C'est tout ce que j'avais à faire.

J'avais *vraiment, vraiment* envie de m'éclipser, de sauter dans un Uber et de retourner en hâte vers la ville, mais je ne voulais pas non plus éveiller les soupçons. J'acceptai donc, même si l'idée de passer deux heures dans une voiture avec Blake après ce qui venait de se passer dans la salle d'eau me donnait l'impression que j'allais avoir une crise d'urticaire.

Mon compagnon se pencha vers moi et m'embrassa le front.

— Il y a une bibliothèque au bout du couloir, dernière porte à gauche. Pourquoi n'irais-tu pas t'y asseoir ? Je vais faire un rapide tour d'au revoir et nous partirons.

J'avais besoin de me remettre les idées en place, aussi le remerciai-je et remontai-je le couloir. Dix minutes plus tard, Blake entra dans la pièce.

— Désolé que ça ait été aussi long, dit-il. Tu es prête à partir ?

Je me levai et tentai le coup une dernière fois.

— Ça ne me dérange vraiment pas de prendre un Uber. Tu es sûr que tu ne préfères pas rester plutôt que de passer deux heures en voiture avec quelqu'un qui ne se sent pas bien ?

Blake passa ses bras autour de moi et me ramena contre son torse.

— Deux heures avec toi malade, c'est mieux qu'un après-midi avec tous ces clowns, de toute façon.

Il m'embrassa le haut de la tête.

Mon Dieu, pourquoi devait-il être si gentil ? Comme si je ne me sentais pas déjà mal.

— Viens.

Il me relâcha et fit un geste vers la porte.

— On va te sortir de là.

Je pensais que nous avions quitté la fête indemnes jusqu'à ce que Blake ouvre la porte d'entrée pour moi. Donovan était debout sur le porche, tout seul.

Il me regarda, puis Blake, puis à nouveau moi sans dire un mot.

— Que faites-vous dehors, Decker ?

Blake ferma la porte derrière lui.

— Vous n'essayez pas d'échapper à la fête, n'est-ce pas ?

Le visage de Donovan resta impassible.

— Non. J'avais juste besoin d'un peu d'air frais.

— Vous vous sentez mal ? Autumn pense ne pas avoir dirigé quelque chose qu'elle a mangé. J'espère que tout le monde ne finira pas avec une intoxication alimentaire.

Donovan me regarda droit dans les yeux.

— Je suis presque sûr que ce n'est pas une intoxication alimentaire.

— Bien. Alors, profitez de la fête.

Complètement ignorant de ce qui se passait, Blake mit sa main sur mon dos.

— Et, Decker, c'est une bonne occasion pour vous, aujourd'hui. Alors, ne faites rien de stupide et ne gâchez pas tout.

Je fermai les yeux. Mon Dieu, où était ce conseil une demi-heure plus tôt ? Je sentais les yeux de Donovan sur moi, mais je ne voulais pas aggraver les choses, alors je dis au revoir en gardant la tête baissée et me dirigeai vers la voiture, courbée dans une marche de la honte.

Le trajet du retour fut long, et je le passai perdue dans mes pensées. Je répondais lorsque Blake me posait une question directe, mais sinon, je ne parlai pas beaucoup. Heureusement, les symptômes physiques que j'avais montrés et la distance mentale pouvaient être attribués au fait que je ne me sentais pas bien. Lorsque nous arrivâmes à mon appartement, Blake commença à chercher un endroit pour se garer, mais j'avais vraiment besoin d'être seule.

— Je suis sincèrement désolée de t'avoir fait quitter la fête plus tôt, mais si ça ne te dérange pas, je ne me sens vraiment pas d'humeur à avoir de la compagnie en ce moment.

— Oh ! Oui, bien sûr. Je comprends. J'aime bien qu'on me laisse seul quand je ne me sens pas bien, moi aussi.

Je me forçai à sourire.

— Merci.

— Je vais me garer et te raccompagner jusqu'à la porte.

Je secouai la tête.

— C'est bon. Tu n'es pas obligé de le faire.

— Tu es sûre ?

Je hochai la tête.

— Laisse-moi au moins me garer en double file et ouvrir ta portière.

— D'accord.

Blake fit le tour de la voiture et ouvrit la portière côté passager. La main tendue, il m'aida à sortir du véhicule et garda ma main dans la sienne.

— Je t'écrirai plus tard pour voir comment tu te sens.

J'étais presque sûre que je me sentirais exactement comme maintenant, comme une énorme merde. Pourtant, je souris à nouveau.

— Merci.

Il se pencha pour m'embrasser, et une vague de panique m'envahit. Sans réfléchir, je mis ma main sur son torse et l'arrêtai. Le visage de Blake se plissa.

— Je... je ne veux pas te rendre malade.

Il sourit.

— Je prends le risque.

Je me couvris la bouche.

— Non... vraiment.

Blake m'adressa un sourire conciliant et porta ma main à sa bouche, effleurant de ses lèvres mes articulations.

— Repose-toi bien. On se revoit bientôt.

17

Donovan

Je n'appellerai pas. La balle est dans son camp. Si elle veut continuer à voir cet emmerdeur, ça me va. Je ne peux rien y faire.

J'avalai ma troisième vodka tonic depuis que j'avais passé la porte de chez moi moins d'une heure plus tôt, attrapai le vaporisateur sur le comptoir de la cuisine et arrosai mes plantes tout en fulminant.

— Ce sont des conneries. C'est impossible qu'elle ressente la même chose avec Dickson.

Vaporise. Vaporise.

— J'ai juste besoin de tirer un coup. C'est tout.

Vaporise. Vaporise.

— Je ne l'appellerai pas. Rien à foutre. Tu sais quoi ? Qu'*elle* aille se faire foutre.

Vaporise. Vaporise.

Mais je me souvins alors de son allure dans cette salle d'eau : les joues rouges, les lèvres gonflées, les cheveux qui venaient juste d'être empoignés. Putain, elle était magnifique !

Puis je me rappelai son expression quand elle était sortie de la maison — pâle, nerveuse, aussi malade qu'elle le prétendait.

Peut-être que je devrais juste prendre de ses nouvelles...

Je regardai mon téléphone portable posé sur le comptoir et secouai la tête.

— Non. Tu ne vas pas l'appeler. Elle va bien.

Vaporise. Vaporise.

Mais si...

— Non.

Vaporise. Vaporise.

— Non, un point c'est tout !

Dix minutes plus tard, mes plantes se noyaient, aussi songeai-je à me joindre à elles et me servis-je une autre vodka tonic. J'étais plutôt du genre à boire quelques bières ou un verre de vin pendant le dîner, alors l'alcool me tomba dessus comme une tonne de briques.

Je descendis la moitié du quatrième verre et fixai mon téléphone portable du regard.

— Arrête de m'observer ou je t'asperge, toi aussi !

Ce dernier commentaire, pour une raison ridicule, me provoqua un fou rire. Je me sentais un peu dingue, planté au milieu de mon appartement, plié de rire, mais quand j'eus fini, ma colère s'était dissipée. Apparemment, j'avais besoin d'une bonne crise de rire... *ou d'une quatrième vodka.*

N'étant plus en colère, je saisis mon téléphone sur le comptoir et me dirigeai vers le séjour avec le reste de mon verre à la main. Je m'assis sur le canapé et alternai entre laisser retomber ma tête en arrière pour regarder le plafond et siroter ma vodka tonic, perdu dans mes pensées.

Ce fichu baiser ! Aussi ringard que cela puisse paraître, j'aimais embrasser. Cela n'arrivait pas très souvent, mais quand on glisse sa langue dans la bouche d'une femme et que son goût nous consume, c'est mieux que la plupart des rapports sexuels. Oui, c'est vrai. Je suis un mec, et je pense qu'un baiser peut être meilleur qu'un orgasme. Le truc, c'est que je suis un gars de trente ans. Avouons-le, ma main me procure des orgasmes. Un trou dans le mur ferait l'affaire, à la rigueur. Et sans vouloir être un connard prétentieux, j'ai pas mal de chance avec les femmes quand j'en ai envie. Alors le sexe en lui-même — jouir dans un vagin, une bouche, une main ou ailleurs —, c'est génial, mais c'est généralement assez ordinaire. Mais un baiser avec une femme qu'on a dans la peau ? Il n'y a rien d'ordinaire là-dedans. Ce truc est inoubliable.

Mon verre fini, je décidai que je devais savoir si j'étais le seul à ressentir ça. Je le posai donc sur la table basse et affichai mes contacts. Autumn était la première. Je n'eus même pas besoin de perdre du temps à faire défiler la liste.

Elle répondit à la deuxième sonnerie.

— Salut.

Peut-être cela ferait-il de moi une plus grosse mauviette que ma réflexion sur les baisers ne le faisait déjà, mais sa voix envoya une décharge de chaleur dans mes veines.

— Tu penses qu'un baiser peut être meilleur qu'une partie de jambes en l'air ? demandai-je.

— Si tu me l'avais demandé il y a un an, j'aurais probablement dit non.

Je laissai ma tête retomber contre le dossier du canapé, profitant du moment présent.

— Et aujourd'hui ?

— Aujourd'hui, je pense qu'un baiser est comme de l'oxygène lorsque je suis incapable de respirer.

Je souris.

— Tu es seule ?

— Oui.

— Où est le Dick ?

— Il m'a déposée à mon appartement.

— C'est ce qu'il voulait ?

Elle soupira.

— C'est ce que je voulais.

— Et pourquoi ça ?

— Parce que je n'ai pas pour habitude de fourrer ma langue dans la bouche de deux hommes en une journée.

Nous restâmes silencieux pendant un moment. Finalement, je dis :

— C'était un sacré baiser.

Comme elle ne répondait pas, je demandai :

— Non ?

— Oui, mais on a eu tort.

— Je n'ai pas eu cette impression.

— J'étais là-bas avec un autre homme, Donovan.

— Avec qui tu as une relation libre et que tu n'apprécies même pas beaucoup.

— Qui a dit que je n'appréciais pas beaucoup Blake ?

— Moi, à l'instant. Peux-tu vraiment me dire que tu es accro ?

Elle resta silencieuse un moment. Quand elle parla, ce fut d'une voix douce.

— Ce n'est pas que je ne l'apprécie pas. Il est très gentil, et il est intelligent. Nous avons des conversations intéressantes.

Je ricanai.

— J'ai eu une bonne conversation avec mes plantes tout à l'heure. Ça ne veut pas dire que je veux leur sucer les feuilles.

— Donovan...

Je secouai la tête.

— Autumn.

— Je suis désolée pour aujourd'hui. Je t'ai envoyé des signaux contradictoires. Le baiser n'aurait pas dû se produire.

— Bien sûr qu'il aurait dû se produire.

— Je t'aime beaucoup, Donovan. Vraiment.

— Et je t'aime beaucoup moi aussi. Sacrément. À tel point que je n'arrive plus à réfléchir correctement, ces derniers temps. Tu es constamment dans mes pensées. Alors, quel est le problème ?

— Je te l'ai dit. Je ne veux pas de relation.

— Mais tu en as une avec Dickson…

— C'est un autre genre de relation.

— Eh bien, je prendrai ce que je pourrai avoir. Quel que soit l'accord que tu as avec Dickson, je le prends.

— J'aimerais que ce soit aussi simple.

— Pourquoi ça ne l'est pas ?

— Parce que…

Au fond de moi, je connaissais la réponse, même si je ne la comprenais pas du tout.

— Parce que tu as des sentiments pour moi, et pas pour lui.

— Je sais que ça paraît ridicule. Mais oui.

— Ça aiderait si j'étais un connard avec toi ? Peut-être qu'on pourrait prévoir de sortir ensemble, et que je ne me pointe pas.

Elle gloussa doucement.

— Tu es quelqu'un de bien, Donovan.

Je devinai que cette conversation touchait à sa fin. Alors j'insistai une fois de plus.

— Dis-moi pourquoi tu ne veux pas sortir avec un mec qui te plaît. Donne-moi au moins ça pour que je puisse l'accepter et passer à autre chose.

— Je veux juste... Je veux rester concentrée sur mon travail et finir mes études.

Je savais que c'étaient des bobards, mais à moins d'être un enfoiré, je n'avais plus aucune carte à jouer. Cette fois, ce fut moi qui poussai un gros soupir. Nous ne dîmes rien de plus pendant cinq bonnes minutes. Mais j'entendais sa respiration et n'étais pas près de raccrocher. Dans les négociations, le premier qui mettait fin à une impasse perdait presque toujours.

— Je suis désolée, Donovan, finit-elle par dire. Mais je pense que nous devons maintenir une certaine distance entre nous à ce stade.

Je m'éclaircis la voix et me redressai.

— Bien. Tu veux que je transfère le dossier de Storm à quelqu'un d'autre ?

— Non. Il te fait confiance, et ça n'arrive pas souvent. De plus, tu lui as obtenu un accord, donc je suppose que les choses sont presque terminées.

— Oui. Il doit passer devant le juge pour accepter les termes, mais ça devrait prendre dix minutes.

— D'accord. Merci.

— Eh bien, je suppose qu'il n'y a plus rien à dire ! Je demanderai à mon assistante de t'appeler quand j'aurai la date de la comparution, afin que tu n'aies pas à me parler plus que nécessaire.

La voix d'Autumn sembla aussi triste que ce que je ressentais.

— D'accord.

Je voulais être gentil, mais j'étais frustré, et l'alcool n'aida sûrement pas.

— Profite de ta vie sans émotions, Red.

Le vendredi suivant eut lieu l'*happy hour* avec mes amis du travail. Je n'avais eu aucun contact avec Autumn, non pas que je me sois attendu à en avoir après notre dernière conversation. Mais quand même, la semaine avait été nulle. J'avais perdu une demande importante de référé, gâché une journée entière à rédiger des motions pour empêcher la banque de saisir plus d'actifs à monsieur Bentley — ce qu'elle allait faire de toute façon, mais le client avait exigé que j'essaie — et le jour même, j'avais dû remplacer un associé dont la femme avait perdu sa mère et seconder Dickson, entre tous, sur une affaire.

Je ne savais pas ce qui avait été le pire : passer toute la journée assis à côté de lui ou constater qu'il était sacrément doué pour les plaidoiries. Au moins, le sujet d'Autumn ne fut jamais abordé. Dieu merci ! Tout ce que je voulais, c'était rentrer chez moi et me plaindre à mes plantes, mais Trent et Juliette n'avaient pas été de cet avis. Ils m'avaient pratiquement traîné à l'*happy hour*. Et maintenant, alors que je sirotais une bière que je ne voulais pas, je réalisais pourquoi Juliette avait été si enthousiaste à l'idée que je vienne.

— Donovan, voici mon amie Margo, déclara-t-elle, tout sourire. Je t'ai parlé d'elle. C'est la prof de yoga.

Je hochai sèchement la tête.

— Comment vas-tu, Margo ?

Elle me regarda de haut en bas, sans même essayer de cacher son intérêt.

— Ma journée vient de s'améliorer.

Merde ! Cette femme était magnifique. Petite avec de grands yeux, des lèvres pulpeuses et une taille minuscule, mais un sacré paquet de seins et de fesses — exactement le genre de femme qui m'attirait, normalement. Mais cela ne m'intéressait pas. Juliette, pensant qu'elle m'avait fait une fleur, me sourit et remua ses doigts.

— Bye, bye. Je vais vous laisser faire plus ample connaissance.

Super !

Margo jeta son sac à main sur le bar devant elle et leva la main pour attirer l'attention du barman.

— Je peux t'offrir un verre ? demanda-t-elle.

Je n'étais pas intéressé, mais je n'étais pas non plus un connard.

— Non merci.

Quand Freddie, le barman habituel, s'approcha, Margo commanda un *bay breeze*. Je levai le menton vers lui.

— Mettez-le sur ma note, Freddie.

— Bien sûr, patron.

Il tapa le bar avec ses articulations.

— C'est fait.

— Merci, dit Margo.

Elle se tourna vers moi.

— Donc, Juliette m'a dit que tu étais célibataire ?

— C'est vrai.

— Et pourquoi ça ?

Je haussai un sourcil.

— Pourquoi je suis célibataire ?

Elle hocha la tête.

— Je n'avais pas réalisé qu'il me fallait une raison de l'être.

Margo sourit.

— Tu es avocat… un as, d'après ce que Juliette m'a dit. De toute évidence, tu es beau. Je ne pense pas que ce soit un scoop pour toi puisqu'il y a un miroir juste là-bas.

Et mon amie dit que tu es quelqu'un de vraiment bien. Les hommes comme ça ne restent pas célibataires longtemps.

Je souris et me frottai la lèvre.

— Juliette a dit que je suis un super avocat et un type bien, hein ?

Margo haussa les épaules.

— Oui. Mais que ça ne te monte pas à la tête. Elle a aussi dit que tu pouvais être un gros con, parfois.

Je ris.

— D'accord. Ça, ça ressemble plus à la Juliette que je connais. Je commençais à craindre qu'elle soit mourante, à dire toutes ces gentilles choses sur moi.

Margo sourit et inclina la tête.

— Alors, c'est quoi, ton problème ? Rupture récente ? Chaud lapin ? Phobie de l'engagement ?

Elle plissa les yeux.

— Tu ne ressembles pas à un fils à maman.

— Vraiment pas un fils à maman. Mais je n'ai pas non plus eu de rupture récente. Je n'ai pas peur de l'engagement, et si je suis un chaud lapin, je ne suis pas très doué vu que ça fait quatre ou cinq mois que je n'ai rien fait.

Margo soupira et baissa la tête de façon théâtrale.

— Alors, tu es le pire genre de célibataire.

Elle était amusante, et j'étais curieux, alors je jouai le jeu.

— Quel est le pire genre de célibataire ?

Elle mit la main sur son cœur et secoua la tête.

— Tu en pinces pour une femme qui n'est pas intéressée.

Mon sourire se fana.

Margo le remarqua et me frotta le bras.

— Désolée. Je ne voulais pas te casser le moral.

Je me forçai à sourire.

— Ça va. Tu ne l'as pas fait.

Freddie s'approcha et fit glisser le verre de Margo sur le bar.

— Un *bay breeze* pour la jolie dame.

— Merci, Freddie, le remerciai-je en hochant la tête.

Margo sirota son verre tout en étudiant mon visage, puis posa son cocktail sur le bar et se frotta les mains.

— Bon, dis-moi tout.

Je secouai la tête.

— Tout quoi ?

— Tes problèmes avec cette femme.

— Je ne peux pas faire ça.

— Bien sûr que si ! Parfois, il suffit d'un étranger pour nous donner un peu de perspective sur ce qui se passe — à moins qu'on ne sache déjà quel est le problème.

Honnêtement, je me sentais plutôt désespéré. Mais cette femme semblait gentille, et elle était clairement venue ici avec des attentes différentes pour la soirée. Je ne voulais pas être un vrai rabat-joie et gâcher sa soirée.

— C'est bon, mais merci pour l'offre. J'apprécie.

Margo but encore un peu de son cocktail, et alors que je finissais ma bière, elle déclara :

— Je suis amoureuse d'un homme marié.

Je recrachai l'alcool par le mauvais tuyau et parlai d'une voix rauque.

— Redis-moi ça ?

Elle sourit.

— Tu m'as entendue. Il possède la salle de sport où je travaille, et deux autres.

— *Merde !* Il est au courant ?

Margo agita son doigt de droite à gauche.

— Pas si vite. S'il est prévu qu'on ne rentre pas

ensemble pour essayer de tout faire oublier à l'autre, on va partager nos secrets à la loyale. Comment s'appelle-t-elle, au moins ?

— Autumn.

— Joli prénom. Elle a les cheveux roux ?

Je souris.

— Oui. Et les yeux verts.

— Joli. Donald a les yeux bleus.

Elle fit un signe de tête vers une table.

— Tu veux aller t'asseoir pour discuter ? Je ne sais pas si ça aidera l'un de nous, mais je n'ai rien de mieux à faire.

Je ris.

— Bien sûr. Pourquoi pas ?

Margo et moi discutâmes pendant les deux heures et demie qui suivirent. C'était dommage que je sois si absorbé par une femme qui ne s'intéressait pas du tout à moi, car j'aimais vraiment Margo. Elle était intelligente et franche. De plus, c'était une *prof de yoga*. Elle me conseilla de faire exactement le contraire de ce que j'avais fait avec Autumn : ne pas renoncer. Elle soupçonnait la même chose que moi, qu'elle avait vécu une mauvaise relation et s'était brûlé les ailes ou avait perdu quelqu'un, ce qui lui avait fait perdre confiance dans les hommes. Elle me suggéra donc de lui montrer que j'étais digne de confiance en n'abandonnant pas si facilement.

Je n'étais pas tout à fait sûr que son approche soit correcte, mais c'était agréable de voir les choses d'un point de vue féminin. Malheureusement, mon conseil en retour ne donnait pas autant à réfléchir. Je lui dis de trouver un nouveau travail et de ne pas regarder en arrière. Donald aimait l'attention qu'il recevait d'elle, mais il ne quitterait jamais sa femme — qui était actuellement enceinte de leur deuxième enfant.

Nous retournâmes au bar pour que je puisse régler l'addition.

— Je vais te demander quelque chose... ajoutai-je. Tu as un type d'homme ?

Margo sourit.

— Apparemment, marié, dégarni et crétin.

Je gloussai.

— Non, je voulais dire, as-tu rencontré Trent ?

Elle haussa les sourcils.

— Le petit jeune pas très grand ?

Je souris.

— Celui-là même.

— Juliette me l'a présenté tout à l'heure. Je vais être honnête, il n'est pas le genre de type qui me fait habituellement craquer.

Elle sourit.

— Toi, par contre...

Je hochai la tête.

— Je comprends. Mais donne-lui une chance. C'est un type génial. Il a aussi trente ans, même s'il ne les fait pas. Un jour, ce sera une bonne chose.

Toute à sa réflexion, elle se mordit la lèvre avant de sourire.

— D'accord. Pourquoi pas ? Je vais le faire.

— Viens, je vais te brancher avec lui en sortant.

Il était encore tôt quand je rentrai chez moi, seulement vingt-deux heures environ. Je pris une douche rapide et arrosai mes plantes — sans me plaindre, cette fois-ci. Peut-être ma discussion avec Margo m'avait-elle fait du bien, après tout.

Toute la semaine, j'avais été en colère, mais je me sentais soudainement un peu plus détendu. Alors, je m'assis, sortis mon téléphone et fis défiler mes photos, allant directement dans mon dossier favori, qui n'en contenait qu'une seule. *Autumn.* Je n'imaginais pas que, vingt-quatre heures après l'avoir prise, cette photo serait tout ce qui resterait pour m'empêcher de penser que tout le week-end n'avait été qu'une invention de mon imagination.

Et maintenant, c'était un rappel que le destin l'avait ramenée jusqu'à moi.

Margo avait peut-être raison. Les bonnes choses n'arrivent pas à ceux qui renoncent. Elles arrivent à ceux qui se battent pour ce qu'ils veulent. C'était ce que j'avais fait dans mes études et dans ma carrière, et ça m'avait bien servi, alors pourquoi abandonnais-je si facilement quelque chose qui, je le savais au fond de moi, n'était pas fini ?

La réponse ne mit pas longtemps à arriver. *Je ne le faisais pas.*

Rien à foutre !

Jeter l'éponge n'était pas mon style.

Il y avait douze rounds complets dans un combat, alors nous avions une longue route devant nous.

Après avoir jeté un dernier coup d'œil à la photo, je basculai vers les contacts et fis apparaître le tout premier nom. Je devais y aller doucement — la frontière entre faire savoir à une femme qu'on allait l'attendre et la harceler pouvait être mince. Je devais trouver comment gérer ça correctement, mais pour l'instant, je commençai par un simple message.

Donovan : Tu me manques.

18

Autumn

— Que dis-tu de ça ?

Je sortis de mon armoire une robe en soie verte que j'avais achetée mais jamais portée et la serrai contre mon corps avant de me tourner pour la montrer à Skye.

— Avec ta peau et tes cheveux, ça fait Gucci.

Mon front se plissa.

— Gucci ?

Skye leva les yeux au ciel.

— Ça veut dire que c'est sexy. Parfois, je n'arrive pas à croire que tu as moins de trente ans. Ton vocabulaire est le même que celui de ma mère.

— Euh... Merci ?

Assise sur mon lit, elle tourna la page de son magazine avec un sourire en coin.

— Ce n'était pas un compliment.

Je gloussai et m'approchai du miroir.

— Tu penses que le tissu est trop moulant ?

Elle tourna une autre page, souleva le rabat d'une publicité pour un parfum et le porta à son nez pour le renifler.

— Rien n'est jamais trop moulant. Où tu vas la porter ? Et puis...

Elle fronça le nez.

— Ça pue.

— Fais-moi sentir.

Elle tendit le magazine ; je m'approchai et reniflai la page.

— J'aime bien.

Elle secoua encore la tête et marmonna entre ses dents.

— Tu te transformes vraiment en ma mère.

Âgée de vingt-deux ans, Skye n'en avait que six de moins que moi. Mais parfois, j'avais l'impression qu'elle aurait pu être mon enfant. C'était probablement parce qu'elle en était une quand nous nous étions rencontrées six ans plus tôt.

— C'est pour quoi, la robe ?

— Pour le tribunal demain avec l'un de mes enfants.

Elle ferma le magazine et agita les sourcils.

— Ahh... l'avocat riche et sexy qui vole du shampoing dans les hôtels et qui a un tas de plantes. Qu'est-ce qui se passe ? Je veux tous les détails. Tu l'as revu ?

Je hochai la tête.

— Oui... et les choses se sont un peu compliquées.

— Compliqué en bien ou en mal ?

— Je suis allée à une fête avec Blake... je t'ai dit qu'ils travaillaient dans le même cabinet. Techniquement, Blake est l'un des patrons de Donovan. Bref, à la fête, j'ai fini par embrasser Donovan dans les toilettes.

— Putain de merde !

Elle jeta le magazine sur le lit et tapa dans ses mains.

— Je ne pensais pas que tu en sois capable.

Je m'assis sur le lit et soupirai.

— Je ne le suis pas, Skye.

— Alors, largue l'autre type.

— C'est pas ça...

— Alors, c'est quoi ?

— Je suis juste... Je ne suis pas prête.

— D'accord, alors... *que fais-tu pour le devenir* ?

Je fronçai les sourcils.

— Tu me renvoies mes propres paroles à la figure, n'est-ce pas ?

— Non. Je ne fais que recycler de bons conseils.

Je souris tristement.

— Je sais, je sais. Je t'ai sermonnée et poussée pendant des années. Tu n'as pas à me rappeler à quel point je suis hypocrite. Je suis douée pour parler, mais apparemment pas pour marcher.

Skye prit ma main et la serra.

— C'est pas grave. On marche quand on est prêtes à le faire. Mais peut-être que tu dois commencer par faire des petits pas.

— Je l'ai fait. Je fréquente des hommes depuis quelques années.

— Non, tu couches avec des hommes avec qui tu ne vois aucun avenir. Tu ne sors qu'avec des mecs qui ne cherchent pas de lien émotionnel. La seule fois où tu t'es vraiment attachée à l'un d'eux, tu as passé un week-end avec lui et vous n'avez *pas* eu de rapports. Tu ne crois pas que c'est un problème ? Tu vas coucher avec un homme qui ne t'intéresse pas, et tu ne le feras pas avec celui qui t'intéresse. Je ne suis pas sûre que ça s'appelle « faire des petits pas ». Ça s'appelle plutôt « ramper ».

Je soufflai un grand coup.

— Peut-être. Mais j'aime les choses comme elles sont.

— Vraiment ? L'idée que l'avocat sexy se tape une autre femme ne te dérange pas ?

Skye et moi avions fait un pacte des années plus tôt, celui de ne jamais se mentir sur ce que nous ressentions. Quoi qu'il arrive. Nous avions traversé des vérités assez dures, alors je n'allais pas lui mentir maintenant.

Je fronçai les sourcils.

— En fait, ça me donne envie de jeter quelque chose... comme une lampe par la fenêtre sans l'ouvrir d'abord.

— Oh, chérie !

Elle sourit tristement et serra à nouveau ma main.

Dix minutes plus tôt, j'avais eu l'impression que Skye était ma fille, et maintenant, elle donnait la sensation d'être la plus mûre de nous deux. D'une certaine façon, elle avait plus grandi que moi. Elle avait même un petit ami sérieux depuis presque un an, maintenant. Alors que moi, même si je sortais avec des hommes, je limitais les choses au sexe. Jusqu'à l'année précédente, je n'avais pas rencontré d'homme qui m'intéressait assez pour en vouloir plus. Puis j'avais perdu ma valise et j'avais craqué pour lui en seulement trois jours. Mais j'avais fui dans la direction opposée aussi vite que possible, et j'avais fini par ne plus penser à lui tous les jours — jusqu'à ce que la vie me lance une balle courbe cruelle.

— À quand remonte la dernière fois que tu as parlé à Lillian ?

Lillian était ma psychologue et celle de Skye, et c'était grâce à elle que nous nous étions rencontrées. D'habitude, je ne croisais jamais d'autres patients quand j'attendais pour mon rendez-vous hebdomadaire. Le bureau de Lillian était super privé et discret — elle avait deux salles d'attente séparées pour que les patients n'aient jamais à se voir. Mais un jour où j'étais en avance, Skye était arrivée en pleurs, sans rendez-vous. La réceptionniste avait mélangé les salles, et nous nous étions retrouvées assises l'une en face de l'autre. Il ne nous avait fallu que quinze minutes pour créer un lien entre nous, et le reste était de l'histoire ancienne.

— Probablement deux ans, maintenant, lui dis-je.

— Tu ne penses pas que c'est peut-être le moment d'y retourner ? Tu te débrouilles très bien, ne te méprends pas. Mais tu mérites tellement plus dans la vie !

Je soupirai. J'avais arrêté d'y aller parce que je ne me sentais plus brisée. Quand j'avais commencé à voir Lillian, j'étais un tas de verre éclaté. Elle m'avait aidée à rassembler les morceaux. Ce n'était que maintenant que je réalisais que mes morceaux étaient simplement scotchés les uns aux autres, et pas collés de manière définitive.

— Je vais y réfléchir.

— Bien.

Skye sourit.

— Maintenant, donne-moi des détails sur le baiser.

— C'était...

Je secouai la tête.

— ... différent de tout ce que j'ai déjà vécu. J'ai complètement oublié où nous étions et je me suis sentie emportée par ce qui se passait. C'est difficile à expliquer, mais Donovan a une certaine rudesse dans sa façon de me toucher qui me donne l'impression que je lui fais perdre la tête, et c'est la chose la plus sexy qui soit. C'était déjà comme ça pendant le week-end que nous avons passé ensemble. Il est presque dominant quand les choses deviennent physiques, ce que je déteste, normalement, mais je sais au fond de moi que pour lui, ce n'est pas une question de tout contrôler. C'est plutôt sa manière d'exprimer à quel point il a envie de moi. Si l'un des associés ne nous avait pas interrompus, je pense qu'on aurait pu finir par faire l'amour contre le mur.

Les yeux de Skye s'écarquillèrent.

— Vous vous êtes fait surprendre ?

Je secouai la tête.

— Mais ce n'est pas passé loin. J'ai pu m'éclipser, puis j'ai fait semblant d'être malade et Blake m'a ramenée chez moi.

— Tu l'as vu depuis ?

— Donovan ? Non. Nous avons discuté au téléphone plus tard ce soir-là, et je lui ai dit que je pensais que nous devrions garder nos distances.

— Ça remonte à quand ?

— Environ deux semaines.

— Donc tu n'as pas eu de contact avec lui depuis un moment ?

— Eh bien, c'est ce qui est étrange. Après notre conversation téléphonique, il ne m'a pas contactée pendant presque une semaine. Mais un soir, j'ai reçu un message qui disait simplement *tu me manques*. Je n'ai pas répondu, et le lendemain, j'ai reçu un énorme bouquet de fleurs avec un mot qui disait *Je pense toujours à toi*. Et chaque jour depuis, il fait quelque chose comme ça, mais on ne s'est pas vus ni parlé depuis deux semaines.

— *Hmmm...*

— Hmmm, quoi ?

— Il ne sait rien de ton passé, n'est-ce pas ?

— Non, pourquoi ?

— Parce qu'il te laisse du temps, mais te fait savoir qu'il ne va nulle part. C'est exactement comme ça qu'on gère quelqu'un comme nous, sauf qu'il ne connaît pas l'histoire.

— Il est très intelligent et intuitif.

— Alors, il a probablement compris que tu es en train de tomber amoureuse de lui et que tu as juste peur.

Je n'étais pas en train de tomber amoureuse, n'est-ce pas ?

Skye vit mon expression et rit.

— Tu finiras par comprendre. Maintenant viens, nous avons quatre épisodes à regarder. Je meurs d'envie de connaître l'histoire de cette folle qui a été retirée de la cérémonie de la rose après s'être évanouie.

— Bonjour.

Était-ce possible d'être sexy avec seulement un mot ? Je ne l'avais jamais pensé. Mais Donovan Decker semblait capable d'y parvenir, et à seulement huit heures quarante-cinq un lundi matin, qui plus est. Je ne savais pas trop si c'était le costume bien ajusté à trois mille dollars qui couvrait la masse de tatouages que je savais cachés en dessous ou le sourire arrogant qui étirait ses lèvres alors que sa voix profonde restait si stable. *Bonjour*. Vie de merde !

Je soupirai.

— Bonjour.

Storm leva les yeux de son téléphone pendant une demi-seconde.

— Salut...

— Il va se mettre à pleuvoir d'une minute à l'autre, dit Donovan. Pourquoi on n'irait pas à l'intérieur, et je nous trouverai une pièce vide pour discuter avant d'aller voir le juge ?

— D'accord.

Le palais de justice avait une de ces portes à tambour. Donovan tendit la main pour que Storm entre en premier. Une fois que le compartiment suivant arriva, il tendit la main pour moi. Mais il me surprit en sautant dans la zone étroite juste à ma suite. Et comme si je n'étais pas déjà assez déstabilisée par cette proximité, je sentis son souffle chaud sur mon cou alors qu'il murmurait à mon oreille :

— Tu es magnifique. Le vert est ma deuxième couleur préférée sur toi.

Je faillis trébucher, mais réussis à sortir de l'autre côté, heureuse d'avoir un peu d'air. Donovan semblait parfaitement bien.

— Par ici, dit-il.

Nous parcourûmes un long couloir jusqu'à la dernière pièce sur la gauche. Donovan ouvrit la porte et jeta un coup d'œil à l'intérieur. La trouvant vide, il ouvrit le battant en grand.

— Entrons.

Storm passa en premier, puis ce fut mon tour.

— Quelle est celle que tu préfères ? demandai-je en passant.

Les yeux de Donovan pétillèrent.

— Chair.

Ça va être une longue matinée !

L'allégresse prit fin quand il enfila sa casquette d'avocat pour expliquer les termes de l'accord à Storm.

— As-tu compris tout ce que je viens de te dire ?

— Oui. Si je n'ai pas d'ennuis pendant un an, les charges seront abandonnées.

— Bien, dit Donovan. Mais que se passera-t-il si tu as des ennuis au cours de l'année ?

— Vraiment ? rétorqua Storm. Je ne suis pas idiot !

— Storm... le mis-je en garde.

Donovan sourit.

— C'est bon. Je sais que j'ai l'impression de te poser une question simple, mais la réponse ne l'est pas autant que tu le penses. Si tu as des ennuis au cours de l'année, l'accusation en suspens sera réactivée, accompagnée d'une toute nouvelle accusation portée contre toi. Ça signifie qu'un seul juge des affaires familiales traitera deux infractions en même temps. Ça semble être de la sémantique, mais un juge ayant deux accusations sous le nez va se sentir obligé de te donner une leçon, et la sanction pourrait être plus lourde que celle de deux juges différents statuant sur deux accusations différentes à six mois d'intervalle. Ce n'est peut-être pas juste, mais c'est la vérité.

— Alors que dois-je faire ? Être puni cette fois-ci pour avoir une meilleure chance la prochaine fois ? demanda Storm.

— Non.

Donovan se pencha en avant pour s'assurer qu'il avait toute l'attention de son client, puis il parla lentement :

— Tu fais en sorte qu'il n'y ait pas de prochaine fois. Il ne peut *pas* y avoir de prochaine fois, Storm.

— D'accord... grommela-t-il.

— Je suis sérieux. Tu te retrouverais dans un mauvais endroit dont tu ne pourras pas revenir.

Donovan leva le bras et remonta la manche de sa chemise, exposant sa montre... mais il laissa aussi entrevoir ses tatouages. Les yeux de Storm se posèrent sur l'encre avant de rencontrer à nouveau ceux de son avocat, et cela me fit me demander si Donovan avait réellement eu besoin de vérifier l'heure.

— Bien. J'ai compris, dit Storm.

Donovan hocha la tête.

— Parfait.

— On a fini, maintenant ? Je dois aller pisser.

— Oui, on a fini, répondit Donovan. Je vais t'accompagner aux toilettes et voir si le juge est à l'heure, ce matin.

Il se tourna vers moi.

— Je reviens rapidement.

Quelques minutes plus tard, un huissier ouvrit la porte de la pièce où j'étais assise seule.

— Oh, désolé ! Je pensais que Decker était ici.

— C'est le cas, dis-je. En tout cas, il était là. Il vient de descendre aux toilettes. Il devrait être de retour d'une minute à l'autre.

— Très bien. Pouvez-vous lui dire qu'il y a un changement de planning et que le juge Oakley l'attend maintenant ?

— Oh, d'accord ! Merci. Je vais le lui dire.

Quand Donovan ne revint toujours pas au bout de quelques minutes supplémentaires, je rassemblai mes affaires et décidai d'aller le chercher. Je le repérai devant les toilettes pour hommes, discutant avec l'homme que je reconnus comme étant le procureur de la dernière fois que nous étions là. Je ne voulais pas l'interrompre, aussi attendis-je à quelques pas de là qu'ils aient terminé, songeant à leur laisser de l'intimité. Mais apparemment, je n'étais pas restée assez loin pour éviter d'entendre leur conversation.

— Alors, c'est qui, la femme qui accompagne ton client ?

— C'est son assistante sociale.

— Tu saurais, par hasard, si elle est célibataire ?

Donovan prit une minute pour répondre.

— Mariée et heureuse en ménage, avec six enfants. Le mari est boxeur professionnel.

— Merde ! D'accord. Je vais garder mes distances.

— Bonne idée.

Storm sortit des toilettes et se dirigea vers moi plutôt que vers Donovan. Ce dernier se retourna alors pour le suivre des yeux et me trouva à environ un mètre de lui. Il m'observa, essayant probablement de deviner si j'avais entendu.

Je levai un sourcil et souris.

Il ricana à part lui et se retourna vers le procureur.

— Je te vois à l'intérieur.

Quand il s'approcha, il arborait toujours son sourire.

— Je pense qu'un flic armé aurait été plus efficace qu'un boxeur.

Donovan rit et mit sa main sur mon dos.

— Tu as probablement raison. Mais viens, allons-y et concluons ce marché.

Alors que nous nous dirigions vers la salle d'audience, le téléphone de Donovan se mit à sonner. Il vérifia l'identité de l'appelant et son pas ralentit.

— Tout va bien ? demandai-je.

— Oui. C'est Bud. Il n'a pas pour habitude d'appeler en journée. En fait, il décroche rarement son téléphone. Mais je le rappellerai quand on aura fini. Ils nous attendent.

Donovan ouvrit la porte de la salle d'audience, puis s'installa à la table des accusés avec Storm. Je pris place dans la rangée derrière eux dans la section réservée au public. Pendant que nous attendions que le juge prenne place, je remarquai que Donovan sortait à nouveau son téléphone de sa poche pour le regarder. Son visage semblait troublé, mais l'huissier prit sa place, et le tribunal fut appelé au silence.

L'ensemble du processus prit moins de cinq minutes. Cela me rendit triste de voir à quel point il était routinier qu'un enfant de douze ans se tienne devant le juge et que des charges criminelles soient lues à haute voix contre lui. Une fois que le procureur eut annoncé avoir conclu un accord avec l'accusé, le juge leva à peine les yeux avant d'abattre son marteau, et tout fut terminé.

Donovan rangea ses affaires, et nous quittâmes tous les trois la salle d'audience. De retour dans le hall, il sortit à nouveau son téléphone.

— Excusez-moi une minute.

Il s'éloigna de quelques pas, mais j'entendis son côté de la conversation.

— Quoi de neuf, Bud ? Tout va bien ?

Pause.

— Merde ! Où es-tu ?

Pause.

— Que s'est-il passé ?

Pause.

— Je serai là dans une demi-heure.

Donovan semblait épuisé quand il se retourna.

— Que s'est-il passé ? Bud va bien ?

— Il...

Donovan regarda Storm et changea clairement sa réponse.

— Il va bien.

Puis il croisa mon regard et me fit savoir que tout n'allait *pas* bien.

— L'affaire est réglée ici, déclara-t-il avant de se tourner vers le gamin. Ne t'attire pas d'ennuis. Je me fiche que les ennuis viennent te chercher. Tu cours dans l'autre sens.

Storm leva les yeux au ciel.

— Peu importe.

Donovan fit un geste vers la porte.

— Je dois partir. Vous pourrez sortir d'ici tout seuls ?

— Oui, bien sûr, répondis-je avec un hochement de tête. Vas-y.

À peine avais-je prononcé ces mots que Donovan se précipitait déjà vers la sortie. Heureusement, Storm était tellement occupé à rattraper les huit minutes qu'il n'avait pas pu passer sur son téléphone qu'il ne sembla remarquer rien d'étrange.

Je mis ma main sur son épaule.

— Viens. Je te ramène à l'école.

C'était moi qui avais dit que Donovan et moi devions garder nos distances, mais je ne pouvais pas laisser les choses telles qu'elles s'étaient terminées aujourd'hui. Après avoir déposé Storm au collège, je retournai à mon bureau pour m'enfouir sous une montagne de paperasse. Mais je n'arrivais pas à me concentrer. J'étais inquiète pour Bud et je voulais m'assurer qu'il allait bien. J'envoyai donc un rapide message pour prendre des nouvelles auprès de Donovan.

Autumn : Bud va bien ?

Dix minutes plus tard, mon téléphone bipa, indiquant l'arrivée d'une réponse.

Donovan : Il a été agressé hier soir. Ils ont volé son van. Il a essayé de les repousser, alors ils l'ont tabassé.

Oh non !

Je commençai à taper une réponse, mais décidai ensuite d'appeler. Donovan répondit à la première sonnerie.

— Il va bien ?

— Ça ira. Il est coriace. Il a un rein contusionné à cause d'un coup de botte reçu dans le dos, un bras cassé et quelques points de suture au visage. Mais le médecin a dit qu'il se remettra complètement, même s'ils veulent le garder une nuit ou deux en observation. Quand je suis arrivé à l'hôpital, il essayait d'enlever les intraveineuses lui-même pour sortir contre avis médical.

— Pourquoi ferait-il ça ?

— Parce qu'il n'avait personne pour servir le dîner ce soir. Je ne sais même pas comment il prévoyait de cuisiner quelque chose alors que le van qui a été volé contenait tout son matériel.

— Oh, mon Dieu ! C'est fou.

— Il n'a accepté de rester que parce que j'ai promis de m'occuper du dîner.

— Je n'arrive pas à croire qu'il s'inquiète plus de ça que de sa propre santé.

— Sans blague ! soupira Donovan.

— Je peux faire quelque chose ?

— Non. J'ai déjà recruté mes potes du quartier pour m'aider à faire le service ce soir. Je vais me contenter d'aller chercher vingt *buckets* de poulet au KFC et de la purée de pommes de terre.

— Oh, c'est une bonne idée !

— J'espère juste qu'il ne réessaiera pas de s'échapper pendant mon absence.

— Je pourrais aller lui tenir compagnie, si tu veux. Garder un œil sur lui.

— C'est pas la peine.

— Non, vraiment. Je serais heureuse de lui rendre visite, si tu penses que ça ne le dérangerait pas.

— Il en serait probablement heureux. Non seulement tu es belle, mais ça lui donnera l'occasion de te raconter d'autres histoires sur moi enfant que tu n'as aucune envie d'écouter.

— Qui a dit que je n'avais pas envie d'entendre des histoires juteuses à ton sujet ?

Donovan rit.

— D'accord. Il est au *Memorial Hospital.* Le quartier n'est pas génial, alors gare-toi sur le parking sous un lampadaire.

Je souris.

— Oui, papa.

— Je suis sérieux. Je n'ai pas envie que vous soyez agressés tous les deux en moins de vingt-quatre heures.

— Je me garerai dans un endroit sûr.

— Merci.

— Y a-t-il une heure précise à laquelle je devrais passer ?

— Je vais probablement rester avec lui jusqu'à dix-sept heures. Après, il sera toujours seul.

— D'accord. Je passerai juste après le travail.

— Merci.

— Pas besoin de me remercier. Je suis heureuse de le faire. J'aime beaucoup Bud.

— D'accord. Fais juste attention.

— Toi aussi. S'ils sont prêts à tabasser un vieil homme pour une camionnette, Dieu sait ce qu'ils feraient pour ta belle voiture.

Après avoir raccroché, je restai assise à mon bureau pendant un long moment, ressentant une vague d'émotions dont je ne savais que faire. Je me sentais mal pour ce qui était arrivé à Bud, mais je ne pouvais pas m'empêcher de penser à ce que je ressentirais si quelque chose était arrivé à Donovan. Je pouvais gérer certaines des choses qui me trottaient dans la tête ; me sentir triste, bouleversée, en colère, effrayée. Mais la seule émotion que je n'arrivais pas à accepter était le *regret.*

J'avais passé des années à regretter des choses que j'avais faites, ou la façon dont je les avais gérées, jusqu'à ce que j'arrive enfin à me pardonner et à accepter que ce qui s'était passé n'était pas ma faute. J'avais utilisé le regret comme un moyen de me punir, et voilà que je recommençais.

Alors, je fis quelque chose avant de changer d'avis. Je pris mon téléphone et appelai la psychologue, que je n'avais pas vue depuis deux ans.

— Bonjour, c'est Autumn Wilde. J'aimerais prendre rendez-vous...

19

Autumn

— C'est du jus de chaussette. De l'autre côté de la rue, il y a une épicerie ouverte vingt-quatre heures sur vingt-quatre qui fait le meilleur café *dulce de leche* de l'État.

— Seigneur !

Je me retournai, la main posée sur le cœur. Donovan était appuyé nonchalamment contre la porte de la salle d'attente.

— Tu m'as fait une peur bleue ! Je ne t'ai pas entendu entrer.

Il m'adressa un sourire sexy.

— Il est presque vingt-trois heures trente. Pourquoi tu es encore là ?

Je soupirai.

— Honnêtement, j'ai perdu la notion du temps jusqu'à ce que je vienne ici pour prendre une tasse de café. Bud est tellement divertissant ! Il est vraiment doué pour raconter les histoires.

Donovan secoua la tête.

— Je suppose que certaines de ces histoires m'ont fait passer pour un petit con ?

Je souris.

— Tu as vraiment été arrêté pour avoir eu une relation sexuelle dans une voiture de police ?

Donovan baissa la tête.

— Ce n'était pas du sexe. On avait treize ans, on s'embrassait. C'était ce qu'on faisait à l'époque pour avoir de l'intimité. On trouvait une voiture laissée ouverte et on batifolait sur la banquette arrière pendant un moment. C'était plutôt inoffensif, en général. Pour ma défense, la voiture de police était banalisée et garée dans un parking vide. Et le flic qui nous a surpris s'est avéré être l'oncle du garçon avec lequel sortait la fille que j'embrassais.

Il leva les mains devant lui.

— Je ne savais pas non plus qu'elle avait un petit ami.

Je ris.

— L'histoire était beaucoup plus animée quand Bud l'a racontée.

— Je n'en doute pas.

— Ils viennent de l'emmener pour un scanner. Il avait un peu de sang dans les urines, ce soir. L'infirmière a dit que ce sont des choses qui arrivent après un traumatisme, mais ils veulent s'assurer qu'ils n'ont raté aucune déchirure la première fois.

— Oui. J'ai pris des nouvelles au poste des infirmières il y a quelques minutes. Elles ont dit qu'il ne serait pas de retour dans sa chambre avant une bonne heure. Je vais rester dans le coin. Tu veux que je te raccompagne à ta voiture ?

— Si ça ne te dérange pas, j'aimerais attendre le résultat du scanner et m'assurer que tout va bien.

Donovan sourit et indiqua le couloir d'un mouvement de tête.

— Tu veux aller prendre un vrai café, alors ?

— Bien sûr. Mais c'est moi qui jugerai si c'est le meilleur café de l'État ou pas. Je suis une snob en matière de café, même si je ne peux pas vraiment me le permettre.

Nous traversâmes la route pour nous rendre dans un petit magasin devant lequel je serais probablement passée sans faire attention en allant vers un Starbucks. Mais Donovan avait raison, le café était incroyable.

— Je n'arrive pas à croire que cette grande tasse ne coûtait qu'un dollar cinquante. Elle serait à six dollars au Starbucks et moitié moins délicieux.

Donovan sirota sa propre tasse.

— Je t'avais dit qu'il était bon. C'est un monde différent, ici, par rapport à Manhattan. La plupart des gens de Soho ou de Chelsea ne mettraient pas les pieds dans un tel endroit pour donner une chance à une boutique familiale, parce qu'elle ne possède pas d'enseigne chic ni de canapés en cuir.

Je me mordis la lèvre inférieure.

— Je sais... parce que *je suis* l'une de ces personnes. Ou du moins *je l'étais*. Mais ce truc m'a peut-être fait changer d'avis.

— Bien. Tu rates beaucoup de choses dans la vie si tu ne te fies qu'aux apparences.

Mon regard croisa celui de Donovan alors que ce dernier m'ouvrait la porte de l'hôpital.

— C'est un bon rappel.

Dans l'ascenseur, j'appuyai sur le chiffre sept pour remonter à l'étage de Bud.

— Il en a encore pour un petit moment. Il fait bon, dehors. Ça te dit d'aller prendre l'air ?

— Oui, bien sûr.

Donovan indiqua du menton le panneau de l'ascenseur.

— Appuie sur dix, alors.

Mon front se plissa.

— Le dixième étage pour de l'air frais ?

Il me fit un clin d'œil.

— C'est mon coin secret.

Au dixième étage, je suivis Donovan le long de plusieurs couloirs vides jusqu'à arriver à une double porte portant un panneau rouge qui mentionnait « Réservé au personnel ».

Donovan regarda autour de lui avant de la pousser.

— Après toi.

— Hmmm... On va avoir des problèmes si on entre ici ?

Il sourit.

— Pas si on ne se fait pas prendre.

Je secouai la tête.

— C'est ce que tu as dit à la fille qui est montée à l'arrière de la voiture de police banalisée ?

Donovan sourit.

— Allez, vis un peu ! Je te promets un avocat gratuit si tu te fais arrêter.

— Euh... Tu peux faire ça depuis la cellule voisine ?

Nous rîmes, mais je franchis la porte. Après une autre série de tournants, nous arrivâmes devant une porte en acier qui menait à une volée de marches en béton. Au sommet, Donovan ouvrit encore une porte. Il s'avérait qu'elle donnait sur le toit.

— Mais comment es-tu au courant de ça ?

Donovan se dirigea vers un banc et l'épousseta avant que je m'assoie.

— Je peux te faire le plan de chaque hôpital des cinq quartiers.

— Pourquoi ?

Il s'assit à côté de moi et sirota son café.

— Ma mère passait beaucoup de temps dans ces hôpitaux quand j'étais enfant. Parfois, un client la malmenait au lieu de payer ; d'autres fois, elle faisait une overdose. Je n'aimais pas la laisser seule, mais ils n'autorisent pas qu'un enfant sans surveillance reste, alors je trouvais un endroit où passer la nuit dans le bâtiment. Souvent, c'était le toit.

— Et personne ne t'a jamais remarqué ?

— Parfois, un médecin ou une infirmière disait quelque chose s'ils me trouvaient là-haut tout seul. Mais ils viennent ici pour fumer en cachette. Alors s'ils disaient quelque chose, je leur demandais si leur chef et leurs patients savaient qu'ils fumaient. En général, ça suffisait pour qu'ils me laissent tranquille. C'est arrivé qu'ils appellent la sécurité pour me chasser.

Je ris.

— Oh, mon Dieu ! C'est insensé.

Donovan haussa les épaules.

— C'est la vie.

— Crois-le ou non, mais j'ai été virée sous escorte d'un hôpital, une fois.

Il leva un sourcil.

— Il faut que tu me racontes ça.

Je me sentis un peu fière de mon audace.

— Je devais avoir seize ans, à l'époque. J'avais perdu ma mère quatre ans plus tôt à cause d'un cancer, et je m'étais rapprochée de mon père. Un soir, je passais la nuit chez une amie quand j'ai reçu un appel m'informant qu'il avait eu une crise cardiaque. Je suis allée à l'hôpital et j'ai demandé aux urgences où je pouvais le trouver. On m'a répondu qu'ils s'occupaient encore de lui, mais que je pouvais m'asseoir et qu'ils me feraient savoir quand je pourrais le voir. Dans la salle d'attente, une femme nommée *Candy* s'est approchée de moi et s'est présentée comme la fiancée de mon père. Mon père venait de divorcer quelques mois plus tôt, et j'ignorais complètement qu'il fréquentait quelqu'un. J'étais donc confuse. Mais honnêtement, il avait perdu la tête après le décès de ma mère, alors je ne lui en voulais pas de se fiancer à nouveau. Un peu plus tard, le docteur est arrivé pour nous parler. Il a dit que mon père était stable, mais qu'il devait subir une opération et il a demandé s'il faisait des efforts au moment où il a commencé à avoir mal à la poitrine. Candy s'est alors mise à raconter, *en détail*, que mon père était un mauvais garçon et qu'il venait de finir cinquante pompes après s'être vu refuser l'orgasme pendant leurs rapports sexuels, dans le cadre de sa punition.

— Merde ! pouffa Donovan. Tu l'as giflée ou quoi ?

— Non. J'étais un peu sous le choc après avoir entendu ça. Je l'ai giflée après le départ du médecin, parce qu'elle a dit qu'elle n'aimait pas sa bague de fiançailles, qu'elle était trop petite. J'ai baissé les yeux et j'ai vu qu'elle avait la bague de *ma grand-mère* à son doigt. Elle a agi comme si je l'avais poignardée et a fait toute une scène, alors la sécurité m'a escortée dehors.

— Je ne pensais pas que tu étais comme ça, Red.

Il sourit.

— Il y a une dure à cuire bien cachée là-dedans, après tout.

Je cognai mon épaule contre la sienne.

— Eh bien, je suis ici illégalement sur un toit, tu sais.

— C'est vrai.

Une petite brise souffla, et Donovan se leva pour enlever sa veste de costume. Il proposa de la passer autour de mes épaules.

— Non, c'est bon. Ça va.

— J'ai chaud. Et puis, si tu ne la prends pas, je vais nous faire retourner à l'intérieur, et j'aime bien être ici avec toi.

Nos yeux se rencontrèrent. J'aimais vraiment être ici avec lui, moi aussi. Même si nous étions dehors au milieu de Brooklyn, j'avais l'impression que nous étions dans notre petit coin secret. Alors, j'acceptai la veste.

— Merci.

Il se rassit.

— Alors, c'est pour ça que ton père et toi ne vous entendez pas très bien ? Tu n'aimes pas ta belle-mère ?

— Oh, Candy n'est plus ma belle-mère ! Elle l'était il y a trois ou quatre épouses. Honnêtement, j'ai perdu le compte.

— Il y a trois ou quatre épouses ? Il était marié à ta mère, et tu as dit qu'il venait juste de divorcer avant de se mettre avec Candy la Dom. Donc ça fait, quoi, six ou sept mariages ?

— Oui. Je crois qu'en fait, c'est sept, mais il se remarie dans quelques semaines, donc ça fera huit.

— Pourquoi il continue à le faire ?

Je secouai la tête.

— Je ne sais pas. On ne se parle plus beaucoup.

— À cause de toutes les Candy qu'il a épousées ?

— Non. À un moment de ma vie, j'ai vraiment eu besoin qu'il soit là pour moi, mais il était aux abonnés absents.

Donovan me regarda dans les yeux.

— Je suis désolé.

— Merci. J'éprouve des sentiments contradictoires sur le fait de prendre mes distances avec lui. Je sais que, d'après ce que je viens de dire, ça n'en a pas l'air, mais à une époque, il était un père et un mari formidable. Ma mère et lui étaient ensemble depuis le lycée et s'aimaient vraiment. Quand elle est tombée malade, ça leur a cassé le moral à tous les deux. Je me souviens que dans ses derniers jours, ma mère s'inquiétait plus de la façon dont mon père allait continuer à vivre après son décès que de celle dont je m'en sortirais. Elle m'a fait promettre de toujours veiller sur lui à sa place. Donc une partie de moi se sent coupable de ne plus le faire.

— Je suis sûr que tu as tes raisons.

Il fit une pause et s'assura que je le regardais à nouveau.

— Et je peux rester assis ici toute la nuit si tu veux en parler.

Cela me serra le cœur, mais je n'étais pas encore prête à aller sur ce terrain.

— Merci. Mais nous devrions probablement aller voir si Bud est de retour.

Donovan hocha la tête, une pointe de déception cachée dans le regard.

— Bien sûr. Allons-y.

Bud était en train d'être ramené dans sa chambre quand Donovan et moi revînmes. Il nous regarda à tour de rôle et fronça les sourcils.

— Je suis en train de mourir et personne ne me le dit ?

Donovan fourra les mains dans ses poches.

— Tu es trop têtu pour passer l'arme à gauche, grand-père.

— Absolument !

Bud ajusta ses couvertures.

— Comment s'est passé le service, ce soir ? Tous ceux qui avaient besoin d'être nourris l'ont été ?

— Oui. Dario et Ray m'ont aidé, donc c'était plutôt un dîner *et* un spectacle comique, mais personne n'a faim, maintenant.

Bud hocha la tête.

— Bien. Merci.

— Pas de problème.

Il me regarda.

— Et vous devriez être chez vous en train de dormir, ma petite dame.

Je souris.

— Je voulais juste m'assurer que les résultats du scanner étaient bons.

Comme un fait exprès, un médecin entra.

— Monsieur Yankowski ?

— Appelez-moi Bud. Frances Yankowski n'est que le nom que ma mère a inscrit sur l'acte de naissance pour s'assurer que j'apprenne à me comporter correctement dans la cour de récréation.

Le médecin sourit.

— Très bien, Bud, alors. Je viens de jeter un coup d'œil à votre scanner. Peut-être que vos accompagnants peuvent attendre dehors pendant que nous discutons de vos résultats ?

Bud fit un geste dans ma direction.

— C'est bon. Ils sont de la famille.

Le médecin expliqua que même si le rein ne semblait être que contusionné, le sang dans l'urine pouvait être un signe de dégâts et qu'ils devaient continuer à surveiller son urine et répéter l'examen vingt-quatre heures plus tard.

Bud secoua la tête.

— Je me sens bien. Je rentrerai chez moi demain matin. Je reviendrai si ça s'aggrave.

— Je préférerais que vous nous donniez deux nuits.

— Et je préférerais lui ressembler, rétorqua Bud en désignant Donovan. Pourtant, je suis coincé avec cette tronche.

Donovan s'adressa au docteur.

— Vous avez des règles qui vous interdisent d'attacher les patients à leur lit ?

Le médecin sourit.

— J'ai bien peur que oui, mon garçon.

Donovan se passa une main dans les cheveux.

— Je m'occuperai à nouveau du dîner demain. Dario prendra en charge ton itinéraire pendant la journée. On en a déjà discuté.

Bud croisa les bras sur la poitrine.

— Pas de saloperies de fast-food. Ces gens ont besoin d'un repas équilibré.

— Je dois être au tribunal toute la journée demain. Est-ce que des hamburgers et des hot-dogs feront l'affaire ? Je peux passer chercher un grill après le travail.

— Avec quel accompagnement ?

Donovan croisa les bras sur son torse, imitant la posture habituelle de Bud.

— Ketchup. C'étaient des tomates, autrefois.

Ils semblaient sur le point de se retrouver dans une impasse, aussi interférai-je.

— Je fais une délicieuse salade de brocolis. Elle convient très bien avec les hamburgers.

Le visage de Bud s'adoucit.

— Merci, ma jolie.

— Marché conclu, alors ? demanda Donovan.

— Bien, grommela Bud. Mais prends des petits pains au blé entier. Toute cette farine industrielle n'est pas saine.

— Pas plus que de se battre contre des *carjackers*, marmonna Donovan.

Le médecin avait observé la négociation comme un match de tennis. Ses sourcils s'arquèrent.

— Nous avons un accord, donc ? Monsieur Yankow... je veux dire Bud... reste au moins une ou deux nuits de plus ?

Bud leva un doigt.

— Pas *au moins* une nuit de plus. *Une* nuit. Deux, maximum.

Le docteur sourit.

— Ça me va. Commençons par ça.

Après le départ du médecin, Donovan et moi restâmes quelques minutes de plus avant de laisser Bud se reposer. Le jeune homme dit qu'il reviendrait le voir avant d'aller au tribunal, et je laissai mon numéro de téléphone au patient au cas où il aurait besoin de quelque chose le lendemain dans la journée. Ensuite, Donovan me raccompagna à ma voiture.

Il regarda le lampadaire sous lequel je m'étais garée.

— Très bien.

— Eh bien, merci !

— Tu n'es pas vraiment obligée de faire une salade de brocolis. Je peux acheter des accompagnements en même temps que les hamburgers.

— Ne sois pas bête. J'ai dit à Bud que je le ferais, et je veux le faire.

Donovan sourit et hocha la tête.

— Alors, d'accord. Je peux passer prendre la salade chez toi après être allé au supermarché pour acheter les hamburgers après le tribunal.

Je fronçai les sourcils.

— À quelle heure tu sors du tribunal ?

— Seize heures trente, sauf si on commence en retard.

— Pourquoi je ne prendrais pas de quoi faire les

burgers en même temps que ce dont j'ai besoin pour la salade de brocolis ? Je serai au magasin, de toute façon.

— Tu es sûre que ça ne te dérange pas ? En fait, ça m'arrangerait, parce que je dois aussi aller chercher un grill pour cuisiner puisqu'ils ont volé tout son matériel.

— Bien sûr que non ! Ça me fait plaisir d'aider.

— D'accord, alors. Merci.

— J'aimerais aussi participer au service du dîner.

— Tu es sûre ?

— Absolument.

— D'accord. Donc, je viendrai te chercher après avoir récupéré le grill et les autres trucs dont j'aurai besoin, et on pourra aller servir le dîner ensemble. Tu vas avoir beaucoup de choses à transporter entre chaque lieu et ta voiture.

— Ça marche !

— Oh, j'ai failli oublier !

Donovan fouilla dans la poche intérieure de sa veste de costume et sortit son portefeuille.

— Prends cette carte de crédit pour tout payer.

Je lui fis un signe négatif.

— Pas besoin. Je m'en occupe.

— Tu ne vas pas payer toute cette nourriture, Autumn.

— Tu as raison. Je ne vais pas le faire. J'ai une carte ultra premium que m'a donnée mon père qui prend la poussière dans mon portefeuille. Il me dit toujours de l'utiliser pour tout ce qui est important pour moi, et ça l'est.

Je souris.

— Je pense que je vais acheter des trucs haut de gamme, peut-être des steaks hachés au bœuf de Kobe.

Donovan riait au moment où j'ouvris la portière de ma voiture. Il posa la main sur le toit pendant que je montais à l'intérieur.

— Bonne nuit, Donovan, dis-je en souriant.

— Bonne nuit, Red. Merci pour tout.

Il fit une courte pause.

— On travaille bien, ensemble, n'est-ce pas ?

— Oui.

Il me fit un clin d'œil.

— Sois prudente en rentrant chez toi.

20

Donovan

— C'est joli, chez toi.

Je jetai un coup d'œil circulaire au sanctuaire qu'était l'appartement d'Autumn. Il était petit, mais décoré de manière vraiment cool avec un tas de photographies en noir et blanc d'endroits de la ville pris sous des angles bizarres, comme les fils de suspension du pont de Brooklyn photographiés debout et Times Square pris en montant les escaliers du métro.

— C'est toi qui as fait ces photos ?

— Non. Je les ai achetées à un artiste de rue il y a des années. J'aime la façon dont elles montrent des parties emblématiques de la ville d'une manière atypique.

Elle sortit une immense boîte du réfrigérateur et la posa sur le comptoir.

— J'avais oublié que tu n'étais jamais venu.

— Je n'ai jamais été invité.

Autumn sourit.

— J'espère que je n'ai pas exagéré avec cette salade de brocolis. J'ai compté approximativement le nombre de personnes venues dîner le soir où je t'ai accompagné. Je suis tombée sur une centaine.

Je hochai la tête.

— C'est à peu près ça.

— J'ai emprunté deux glacières à un voisin, donc la viande s'y trouve. Je ne pouvais pas faire tout entrer dans mon réfrigérateur.

Elle se pencha pour soulever une autre boîte sur l'étagère du bas ; je m'approchai et la lui pris des mains.

— Seigneur ! Qu'y a-t-il là-dedans ? Des cailloux ?

— J'ai préparé dix kilos. Je ne voulais pas être à court.

— Je pense que l'accompagnement est assuré.

La cuisine d'Autumn était une cuisine typique de New York, tout en longueur et ayant à peine la largeur d'une personne, aussi nos corps se touchèrent-ils presque quand je la rejoignis pour sortir le récipient. Au risque de passer pour une vraie femmelette, je le ressentis jusque dans mes entrailles. *Mes entrailles.* Je ne pensais pas avoir déjà utilisé ce mot jusque-là. Mais je jurais que tout ce qui se trouvait entre mes côtes et la base de mes bourses était pris de picotements.

Je posai le deuxième récipient sur le comptoir et pivotai pour lui parler. Elle me regarda par en dessous de ses grands yeux verts, à travers ses longs cils noirs, et ce fut encore une fois comme dans la salle d'eau lors du barbecue des associés. Sauf que cette fois-ci, si l'on commençait, personne ne viendrait nous interrompre. Bien sûr, nous avions des gens à nourrir, mais seraient-ils vraiment affamés si le dîner n'était pas servi *un seul soir* ? Je me retrouvai à débattre de cette pensée, jusqu'à ce que quelque chose derrière Autumn attire mon attention. La cuisine disposait d'une petite fenêtre, qui était actuellement ouverte. Une légère brise que je n'avais même pas sentie avait dû souffler, car les rideaux se soulevèrent légèrement, dévoilant une plante sur le rebord.

C'était… *Non, ça ne peut pas être elle.*

Mais Autumn regarda ensuite par-dessus son épaule pour voir ce qui avait attiré mon attention, et quand elle se retourna, son expression m'indiqua que l'idée folle que j'avais eue était juste. Elle pinça sa lèvre inférieure entre ses dents, et ses yeux pétillèrent comme ceux d'une enfant qui se fait surprendre la main dans le pot de cookies.

Je fis un signe de tête vers la plante sans quitter Autumn du regard.

— C'est ma plante, n'est-ce pas ?

Autumn secoua la tête, un immense sourire aux lèvres.

— Non.

Je la contournai pour me rapprocher de la fenêtre et soulevai le pot. Elle était plus grande, et le contenant avait été changé, mais j'étais presque certain que c'était ma petite plante. Je le savais, parce que j'avais fait un croisement entre deux des plantes que j'avais — l'une avait des feuilles vertes avec une bande jaune, et l'autre avait des petites bosses jaunâtres sur les feuilles — et celle-ci avait des feuilles vertes avec une bande *et* des bosses jaunes. Ce n'était qu'un jeune plant lorsqu'elle avait disparu de mon appartement. J'avais remarqué son absence la semaine suivant notre week-end ensemble, et j'avais supposé que le gamin d'en face que je payais parfois pour arroser les plantes l'avait tuée ou quelque chose comme ça.

J'étudiai son visage. Mon baromètre à conneries ne doutait pas qu'elle mentait.

— Vraiment ? Où tu l'as eue ?

— Au magasin.

— Quel magasin ?

Elle secoua la tête et regarda ailleurs.

— Je ne sais pas. Le magasin de plantes.

Je souris.

— Le magasin de plantes ?

— Je ne me souviens pas du nom.

— Moi, si.

Je me penchai pour que nous nous retrouvions les yeux dans les yeux et me rapprochai. Autumn ressemblait à une biche prise dans les phares d'une voiture, mais il y avait encore une étincelle dans son regard. Elle aimait jouer avec moi autant que j'aimais jouer avec elle.

— Tu l'as eu dans un endroit appelé *Chez Donovan*.

— Non.

Elle sourit d'une oreille à l'autre.

— Si, si.

— Pas du tout.

— Je ne pensais pas que tu étais une voleuse, Red.

— Je ne suis pas une voleuse. Je l'ai juste… empruntée, d'accord ?

Je haussai les sourcils.

— Tu l'as empruntée ?

Elle acquiesça d'un mouvement de tête.

— Exactement.

— Il y a presque un an ?

— Je crois, oui.

— Donc tu avais l'intention de la rendre ?

Elle ne put se contenir davantage — elle craqua. Ses mains recouvrirent son visage, et elle éclata de rire.

— D'accord, d'accord. Je l'ai prise dans ton appartement. Je ne l'ai pas eue à la jardinerie, et je n'avais pas l'intention de la rendre.

À présent, je riais aussi.

— Tu le fais souvent ? De prendre quelque chose dans l'appartement d'un homme ?

— Non ! Je le jure. Je ne l'avais jamais fait avant. En fait, je n'ai volé qu'une seule chose de toute ma vie — un pin's de NSYNC quand j'avais dix ans — et je me suis sentie tellement coupable que je suis retournée au magasin le lendemain pour le remettre discrètement à sa place.

Son visage était toujours dissimulé derrière ses mains.

Je décollai délicatement ses doigts pour pouvoir voir ses yeux.

— Tu voulais un souvenir de notre week-end ensemble ?

— Je ne sais pas pourquoi je l'ai prise. Je l'ai fait, c'est tout. Si tu ne l'avais pas remarqué, je suis vraiment gênée. Je suis désolée.

Je repoussai doucement une mèche de cheveux derrière son oreille.

— Ne sois pas gênée. Je suis content que tu aies ressenti le besoin d'emporter un souvenir. Puisqu'on avoue tout, j'ai aussi quelque chose qui t'appartient.

Ses yeux s'écarquillèrent une fois de plus.

— Vraiment ?

Je hochai la tête.

— Je ne l'ai pas volé. Parce que, tu sais, je ne suis pas un voleur comme toi. Mais j'ai trouvé un morceau de papier plié sous mon lit la semaine suivant ta disparition. Il a dû tomber de ton bagage, et je ne l'avais pas remarqué plus tôt.

— Quel papier ?

Je mis la main dans ma poche et sortis mon portefeuille. Dépliant la feuille que je transportais toujours avec moi, je la lui montrai.

Autumn la prit. Elle ferma les yeux après avoir lu les premières lignes.

— Oh, mon Dieu ! Y a-t-il un trou quelque part vers lequel je peux ramper ? D'abord, tu réalises que j'ai volé l'une de tes plantes, et maintenant, je découvre que tu as lu une liste alphabétique des excuses que j'ai écrite.

Elle rougit et secoua la tête.

— Qui fait ce genre de choses ? Pourquoi tu t'intéresses à moi ? Je suis vraiment bizarre !

— La normalité est surfaite, Red. Mais je suis curieux de savoir sur qui tu utilises ces excuses.

— Mon père. Il n'oublie jamais rien, donc si je lui donne la même excuse que la fois précédente où j'ai dû raccrocher, il s'en souvient.

— Donc, tu as commencé une liste ?

— Juste avant de te rencontrer l'année dernière, il m'avait appelée le matin de mon départ pour Vegas. J'ai dit que j'entrais dans un ascenseur et que je devais raccrocher. Apparemment, j'avais dit la même chose lors de nos deux appels précédents, et il m'a rappelée à l'ordre. Je n'aime pas prendre l'avion, alors j'ai bu quelques verres de vin pendant le vol et j'ai fait cette liste, un peu comme une blague.

Elle soupira.

— Est-ce qu'on peut échanger ? Je vais reprendre ce papier et *le brûler*, et tu pourras récupérer ta plante. Puis, on fera comme si cette conversation n'avait jamais eu lieu.

Je souris.

— Le papier est à toi. Mais tu peux garder la plante aussi. J'aime que tu aies gardé quelque chose qui te faisait penser à moi.

Autumn regardait toujours par terre, aussi glissai-je deux doigts sous son menton et le soulevai-je jusqu'à ce que nos yeux se rencontrent.

— Ça veut dire que même si ton esprit ne voulait plus rien avoir à faire avec moi, ton cœur, lui, le voulait. Ça m'ira.

Elle secoua la tête, un sourire au bord des lèvres.

— Ça t'ira ?

— Oui. Je suis patient, dis-je en tapotant le bout de son nez. Le cœur gagne toujours, à la fin.

Ce soir-là, le service du dîner se passa bien. Quelques-uns de mes vieux potes vinrent nous aider, et je m'assurai que l'un d'eux reste aux côtés d'Autumn quand j'étais occupé. Les gens qui venaient se nourrir n'avaient pas toujours les meilleures manières du monde, d'autant que certains d'entre eux étaient trop ivres ou défoncés pour réfléchir correctement. Sur le chemin du retour, je rapportai à Autumn que j'avais parlé au médecin de Bud et qu'il avait dit que ce dernier allait très bien et pourrait rentrer chez lui le lendemain ou le surlendemain.

— Oh, c'est merveilleux ! s'exclama-t-elle. J'imagine que ce ne sera pas facile de faire quoi que ce soit avec le bras dans le plâtre. Peut-être que je peux lui préparer quelques repas et les lui apporter ?

— Si le reste de ta cuisine ressemble à cette salade de brocolis, je suis sûre qu'il adorera. Pour être honnête...

Mes yeux se tournèrent vers elle, puis revinrent sur la route.

— Quand tu as parlé de salade de brocolis, je pensais que ça ne passerait pas très bien. La foule qui vient est plus « bœuf-patates » que salade, mais ce truc était sacrément bon.

— Merci. C'est la recette de ma mère.

Elle regarda par la fenêtre quelques instants.

— Mon père et elle ne m'ont dit que son cancer était revenu que quelques mois avant sa mort. Elle avait une tumeur au cerveau inopérable. Elle avait subi une chimiothérapie et des rayons des années plus tôt, ce qui avait ralenti l'évolution, mais une deuxième tumeur s'est développée dans une zone qu'ils ne pouvaient même pas vraiment traiter.

— Je suis désolé.

— Merci. Ils ne m'ont pas dit ce qui se passait parce que j'avais douze ans et que j'étais occupée avec mes amies, et ils voulaient que ma vie continue d'être aussi normale que possible. Mais ma mère a décidé de m'apprendre à cuisiner. Je suppose que c'était sa façon de passer du temps avec moi. La majeure partie des souvenirs que j'ai de ces derniers mois avec elle, c'est d'être dans la cuisine et de rire. Je crois que c'est l'une des raisons pour lesquelles j'aime cuisiner.

— Ce sont de beaux souvenirs.

Elle hocha la tête.

— Quand elle est morte, j'étais furieuse qu'ils ne me l'aient pas dit. Mais avec le recul, c'était peut-être mieux comme ça. Si je l'avais su, je n'aurais pas pu me détendre et profiter de ce temps avec elle. J'aurais eu peur.

— C'est logique.

— Bref, dit-elle en haussant les épaules. Je vais préparer des repas à congeler pour Bud et les déposer après son retour de l'hôpital, si tu penses que ça lui conviendra.

— Je le lui ferai savoir.

Nous n'avions jamais vraiment parlé de ce qui s'était passé au barbecue ou après, aussi me demandai-je où en était sa relation avec Blake. Je me dis que c'était le bon moment pour fouiner.

— Ça va perturber tes projets pour vendredi soir ?

Elle sourit.

— Non.

Je tapotai le volant, me demandant si je devais continuer à poser des questions dont je ne voulais peut-être pas les réponses. Finalement, la curiosité l'emporta.

— Et pour le reste du week-end ? Des projets intéressants ?

— Juste dimanche soir. Mon amie Skye vient chez moi. On était censées rattraper notre retard sur *le Bachelor* la dernière fois qu'on s'est vues, mais on s'est écroulées après deux épisodes.

— Choquant ! dis-je. L'émission est tellement fascinante !

— C'était à cause du *vin*, pas parce que l'émission est ennuyeuse.

— Oui, oui.

— Et toi ? Des projets pour ce week-end ?

— Boulot. Bud. Servir le dîner. Ça occupera à peu près la totalité.

— Je peux aussi aider à servir le dîner. Peut-être qu'on peut se relayer pour que tu n'aies pas à le faire tous les soirs jusqu'à ce que Bud soit assez bien pour s'en occuper.

Comme si j'allais la laisser aller à un bâtiment abandonné pour servir des gens qui n'avaient pas assez d'argent pour s'offrir un repas. Mais je savais que si je disais ça, je me retrouverais dans une sorte de discussion sur l'égalité des droits. Alors à la place, j'en profitai pour fouiner un peu plus.

— Pas de *rencard* samedi soir ?

— Non.

— Pourquoi ?

— Je pourrais te retourner la question. Pourquoi *tu* n'as pas de rencard samedi soir ?

— Ce n'est pas moi qui fréquente quelqu'un.

Autumn pinça sinistrement les lèvres. Elle regarda par la fenêtre et parla doucement.

— Moi non plus.

— Redis-moi ça ?

Je me penchai vers elle. *Aurais-je mal entendu ?*

Elle soupira.

— Je ne vois plus Blake.

— Depuis quand ?

— Le lendemain du barbecue.

Un sourire se répandit sur mon visage.

— J'en suis désolé.

Elle gloussa.

— Oui, tu en as vraiment l'air.

— Que s'est-il passé ?

Autumn tourna vivement la tête dans ma direction, et je jetai un coup d'œil sur elle, puis sur la route.

— Quoi ? demandai-je.

— Tu ne sais pas ce qui s'est passé ?

Je m'arrêtai au feu à l'angle de sa rue.

— Eh bien, évidemment, je sais ce qui s'est passé au barbecue, mais je parlais de ce qui t'a fait décider d'en rester là avec lui.

— Ça, Donovan. Blake était très gentil avec moi, et je n'étais pas très sympa avec lui.

Le feu changea, aussi tournai-je à l'angle de la rue et me mis-je à chercher une place. Heureusement, il y avait trop de choses pour qu'elle puisse les porter toute seule à l'intérieur. Alors que nous passions devant son immeuble, Autumn tourna la tête, étudiant une voiture garée en double file à l'extérieur.

— Mince ! gémit-elle.

— Qu'y a-t-il ?

— Je suis presque sûre que c'est la voiture de mon père.

— La Porsche jaune ?

— C'est l'un de ses nombreux achats de crise de la quarantaine.

— Pourquoi serait-il ici ?

— Il fait ça de temps en temps quand je ne réponds pas à ses appels.

— Tu veux que je fasse le tour du pâté de maisons plusieurs fois pour voir s'il part ?

Elle fronça les sourcils.

— Même si j'adorerais, il vaut probablement mieux que je fasse avec et que j'en finisse.

J'aperçus une place libre quelques immeubles plus bas, aussi me garai-je.

— Tu veux que j'attende ici pendant que tu lui parles ? Je monterai les glacières ensuite ?

Elle secoua la tête.

— Non. Si ça ne te dérange pas, ça pourrait être plus facile si j'avais un tampon.

Je haussai les épaules.

— Pas de problème.

J'empilai les glacières vides les unes sur les autres et les portai, tandis qu'Autumn prenait le sac de récipients et d'ustensiles de service. Alors que nous approchions de la Porsche en double file, la portière du côté conducteur s'ouvrit et un homme que je supposai être son père en sortit. Il nous regarda à tour de rôle.

— Il était temps ! Ça fait presque trois heures que j'attends.

— Tu n'aurais pas eu à attendre si tu m'avais appelée pour me dire que tu venais. J'aurais pu te dire que je n'étais pas chez moi.

Son père avait l'air d'être encore habillé pour le travail, sans la veste de costume. Cela signifiait-il qu'il était resté assis dans la voiture pendant trois heures et qu'il n'avait jamais envisagé d'enlever sa fichue cravate ?

— Eh bien, j'ai besoin de te parler !

Il lança un nouveau regard vers moi, puis vers sa fille.

— De préférence seule.

Je regardai Autumn, qui secoua la tête. Quand je me retournai vers son père, il me scrutait avec impatience.

— Désolé, monsieur. Si Autumn ne veut pas que je parte, je reste.

Je posai les glacières sur le sol, songeant qu'il était préférable de faire la paix. Je tendis la main, faisant un pas en avant.

— Donovan Decker. Ravi de vous rencontrer.

Son père observa ma main comme s'il envisageait de ne pas la serrer. Mais finalement, il le fit et grommela quelque chose.

Quand je retournai à côté d'Autumn, ses épaules s'affaissèrent.

— Que veux-tu, papa ?

— Je me marie dans deux semaines.

— Je suis au courant. J'ai reçu la belle invitation dans le courrier.

— Alors, pourquoi n'as-tu pas répondu ?

— Parce que je me suis dit que si je répondais de la façon dont je voulais le faire, tu te pointerais chez moi.

— Combien d'années vas-tu être contrariée que je passe à autre chose ? Ta mère voudrait que je sois heureux.

— Ça n'a rien à voir avec maman. Ne la mêle pas à ça. Et tu as tourné la page sept fois ces quinze dernières années.

Elle se tourna vers moi et tapota ses lèvres de son index.

— Ou peut-être huit. Je ne l'ai pas vu depuis plusieurs mois. Il peut se passer beaucoup de choses...

— Ne sois pas irrespectueuse ! aboya son père.

Autumn secoua la tête.

— Rentre chez toi, papa.

— Tu viendras au mariage ?

Il prit une profonde inspiration et modéra son attitude, parlant d'une voix plus douce.

— Ça signifierait beaucoup pour moi.

Autumn fronça les sourcils.

— Silas sera-t-il là ?

— Bien sûr que non ! Tu sais que je ne te ferais pas ça.

— Non, je ne le sais pas.

— Autumn, s'il te plaît, viens.

Elle secoua la tête.

— Je ne sais pas. Je vais y réfléchir, d'accord ?

Son père pinça les lèvres, mais ne dit rien de plus. Il s'approcha d'Autumn et l'embrassa sur la joue.

— Merci.

— Il est tard, dit-elle. Je ferais mieux de rentrer.

Son père hocha la tête. Il fit un vague signe de la main dans ma direction, puis retourna dans sa voiture jaune flashy.

Je récupérai les glacières, et nous nous dirigeâmes en silence vers l'entrée de son immeuble. Le trajet en ascenseur fut également silencieux. Quand nous arrivâmes à sa porte, elle sortit ses clés de son sac et se tourna vers moi.

— Je suis désolée pour tout ça.

— Tu n'as pas à l'être. Si tu rencontrais ma mère, tu comprendrais pourquoi j'ai trouvé cette interaction plutôt agréable.

Autumn sourit, mais cela n'atteignit pas ses yeux.

— Ça va ? demandai-je.

Elle hocha la tête.

— Il est juste... Je ne sais pas. Il a un sens des priorités déformé, parfois.

— D'après ce que tu as dit, j'en déduis que tu n'aimes pas l'un des amis de ton père... Silas ?

— Silas était son associé.

— Pas fan de lui ?

— Non.

— Il s'est passé quelque chose entre vous deux ?

Elle secoua la tête.

— Pas entre Silas et moi. Je suis sortie avec son fils pendant quatre ans et demi. Ça... s'est terminé pendant les vacances de Noël de ma première année de droit.

J'attendis qu'elle en dise plus, mais elle ne le fit pas. Je réalisai brusquement quelque chose.

— C'est à peu près à cette période-là que tu as commencé à avoir des doutes sur ta carrière, non ?

Autumn baissa les yeux.

— J'ai eu beaucoup de doutes, cette année-là.

Elle prit une grande inspiration et la relâcha avec un sourire forcé.

— Je devrais y aller. Il se fait tard, et j'ai un rendez-vous tôt demain. Tu peux laisser les glacières ici. Je les vais les rentrer. Je les rendrai à mon voisin demain, de toute façon.

Je détestais devoir partir, surtout quand elle était clairement déprimée, mais je me dis que nous avions fait beaucoup de progrès dernièrement et je ne voulais pas tout gâcher en ne lui laissant pas d'espace. Alors, je hochai la tête.

— D'accord. Mais ouvre la porte et entre avant que je ne parte.

Elle sourit tristement.

— On dirait un garde du corps.

— On n'est jamais trop prudent.

Autumn déverrouilla sa porte, et je posai les deux glacières à l'intérieur. Elle tint la porte ouverte après être entrée.

— Bonne nuit, Donovan.

— Bonne nuit, Red.

J'attendis d'entendre le bruit de la serrure avant de partir. Sur le chemin du retour, je repensai à tous les événements inattendus de la soirée. J'avais découvert que le gamin que j'avais engagé pour arroser mes plantes n'en avait pas tué une, en fin de compte, que c'était une certaine petite rousse qui l'avait volée. Autumn avait aussi lâché une bombe dans la voiture pendant que nous retournions chez elle ; elle ne voyait plus Blake. Puis il y avait son père, qui était à peu près ce à quoi je m'attendais d'après le peu de choses qu'elle m'avait dites. Mais même avec tout ça, je n'arrêtais pas de me demander ce qui avait bien pu se passer pendant sa première année de droit.

21

Autumn

Six ans plus tôt

— Mon Dieu, ça fait tellement de bien de sortir avec vous !

Je posai la tête sur l'épaule de mon amie Anna tandis que nous quittions le stade à pied pour rejoindre le parking. Nous venions de passer l'après-midi à regarder un concert en plein air avec une bande d'amis que je n'avais pas vus depuis le début de mes études de droit. J'avais été acceptée dans deux de mes trois premiers choix, mais j'avais décidé de rester chez moi et d'aller à Yale, où avait étudié mon père — et aussi où était allé Braden.

Anna me tira les cheveux.

— Tu devrais essayer de le faire plus souvent. On ne te voit jamais.

— Je suis désolée. La faculté de droit m'a tenue plus occupée que je ne le pensais.

— Ce n'est pas grave. Je ne fais que te taquiner. Comment ça se passe avec Braden ?

— Bien, je suppose.

— Oh, oh ! Des ennuis au paradis ?

— Pas vraiment. Rien dont je ne devrais me plaindre, de toute façon. Il est juste... Je ne sais pas. Il veut vraiment m'aider dans mes études de droit. Braden est intelligent, donc je devrais probablement apprécier toute l'aide qu'il veut m'apporter, mais j'ai besoin de me débrouiller seule, parfois. Par exemple, beaucoup de gens de ma promotion étudient ensemble, et quand je lui dis que j'envisage d'aller à la bibliothèque pour les rejoindre, il devient bizarre. Je crois que ça l'offense que je ne veuille pas toujours de son aide.

— C'est parce que cet homme est fou de toi.

Je souris. Nous étions arrivées au parc après le début du concert, si bien que ma voiture était garée sur l'herbe, tout au fond, presque au niveau de l'entrée. En regardant autour de moi, je repérai une voiture argentée qui ressemblait à la BMW de Braden. Mais le soleil était haut dans le ciel et je ne parvenais pas à voir s'il y avait quelqu'un à l'intérieur. Je me protégeai les yeux, plissant les paupières, mais je ne pus qu'entrevoir le profil d'un homme, qui semblait pourtant pouvoir être mon petit ami. Quelques secondes plus tard, la voiture démarra. Le concert avait été plein à craquer, et nous étions à Greenwich, donc les BMW ne manquaient pas... Cependant, quelque chose me chiffonnait. C'était la deuxième fois en quelques jours que je pensais avoir repéré une voiture ressemblant à celle de Braden, mais à chaque fois que je m'étais approchée suffisamment pour bien regarder, la voiture était partie.

— Allô, Autumn, ici la Terre.

Je regardai mon amie, qui me fixait avec impatience.

— Je suis désolée. Tu disais quelque chose ?

— Je *disais* que tout le monde ne pouvait pas avoir un mec qui est fou de toi, mais que le week-end dernier, j'ai rencontré un mec qui était fou au lit.

J'avais eu l'esprit complètement ailleurs pendant une minute.

— Oh waouh ! Raconte-moi tout.

Anna se lança dans une histoire avec un batteur maigrichon portant une crête qu'elle avait rencontré dans un café le week-end précédent et qui avait le pénis le plus épais qu'elle ait jamais vu. Elle me fit rire, et en quelques minutes, j'avais oublié la sensation bizarre que j'avais ressentie — du moins temporairement.

***

— Salut, ma belle.

Braden se redressa sur son fauteuil et sourit.

— Je ne savais pas que tu allais venir. C'est une belle surprise.

Je passai derrière le bureau de Braden, posai l'un des deux sacs que j'avais apportés et me penchai pour lui donner un baiser.

— Mon père travaille tellement ces derniers temps que je lui ai préparé un déjeuner sain. Il oublie de manger quand il est en procès. Je me suis dit que j'allais t'apporter quelque chose, aussi.

Il enroula ses doigts autour de ma taille et me tira sur ses genoux.

Je gloussai.

— Ta porte est ouverte. N'importe qui peut passer.

— C'est dimanche. Nous sommes peu nombreux.

Braden frotta son nez contre le mien.

— Tu m'as manqué.

— Toi aussi, dis-je en souriant. C'est toujours bon pour ce soir ?

Il retira une mèche de cheveux de mon visage.

— C'est carrément bon. J'ai réservé pour dix-neuf heures dans ce nouveau petit restaurant italien que tu as adoré.

— Oh, miam ! Tu seras ici jusqu'à ce moment-là ?

— Probablement. Je n'ai pas fait autant que je le pensais, hier.

Pour une raison étrange, la voiture que j'avais vue dans le parking la veille me revint à l'esprit.

— Jusqu'à quelle heure es-tu resté, hier soir ?

— Je ne sais pas, répondit-il en haussant les épaules. Probablement vingt et une heures.

Je souris.

— Bien, alors, je vais te laisser pour que tu sois à l'heure au dîner de ce soir. De plus, je ne veux pas que le déjeuner de mon père refroidisse. Je vais monter en vitesse à son bureau.

— D'accord. Je passe te prendre vers dix-huit heures trente.

Je l'embrassai une dernière fois avant de monter à l'étage, où mon père avait le proverbial bureau d'angle.

— Toc, toc, dis-je. Livraison pour monsieur Le bourreau de travail.

Mon père jeta son stylo sur son bureau et sourit.

— Que fais-tu ici, ma puce ?

Je montrai le sac de nourriture.

— Je t'ai préparé un déjeuner. Je sais comment tu te comportes quand tu es en plein procès. Soit tu oublies de manger, soit tu manges n'importe quoi.

Il sourit chaleureusement.

— Ta mère m'apportait toujours un déjeuner quand je travaillais le week-end.

— Je sais. Mais tu ne travaillais pas le *dimanche,* à l'époque.

— J'essaie toujours de ne pas le faire, sauf si c'est absolument nécessaire. Mais je n'avais pas le choix, aujourd'hui. J'ai perdu toute l'après-midi d'hier à cause de ces satanées punaises de lit.

Mon nez se retroussa.

— Des punaises de lit ?

Il pointa son pouce vers le plafond.

— La compagnie d'assurances de l'étage du dessus a trouvé des punaises de lit dans un canapé de leur hall d'entrée, alors la maintenance du bâtiment a inspecté tout l'immeuble. Nous en avions aussi quelques-unes dans notre hall. Ils ont bombardé tout le bâtiment, hier soir. Personne n'a pu entrer pendant douze heures.

— Il m'a semblé t'avoir entendu quitter la maison à six heures, ce matin ?

Mon père hocha la tête.

— C'est le cas.

— À quelle heure ont-ils bombardé le bureau, hier ?

— Cinq heures de l'après-midi.

— Cinq heures ? Donc personne ne pouvait être dans le bâtiment après ?

— Non, sauf s'il voulait se faire pousser un troisième bras.

— Et si quelqu'un se trouvait ici quand ils ont déclenché les bombes à insectes ?

Mon père secoua la tête.

— Il n'y avait personne. J'ai demandé à la sécurité de passer dans tous les bureaux un par un pour s'assurer que les lieux étaient vides avant le début de la fumigation.

22

Autumn

— Ça fait plaisir de vous voir, Autumn.

Le docteur Lillian Burke croisa les mains sur le cahier posé sur ses genoux.

— Vous avez vraiment bonne mine. Vous avez laissé pousser vos cheveux.

Je levai la main et fis tourner l'une de mes mèches.

— Oui, juste assez pour qu'ils finissent enroulés en chignon sur ma tête, je suppose.

— Alors, comment allez-vous ? Vous travaillez toujours pour les services sociaux ?

— Oui, et j'aime toujours ça.

Je souris.

— La meilleure décision que vous m'ayez aidée à prendre.

Lillian me rendit mon sourire.

— Je suis ravie de l'entendre. Nous passons plus de temps au travail qu'avec nos proches, donc il est important d'apprécier ce que nous faisons.

— En fait, je prépare mon doctorat, maintenant. Je ne pense pas que je l'avais déjà commencé lors de notre dernière conversation. Dans la salle d'attente, je réfléchissais au temps qui s'était écoulé depuis la dernière fois que je suis venue ici. Je pensais que ça faisait deux ans, mais je crois que c'est plutôt trois.

— En effet. Le mois prochain, ça fera trois ans. J'ai dû regarder, moi aussi, tout à l'heure. Mais félicitations pour vos études. Nous avions discuté de votre désir de devenir psychologue, mais vous n'aviez encore commencé aucun programme. C'est fantastique.

— J'y suis allée doucement, à temps partiel, mais j'arrive au bout. Je devrais être diplômée dans deux semestres. Honnêtement, je pense que si j'ai arrêté de venir vous voir, c'est en partie parce que j'avais le sentiment de devoir être capable de voler de mes propres ailes si j'envisageais de m'asseoir dans votre fauteuil à un moment donné.

— Nous en avons discuté. Les thérapeutes ont des thérapeutes. Non seulement c'est normal, mais c'est encouragé dans cette profession.

Je hochai la tête.

— Je sais. Je crois que j'avais juste besoin de sentir que je pouvais survivre sans vous. Maintenant que je sais que j'en suis capable, je n'ai plus l'impression que c'est un problème.

— Eh bien, je suis heureuse d'apprendre que vous avez le sentiment de pouvoir survivre sans moi ! Bien que je n'aie jamais eu de doutes là-dessus.

— Merci.

— Alors, dites-moi ce qui se passe dans votre vie. Comment est votre relation avec votre père ?

— Toujours pareille. Il se marie dans quelques

semaines... encore. Il s'est présenté à mon appartement hier soir, parce que je n'ai pas renvoyé de réponse et que j'évite ses appels car je ne veux pas débattre de mon refus d'aller à la cérémonie.

Lillian sourit.

— On dirait que je n'ai pas raté grand-chose de ce côté-là.

— Absolument pas. Épousez. Divorcez. Rincez. Répétez.

— Et vous ? Prenez-vous toujours de l'Ambien[2] pour vous aider à dormir la nuit ?

— Mon médecin traitant m'a poussée à essayer de me sevrer, comme vous l'avez toujours fait. Mais, oui. J'en ai toujours besoin pour dormir.

Elle hocha la tête.

— Saviez-vous que les dauphins dorment avec un œil ouvert ? déclarai-je.

— Vraiment ?

— Ça s'appelle le sommeil unihémisphérique. L'œil droit se ferme lorsque le côté gauche du cerveau dort, et inversement. Ils ne peuvent pas dormir complètement, parce qu'ils doivent se souvenir de respirer.

Lillian sourit.

— Vos anecdotes m'avaient manqué. Mais puisque, en fait, vous n'êtes pas un dauphin, je pense toujours que le sevrage pourrait être une bonne chose.

Je soupirai.

— Oui, je sais.

— Et votre vie personnelle ? Y a-t-il quelqu'un de spécial en ce moment ? Fréquentez-vous quelqu'un ?

— Non, personne. Je voyais quelqu'un, mais j'y ai récemment mis fin.

---

2 Marque de somnifères.

— Pourquoi y avez-vous mis fin ?

— Je me sentais mal parce que je commence à éprouver des sentiments pour quelqu'un d'autre.

— Oh...

Lillian saisit son stylo sur la table d'appoint et nota quelque chose dans son cahier.

— Il faudrait que je regarde dans mes notes, mais je suis presque sûre que c'est la première fois que vous mentionnez avoir des sentiments pour quelqu'un. Nous avons évidemment parlé des hommes que vous fréquentiez, mais vous utilisez généralement des mots comme *compatibles* ou *s'amuser* pour décrire vos relations, pas *sentiments*. Je suis heureuse d'apprendre que vous vous intéressez à quelqu'un avec qui vous avez un lien émotionnel. La femme qui était assise en face de moi il y a quelques années aurait détalé si son cœur s'était investi dans un homme.

Je souris.

— Eh bien, je l'ai fait, en quelque sorte. C'est une longue histoire, mais j'ai rencontré Donovan l'année dernière. Nous avons le même modèle de valise, et j'ai emporté la sienne au lieu de la mienne à l'aéroport. Nous nous sommes rencontrés pour échanger nos bagages, et nous avons sympathisé et pris un café. Le café a mené au dîner, et le dîner a mené à un week-end incroyable.

— Ça ressemble un peu à de la destinée, presque à un conte de fées.

Je hochai la tête.

— Sauf que, étant moi, à la fin du bal, je me suis transformée en citrouille et je me suis enfuie.

— Vous n'auriez pas laissé une pantoufle de verre derrière vous ?

Je secouai la tête.

— Absolument pas… bien qu'il dise être retourné pendant quelques semaines au *coffee shop* où nous nous étions rencontrés, espérant m'y voir. Donc je suppose qu'il essayait d'être le Prince charmant. Mais vous savez que j'ai perfectionné l'art de l'évitement, alors nous ne nous sommes pas recroisés pendant presque un an. Il a fini par être l'avocat d'un de mes enfants. Je suis entrée dans le poste de police un soir, et il était là.

— Oh, waouh !

Elle sourit.

— On dirait que la destinée n'acceptait pas ce que vous faisiez. Parlez-moi de cet homme. Vous avez dit qu'il s'appelait Donovan ?

Je hochai la tête.

— Eh bien, il est l'opposé de la plupart des hommes que j'ai fréquentés. De l'extérieur, on ne le dirait pas. Il est intelligent, il a du succès, il porte de beaux costumes et il est allé dans une université de l'*Ivy League*. Mais sous cette apparence, il est bien plus que ça. Il a grandi avec moins que rien, alors il a travaillé très dur pour arriver où il est, et ça le rend beaucoup plus dur que tous ceux avec qui je suis sortie. Les hommes que je fréquente sont généralement un peu mous à l'intérieur, alors que Donovan est fait d'acier. Je suis extrêmement attirée par cette force intérieure.

— Il semble merveilleux. D'habitude, quand vous me parliez d'un homme que vous voyiez, vous mentionniez en premier ses attributs physiques, puis vous me dérouliez son CV. Vous n'avez fait ni l'un ni l'autre en me décrivant Donovan. C'est votre cœur qui a parlé.

— Eh bien, il est aussi ridiculement beau… avec un corps à se damner sous sa chemise amidonnée. Il a aussi beaucoup de tatouages que je trouve incroyablement sexy.

Je montrai mes bras.

— Regardez. C'est pour ça que je n'ai pas commencé par une description physique. J'ai la chair de poule rien qu'en y pensant.

Lillian rit.

— Aucune chance qu'il ait un grand frère ?

— C'est drôle. À bien des égards, Donovan se protège autant que moi quand il s'agit de permettre aux gens de voir ce qui se cache sous la surface. Nous avons juste des raisons différentes.

— Mais on dirait qu'il vous a laissé entrer.

J'acquiesçai.

— Il l'a fait.

— Lui avez-vous dévoilé votre passé ?

Je secouai la tête.

— C'est une personne très perspicace, donc il sait certainement qu'il y a quelque chose. Mais je ne lui ai pas parlé de... vous savez.

— Où en est votre relation avec Donovan en ce moment ? Vous avez dit avoir récemment rompu avec quelqu'un d'autre, mais Donovan et vous sortez ensemble ?

Je fronçai les sourcils.

— Non.

— A-t-il demandé ?

Je souris tristement.

— Plus d'une fois.

— Je suppose que vous ne voulez pas vous engager avec lui parce que vous l'appréciez vraiment ?

Je hochai la tête et baissai les yeux.

— N'ayez pas honte d'avoir peur, Autumn. Redouter quelque chose d'important est dans la nature humaine, et nous avons tous nos peurs.

— Je déteste être aussi faible.

— Avoir peur n'est pas une faiblesse. Loin de là. Avoir peur est un instinct de protection que nous avons tous, et c'est sain. Voyez ça comme à un système d'alarme personnel. Nos peurs déclenchent une mise en garde bruyante pour les personnes que nous ne devrions pas laisser entrer, et c'est une bonne chose.

— Oui, mais mon système d'alarme veut empêcher tout le monde d'entrer.

Lillian secoua la tête.

— Il l'a fait à un moment donné. Mais vous êtes ici. *Vous êtes ici aujourd'hui*, Autumn. Ça signifie que vous avez déjà accepté l'idée que vous voulez laisser entrer quelqu'un. Vous ne savez simplement plus comment le faire, parce que ça fait très longtemps.

Je poussai un gros soupir.

— Oui, je suppose que vous avez raison.

— Au fil des ans, vos peurs ont saboté vos relations. Vous êtes sortie avec des hommes avec qui vous saviez que vous n'aviez pas de véritable lien émotionnel. Et il y a un an, vous avez saboté les choses avec Donovan parce que vous n'étiez pas prête à les assumer. Mais vous l'êtes, maintenant. Vous avez déjà fait le premier pas, simplement en venant aujourd'hui. Vous avez fait toute seule tout le travail difficile, alors maintenant, nous devons vous faire faire le reste du chemin.

— Comment je fais ça ?

— La seule façon de surmonter vos peurs est d'en traverser le cœur. Vous devez embrasser ce dont vous avez peur.

— Mais j'ai eu des rencards.

— Vous n'avez pas peur de fréquenter quelqu'un. Vous avez peur de donner à nouveau votre confiance à quelqu'un.

Je soupirai.

— Je suppose, oui. Je veux faire confiance à Donovan. Vraiment. Mais je ne suis pas sûre de savoir comment.

Lillian hocha la tête.

— Un bon point de départ pourrait être de lui dire ce qui s'est passé.

23

Donovan

La voiture d'Autumn était déjà garée dehors lorsque j'arrivai.

Tout l'après-midi, je m'étais encouragé à ne pas quitter le travail plus tôt pour passer chez Bud. J'avais encore une douzaine d'heures à facturer ce jour-là, des clients à rappeler et un procès à préparer. En général, le samedi, j'arrivais au bureau à sept heures. Mais Bud avait quitté l'hôpital à dix heures le jour même, aussi l'avais-je récupéré et ramené chez lui, puis l'avais-je installé une fois arrivé.

Alors, au lieu de mes sept heures habituelles, j'étais arrivé à treize heures, et je devais partir à seize heures trente pour remplacer Bud au dîner du soir. Mais je m'étais dit que je pouvais faire beaucoup de choses en trois heures et demie. Malheureusement, je n'avais pas pris en compte le fait que je serais distrait tout l'après-midi en sachant qu'Autumn serait chez Bud. Finalement, j'avais laissé tomber et m'étais arrêté là pour la journée. Je n'allais rien faire de toute façon, donc il n'y avait aucun intérêt à rester assis à mon bureau.

La porte d'entrée était déverrouillée. Je secouai la tête, pensant que je devais en parler à Bud. Il était resté deux jours à l'hôpital après avoir été passé à tabac dans la rue. Il devait être plus prudent.

Je trouvai Autumn dans la cuisine en train de faire la vaisselle. Elle ne m'avait pas entendu entrer, aussi pris-je un moment pour la regarder depuis l'embrasure de la porte. Un léger sourire ornait son beau visage et toutes les deux secondes, les coins de ses lèvres s'agitaient légèrement, comme si elle pensait à quelque chose qui l'amusait. Bon sang, elle était magnifique ! J'avais eu l'intention de lui faire savoir que j'étais entré avant qu'elle ne me voie pour ne pas l'effrayer, mais elle dut sentir que quelqu'un l'observait parce que sa tête se releva brusquement.

— Oh, mon Dieu !

Elle leva sa main mouillée et la porta à son cœur.

— Depuis combien de temps es-tu là ?

Je souris.

— Désolé. Pas longtemps.

— Pourquoi n'as-tu rien dit ?

— J'allais le faire. Mais j'étais trop occupé à essayer de comprendre à quoi tu pensais pour sourire autant.

— Je souriais ?

Je hochai la tête.

— À quoi pensais-tu ?

Elle détourna le regard.

— À rien.

Je me rapprochai de quelques pas et me plaçai de l'autre côté de l'îlot de cuisine.

— À rien, hein ? Tu en es sûre ?

Autumn se racla la gorge.

— Bud vient juste de finir de manger. Il s'est endormi dans son fauteuil.

Je hochai la tête.

— Ils ont dit qu'il n'avait pas bien dormi à l'hôpital. Je suis sûr qu'il était inquiet que la maison reste vide pendant quelques jours. Quand les gens d'ici voient une opportunité, ils la saisissent.

Elle fronça les sourcils.

— Pourquoi ne déménage-t-il pas ?

— Parce que c'est sa maison, et qu'il a un sentiment de devoir accompli en aidant la communauté. De plus, il a son jardin potager à l'arrière et son atelier dans le garage.

— Possible, dit Autumn en haussant les épaules. Ce genre de chose est déjà arrivé ? Où il a été attaqué ?

— Non. Les gens font généralement attention à Bud, parce que c'est quelqu'un de bien et qu'il est très respecté. C'est une communauté assez soudée, normalement. Le problème, c'est qu'il est aussi facile de se procurer de la drogue à une demi-douzaine de coins de rue par ici, ce qui attire les étrangers — et pas les bons.

Autumn finit de rincer le dernier plat et coupa l'eau.

— Tu veux manger quelque chose ? Je n'ai pas encore rangé le déjeuner. C'est probablement encore chaud.

— Ça sent bon, mais non, c'est bon. Je préfère que tu le laisses à Bud. Ça ne va pas être facile pour lui de faire quoi que ce soit pendant un moment avec son bras dans le plâtre.

— J'ai fait des lasagnes, des pâtes *fagioli* et du poulet à la française. Donc il a au moins une douzaine de repas pour commencer. J'en ai congelé certains et en ai laissé d'autres au frigo pour les prochains jours.

— Merci d'avoir fait tout ça pour lui.

— Je pensais que tu serais au travail tout l'après-midi, aujourd'hui, puisque tu es allé chercher Bud à l'hôpital ce matin et que tu t'occupes du service de ce soir.

— Je voulais voir comment il allait. Je n'étais pas sûr de l'heure à laquelle tu allais passer.

— Mon œil ! résonna la voix de Bud depuis l'autre pièce. Ce matin, il m'a demandé si je savais à quelle heure tu passerais, et je lui ai dit que tu avais appelé pour dire que tu serais là à peu près maintenant.

Je gloussai et tendis la tête en criant :

— Merci beaucoup, Bud ! Tu es censé être mon pote. Pas raconter mes secrets.

— Je ne t'en veux pas. Elle cuisine sacrément bien.

Autumn riait, à présent.

— Merci, Bud ! s'écria-t-elle.

— Pas de problème, ma douce.

Je baissai la voix et fis un clin d'œil.

— Je vais quand même aller le voir.

Mon vieil ami était dans son vieux fauteuil en cuir inclinable, les pieds surélevés.

— Comment tu te sens, grand-père ?

— Bien.

Il indiqua son plâtre.

— Si ce truc était sur l'autre bras, ma vie serait beaucoup plus facile. Je suis nul de la main gauche.

— J'envisageais d'arroser les plantes du jardin pour que tu ne mouilles pas ton plâtre le premier jour de ton retour.

— Oh, bien ! Cueille les tomates mûres pendant que tu es là-bas, d'accord ?

— Bien sûr.

Le jardin de Bud était comme une ferme, donc arroser et cueillir des fruits mûrs n'était pas un travail de deux minutes. Le soleil tapait fort, et je portais une chemise à manches longues et un pantalon de ville, aussi étais-je en sueur avant de finir. J'avais mis des vêtements de rechange dans un sac de sport le matin, songeant que je voudrais me changer avant d'aller servir le dîner, alors je les pris dans ma voiture avant de retourner dans la maison.

— Ça te dérange si je prends une douche ?

Bud et Autumn étaient assis ensemble dans le salon.

— Utilise celle de ton ancienne chambre.

Après une douche rapide, je mis la main dans le meuble sous le lavabo, celui où les serviettes avaient toujours été rangées. Malheureusement, je n'avais pas pensé à vérifier si Bud le remplissait toujours, jusqu'à ce que je sois trempé.

Merde !

Je remontai sur mes jambes mouillées le jean que j'avais mis dans mon sac et me faufilai hors de la salle de bains afin d'aller chercher une serviette pour pouvoir me sécher avant de m'habiller complètement. Mais alors que je me dirigeais vers celle du couloir, la porte s'ouvrit brusquement. Autumn sortit et cligna des yeux plusieurs fois avant de les poser sur mon torse nu. J'étais sorti de l'autre salle de bain en grognant, un jean collé à mes jambes, mais j'eus soudain envie d'embrasser Bud pour ne pas avoir rempli ce meuble à serviettes.

Autumn n'essaya même pas de dissimuler qu'elle me matait. Ses yeux examinèrent mon torse, descendirent lentement le long de mes abdominaux et s'écarquillèrent lorsqu'ils arrivèrent en haut de mon jean. Je savais que je ne l'avais pas boutonné, et je n'avais pas pris la peine de mettre un sous-vêtement pour aller chercher une serviette, mais je n'avais pas réalisé que, dans ma hâte à remonter mon pantalon, j'avais laissé le gland de mon sexe dépasser.

Mon premier réflexe fut de me couvrir, de ne pas être intentionnellement un connard obscène, mais quand les lèvres d'Autumn s'ouvrirent, je forçai mes mains à rester sur le côté.

Seigneur ! À sa façon de me regarder, je ne désirai rien d'autre que la faire reculer dans la salle de bains et fermer la porte derrière nous. Et, sur le moment, je me dis qu'elle pourrait me laisser faire. Mais ensuite...

Un grand fracas retentit dans l'autre pièce.

— Merde !

Bud aurait pu aussi bien nous jeter un seau d'eau glacée sur la tête. Autumn et moi partîmes en courant. Nous trouvâmes notre ami dans la cuisine, la porte du réfrigérateur ouverte et du désordre par terre.

— Que s'est-il passé ?

— J'ai essayé de prendre une cuillerée de ce pudding au chocolat qu'Autumn a apporté, mais ce stupide plâtre s'est mis en travers de mon chemin.

Je fermai les yeux et secouai la tête. Le plat en verre était éclaté sur le sol, et Bud n'avait pas de chaussures.

— Va t'asseoir. Je vais nettoyer.

— Mais pourquoi tu es à moitié nu ?

— Parce qu'apparemment, tu ne gardes plus de serviettes dans la salle de bain des invités.

— Eh bien, va enfiler des vêtements !

Considérant le moment comme gâché, autant m'exécuter. Je me tournai vers Autumn.

— Laisse ça comme ça. Je passerai l'aspirateur après m'être habillé. Je ne veux pas que tu te coupes.

Je pris une serviette dans l'autre salle de bain et finis de me sécher. Pendant une demi-seconde, j'envisageai de me masturber en repensant à l'expression d'Autumn, les lèvres entrouvertes, pendant qu'elle fixait mon gland du regard — un souvenir qui resterait gravé à jamais dans mon cerveau. Mais ce n'était pas quelque chose que l'on faisait dans la salle de bain d'un autre homme, surtout si c'était celui qui avait empêché plus d'une fois votre tête de tomber dans la cuvette des toilettes de cette même pièce à l'adolescence. Donc, à la place, je m'habillai en vitesse et allai chercher l'aspirateur dans le garage. Quand j'eus fini de nettoyer la cuisine, il était déjà temps de partir pour servir le dîner.

J'entrai dans le séjour et trouvai Bud sur le point de s'endormir dans son fauteuil, regardant un vieux western en noir et blanc à la télévision.

Autumn avait le nez enfoui dans son téléphone.

— Savais-tu qu'*Autant en emporte le vent* a été le premier film en couleur à gagner un Oscar ? demanda-t-elle en levant les yeux.

Je souris.

— Je ne le savais pas. Je ne sais pas comment j'ai pu survivre sans cette petite information.

Elle fit une grimace, et je ris.

— Je dois aller tout préparer pour le service du dîner.

Autumn se leva.

— Veux-tu de l'aide, ce soir ?

— Bien sûr, si ça ne te dérange pas.

Comme si j'allais refuser de passer du temps avec elle, même si c'était dans une maison abandonnée avec une bande de gens douteux.

Nous dîmes au revoir à un Bud somnolant, et je lui dis que je reviendrais le lendemain pour voir comment il allait. Il n'aurait pas été Bud s'il ne m'avait pas rétorqué qu'il n'avait pas besoin d'aide. Mais je reviendrais, quoi qu'il en dise.

Dehors, je dis à Autumn de monter dans ma voiture et que nous irions ensemble chercher la nourriture que j'avais commandée avant d'aller servir le dîner. J'avais peut-être déformé la vérité en lui racontant que la maison de Bud était sur la route pour rentrer chez moi et que ce serait donc facile de récupérer son véhicule. Enfin, elle l'était si je prenais le chemin le plus opposé à chez moi. Mais j'aimais avoir Autumn avec moi.

Comme j'avais supposé que je travaillerais au bureau jusqu'à la toute dernière minute, j'avais commandé des sandwichs longs et des salades pour le dîner. Cela facilitait les choses puisque nous n'avions pas à nous soucier de garder la nourriture au chaud. Mais j'étais content que Bud n'ait pas demandé ce que je servais, car toute autre chose qu'un repas chaud n'était pas acceptable pour lui.

Tout au long de la soirée, je gardai un œil sur Autumn. Derrière la table de service, elle attirait beaucoup d'attention, la plupart du temps amicale, mais on n'était jamais trop prudent. Certains de ceux qui mangeaient là n'étaient pas dans un état d'esprit stable, ce qui fut mon sentiment concernant deux gars qui entrèrent en trébuchant juste au moment où nous allions tout arrêter et fermer pour la nuit.

— Oh, allez ! ma jolie, lança le plus grand des deux en tendant son assiette à Autumn. Tu peux m'en donner plus, non ?

Je reconnus le plus petit comme étant un dealer local — du moins, il l'avait été à l'époque où je vivais dans le quartier. Il avait probablement une dizaine d'années de plus que moi et avait fait plusieurs allers-retours en prison, bien que je ne surveille plus vraiment les gens du quartier. Compte tenu de ma propre histoire, j'essayais de ne pas juger, mais je n'aimais pas le ton utilisé par son copain.

Je m'approchai et me plaçai à côté d'Autumn.

— Je peux vous aider, les gars ?

Le type ricana.

— Non. Tout a l'air d'aller, ici.

Le plus petit loucha vers moi.

— Tu es Decker, non ? Tu vivais à deux blocs d'ici.

— C'est exact.

Il leva son poing pour un *check*.

— Comment ça va, mec ? T'es un grand avocat, maintenant, ou quelque chose comme ça, c'est ça ?

Je cognai mon poing contre le sien.

— Je suis avocat, oui.

— Tu fais du pénal ? demanda son pote.

Je secouai la tête.

— Pas le genre qui pourrait vous intéresser.

Le gars redressa sa tête.

— Qu'est-ce que ça veut dire ?

— Je suis spécialisé dans la criminalité en col blanc : détournement de fonds, fraude d'entreprise, manipulation d'actions, ce genre de choses.

— Trop bien pour l'endroit d'où tu viens, hein ?

Cette conversation prenait un tour que je n'aimais pas.

— Pas du tout, répondis-je en haussant les épaules. Je suis doué pour ça, c'est tout. Si jamais vous êtes dans le pétrin à cause d'un truc comme ça, je suis votre homme.

Je pouvais voir à son regard qu'il n'était pas sûr que je sois sincère. Il me regarda plusieurs secondes avant de hocher la tête.

— Oui... OK.

Ils allèrent s'asseoir tous les deux, et Autumn me jeta un coup d'œil.

— Je parie que ça t'arrive souvent... des gens d'ici qui n'aiment pas que tu aies réussi par toi-même.

Je haussai les épaules.

— C'est ainsi. Je comprends.

— Storm cache à ses amis qu'il obtient des « A ».

Je souris.

— Je faisais la même chose. La plupart des gens veulent vous voir réussir, mais très peu veulent vous voir faire mieux qu'eux. C'est difficile d'être un adolescent et d'être différent dans des circonstances normales, mais ici, c'est plus que difficile. Ça peut être dangereux.

— C'est fou !

— Peut-être, mais c'est la vérité. Dans la rue, si les gens ne peuvent pas s'identifier à toi, ils ne te font pas confiance. Et quand tu n'as rien d'autre que ta parole, la confiance est primordiale.

Je regardai les deux gars.

Celui que je connaissais de mon adolescence était occupé à manger, mais l'autre regardait Autumn. Son regard croisa le mien, et je le soutins jusqu'à ce qu'il détourne les yeux.

Quinze minutes plus tard, mon pote Dario nous rendit une visite surprise alors que nous étions en train de démonter les tables que j'avais apportées. Nous nous serrâmes la main.

— Comment va Bud ? demanda-t-il.

— Bien. Mais il porte un plâtre, alors il va avoir besoin d'aide pendant quelque temps.

— C'est de ça que je suis venu te parler. L'équipe et moi ferons les cinq prochains jours. Je sais que tu dois travailler tard, et le vieux salaud ne fait confiance à personne.

Je soufflai un grand coup.

— Merci, Dario. Ça m'aiderait vraiment.

Il me montra du doigt.

— Mais tu couvres samedi prochain. Ma copine a besoin d'amour, le week-end.

Je souris.

— C'est comme ça que tu appelles ta main droite, ces jours-ci. Ta copine ?

Dario donna un coup de poing dans mon bras.

— Connard !

Par-dessus son épaule, je regardai les deux derniers types partir — celui que je connaissais et celui qui me donnait un mauvais sentiment. Mes épaules se détendirent un peu. Autumn s'était éloignée pour prendre un appel juste avant que Dario n'entre. Elle s'approcha et sourit.

— Autumn, voici Dario. Quoi qu'il dise, ce ne sont que des conneries.

Elle rit.

— Donovan m'a déjà parlé de vous. C'est un plaisir de vous rencontrer.

Dario porta la main d'Autumn à ses lèvres et embrassa le dessus.

— Le plaisir est pour moi.

Je plissai les yeux.

— Vas-y mollo, crétin !

Les yeux de Dario scintillèrent avec amusement. Il savait comment m'énerver.

— Donovan dit que vous êtes intelligente. Donc je suppose que vous choisissez probablement la personnalité...

Il se tapota le torse avant de me regarder en fronçant les sourcils.

— ... plutôt que le physique. Ce salaud va vieillir, mais je serai toujours amusant.

Autumn éclata de rire.

— J'en suis sûre.

Quelques minutes plus tôt, au téléphone, elle avait eu l'air contrariée, aussi fis-je un signe de tête vers le portable dans sa main.

— Tout va bien ?

Elle soupira.

— L'un de mes enfants s'est fait choper avec de l'herbe, ce soir.

— Il est en prison ? Il a besoin d'aide ?

Elle sourit et secoua la tête.

— Heureusement, c'était juste par quelqu'un du foyer, pas par la police. Mais merci pour l'offre. Cela dit, je dois passer un autre appel à ce sujet. Le réseau n'est pas stable, ici, donc je vais sortir une minute.

Je regardai vers la porte d'entrée. Tout le monde était parti, mais cela n'avait pas d'importance. Se rassembler était un sport, par ici. J'indiquai donc la porte de derrière.

— Pourquoi n'essaierais-tu pas plutôt par-là ?

— D'accord. Je vais t'aider à tout emballer, d'abord.

— Je m'en occupe. Va passer ton appel.

Je fis un signe vers Dario.

— Ce clown va m'aider, de toute façon.

Comme nous n'avions servi que des sandwichs et des salades, il ne fallut que cinq minutes pour tout emballer. Il ne restait plus qu'à charger la voiture avec les tables, les chaises et la glacière. Je jetai un coup d'œil derrière moi. Autumn était toujours au téléphone, alors je dis à Dario de me donner un coup de main pour tout transporter. Après avoir rempli le coffre et la banquette arrière, je remarquai que le type que je connaissais du duo d'un peu plus tôt traînait toujours à quelques maisons de là. Mais son ami était absent.

— Hé ! criai-je. Où est ton pote ?

Il montra le jardin du doigt.

— Il est allé pisser. Il a dû se perdre.

Les poils de ma nuque se dressèrent, et je ne pris même pas le temps de fermer le coffre avant de me précipiter vers la maison. J'ouvris violemment la porte d'entrée et courus directement vers l'arrière. Le sac à merde n'était qu'à quelques mètres d'Autumn. Il recula et leva les mains en l'air quand il me vit passer la porte.

— Qu'est-ce que tu fiches derrière la maison ?

Le gars continua à reculer.

— Je parle juste à la jolie demoiselle.

Je regardai Autumn.

— Tu vas bien ?

Dario déboula par la même porte.

— Oui, je vais bien.

Elle nous regarda à tour de rôle, l'air un peu nerveuse, mais elle secoua la tête.

— Il allait partir.

— Pourquoi tu n'y vas pas, Eddie ?

Dario fit un signe de tête sec et jeta un regard furieux au type.

Je me renfrognai.

— Ne m'oblige pas à le demander aussi.

Eddie avait l'air plutôt énervé, mais ce n'était rien comparé à la colère qui émanait de moi. La veine de mon cou gonfla et mon cœur pompa à vive allure.

Au moins, cet abruti était assez intelligent pour comprendre que s'éloigner était sa *seule* option. Il souffla, mais fit le tour de la maison sans un mot de plus. Je le suivis du regard pour m'assurer qu'il partait vraiment.

Dès qu'il atteignit la rue, je me retournai vers Autumn.

— Tu es sûre que ça va ?

— Oui, je vais bien. Je suis juste un peu secouée. Il n'a rien fait, il m'a juste prise au dépourvu parce que j'étais au téléphone et que soudain, il se trouvait à quelques mètres de moi dans le noir. Il m'a demandé si je voulais faire la fête, et je lui ai dit que je pensais qu'il valait mieux qu'il s'en aille.

Je me frottai le cou et soufflai par saccades.

— Je suis désolé. Je n'aurais pas dû te laisser seule.

— Je ne suis sortie que quelques minutes.

Je secouai la tête.

— Ce sont quelques minutes de trop.

Il fallut que nous soyons dans la voiture et que nous ayons parcouru six ou huit pâtés de maisons pour que mon cœur commence à ralentir. Autumn continuait à regarder par la vitre, les bras serrés autour de son corps.

— Je suis désolé, Autumn.

— C'est bon. Ce n'est pas ta faute, et il ne s'est rien passé.

— *C'est* ma faute, et tu n'as pas l'air bien.

Elle fronça les sourcils et se retourna pour regarder à nouveau à travers la vitre. La maison de Bud n'était pas très loin, donc quelques minutes plus tard, nous nous arrêtâmes juste devant. Je mis la voiture au point mort. J'étais absolument incapable de me détendre en la laissant simplement partir.

— Ça te dérange si je te suis jusque chez toi ? demandai-je. Ou mieux encore, tu peux laisser ta voiture ici, et je te déposerai ?

Elle baissa les yeux pendant une minute avant de hocher la tête.

— Tu peux me suivre. Mais entre quand nous serons arrivés. Je veux te parler, de toute façon.

24

Donovan

Alors que nous nous entrions dans son appartement, Autumn resta silencieuse.

— Tu veux un verre de vin ? demanda-t-elle.

— Bien sûr, si tu en prends aussi.

Elle sourit sans enthousiasme.

— Je vais *carrément* en prendre un. Pourquoi ne pas t'installer confortablement sur le canapé pendant que je vais nous chercher deux verres ?

— Merci.

Autumn revint quelques minutes plus tard avec les verres de vin. Elle s'était aussi changée ; elle avait attaché ses cheveux en un chignon désordonné au sommet de sa tête et revêtu un pantalon de yoga et un tee-shirt.

Elle vit que je l'observais.

— Désolée. J'avais besoin d'être à l'aise.

— Pas de quoi être désolée. En fait, j'aime tes cheveux attachés comme ça.

Elle sirota son vin et sourit.

— Vraiment ? Et moi qui ai perdu une demi-heure à les lisser cet après-midi pour avoir l'air jolie ! Tout ce que j'avais à faire, c'était de ne pas les brosser et de faire un nœud avec ?

Mes yeux parcoururent son beau visage.

— Tes cheveux sont comme ça sur la photo que j'ai prise de toi pendant le week-end qu'on a passé ensemble. Après que tu m'as ignoré, je l'ai beaucoup regardée. Je te dirais bien combien de fois, mais ça pourrait te faire fuir à nouveau, et je pense que j'ai assez merdé pour aujourd'hui.

Autumn posa son vin sur la table et plaça doucement sa main sur mon genou.

— Tu n'as rien merdé, aujourd'hui. En fait, tu as fait tout le contraire.

— Que veux-tu dire ?

— Je vais y venir, mais d'abord, quelle photo as-tu prise de moi ?

Je souris.

— Tu étais debout devant la cuisinière chez moi. Tes cheveux étaient attachés comme maintenant, et tu portais mon tee-shirt de la veille.

Elle secoua la tête.

— Je ne m'en souviens même pas.

Je sortis mon portable de la poche de mon pantalon, ouvris la galerie photo et fis défiler les dossiers jusqu'à celui dans lequel je la gardais, avant de tourner le téléphone pour la lui montrer.

Autumn me prit l'appareil des mains et étudia le portrait.

— Je ne ressemble à rien.

— Tu es magnifique.

Elle continua à fixer la photo. Finalement, elle soupira.

— Je ne suis pas d'accord, mais je dirais que j'ai l'air heureuse.

Je repris mon téléphone et regardai la photo une fois de plus.

— Je pensais que tu l'étais. Je sais que ce week-end-là, je n'avais pas été aussi heureux depuis longtemps.

Le regard d'Autumn fit des allers-retours entre mes deux yeux. Je pouvais voir que quelque chose la troublait. Au bout d'un moment, elle prit une profonde inspiration, attrapa son vin, but tout le reste du verre et leva un genou sur le canapé pour me faire directement face.

— L'été de ma dernière année de lycée, j'ai rencontré Braden. Enfin, ce n'est pas tout à fait vrai. Je l'avais rencontré plusieurs fois au fil des ans, mais je ne le connaissais pas vraiment. Son père travaillait pour mon père avant qu'ils ne deviennent associés. Je trouvais Braden mignon, mais il avait quelques années de plus, alors il ne m'avait jamais regardée autrement que pour me dire bonjour avant cet été-là, une fois que j'ai eu mes dix-huit ans.

Autumn regarda fixement son verre de vin vide. Dès la première phrase, je sus que cette histoire n'allait pas avoir une fin heureuse. Mais je savais aussi que je devais l'entendre, parce qu'elle allait fournir une grande partie des pièces manquantes du puzzle qu'était d'Autumn Wilde et que j'essayais de résoudre depuis longtemps.

Je pris son verre vide et l'échangeai avec le mien aux trois quarts plein.

Elle sourit tristement et prit une autre grande inspiration avant de continuer.

— Braden était en première année d'école de droit et ne ressemblait en rien aux garçons avec lesquels j'étais sortie au lycée. Je n'avais aucune idée de ce que je voulais faire du reste de ma vie, alors que lui était tellement motivé et mature, et il était attiré par moi pour je ne sais quelle raison.

Elle tourna la tête et regarda au loin pendant une minute.

— Quand je repense à ce premier été, je ne vois toujours pas les signaux d'alarme que j'ai ratés.

Elle fronça les sourcils.

— Je crois que ça me hante presque autant que tout le reste.

— Que s'est-il passé ?

— Braden et moi sommes sortis ensemble pendant quatre ans et demi. Les choses ne se sont pas gâtées du jour au lendemain. Nous sommes devenus très proches, cet été-là. J'avais déjà eu des petits amis auparavant, mais c'était ma première relation sérieuse. Puis je suis partie à l'université. J'étais seulement à Boston, donc ce n'était qu'à quelques heures de route. Je rentrais souvent chez nous, et parfois, Braden me rendait visite. De temps en temps, il me faisait même la surprise de venir sans me prévenir. Mais parfois, j'avais l'impression qu'il me surveillait plus qu'il n'avait vraiment envie de me voir.

Je n'aimais vraiment pas la direction que cela prenait. J'avais le sentiment que la musique sinistre d'un film d'horreur avait commencé à jouer.

— Bref...

Autumn se tordit les mains.

— Pendant toutes ces années, il n'y a jamais eu quoi que ce soit pour déclencher une alarme — rien de particulier, en tout cas.

Elle secoua la tête.

— Peut-être qu'il y avait quelque chose et que j'étais dans le déni. Je ne sais pas. Je remarquais de petits trucs — du genre l'impression que sa voiture me suivait... mais ensuite, elle disparaissait. Parfois, je l'interrogeais sur ces choses que je remarquais, mais ses réponses étaient si crédibles que je mettais ça sur le compte de ma propre paranoïa. En fait, il me faisait me sentir folle de penser qu'il aurait le temps ou l'envie de me suivre. De plus, et je sais que ça semble horrible, mais c'était une relation facile. Nos pères étaient associés et très amis, et j'avais pris la décision d'aller en école de droit, donc Braden pouvait démystifier tout le processus.

Elle haussa les épaules.

— J'étais juste... naïve, à l'époque. Je faisais confiance. *Trop* confiance.

Je ne savais pas trop ce que je devais dire ou faire. J'avais l'impression qu'elle voulait faire sortir quelque chose en prenant le chemin le plus long, plutôt que d'aller droit au but, mais bon sang, mon cœur était à l'agonie en attendant que le reste me tombe dessus ! Pourtant, je restai silencieux.

Autumn finit le vin dans mon verre.

— Tu en veux d'autre ? demandai-je.

Elle secoua la tête.

— Il ne vaut mieux pas. J'avais juste besoin de me détendre. Je te promets que j'arrive bientôt à la fin de cette histoire.

Je pris sa main dans la mienne et la serrai.

— Prends tout le temps qu'il te faut. Il n'y a pas d'urgence.

Elle hocha la tête et baissa à nouveau le regard pendant une minute avant de continuer.

— Une fois l'université terminée et de retour chez moi, d'autres choses ont commencé à déclencher des signaux d'alarme. Je sentais qu'il me suivait, et ensuite je le surprenais à mentir en disant qu'il était au travail. Il avait cette façon de retourner les choses et de me convaincre que je devais me sentir coupable parce que j'étais devenue distante. J'étais en école de droit, je rencontrais de nouvelles personnes et je voulais un peu de liberté, donc il n'avait pas tort. Nous nous étions éloignés. Mais il avait attendu quatre longues années que je revienne. Alors je me sentais mal à l'aise à l'idée de rompre, d'autant plus que lorsque nous étions ensemble, il était si gentil avec moi. Bien qu'après l'avoir surpris en plein mensonge, j'aie eu du mal à croire tout ce qu'il disait. Un jour, j'ai remarqué que certains de mes e-mails étaient marqués comme lus, alors que j'étais certaine de ne jamais les avoir ouverts. Les choses commençaient à être vraiment malsaines, alors j'ai fini par dire à Braden que j'avais besoin d'une pause.

— Comment ça s'est passé ?

— Mieux que je ne le pensais, au début. Mais il était convaincu que j'étais juste stressée par ma première année de droit, que ce n'était qu'une pause et qu'on se remettrait ensemble.

— Et vous vous êtes remis ensemble ?

Elle secoua la tête.

— Nous sommes restés en contact, mais après avoir rompu, j'ai su assez rapidement que j'avais pris la bonne décision, pour de nombreuses raisons.

— D'accord...

— Quand il a réalisé que c'était fini et que je passais à autre chose, des trucs étranges ont commencé à se produire.

— Comme quoi ?

— Eh bien, j'avais l'habitude d'étudier avec un petit groupe. L'un des membres était ce garçon, Mark. Un soir, nous étions les deux derniers de notre groupe à quitter la bibliothèque, et quand nous sommes sortis, Braden était là. Il a dit qu'il allait faire des recherches tardives, mais je soupçonnais qu'il me suivait encore. Il a été poli quand je l'ai présenté à Mark, mais je voyais à quel point il était en colère. Quelques jours plus tard, Mark a été agressé.

— Par Braden ?

— Je n'ai jamais pu le prouver, mais c'est ce que j'ai toujours suspecté. La personne l'a attaqué alors qu'il marchait vers sa voiture, tard le soir. Mais elle n'a même pas essayé de prendre son portefeuille ou ses clés de voiture. Elle l'a attaqué par-derrière, si bien que Mark n'a jamais pu voir son visage, et elle n'a pas dit un seul mot pendant l'agression. Tout ce que Mark a pu dire à la police, c'est que le type portait des chaussures de ville noires. Bien sûr, Braden et plusieurs autres millions d'hommes en portent.

Je passai une main dans mes cheveux.

— Seigneur !

— Il y avait d'autres petites choses, mais à ce moment-là, j'avais arrêté de parler à Braden. Je ne répondais pas quand il appelait, alors il m'envoyait de longs e-mails et messages pour me faire culpabiliser sur ce que je pensais.

Elle prit une profonde inspiration et me regarda dans les yeux.

— Un soir, il s'est présenté chez moi.

Tous les poils de mes bras se dressèrent.

Autumn baissa les yeux ; quand elle releva la tête, ils étaient remplis de larmes.

— Il a dit qu'il voulait juste parler. Il pleurait, et je me sentais mal. Donc je l'ai laissé entrer.

Je ne pouvais pas respirer en attendant la suite.

Sa voix était à peine un murmure quand elle continua.

— Il n'y avait personne à la maison. Et il… il… m'a violée.

Je me figeai. Je savais que l'histoire se dirigeait vers quelque chose de moche, mais pas ça. J'avais pensé qu'il l'avait giflée et effrayée peut-être. Pas *ça*… Je fermai les yeux.

— Autumn…

Je secouai la tête.

— *Putain !* Autumn.

Quand j'ouvris les yeux, des larmes coulaient sur ses joues, alors je fis la seule chose qui me semblait juste. Je l'attirai contre moi et la serrai si fort qu'à un moment, j'eus peur de lui faire mal. Mes propres larmes coulaient sur le dos de son tee-shirt. Quelques instants plus tard, elle s'écarta.

— Je veux finir.

Elle essuya ses larmes, puis tendit la main pour sécher les miennes.

— Je suis arrivée jusque-là, et j'ai besoin de tout évacuer.

Je hochai la tête et ravalai une énorme boule dans ma gorge.

— Tu n'es pas obligée de le faire. Pas pour moi.

Elle hocha la tête.

— Merci. Mais j'ai besoin de le faire pour moi.

Mon Dieu, si je n'avais pas déjà été fou de cette femme, je l'aurais été à présent ! Je pariais qu'elle n'avait aucune idée de la force qu'elle avait.

Pendant la demi-heure suivante, Autumn me raconta le reste de son histoire. Qu'elle n'était pas immédiatement allée voir la police, parce qu'au début, elle ne l'avait pas vu pour ce que c'était. Ils avaient eu des rapports sexuels pendant des années, et même si cette fois-là, elle lui avait dit à plusieurs reprises d'arrêter, elle ne s'était pas particulièrement débattue physiquement, elle l'avait juste un peu repoussé. En fin de compte, elle s'était immobilisée, trop terrifiée pour bouger, attendant qu'il ait fini. Puis, quand le choc de tout ça s'était dissipé, elle s'était sentie en partie responsable, d'une certaine façon. Elle l'avait laissé entrer. Elle l'avait accusé de choses qu'il n'avait peut-être pas faites. Elle l'avait mis en colère — du moins, c'était comme ça qu'elle l'avait vu au début.

Et pour ne rien arranger, quand elle était enfin passée du choc à la colère et qu'elle avait décidé de parler à quelqu'un, cette personne ne l'avait pas soutenue.

Son père.

Son putain de père !

Ce connard avait eu le culot de se demander si elle n'avait pas envoyé des *signaux contradictoires* à Braden. Comme si n'importe quel autre signal comptait quand une femme disait « non ».

Bien sûr, le temps qu'elle trouve le courage d'aller voir la police, il n'y avait plus de preuves physiques. C'était donc sa parole contre celle de Braden — un membre éminent de la communauté juridique sans antécédents. Et quand les amis de Braden avaient été interrogés, soit il les avait convaincus de mentir, soit il leur avait menti depuis le début, parce qu'ils racontèrent à la police que c'était Autumn qui le harcelait, qu'elle avait été bouleversée et insistante quand il avait rompu.

Le procureur avait dit qu'il poursuivrait l'affaire, mais seulement après l'avoir avertie de l'issue probable et du fait que les instructions étaient généralement traumatisantes pour les victimes. Je ne fus pas surpris, car je savais de première main que les procureurs n'aimaient pas poursuivre une affaire perdue. Les ressources étaient limitées et, soyons francs, les avocats n'aimaient pas gâcher leurs résultats.

Autumn poussa un soupir saccadé et se força à sourire.

— Maintenant, j'aimerais avoir un autre verre de vin. Tu en veux un autre ? Ou du moins, tu veux ton premier verre puisque j'ai fini par le boire ?

Je me levai.

— Absolument. Mais je m'en occupe. Je dois aller aux toilettes, de toute façon.

Après avoir rempli deux verres à ras bord, j'allai m'asperger le visage d'eau. J'avais l'impression d'avoir couru un marathon, alors que j'avais à peine bougé du canapé depuis une heure. J'étais physiquement épuisé, aussi ne pouvais-je même pas imaginer ce que ressentait Autumn. Tandis que je me tenais là, je compris pour la première fois *pourquoi* elle avait décidé de tout me dire ce soir. J'avais été tellement absorbé par son histoire que je n'avais pas pris le temps de réaliser ce qui avait pu la pousser à me parler. Ce qui s'était passé dans le jardin avait fait remonter à la surface les souvenirs de son agression.

J'avais envie de me taper la tête contre le mur d'être un fichu crétin. Pourquoi l'avais-je emmenée dans un tel endroit et, pire, lui avais-je dit d'aller derrière la maison pour mieux capter le réseau ? Je fermai les yeux.

Mais quel idiot !

Je retournai dans le salon, me sentant physiquement malade. M'asseyant sur le canapé, les coudes sur les genoux et la tête entre les mains, j'avais envie de me botter les fesses.

— Écoute, Autumn, je suis vraiment désolé pour ce qui s'est passé ce soir.

— Il ne s'est rien passé, Donovan.

— Ce n'est pas le problème. Je n'aurais jamais dû te laisser seule dehors, même pas une minute. Je sais le genre de problèmes qui arrivent.

Elle tendit la main et saisit la mienne.

— Si je t'avais appelé, tu aurais été là en deux secondes.

— Oui, bien sûr, mais...

Elle serra ma main et attendit que je la regarde.

— J'ai recommencé à voir mon ancienne thérapeute. Je n'y étais pas allée depuis quelques années. Tu sais pourquoi je l'ai fait ?

— Pourquoi ?

— Parce que j'ai des problèmes de confiance. De gros problèmes. J'ai passé les dernières années à fréquenter des hommes avec lesquels je savais que je ne m'investirais pas émotionnellement, parce que je ne me fais pas confiance pour voir venir les choses. Honnêtement, je ne pensais pas être capable de vouloir plus avec un homme.

Le fait qu'elle parle au passé ne m'échappa pas — je ne *pensais* pas être capable. Pas je *ne pense pas* être capable. Mais après les dernières heures, j'avais peur de me faire de faux espoirs. J'avais besoin que les choses soient claires.

— Et maintenant ? demandai-je.

Elle sourit.

— Je t'aime beaucoup, Donovan. Depuis le début. En fait, je t'aimais *trop*, et ce week-end que nous avons passé ensemble m'a fait peur. On dit que le temps guérit les vieilles blessures. Je ne suis pas sûre que les miennes guérissent un jour complètement, mais je suis fatiguée de les laisser contrôler ma vie. L'année dernière, quand on s'est rencontrés, je n'étais pas prête. Honnêtement, je ne suis pas sûre de l'être aujourd'hui. Je prends toujours des somnifères juste pour me détendre suffisamment pour m'endormir le soir, et je ne fais peut-être pas autant confiance que je le devrais. Mais j'aimerais essayer, si tu es toujours intéressé.

Je souris.

— Tu t'interroges vraiment sur mon intérêt pour toi ?

Elle se mordit la lèvre inférieure.

— Eh bien, je ne voulais pas présumer.

— Laisse-moi être très clair.

Je pris ses deux mains et me rapprochai jusqu'à ce que nos genoux se touchent.

— Je n'ai jamais été aussi intéressé par une femme de toute ma vie. Que tu le veuilles ou non, tu m'as depuis un an, Autumn.

Elle sourit.

— Nous devons y aller doucement.

— Je peux y aller doucement.

Autumn gloussa.

— Je ne suis pas sûre d'y croire. Mais je crois que tu vas *essayer* de le faire.

— Tu ne penses pas que je puisse y aller doucement ?

Une heure plus tôt, écouter son histoire m'avait brisé le cœur. Maintenant, le sourire sur son visage était la glue qui le recollait.

— Je ne suis pas sûre que l'un de nous soit doué pour y aller doucement quand il s'agit de l'autre.

— Au moins, nous ne sommes pas seuls dans la lutte.

Je soulevai sa main et portai sa paume à mes lèvres.

— Ce ne sera pas facile, mais je vais essayer d'être moins charmant.

Elle gloussa, et une autre fissure de mon cœur se referma.

— Je suis sûre que ce sera difficile pour toi.

Je la regardai dans les yeux.

— Merci de m'avoir tout dévoilé ce soir.

— Merci de ne pas m'avoir abandonnée.

— Viens ici.

Je tirai sur sa main, la guidant sur mes genoux. Cette fois-ci, quand je l'enveloppai de mes bras, ce fut différent. Elle ne me laissait pas la consoler ; elle me laissait la tenir parce qu'elle le voulait, et c'était incroyable. Quand je m'écartai, nos visages étaient proches, et j'eus terriblement envie de l'embrasser, mais je me retins — ce dont je fus fier.

Mes mains lissèrent les cheveux de chaque côté de son visage.

— Je pense que j'ai peut-être besoin de quelques règles de base pour y aller doucement. Tout ce que je veux maintenant, c'est t'embrasser, et j'ai peur de me planter si je n'ai pas de limites bien définies.

Elle sourit.

— D'accord. C'est probablement une bonne idée.

— Alors, dis-moi tout. Comment on fait ?

Autumn mit son doigt sur ses lèvres.

— Je pense qu'on devrait limiter la fréquence à laquelle on se voit. Que dis-tu d'une fois par semaine ?

— Trois fois.

Elle rit.

— Oh, mon Dieu ! Tu viens de passer en mode avocat pour négocier. J'ai l'impression d'avoir besoin de mon propre avocat pour ne pas me faire piétiner.

Je souris.

— Désolé. Que dis-tu de deux jours ?

— Je pense que c'est bien.

— D'accord. Qu'y a-t-il d'autre ?

— Et si on essayait de ne pas entrer dans une routine ? J'ai l'impression que c'est ce qui arrive quand une relation devient sérieuse. On s'installe dans un quotidien familier et prévisible. Peut-être qu'on pourrait prolonger ce qui se passe au début d'une relation, quand on cherche où on va et ce que l'autre aime.

Je haussai les épaules.

— Ça me paraît bien. J'aime essayer de nouvelles choses, et les essayer avec toi, c'est encore mieux.

— Et nous devrions probablement ne pas faire de projets à long terme. Je pense que rester dans un futur immédiat — disons les prochaines semaines — permet de garder les choses plus légères.

— Très bien. Rien d'autre ?

Elle se mordit la lèvre.

— Juste une chose de plus, je pense. Mais j'ai l'impression que tu n'aimeras peut-être pas.

— Dis-moi.

— Eh bien, le sexe... Je n'ai rien fait pendant quelques années après... tu sais... et ensuite, je n'ai eu que des rapports sans lien émotionnel. Donc, honnêtement, ça fait longtemps que je n'ai pas combiné les deux, et le simple fait d'y penser me fait vraiment peur.

Mon visage se décomposa, bien que cela n'ait rien à voir avec l'absence de relations sexuelles.

Autumn le remarqua.

— Je n'ai pas... Non, je me suis mal exprimée. Je ne voulais pas dire que je n'ai pas eu de lien émotionnel avec toi le week-end que nous avons passé ensemble, si c'est ce que tu penses. C'est tout le contraire, en fait. J'ai ressenti des choses pour toi, et c'est pour ça que je n'ai pas voulu aller jusqu'au bout ce week-end-là. Je pensais que ça maintiendrait les choses à un niveau plus amical. Mais même sans sexe, ce que j'ai ressenti m'a fait fuir aussi vite que j'ai pu. C'est exactement ce que j'essaie d'éviter maintenant en y allant doucement.

Je passai une main dans mes cheveux, pris une grande inspiration et hochai la tête.

— Oui, bien sûr. Tout ce qu'il faudra.

— Merci. Je sais que je demande beaucoup.

Je passai mes doigts sur sa joue.

— Non, c'est équilibré. Je reçois beaucoup en retour. *Toi.*

Elle blottit sa joue contre ma main.

— Je crois que c'est tout pour mes règles. Et toi ? Quelque chose à ajouter ?

— Tu n'as pas mentionné l'exclusivité. Je ne pense pas pouvoir supporter de savoir que tu sors avec d'autres hommes à ce stade.

Elle secoua la tête.

— Je ne le ferai pas. Même lorsque j'évitais les relations qui pouvaient mener à quelque chose, je ne sortais pas avec plus d'une personne à la fois. Ce n'est tout simplement pas mon truc.

— Bien. Alors, nous sommes sur la même longueur d'onde.

— C'est tout ? demanda-t-elle.

L'avocat en moi ne pouvait pas s'empêcher de penser aux choses en termes de contrat, et j'avais toujours aimé négocier une clause de sortie pour mes clients.

— Je vais m'en tenir à ces règles du mieux que je peux, dis-je. Parce qu'elles sont importantes pour toi. Mais la balle est dans ton camp, Red. Si tu arrives à un point où tu es prête à ce qu'on passe plus de temps ensemble, ou si tu veux faire des projets pour l'avenir, il suffit de me le faire savoir.

Elle sourit.

— C'est pareil pour le sexe ? Je dois juste te le faire savoir ?

Un sourire malicieux étira mes lèvres.

— Non, ma belle. Pour ça, tu dois faire plus que m'en informer. Après tout ce temps, je vais te faire me supplier.

25

Autumn

— Où il t'emmène ?

Skye était allongée sur le ventre sur mon lit, ses pieds se balançant en l'air comme une adolescente.

— Il ne veut pas me le dire. C'est bien le problème.

Je jetai une autre tenue à côté d'elle et retournai dans mon dressing.

— Tu lui as demandé quoi porter ?

— Il a dit de mettre quelque chose de sexy.

Je n'avais aucune idée de ce que cela voulait dire.

— Mais je dois porter des talons ou pas ?

Skye sourit.

— Je ne pense pas t'avoir déjà vue comme ça.

Je sortis la tête de l'armoire.

— Comme quoi ?

— Une boule de nerfs paniquée. Tu l'aimes vraiment beaucoup, hein ?

Je soupirai.

— Oui.

— Ça te dérange si je reste jusqu'à ce qu'il arrive ? Je suis curieuse de le rencontrer.

Je secouai la tête.

— Bien sûr que non. Mais il devrait être là dans une vingtaine de minutes, alors, aide-moi à trouver quelque chose, afin que je ne sois pas nue quand il arrivera.

Skye se leva et me rejoignit dans le minuscule dressing.

— Être nue quand il arrivera pourrait résoudre ton problème de tenue. Je suis sûre qu'il adorerait.

— Nous allons essayer d'y aller doucement.

— C'est ennuyeux !

Skye fouilla les cintres et en sortit une robe bleu roi à dos nu.

— Tu devrais porter ça.

Je la plaquai contre moi.

— Tu crois ? C'est plutôt sexy.

— Je croyais qu'il avait dit de porter quelque chose de sexy.

— C'est vrai. Mais je ne veux pas envoyer de mauvais message.

— Que veux-tu que la tenue dise ?

— Je ne sais pas. Que les choses sont détendues et que je fais des efforts, mais que je n'ai pas paniqué et essayé cinquante tenues juste pour le rendez-vous.

— Oh, tu n'as pas à t'inquiéter que cette robe dise tout ça !

— Non ?

— Pas du tout. Parce que ton visage va dire tout le contraire, de toute façon.

— Argh... ça n'aide pas.

Elle haussa les épaules.

— Peut-être pas. Mais c'est la vérité. Alors, autant avoir l'air super sexy, puisque tu ne pourras jamais cacher la vérité.

Je passai quinze minutes de plus à essayer une demi-douzaine de tenues, mais en fin de compte, j'enfilai la robe bleue. Lorsque la sonnette retentit, j'ouvris l'application que j'avais sur mon téléphone pour voir qui était en bas et commençai à me sentir mal à l'aise.

— Peut-être que je devrais annuler. Je ne me sens pas bien.

Skye me prit le téléphone des mains.

— Oooh... il est superbe !

Elle appuya sur le bouton pour parler tout en enclenchant le bouton de déverrouillage qui ouvrait la serrure en bas.

— Monte, beauté !

Quand elle me regarda, ma réponse mature fut de tirer la langue.

— Très joli ! dit-elle avec un sourire. Peut-être qu'il la sucera plus tard, si tu as de la chance.

— Je dois aller faire pipi avant de partir. Je peux te confier la tâche de le faire entrer s'il arrive avant que j'aie fini ?

— Bien sûr.

Elle sourit.

— Que pourrait-il arriver ?

Tandis que j'arrangeais mon rouge à lèvres dans la salle de bain, j'entendis Skye parler dans l'autre pièce.

— As-tu déjà possédé un van ?

— Non, jamais.

— Fait du mal à des animaux ?

— Je ne peux pas dire ça.

Oh Seigneur ! Je rebouchai le rouge à lèvres et tirai sur la porte de la salle de bain pour l'ouvrir. Juste au moment où j'approchais du salon, Skye dit :

— Je peux voir tes dents, s'il te plaît ?

— Skye ! m'écriai-je.

Elle se retourna avec un visage innocent.

— Quoi ?

— Que fais-tu ?

— J'essaie de savoir s'il est dangereux. Il faut une camionnette pour y mettre les chiots afin d'attirer les enfants, et j'ai lu que la plupart des tueurs en série ne commencent pas par faire du mal aux gens. Ils commencent par s'attaquer à des petits animaux.

Je secouai la tête.

— Et ses dents ?

Elle sourit.

— C'était pour mes propres besoins. J'aime simplement quand un homme n'a pas beaucoup de plombages.

Heureusement, Donovan était beau joueur. Je m'approchai et mis mon bras autour de ma meilleure amie.

— Donc je vois que tu as déjà rencontré mon amie Skye.

— Effectivement. Elle est protectrice. C'est une bonne qualité chez une amie.

— Oui. Bien que *folle*... pas tant que ça.

Je serrai l'épaule de Skye.

— Elle était sur le point de partir.

Elle attrapa son sac à main et m'embrassa sur la joue avant de se tourner vers Donovan.

— J'ai deux conseils à te donner.

— D'accord...

— Un, si tu n'arrives pas à la faire parler, essaie le *Twisted Tea*. Elle les engloutit et se détend. Ensuite, tu ne peux plus la faire taire.

Donovan sourit.

— Bon à savoir.

— Et deux, ne lui fais pas de mal.

Elle mit sa main dans sa poche et en sortit un portefeuille d'homme en cuir noir, le laissant pendre entre deux doigts.

— Parce que je sais où tu vis, maintenant.

Donovan tapota son pantalon. Ses sourcils se froncèrent.

— C'est mon portefeuille ?

— Ne t'en veux pas, dit Skye en souriant. J'ai un visage angélique. Ça trompe tout le monde.

Donovan reprit son portefeuille et se gratta la tête pendant qu'elle passait la porte. Une fois cette dernière refermée, il arqua les sourcils.

— Eh bien, c'était... intéressant ! J'en déduis que c'est elle qui m'a laissé entrer et qui m'a appelé beauté ?

Je hochai la tête.

— J'ai une application qui se connecte à la caméra en bas. Si quelqu'un sonne, les locataires peuvent voir qui est à la porte. C'est l'une des raisons pour lesquelles j'ai choisi cet immeuble.

— Sympa. Même si je pense que tu as plus de risques de te faire voler par ton amie. Elle vole souvent des portefeuilles ?

Je gloussai.

— C'est l'un des nombreux talents de Skye. Heureusement, elle ne l'utilise plus beaucoup, aujourd'hui.

— Mais elle le faisait, avant ?

Je hochai la tête.

— À l'époque, oui.

— C'était l'une de tes affaires ?

— Non. Mais Skye est très ouverte sur son histoire, alors elle ne m'en voudra pas si je t'en parle. Elle donne des conférences dans des écoles et autres, maintenant. Nous nous sommes rencontrées dans le cabinet d'une thérapeute et avons assisté à la même réunion de soutien aux victimes pendant des années.

Le visage de Donovan se décomposa.

— Donc elle a été...

Je hochai la tête.

— Son oncle. Ça a commencé quand elle n'avait que neuf ans.

— Seigneur !

— Voler les portefeuilles est devenu l'un de ses passe-temps, tout comme se scarifier et coucher avec des hommes adultes alors qu'elle venait à peine d'atteindre la puberté. Mais elle a fait du chemin.

Je secouai la tête.

— Bref, c'est déprimant de parler de ça. Ne reprenons pas là où nous nous sommes arrêtés l'autre soir.

Il fit de son mieux pour sourire, mais je voyais bien que j'avais gâché le début de notre soirée. Je tentai de changer l'ambiance en inclinant la tête.

— Pourquoi ne pas recommencer ? Tu frappes, j'ouvre la porte, et tu peux me dire à quel point je suis jolie !

Le coin de la bouche de Donovan se contracta. J'avais dit cela pour plaisanter, mais il pivota, ouvrit la porte et sortit, la refermant derrière lui. Quelques secondes plus tard, j'entendis frapper.

Je souris d'une oreille à l'autre en ouvrant la porte.

— Bonsoir. Tu es en avance de quelques minutes.

Ses yeux se posèrent sur mes pieds et remontèrent lentement le long de mon corps. Au moment où nos regards se rencontrèrent, j'avais des picotements partout.

— Tu es phénoménale.

C'était moi qui lui avais dit de sortir, de frapper et de me dire à quel point j'étais jolie, mais je rougis quand même à ce commentaire.

— Merci. Tu n'es pas mal non plus.

Donovan entra et ferma la porte derrière lui. Je me sentais étourdie, un sentiment auquel je n'étais vraiment pas habituée.

Il passa une main autour de ma taille et glissa l'autre dans mes cheveux.

— Embrasse-moi, grogna-t-il. Je ne peux pas attendre plus longtemps.

Je me rapprochai, mais n'eus pas l'occasion de poursuivre le baiser, car Donovan prit immédiatement le relais. Il écrasa ses lèvres contre les miennes, avalant un souffle inattendu. Tout comme ce jour-là dans la salle d'eau, en quelques secondes, j'avais complètement oublié où j'étais. Il sentait incroyablement bon, et même si son corps n'était pas plaqué contre le mien, je sentais la chaleur qui en émanait, et cela m'enflamma. Je m'accrochai à lui et mes ongles se plantèrent dans son dos lorsqu'il ôta sa bouche de la mienne pour me suçoter le cou, ses dents effleurant mon menton en chemin et son souffle chaud envoyant une onde de choc que je ressentis entre mes jambes. *Seigneur, cet homme sait embrasser !*

Au moment où il s'arrêta, je haletais.

— C'est mieux ? grogna-t-il.

— Oh mon Dieu ! Mieux que quoi ? Je ne me souviens même pas de quoi on parlait.

Donovan sourit.

— Tu m'as dit de faire une nouvelle entrée.

Ses yeux parcoururent mon visage.

— Tu es vraiment très belle.

Je dus cligner des yeux plusieurs fois pour sortir de mon trouble.

— Merci.

Il caressa ma joue avec son pouce.

— Je pourrais rester planté là et faire ça pendant des heures, mais nous devrions plutôt y aller. Nous avons un rendez-vous.

— Un rendez-vous ? Tu veux dire « une réservation » ?

Il enfonça ses mains dans ses poches.

— Non.

— Où allons-nous qui nécessite un rendez-vous ?

— Tu verras.

Je n'aimais généralement pas les surprises, mais ce soir était une exception. Cela faisait longtemps que je n'avais pas laissé mon cœur diriger, et cela semblait presque libérateur. Je souris.

— Je prends juste mon sac.

—

— On est arrivés ?

Je regardai le parking du centre commercial tout autour de nous. Il y avait un coiffeur, un restaurant de tacos fermé, un pressing, un studio de danse classique et un restaurant chinois.

Donovan déboucla sa ceinture de sécurité.

— On y est.

Je jetai un nouveau coup d'œil à la rangée de magasins.

— On va manger chinois ?

— Non.

— Récupérer ton linge au pressing ?

Il sourit.

— Non.

— Se faire couper les cheveux ?

— Tu es à court de choix...

Je regardai une fois de plus les magasins pour m'assurer que je ne manquais rien. Mais tout ce qui restait était le studio de danse classique.

— Oh mon Dieu ! Tu es une ballerine cachée, et tu vas interpréter un spectacle pour moi.

— Pas tout à fait. Mais tu chauffes.

Il sortit de la voiture et en fit le tour pour ouvrir ma portière, me tendant la main.

— Ce studio donne aussi des cours de danse en couple. L'année dernière, pendant notre week-end ensemble, tu m'as demandé de décrire mon idée de la femme parfaite. Quand je t'ai interrogé sur ton homme parfait, tu as dit qu'il savait danser.

Il haussa les épaules.

— Je ne sais pas danser. Alors je me suis dit que je devais apprendre, et tu voulais aussi éviter la routine quotidienne et y aller lentement. J'ai pensé que prendre des cours de danse serait assez imprévisible.

Mon cœur battit la chamade. Il s'était souvenu de ce que j'avais dit tant de temps auparavant et voulait être mon *Mister Perfect*. Notre premier rendez-vous avait commencé depuis seulement vingt minutes, et je me rendis compte que « y aller lentement » avec cet homme n'avait rien à voir avec ce qu'il pouvait contrôler. Je devais maîtriser mon propre cœur, ou je serais fichue avant de pouvoir dire « deux pieds gauches ».

— Euh... je crois que j'aurais dû mentionner quelque chose.

Les sourcils de Donovan se rapprochèrent.

— Quoi ?

— La raison pour laquelle *Mister Perfect* doit savoir danser, c'est que je suis nulle.

— Je suis sûr que tu n'es pas si mauvaise.

Je levai mon coude et lui montrai une petite cicatrice.

— Tu vois ça ?

— Oui.

— Ça vient de mon seul et unique récital de danse. J'avais huit ans et je n'arrivais pas à distinguer ma gauche de ma droite. Honnêtement, c'est toujours le cas. Je dois réfléchir à la main avec laquelle j'écris pour trouver. Bref, je suis allée à gauche alors que j'étais censé aller à droite — *encore* une fois. J'ai tamponné d'autres ballerines et suis tombée de la scène. J'ai atterri sur le coude, l'ai disloqué, et j'ai dû avoir neuf points de suture.

Donovan avait l'air amusé. Il se pencha et déposa un doux baiser sur ma cicatrice.

— Pauvre bébé ! Mais ne t'inquiète pas, je te promets de ne pas te laisser tomber de la scène, aujourd'hui.

— D'accord, mais ne dis pas que je ne t'ai pas prévenu. Je porte des talons, donc tes orteils ne sont absolument pas en sécurité.

Il sourit et baissa les yeux sur sa montre.

— Je vais tenter ma chance. Mais la leçon commence dans deux minutes, alors nous ferions mieux d'y aller.

À l'intérieur, je fus surprise de constater que nous étions les seuls dans la salle d'attente. Une femme aux cheveux blancs relevés en queue-de-cheval portant un body et une longue jupe fluide sortit de la salle du fond pour nous accueillir.

— Rebonjour, Donovan. Ravie de vous revoir.

Elle se tourna vers moi et me tendit la main en souriant.

— Et vous devez être Autumn.

— Oui, c'est moi.

Nous nous serrâmes la main.

— Je suis Beverly, mais tout le monde m'appelle Bev. Je serai votre professeur, aujourd'hui. Vous êtes prêts à commencer ?

Je pris une grande inspiration.

— Je suppose.

— Ne vous inquiétez pas. Nous allons nous étirer et échauffer vos chevilles pour minimiser le risque de blessure.

Elle ouvrit la porte du fond et nous fit signe de la suivre.

— Par ici.

À l'intérieur se trouvait un studio de danse typique, avec des miroirs sur les murs, du parquet et une barre de danse des deux côtés de la pièce. Bev désigna un mur de casiers.

— Vous pouvez mettre votre sac à main et tout le reste dans l'un d'eux. Ça ne risquera rien puisqu'il n'y a que nous.

— Il n'y a que... nous ?

Elle nous regarda à tour de rôle.

— Votre petit ami a réservé un cours particulier.

— Oh...

Je ne savais pas pourquoi, mais cela me faisait encore plus peur. Je supposai que c'était parce que toute l'attention serait sur nous et qu'il serait encore plus évident que j'étais nulle.

Donovan dut sentir mon appréhension. Il se pencha et me murmura à l'oreille :

— Nous ne sommes pas obligés de rester si tu ne veux pas.

Je secouai la tête et parvins à sourire, ravalant mon inquiétude.

— Non... non, ça va être sympa.

— Tu es sûre ?

— Oui.

Je hochai la tête.

— Allons-y.

Très peu de temps après le début de notre leçon, l'identité du meilleur danseur entre nous deux était évidente.

Je regardai mon partenaire en plissant les paupières.

— Tu es sûr de ne jamais avoir fait ça avant ? Tu as peut-être pris des leçons quand tu étais petit ?

— Quelles sont les chances que tu puisses convaincre Storm de prendre des cours de danse ?

— Très proches d'aucune.

— Non seulement nous n'aurions jamais pu nous permettre de payer des cours de danse quand j'étais enfant, mais surtout, je n'aurais jamais pris le risque que mes amis le découvrent. Ils m'auraient soit torturé pendant des années, soit battu à mort. Probablement les deux. La majorité du monde change pour du mieux, ces temps-ci, mais rien ne change dans le vieux quartier.

Donovan appuya sa main sur mon dos pour guider mes pas tandis que Bev se tenait à côté de nous et comptait.

— Un-deux, un-deux. C'est ça. Deux pas rapides sur le côté, puis un pas lent en avant. Vous comptez le lent sur deux temps de musique et le rapide sur un.

J'étais contente qu'il semble savoir de quoi elle parlait. Bev nous demanda alors d'ajouter la deuxième passe, quelque chose appelé « Together, Together ». Mais je n'avais même pas réalisé que nous travaillions sur deux pas différents. Bien que, encore une fois, Donovan semble comprendre rapidement et dirige d'une main de maître. À notre troisième ou quatrième essai pour enchaîner les deux passes qu'elle nous avait apparemment enseignées, je commençais à sentir que je prenais le coup. Sauf qu'à un moment, je fis un pas en avant alors que j'aurais dû le faire en arrière et je finis par piétiner le pied de Donovan.

Il grimaça, mais chassa rapidement de son visage la douleur que j'avais causée.

— Je suis désolée.

— Pas de soucis, dit-il en riant.

Quelques instants plus tard, Bev nous dit de faire une pause de cinq minutes et quitta la pièce. Donovan acheta deux bouteilles d'eau au distributeur dans le hall, puis nous retournâmes dans le studio.

J'avais très chaud et je bus la moitié de la mienne.

— Je veux juste dire que c'est un conte de bonne femme que si on ne se sait pas danser, on n'est pas doué au lit. Il n'y a aucune corrélation réelle.

Donovan sourit.

— Tu as le sens du rythme, tu n'arrives simplement pas à mémoriser les pas. Et tu confonds clairement toujours ta gauche et ta droite, et parfois l'avant et l'arrière.

— Oui... c'était aussi mon problème quand j'étais petite.

Donovan but le reste de son eau et fit un clin d'œil.

— De plus, je n'ai aucune inquiétude à notre sujet dans un lit. Je sais déjà que nous allons bien ensemble.

— Comment ?

— Contact visuel. Tu as un contact visuel incroyable.

Je ris.

— Je ne sais même pas ce que ça veut dire.

— Tu me regardes avec intensité. Ça reflète ce que je ressens à l'intérieur quand je te regarde. L'alchimie est une question de contact visuel.

Nos regards se croisèrent, et mon cœur s'accéléra. Je supposais qu'il avait raison. Nous avions eu cette étincelle dès l'instant où nous nous étions rencontrés.

Bev revint, et Donovan s'excusa avant d'aller la rejoindre près de la stéréo. Ils échangèrent quelques mots, et elle sourit en me regardant, mais je n'entendais pas ce qu'ils disaient.

— C'était quoi, tout ça ? demandai-je quand il revint.

— Rien.

Il prit l'une de mes mains, puis passa la sienne dans mon dos alors que la musique commençait.

Bev était de retour à nos côtés et comptait à nouveau avant que je puisse l'interroger davantage. La deuxième partie de notre cours se déroula mieux que la première. Je commençai finalement à me détendre et à m'amuser une fois que je cessai de me soucier de l'air que j'avais. Pour être honnête, à la façon dont Donovan me regardait, je savais qu'il était à mille lieues de me juger pour quelques faux pas. À un moment, Bev recula.

— Très bien. Il reste environ dix minutes. J'ai vraiment apprécié de travailler avec vous. Si vous voulez continuer à prendre des cours, appelez-moi.

— Merci, Bev, dîmes-nous en chœur.

Elle retourna vers la chaîne stéréo, changea la chanson et nous salua une dernière fois avant de quitter le studio de danse pour aller dans le hall.

— Je suis confuse. Ne vient-elle pas de dire qu'il restait dix minutes ?

Donovan m'attira dans ses bras. Contrairement à la façon dont il m'avait tenue pendant la leçon de rumba, nos corps étaient plaqués l'un contre l'autre, maintenant.

— Je lui ai demandé si nous pourrions avoir dix minutes pour danser seuls. Sa leçon était bien, mais il y avait trop de distance entre nous. Je te veux plus proche.

L'introduction instrumentale de *Slow Dance* de John Legend se termina, et il commença à chanter. Mon corps fondit au contact de Donovan alors que nous nous balancions d'avant en arrière.

— C'était une idée très attentionnée. Merci.

— Soyons réalistes, mes motivations n'étaient pas entièrement altruistes. Ce cours était aussi l'occasion de te serrer contre moi pendant la première heure de notre rendez-vous.

Je ris, et Donovan nous fit tourner, enfouissant son nez dans mon cou et inspirant profondément.

— Tu sais, tu m'as gâché un rencard avec ton odeur, dit-il.

Je reculai la tête.

— Comment ça ?

— Tu sens la vanille. Quelques mois après ta disparition, je suis sorti avec une femme. Après notre rendez-vous, elle m'a invité à rentrer chez elle pour boire un verre. Quand on est arrivés, elle a allumé quelques bougies et toute la pièce s'est mise à sentir la vanille. J'ai pris un verre de vin, je lui ai dit que j'avais une réunion matinale que j'avais oubliée, et j'ai mis fin à la soirée.

Je ne pus m'empêcher de sourire.

Donovan secoua la tête et rit.

— Je vois que tu as vraiment le cœur brisé d'avoir gâché mon rendez-vous.

— Dit l'homme qui m'a suivie dans les toilettes pendant l'un des miens.

Il gémit.

— Ne parlons pas de tout ça. L'idée de te voir avec Blake — ou n'importe quel autre type, d'ailleurs — me donne envie d'exploser.

— Si ça te rassure, j'ai envie de frapper la femme qui a allumé des bougies pour toi.

Il sourit.

— Ça me rassure.

— Tu en sais beaucoup sur mon passé amoureux, mais tu ne m'as jamais vraiment parlé du tien. Je peux déjà dire que tu es bien trop doué pour les rencards pour ne pas avoir eu beaucoup de petites amies.

— Que veux-tu savoir ?

— Eh bien, as-tu déjà eu une petite amie sérieuse ?

— Une, en fac de droit. On est sortis ensemble pendant environ deux ans. On a rompu quand nos chemins ont divergé après notre diplôme.

— Et... depuis ?

— J'ai eu des aventures, mais j'ai toujours été honnête et dit que je ne cherchais rien de sérieux et que mon travail était ma priorité. Il s'avère que parfois, les meilleures choses arrivent quand on ne les cherche pas.

Je me mordis la lèvre inférieure.

— Tu me fiches la trouille, Donovan.

— Tu me fais le même effet, Red. Mais tu sais quoi ?

— Quoi ?

— J'ai plus peur de ce que je vais manquer si on ne tente pas le coup.

Je pris une profonde inspiration et hochai la tête.

— D'accord.

Donovan m'attira à nouveau contre lui et me fit faire le tour de la piste de danse plusieurs fois. Il me serra un peu plus fort, et j'eus le sentiment que cela n'avait rien à voir avec la danse. D'habitude, toute possessivité de la part d'un homme me faisait fuir, mais pas cette fois. J'aimais qu'il ressente ça pour moi, surtout parce que le sentiment était mutuel, et, d'une certaine manière, c'était moins effrayant pour moi ainsi.

La chanson se termina, mais Donovan garda ma main dans la sienne.

— Tu es prête pour notre rendez-vous ?

— Je pensais que c'était ça, notre rendez-vous.

— Non. C'est juste le moyen que j'ai trouvé pour plaquer tes seins contre mon torse alors qu'on est censés y aller doucement.

Je ris, mais montai sur la pointe des pieds pour effleurer ses lèvres.

— Vous ne pouvez pas me tromper, monsieur Decker. Vous êtes attentionné et doux et avez un côté très romantique.

Il regarda mes yeux, l'un après l'autre.

— Ah oui ? Eh bien, si c'est vrai, vous feriez mieux de garder ça secret. J'ai une réputation de connard à garder intacte.

Mon ventre fit un petit saut périlleux. La façon dont il me regardait transformait mes entrailles en une bouillie chaude. J'avais toujours envie de m'enfuir, mais j'apprenais que je pouvais passer outre ces instincts si j'y mettais du mien et si je prenais mon temps.

Chaque minute que je passais avec cet homme faisait fleurir un peu plus d'espoir en moi. J'apprenais à faire confiance à nouveau, et j'avais juste à espérer que cette fois, ma confiance ne serait pas mal placée.

26

Donovan

— Cet endroit est magnifique, déclara Autumn en posant sa serviette sur ses genoux. Tu es déjà venu ici ?

J'hésitai à répondre. L'avocat en moi jouait toujours aux échecs, essayant de prédire où mènerait la conversation en fonction d'une réponse donnée. Dans le cas actuel, si je répondais oui, elle pourrait me demander si j'avais amené quelqu'un pour un rendez-vous, et je ne voulais pas qu'elle ne se sente pas spéciale.

Autumn haussa un sourcil.

— Allô, Donovan, ici la Terre. Tu es là ?

Je hochai la tête.

— Oui, désolé. J'étais juste bloqué. Je suis déjà venu une fois.

— Comment ça, « bloqué » ? Quelque chose te tracasse ?

Une fois encore, je pris une minute pour débattre de la façon dont cette conversation pourrait se dérouler, et Autumn le remarqua.

— Parle-moi, dit-elle. Que se passe-t-il ?

Je décidai d'être franc.

— Je réfléchis trop parce que je ne veux pas foutre en l'air cette soirée.

— Qu'est-ce qui te fait trop réfléchir ?

— Tu m'as demandé si j'étais déjà venu. La réponse est oui. Mais j'essayais de savoir si, en l'admettant, ça te rebuterait, parce que je l'ai fait avec quelqu'un d'autre.

— Je vois. Eh bien, être honnête avec moi est plus important que d'avoir amené une autre femme ici.

Je passai une main dans mes cheveux.

— Oui, bien sûr. Je suis désolé. Ça fait juste longtemps que je n'ai pas été stressé lors d'un rendez-vous.

Autumn sourit.

— Je me suis changée dix fois avant que tu viennes me chercher. Donc tu n'es pas le seul.

Mes yeux tombèrent sur son décolleté.

— Tu as choisi la bonne tenue.

Elle rit.

— Merci. Mais que va-t-on faire pour ça ?

— Pour ta robe ?

— Non. Pour notre stress.

Je pouvais trouver plusieurs façons d'évacuer le stress — aucune ne faisant partie de son décret d'y aller doucement. Aussi gardai-je ces pensées pour moi et haussai-je les épaules.

— Du vin ?

— Ça semble parfait, acquiesça-t-elle.

La serveuse vint prendre notre commande de boissons, et Autumn choisit une bouteille.

— Tu sais, dit-elle, quand je me suis remise à sortir, mes nerfs ont été mis à rude épreuve. J'ai annulé mes deux premiers rendez-vous parce que je ne supportais pas le stress qui les précédait. Quand j'en ai parlé à ma thérapeute, elle m'a suggéré d'écrire une liste de tout ce que me rendait nerveuse, puis une liste de tout ce pour quoi j'étais reconnaissante. Ça semble idiot quand je le dis à voix haute maintenant, mais ça a plutôt bien marché pour moi.

Je secouai la tête.

— Ça n'a pas l'air idiot. En fait, ça a du sens. Reconnaître un problème lui enlève tout pouvoir.

Elle hocha la tête.

— Tu veux essayer ? Puisqu'on est nerveux tous les deux.

— Tout de suite ?

— Oui. On n'a pas besoin de les écrire. On peut juste se les dire.

— D'accord. Les dames d'abord.

Autumn tapota sa lèvre.

— D'accord... eh bien... je suis nerveuse parce que je t'aime bien. Et j'ai peur, si je m'autorise à tomber amoureuse, de ne pas voir les choses que je devrais voir.

Putain ! Ça faisait mal d'entendre à quel point cet enfoiré l'avait foutue en l'air. Je tendis le bras de l'autre côté de la table et lui pris la main.

— Un homme bon ne cache aucune facette de lui, Autumn.

Elle sourit tristement.

— Je le sais. Mais ce que je sais de manière logique et la façon dont mes émotions gèrent les choses ne concordent pas toujours. Je suis honnête sur ce qui me rend nerveuse.

Je hochai la tête.

— Je comprends.

La serveuse revint, apportant la bouteille de vin que nous avions commandée. Elle en versa une petite quantité dans un verre, et je confiai à Autumn le soin de le goûter.

Elle hocha la tête.

— Il est délicieux. Merci.

— Voulez-vous que je vous apporte une entrée pendant que vous regardez la carte ? Nous avons de la burrata maison, aujourd'hui, et nos calamars frits sont l'un de nos plats les plus populaires.

Je regardai Autumn, qui acquiesça.

— J'aime les deux. L'un ou l'autre me convient.

— Nous prendrons un de chaque, s'il vous plaît.

Après le départ de la serveuse, Autumn demanda :

— Et toi ? Qu'est-ce qui te rend nerveux ? Tu as dit que tu étais stressé de tout faire foirer. Mais y a-t-il quelque chose en particulier qui te préoccupe ?

Je bus un peu de mon vin et me demandai à quel point me montrer honnête. Réalisant que je filtrais à nouveau mes pensées alors même qu'elle avait été franche dans sa réponse, je décidai de dire « merde » et d'opter pour une honnêteté totale.

— Je suis nerveux parce que je suis fou de toi, et j'ai peur, si tu vois où j'en suis vraiment, que ça te fasse fuir.

Autumn sourit.

— Tu es fou de moi ?

— Tu ne le vois pas ?

Elle se mordit la lèvre.

— Puis-je avouer une autre chose qui me rend nerveuse ?

— Bien sûr.

— Je n'ai plus confiance en mon propre jugement. Donc, même si j'ai senti ce que tu ressentais, une partie de moi s'est acharnée à inventer d'autres raisons pour lesquelles tu t'intéresses à moi.

Je fronçai les sourcils.

— Comme quoi ?

Autumn sirota son vin.

— Eh bien, tu as l'esprit de compétition, et parfois les hommes sont attirés par des femmes qui ne leur montrent aucun d'intérêt.

— Tu crois que je joue un jeu ?

Elle secoua la tête.

— Non... Enfin, pas vraiment. Mais c'est tout le problème : quand tu as perdu confiance en ton propre jugement, tu analyses tout jusqu'à ce que tu trouves quelque chose qui ne va pas. C'est comme un besoin compulsif de créer le doute en moi.

Je comprenais la psychologie derrière tout ça, mais je ne savais pas comment faire taire les voix dans sa tête. Je supposai que la seule chose que je puisse faire était de leur parler. Alors, je fermai les yeux.

— Tu as une petite cicatrice sur le genou droit. Tu mets de la cannelle dans ton café, mais si ce n'est pas ta marque habituelle, tu passes ton doigt sur le haut du shaker pour le goûter. Tu aimes aussi fouiller dans les placards de cuisine des autres lorsque tu penses que personne ne regarde. Quand tu réfléchis à un problème, tu te tapotes la lèvre avec l'index, mais quand tes pensées sont cochonnes, tu la mords à la place.

J'ouvris les yeux pour trouver ceux d'Autumn écarquillés.

— Comment sais-tu tout ça ?

— Je t'ai vue fouiller dans les placards de ma cuisine le week-end que nous avons passé ensemble. Tu pensais que je dormais, mais la porte de la chambre était entrouverte et je te voyais dans la cuisine.

— Pourquoi n'as-tu rien dit ?

Je haussai les épaules.

— Parce que je voulais que tu fouilles dans mes placards si ça te faisait plaisir.

— Comment as-tu su pour la cicatrice sur mon genou ?

— Tu as fait une sieste sur le canapé pendant qu'on regardait un film, et je n'ai pas pu m'empêcher de te regarder. Je voulais mémoriser chaque tache de rousseur, chaque courbe...

Autumn était bouche bée. Elle déglutit.

— Je suppose que je tapote ma lèvre avec mon doigt, aussi.

Je souris.

— Je sais que tu le fais. Tu sais pourquoi je le sais ?

— Pourquoi ?

— Parce que je ne peux pas m'empêcher de te regarder, depuis notre première rencontre. Et à l'époque, je n'imaginais absolument pas que tu allais t'envoler. Donc, non...

Je secouai la tête.

— ... je ne peux pas m'intéresser à toi parce que tu es la fille que je ne peux pas avoir, parce que j'étais foutrement fichu avant même que tu ne disparaisses.

Le visage d'Autumn s'adoucit.

— Je ne sais pas quoi dire, Donovan.

— Tu n'as pas à dire quoi que ce soit. Donne-moi juste l'occasion de te montrer...

Elle me regarda longuement dans les yeux avant de prendre une profonde inspiration et de hocher la tête.

— D'accord.

— Oui ?

— Oui, dit-elle en souriant.

La serveuse apporta nos entrées. Il semblait que nous ayons besoin de la minute qu'elle nous accordait. Comme la soirée avait commencé lourdement, une fois la serveuse partie, je ramenai notre conversation sur ce que je pensais être la partie la plus sûre de l'exercice thérapeutique d'Autumn.

— Alors, que fait-on ? Ce pour quoi nous sommes reconnaissants ?

— Je pense, oui. Tu veux encore que je commence ?

— Bien sûr.

Elle se mit à tapoter sa lèvre de son doigt, puis sourit et se reprit.

— D'accord, voyons voir... Je suis reconnaissante pour ma santé, mes bons amis, pour mon travail gratifiant, la bonne nourriture...

Elle leva les yeux vers moi.

— Et pour les secondes chances.

— Joli...

Elle but son vin à petites gorgées et haussa le menton.

— À ton tour. Pour quoi es-tu reconnaissant ?

— Eh bien, Bud serait tout en haut de la liste. Je suis reconnaissant pour tout ce qu'il a fait pour moi au fil des ans, et je suis reconnaissant qu'il n'ait pas été blessé plus gravement lorsqu'il a été attaqué.

— Je suis reconnaissante pour ça aussi, dit Autumn en coupant dans sa burrata.

— Je suis également reconnaissant d'avoir une carrière que j'aime, des amis qui me tolèrent et d'avoir un pécule à la banque... ce que je n'avais absolument pas quand j'étais enfant.

Autumn glissa un morceau de burrata dans sa bouche, et ses yeux se fermèrent. Une expression que je ne pouvais décrire que comme orgasmique apparut sur son visage. Mes yeux étaient rivés sur ses lèvres. *Mince ! Je suis jaloux d'un morceau de fromage.* Je commençais aussi à durcir sous la table. Cette femme me donnait l'impression d'être un adolescent. Nous étions censés y aller doucement, et la regarder manger m'excitait ? Malheureusement, je prédisais *beaucoup* de branlette dans mon avenir.

Elle ouvrit les yeux et je me raclai la gorge, regardant toujours ses belles lèvres.

— La burrata, m'exclamai-je. Je suis extrêmement reconnaissant pour la burrata.

Autumn avait l'air amusée, mais vraiment innocente.

— Tu es un grand fan de burrata ?

— Je suis un grand fan de la tête que tu fais en la mangeant.

— Quelle tête je fais ?

Je me penchai en avant.

— La même que quand je t'ai fait un cunni.

Elle se couvrit la bouche et rougit.

— Oh, mon Dieu ! Vraiment ?

Je hochai la tête.

— Vraiment.

Heureusement, la serveuse revint nous voir pour s'assurer que nous étions prêts à commander le dîner. Une minute de plus de cette conversation, et la serviette blanche sur mes genoux aurait donné l'impression que j'agitais un drapeau pour indiquer que je me rendais.

Cette fois-ci, quand nous fûmes à nouveau seuls, j'engageai la conversation sur un terrain plus sûr.

— Alors, comment va Storm ?

— Il va très bien. Mais il n'arrête pas de me demander quand il pourra aller travailler chez Bud. Il veut vraiment gagner le vélo qu'il lui a promis. Mais je n'étais pas sûre que Bud soit assez en forme.

— Je me suis arrêté chez lui ce matin, et il labourait une partie du jardin d'une seule main. Il se sent vraiment mieux.

Elle sourit.

— Je suis heureuse de l'apprendre. C'est le genre d'homme pour lequel on s'inquiète s'il reste assis trop longtemps à regarder la télé.

— Absolument.

— Eh bien, si tu penses qu'il est assez en forme, je pourrais probablement y emmener Storm dimanche.

— Je lui en parlerai quand j'y retournerai, mais je suis sûr que ça lui conviendra.

Le reste de la soirée passa trop vite, même si je fis traîner le dessert tellement longtemps que la serveuse nous regarda d'un mauvais œil. Je n'étais simplement pas prêt à ce que notre premier rendez-vous soit terminé, et j'étais certain que « y aller lentement » n'incluait pas de passer la nuit ensemble.

Quand nous arrivâmes à l'appartement d'Autumn, je me garai.

— Tu veux aller faire un tour ? demandai-je.

C'était une nuit assez agréable.

Elle montra ses chaussures.

— Normalement, oui, mais ce ne sont pas vraiment des chaussures de marche.

Je m'étais garé sous un lampadaire, donc l'intérieur de la voiture était assez bien éclairé. Je suivis ses jambes sexy jusqu'aux sandales à lanières et talons hauts qu'elle portait.

— Tout à l'heure, j'ai oublié de mentionner combien je suis reconnaissant pour tes chaussures.

Mes yeux remontèrent le long de ses jambes jusqu'au tissu fin de sa robe.

— Et pour cette robe. Je suis vraiment reconnaissant pour cette robe.

Elle gloussa.

— Et mon soutien-gorge et ma culotte ? Tu n'es pas reconnaissant pour eux ?

— Je ne sais pas. Fais-moi voir, pour que je puisse décider.

Autumn se rapprocha de moi et prit ma main. Le sourire radieux sur ses lèvres fit gonfler mon cœur dans ma poitrine.

— J'ai passé une très bonne soirée, dit-elle.

— Moi aussi.

Elle se mordit la lèvre inférieure.

— Tu pourrais... monter un peu, si tu veux.

Bien sûr, je ne voulais rien d'autre que ça, mais je n'étais pas certain que ce soit une bonne idée. Alors que je débattais intérieurement sur son invitation, mon regard se porta vers le bas et ce fut à ce moment-là que je remarquai que ses tétons étaient durs — pointant de sa robe comme les belles cornes d'un diable. Il me serait impossible d'entrer et de garder mes distances. Et je ne pouvais pas gâcher notre première soirée officielle en n'y allant pas lentement. Aussi me raclai-je la gorge et puisai-je dans chaque once de volonté que j'avais en moi.

— Il vaut probablement mieux que je ne le fasse pas.

Autumn eut l'air un peu déçue, mais elle hocha la tête.

— Tu as raison. Merci.

Alors que je la raccompagnais jusqu'à la porte, nous restâmes tous les deux silencieux. Dans le hall, aucun de nous n'appuya sur le bouton de l'ascenseur. Autumn baissa les yeux pendant une minute avant de croiser mon regard.

— Je pense que je devrais préciser que ce n'est pas parce que je veux prendre les choses lentement que l'envie d'aller plus vite, surtout physiquement, n'est pas là. Parce que c'est le cas... vraiment.

Je pouvais sérieusement me perdre dans le vert de ses yeux. Je savais que lorsqu'elle était nerveuse, ils devenaient presque gris pâle, et c'était leur couleur actuelle.

Je pris ses joues entre mes paumes.

— Je te désire depuis le jour où nous nous sommes rencontrés, même pendant ces mois où je ne savais pas si je te reverrais. Ce que je souhaite, c'est plus que d'être en toi, je veux te ravager.

Ses yeux regardèrent les miens l'un après l'autre quelques secondes avant qu'elle ne me prenne complètement au dépourvu et se jette sur moi. Nos lèvres se tamponnèrent et je fis quelques pas en arrière, luttant pour garder mon équilibre. Quand je me stabilisai, j'enroulai mes bras autour d'elle et la soulevai jusqu'à ce que ses pieds quittent le sol. Autumn glissa ses doigts dans mes cheveux et tira dessus pour me rapprocher, même s'il était physiquement impossible de trouver le moindre millimètre d'espace entre nous. Je passai ma main derrière sa tête et tirai sur ses cheveux pour avoir accès à son cou. Puis j'aspirai, descendant jusqu'à sa clavicule et remontant jusqu'à son oreille.

— Tu es en train de me tuer, gémis-je. Je vais nous faire arrêter pour attentat à la pudeur dans une minute.

— Je connais un bon avocat, marmonna Autumn alors que nos lèvres se joignaient à nouveau. Ne t'inquiète pas pour ça.

J'ignore totalement combien de temps nous restâmes ainsi, peut-être quinze ou vingt minutes. Mais quand nous nous écartâmes l'un de l'autre, les lèvres d'Autumn étaient gonflées, ses cheveux avaient cet aspect sexy d'après ébats amoureux, et nous étions tous les deux haletants.

J'essuyai de mon pouce le rouge à lèvres qui avait coulé sous sa lèvre.

— Je suis tellement dur que je ne suis pas certain de pouvoir marcher.

Elle gloussa.

Mon Dieu, j'adore ce son !

— Mes parties intimes sont gonflées et picotent.

Je gémis et fermai les yeux.

— Tu me tues, Red.

Nous restâmes dans le hall quelques minutes de plus. Finalement, ce fut moi qui appuyai sur le bouton de l'ascenseur. Quand il arriva, j'effleurai les lèvres d'Autumn des miennes une dernière fois.

— Je t'écris demain ? C'est d'accord ?

Elle hocha la tête avec un sourire.

— Absolument.

Autumn entra dans l'ascenseur et me souhaita une bonne nuit. Alors que les portes commençaient à se fermer, elle tendit le bras, ce qui les fit rebondir.

— Attends une seconde...

Elle plongea une main sous l'ourlet de sa jupe, remonta jusqu'à sa taille, réussissant tant bien que mal à ne pas s'exposer, et l'instant d'après, elle fit glisser une culotte le long de ses jambes.

Bon sang ! Un string en dentelle noire.

Le morceau de tissu toucha le sol, et elle l'ôta avant de se pencher pour le glisser dans ma poche.

— Tu as dit que tu n'étais pas sûr d'être reconnaissant pour ma culotte puisque tu ne l'avais pas vue.

Elle fit un pas en arrière dans l'ascenseur et remua ses doigts. Elle avait le plus grand sourire diabolique sur les lèvres.

— Bonne nuit, Donovan.

Je restai sans voix pendant que les portes se fermaient, puis je secouai la tête.

J'avais tort. Son sourire n'était pas diabolique — elle était le diable en personne.

Sortant le string en dentelle de ma poche, je le regardai une minute avant de refermer mon poing dessus et de me précipiter vers la porte. Brusquement, partir d'ici devint trop long. Dès que je serais rentré chez moi, je porterais ce truc — autour de mon sexe pendant que ma main s'en donnerait à cœur joie.

27

Donovan

— Mais où tu étais passé, bon sang ?

Trent se redressa sur sa chaise et posa sa fourchette.

— Désolé pour le retard. Je n'arrivais pas à faire raccrocher un client.

— Je ne parle pas du retard au déjeuner. Je suis venu deux fois à ton bureau cette semaine pour voir si tu voulais commander à manger, et ta porte était fermée et les lumières éteintes.

Je souris. Mes amis ne savaient pas encore qu'Autumn et moi nous étions mis ensemble.

— J'avais des choses plus importantes à faire.

Juliette haussa les sourcils. Elle couvrit sa bouche pleine avec une serviette et se pencha pour tâter mon front.

— Plus importantes que le travail ? Tu es malade ?

— Non.

— Qu'est-ce qui est plus important que le travail juste avant le prochain vote des associés, alors ?

— Ma copine.

— Putain de merde ! s'exclama Trent. Tu souris à cause d'une femme ?

— Oui.

J'avais aussi son string dans ma poche depuis trois jours, mais je ne dévoilai pas ce détail-là.

— Il y a donc une femme qui a réussi tes tests ?

— Avec brio.

— Waouh ! fit Juliette.

Elle se tourna vers Trent tout en me montrant du doigt.

— Il est sous le charme. Notre petit play-boy grandit si vite !

Je sortis du sac le récipient contenant mon déjeuner.

— Moquez-vous autant que vous voulez. Je m'en fiche.

Trent s'essuya la bouche avec sa serviette.

— Je n'aurais jamais pensé que je verrais ce jour arriver. On devrait sortir entre couples.

— Je ne pense pas qu'elle ait des amies de seize ans pour toi, le taquinai-je avant de mordre dans mon sandwich. Mais je vais demander.

— Je ne te demandais pas de m'arranger le coup, crétin ! Si tu avais été dans le coin ces derniers temps, tu saurais que j'ai moi aussi une copine.

J'arrêtai de mâcher.

— Pas une gonflable ?

— Va te faire foutre. Une vraie femme... et elle est super sexy, en plus.

J'étais content de voir mon pote heureux, mais ça ne m'empêcherait pas de lui casser les pieds.

— Pas mineure, pas gonflable, et elle est super sexy ? Donc tu la paies ?

Trent jeta sa serviette sur moi.

— Je l'ai rencontrée au bar il y a quelques semaines. C'est une amie de Juliette. En fait, tu as lancé une discussion entre nous juste avant de partir. Elle a très bon goût, donc elle t'a rencontré en premier, mais est rentrée avec moi.

Je levai un sourcil.

— Comment s'appelle-t-elle ?

— Margo.

Bon sang, la femme que j'avais envoyée vers lui après lui avoir parlé d'Autumn ! Je n'allais pas mentionner qu'elle m'avait dragué en premier. Je hochai la tête.

— Margo... ça me dit quelque chose. Brune ?

— Oui.

— Vous avez accroché ?

— On a passé presque toutes nos nuits ensemble depuis.

Je hochai la tête.

— Content pour toi.

Juliette et Trent se regardèrent bizarrement.

— Quoi ?

Elle secoua la tête.

— Tu agis bizarrement. Seulement quelques piques à Trent et... tu souris trop.

Je croisai les mains derrière ma tête.

— C'est parce que je suis heureux d'être en vie, messieurs dames.

Trent se tourna vers Juliette, qui haussa les épaules.

— Ne me regarde pas. J'ai vérifié son front. Pas de fièvre.

Il finit de mâcher.

— Très bien. Je vais me lancer. Parle-nous de cette créature magique qui semble avoir volé ton cerveau. À quoi ressemble-t-elle ? Quelle est la taille de sa corne de licorne sur son front, et te laisse-t-elle jouer avec ?

Je me montrai peut-être un peu trop midinette.

— Elle est magnifique... cheveux roux, yeux verts, peau d'albâtre.

Le visage de Juliette se plissa. Elle regarda Trent tout en me montrant du doigt.

— Est-ce qu'il vient d'utiliser le mot « albâtre » ?

Mon pote secoua la tête.

— Il a carrément perdu la tête, si c'est celle que je pense. Des cheveux roux et des yeux verts ? Pitié, dis-moi que ce n'est pas la petite amie de Blake !

Je souris.

— Ce n'est pas elle.

— Dieu merci.

Je souris.

— Parce qu'elle ne voit plus le Dick. Elle est toute à moi.

Trent jeta sa fourchette sur la table et leva les yeux au plafond en gémissant.

— *Merde !*

— Tu devrais être heureux pour moi. J'ai enfin rencontré quelqu'un. D'habitude, tu passes ton temps à me casser les couilles parce que je ne me case pas.

Trent secoua la tête.

— Je résume : tu as passé sept ans à te casser le cul pour devenir associé dans ce cabinet. Et quelques semaines avant d'y arriver enfin, tu commences à prendre des demi-journées, à relâcher tes heures facturables et à te taper la petite amie d'un associé dont le vote t'est absolument indispensable pour franchir la ligne d'arrivée.

— Relax, mon pote. Ce n'était pas sérieux entre eux, et elle en est restée là. Blake ne sait pas qu'on se voit. Il ne sait même pas qu'on s'est rencontrés avant que je prenne le cas *pro bono* qu'il m'a assigné. Et je ne me suis pas relâché. Mes heures facturables sont en baisse, mais elles le sont par rapport à ce que des bourreaux de travail essayant d'être associés facturent.

— Oui, oui, acquiesça Trent. Tu t'aventures en terrain miné, mon ami. Tu n'as jamais entendu l'expression « tout finit par se savoir » ?

Je haussai les épaules.

— Je me fiche complètement que Blake le découvre à la longue. Une partie de moi est impatiente que ça arrive. Concrètement, c'est sa faute, de toute façon. S'il n'avait pas été trop paresseux pour prendre l'affaire *pro bono* qu'il m'a refilée, Autumn et moi ne nous serions probablement jamais revus. De plus, j'ai juste besoin que ça reste secret un tout petit peu plus longtemps. Ensuite, je serai associé et je pourrai lui dire que je m'en tape si ça ne lui plaît pas.

Juliette secoua la tête.

— J'ai un mauvais pressentiment à ce sujet. Tu ferais mieux d'être prudent.

— Arrête de t'inquiéter. C'est bon. Il n'y a aucun risque qu'il le découvre.

Trent plissa les lèvres et fit un gros bruit de baiser.

Je souris.

— Plus de baisers pour toi, mon pote. Je suis l'homme d'une seule femme, maintenant.

— Je ne t'envoyais pas de baiser, mec.

Il secoua sa tête.

— Tu as dit qu'il n'y avait aucun risque qu'il le découvre. Je disais juste bye bye à ta chance quand ton cul arrogant s'envolera par la porte, poussé par ce courant d'air chaud.

⌒

La semaine suivante, ma vie passa de géniale à phénoménale. Si j'avais connu un meilleur mot que celui-là, je l'aurais utilisé, mais je n'avais pas eu beaucoup de raisons d'enrichir mon vocabulaire en superlatifs en relation avec ma vie au cours des trente dernières années. Bien sûr, je réussissais professionnellement — et jusqu'à quelques mois plus tôt, je pensais que c'était ce qu'il fallait pour me rendre heureux. Je ne savais même pas que j'étais insatisfait jusqu'à ce que, eh bien, jusqu'à ce que je sois rassasié d'Autumn.

Le dimanche, nous allâmes chez Bud pour que Storm puisse effectuer le travail qu'il avait accepté en échange du vélo. Autumn et moi fîmes un peu de peinture à l'intérieur pendant que nous y étions, et je réussis à la faire entrer en douce dans le garage et à la peloter un peu pendant que nous nous embrassions comme deux adolescents en chaleur. Le soir, je servis le dîner avec Bud. Il avait toujours son plâtre, mais il voulait aider — et par aider, je veux dire qu'il voulait me donner des ordres comme si je ne savais pas ce que je faisais après l'avoir fait pendant quinze ans avec lui. Mais ça le rendait heureux, et j'étais content qu'il soit de nouveau de bonne humeur, alors je m'en fichais.

Le mercredi soir, j'emmenai Autumn dîner — dans un bowling, où elle s'appliqua à me mettre une raclée en affichant un score de deux cent six. Apparemment, son père avait une équipe de bowling pour son cabinet d'avocats, et elle s'y joignait toujours, adolescente. Normalement, j'avais un gros esprit de compétition, et une défaite contre n'importe qui aurait meurtri mon *ego*, mais cette fois-ci, je me fichais que ma copine me mette une raclée dans un jeu, parce qu'elle sourit toute la soirée. De plus, chaque fois qu'elle faisait un strike, elle sautait sur place, ce qui me plut *beaucoup*.

Je parvins aussi à facturer une de mes meilleures semaines, et le vieux Kravitz descendit de sa tour d'ivoire pour me dire que j'avais fait du bon travail pour l'un de ses clients VIP qui avait eu des problèmes avec la SEC.

Oui, les choses ne pouvaient pas mieux se passer.

Mon téléphone sonna sur mon bureau, et la photo que j'avais prise d'Autumn l'année précédente apparut sur mon écran. Au risque de passer pour un vrai nigaud, une petite chaleur parcourut mon ventre. En fait, si me sentir comme ça me faisait passer pour un nigaud, j'avais complètement raté le coche en essayant d'être cool toute ma vie.

M'adossant à mon fauteuil, je décrochai.

— Salut, ma belle.

— Tu réponds comme ça au téléphone à toutes les femmes, n'est-ce pas ?

À sa voix, j'entendis qu'elle souriait.

— Il n'y a pas d'autre femme, mon cœur.

Elle soupira.

— J'appelais pour te remercier de ce que tu as acheté à Storm.

Je m'étais arrêté à *Park House* le matin même et avais déposé un sac contenant un cadenas pour le vélo que Bud lui avait offert, ainsi qu'un sweat-shirt Nike avec une bande réfléchissante sur le côté pour les fois où il roulerait immanquablement de nuit. Mais il était déjà parti au collège, et j'étais en retard. La femme de l'accueil était au téléphone, donc j'avais écrit le nom de Storm sur le sac et fait signe que je partais. Ce n'était qu'une fois dans ma voiture que j'avais réalisé que j'avais oublié de laisser mon nom.

— Comment sais-tu que je lui ai offert quelque chose ?

— Hmmm... Un bon esprit de déduction ? Quand je me suis arrêtée à *Park House* pour une réunion tout à l'heure, Rochelle, à la réception, m'a dit qu'un type sexy avait déposé un sac pour Storm.

Je souris.

— Tu me trouves sexy ?

Elle rit.

— Je vois ton visage jubilatoire et arrogant à l'autre bout du fil. Laisse-moi deviner, tu es aussi penché en arrière sur ton fauteuil ?

Je fis un bond en avant dans mon siège.

— Non, pas du tout !

Elle éclata de rire.

— Bref, j'appelais juste pour te remercier d'avoir fait ça. C'était très gentil. Je ne veux pas te retenir trop longtemps.

— Tu es toujours une pause bienvenue.

— Tu travailles tard, ce soir ?

— Oui. Skye et toi allez regarder votre émission et parler de moi ?

— Crois-le ou non, tout ne tourne pas autour de toi.

— Je ne le crois absolument pas.

Elle gloussa.

— Je te verrai demain soir ?

— J'ai hâte.

— Moi aussi.

Une heure plus tard, Blake Dickson apparut à la porte de mon bureau. J'étais au téléphone avec un client, mais cela ne l'empêcha pas d'entrer et de s'asseoir pendant que je terminais mon appel.

Je me forçai à sourire joyeusement quand je raccrochai.

— Quoi de neuf, patron ?

Il souleva un presse-papier en cristal représentant la Terre que je gardais sur mon bureau et le lança de haut en bas comme si c'était une balle antistress. Je serrai les dents — c'était un cadeau de Bud lorsque j'avais obtenu mon diplôme de droit, et c'était le seul objet personnel que l'on pouvait trouver dans mon bureau.

— J'ai besoin d'un service.

J'en ai besoin aussi. Fous le camp de mon bureau.

— Bien sûr, qu'y a-t-il ?

— J'ai un dîner demain soir avec Todd Aster. Vous avez réussi à étouffer une enquête des fédéraux sur certains de ses investissements il y a quelques années.

— Oui, je me souviens de lui.

— Eh bien, il traverse un divorce difficile, et apparemment, sa femme a des documents potentiellement préjudiciables liés à cet investissement.

— Le délai de prescription est toujours ouvert ?

Blake hocha la tête.

— Malheureusement.

— D'accord... que puis-je faire ?

— Remplacez-moi au dîner de demain.

Merde !

— Je, euh, j'ai des projets.

Blake se redressa un peu plus.

— Moi aussi. Et je compte sur vous pour gérer ça à ma place.

Bien sûr, je ne pouvais pas dire non. Donc j'acceptai.

— Pas de problème. Je vais réorganiser mon emploi du temps.

Dickson se leva et se dirigea vers la porte sans même un merci. Il se retourna à la dernière minute.

— Le vote va bientôt avoir lieu. Je vais être honnête, j'étais plutôt de l'équipe Mills lorsque les candidats au poste d'associé ont été annoncés. Mais vous avez prouvé que vous êtes quelqu'un sur qui je peux compter, quelqu'un dont je peux être sûr du soutien.

L'ironie ne m'échappa pas, bien que j'affiche un faux sourire parfait.

— Bien sûr. Ravi d'être utile.

— Je vais demander à ma secrétaire de vous envoyer les détails.

Après son départ, je m'affalai dans mon fauteuil. Je n'avais pas envie d'aller à ce fichu dîner, je voulais passer la soirée avec Autumn. Sa règle des deux soirées par semaine me tuait déjà. Réduire le nombre à une seule n'était pas une option.

Quand je reçus l'e-mail de l'assistante de Dickson, je demandai si nous pouvions avancer à dix-huit heures le dîner prévu à dix-neuf.

Le reste de la journée passa à toute vitesse, et il était presque vingt heures quand je vérifiai mes e-mails pour y trouver une réponse confirmant qu'elle avait pu changer l'heure. J'espérais qu'Autumn serait d'accord pour que nous nous retrouvions un peu plus tard. Je savais que son amie était déjà là pour leur marathon du *Bachelor*, donc je ne voulais pas appeler et les interrompre. À la place, j'envoyai un message.

Donovan : Ça te dérange si on dîne tard demain soir ? Quelque chose est arrivé au travail, et je dois aller à un dîner d'affaires avec un client à six heures. J'aurai probablement fini vers huit heures ou huit heures et demie.

Autumn répondit tout de suite.

Autumn : Bon sang, je vais commencer à faire un complexe ! D'abord, Skye annule, maintenant tu changes notre rendez-vous... Je plaisante. Bien sûr, c'est bon.

Donovan : Skye a vraiment annulé ?

Autumn : Oui. Elle pense avoir attrapé la grippe.

Donovan : Désolé d'entendre ça. Je sais que tu attendais ce moment avec impatience.

Autumn : Nous en sommes aux cinq derniers épisodes, et je ne peux pas regarder la télévision ni aller sur les réseaux sociaux parce que je

ne veux pas découvrir accidentellement qui a gagné ! Je lui ai dit que si elle avait vraiment la grippe, je regarderai sans elle parce que j'ai besoin d'aller sur Internet.

Je gloussai. Je ne comprendrais jamais comment tant de femmes intelligentes pouvaient aimer cette émission débile.

Donovan : *Spoiler alert !* Il choisit celle que personne n'aime.

Autumn : NON ?! Tu te moques de moi ? Il choisit Meghan ?

Merde !

Donovan : Je plaisantais. Je ne sais pas du tout comment ça se termine. Ni comment ça commence, d'ailleurs. Bien que la plupart de ces trucs se terminent de la même façon... ce qui est le mieux pour l'audimat.

Autumn : Tu m'as presque fait faire une crise cardiaque. Meghan craint !

Je ris intérieurement.

Donovan : Je t'enverrai un message quand je serai en route demain.

Autumn : D'accord. Passe une bonne nuit.

L'audience que j'eus l'après-midi suivant ne prit finalement que deux minutes parce que l'avocat adverse se présenta et demanda une prorogation de dernière seconde. Comme je devais retrouver le client de Dickson dans un restaurant plus proche de chez moi que du bureau, je décidai de terminer l'après-midi de travail depuis chez moi. Je devais préparer un procès à venir, et la maison procurait moins de distractions de toute façon.

Alors que j'entrais, mon téléphone portable sonna.

Je souris et décrochai.

— Salut, ma jolie.

— C'est une rétrogradation ? Il me semble que j'étais belle, hier.

— Absolument pas.

— Je réfléchissais... tu as demandé si nous pouvions dîner plus tard parce que tu dois rencontrer un client pour dîner, non ?

— Oui.

— Pourquoi irions-nous dîner si tu as déjà mangé ?

Je haussai les épaules.

— Tu dois manger. Et puis, j'ai envie de te voir.

— J'ai envie de te voir aussi. Mais on pourrait juste traîner ici. Je mangerai avant que tu viennes. Saute le dessert avec ton client, et je te ferai le meilleur sundae que tu aies jamais mangé.

Je souris.

— Si tu es sûre que ça ne te dérange pas, c'est parfait. Tu veux que je prenne de la glace sur le chemin ?

— Pas besoin. J'ai toutes les provisions de mes projets annulés avec Skye hier, y compris des cônes de gaufre frais tapissés de chocolat. Ils vont périmer avant qu'elle puisse revenir. Elle a été testée positive à la grippe.

— Désolé d'entendre ça.

— Merci. Je vais lui déposer de la soupe en rentrant du travail. Mais je dois y aller. Je suis sur le point d'entrer dans le métro.

— D'accord. Sois prudente. Je te verrai plus tard.

Je changeai de vêtements, pris mon ordinateur portable et m'installai sur mon canapé. Mon bureau maintenait un portail en ligne où je pouvais me connecter et télécharger les dépositions que j'avais besoin de relire.

Mais alors que je cliquais sur le web, une publicité apparut pour la nouvelle application de streaming d'ABC. Elle annonçait la disponibilité de certaines de leurs émissions à succès, dont *The Bachelor*. Je souris, pensant à Autumn, et cliquai pour fermer la fenêtre. Mais au lieu d'appuyer sur la croix, je dus cliquer sur l'icône pour l'agrandir, car un aperçu d'un groupe de femmes sortant de limousines apparut, et un abruti leur remit une rose à chacune. Je voulus cliquer une deuxième fois pour fermer, mais une fille sortit d'une longue limousine, vêtue d'un costume de danseuse du ventre.

Hmmm. Je vais peut-être regarder quelques minutes avant de me plonger dans mon travail...

28

Autumn

— Salut.

Donovan me souriait de l'autre côté de la porte, et des papillons commencèrent à danser dans mon ventre. *Seigneur, il est délicieux !* Peut-être n'était-ce pas une si bonne idée que ça de l'inviter à traîner dans mon appartement. Il remarqua ma légère hésitation, bien qu'il dût mal interpréter ce qui se passait dans ma tête.

Il souleva un sac de sport que je n'avais pas remarqué.

— Promis, ce n'est pas un sac de voyage. J'y ai juste mis des vêtements de rechange pour pouvoir me débarrasser de ce costume que je devais porter pour le dîner.

Je m'écartai pour le laisser entrer, et il s'arrêta devant moi, orteils contre orteils.

— J'appréciais simplement la vue, je ne m'inquiétais que tu puisses abuser de mon hospitalité.

Le côté droit de sa bouche se transforma en sourire arrogant.

— Ah oui ? Eh bien, tu peux me regarder me changer si tu veux avoir la vue complète.

Il se pencha et déposa un baiser sur mes lèvres. Nos bouches toujours plaquées l'une contre l'autre, il déclara doucement : « Tu m'as manqué. »

Trois petits mots et les murs autour de mon cœur s'effritaient déjà. Ce n'était pas parce qu'ils étaient doux — bien sûr qu'ils l'étaient —, mais parce que je savais qu'il le pensait. En tant que femme n'ayant pas fait confiance à un homme depuis très longtemps, je sentais au plus profond de moi qu'il était honnête. Et cela me déstabilisait alors que cela aurait dû être exactement le contraire. Alors plutôt que d'être honnête et de lui dire qu'il m'avait aussi manqué, mon esprit d'autoconservation se mit en route et je brisai cet instant avec sarcasme.

— C'est quoi, ton nom, déjà ?

Il tapota mon nez avec son doigt.

— Petite maligne.

Je fermai la porte avec un sourire.

— Désolé d'être autant en retard. Le client ne voulait pas se taire.

— C'est bon.

Je montrai mes orteils et les remuai.

— Je devais les vernir, de toute façon. D'habitude, Skye et moi le faisons quand elle vient pour nos sessions de *binge-watching*.

— Comment va-t-elle ?

— Courbaturée et un peu fiévreuse. Quand je suis passée déposer sa soupe, son petit ami était là, et elle acceptait qu'il s'occupe d'elle. C'est comme ça que je sais qu'elle ne se sent pas bien. Elle ne laisse pas les gens faire les choses à sa place. Elle est très indépendante.

Donovan inclina la tête.

— Ça me rappelle quelqu'un.

Je souris.

— C'est possible. Je suis sûre que c'est lié à nos problèmes de confiance.

Il hocha la tête.

— Je comprends. En grandissant, je ne me suis jamais rapproché de personne. Si tu ne laisses pas les gens entrer, ça ne fait pas mal quand ils partent.

Je fronçai les sourcils.

— Je suis désolée. C'est exactement ce que je t'ai fait l'année dernière. On avait un lien, et je suis partie.

— Ce n'est pas grave. Tu avais tes raisons.

Je n'avais jamais vraiment envisagé que cela puisse être difficile pour Donovan de me faire confiance à cause de ce que j'avais fait.

— *C'est* grave ! J'aurais dû au moins être honnête et dire au revoir.

— C'est derrière nous, maintenant.

— Comment ça peut être derrière toi ? Tu m'as laissé entrer alors que tu gardes tes distances avec la plupart des gens. Et je me suis déjà enfuie une fois. Tu donnes l'impression que c'est facile de surmonter ta peur de voir les gens que tu aimes prendre la fuite.

Donovan me regarda fixement pendant un moment.

— Ce n'est pas facile, Autumn. Mais tu en vaux la peine.

C'était peut-être la plus belle chose que quelqu'un m'ait jamais dite.

— Waouh ! fis-je en secouant la tête. Je ne sais même pas quoi dire.

Il détourna le regard, puis le reporta sur moi avec un sourire enfantin.

— Tu n'as pas à dire quoi que ce soit. Mais ne fuis plus sans me reparler.

Je réduisis la distance entre nous et enroulai mes bras autour de son cou.

— Je peux y arriver.

Il m'attira contre lui.

— Bien. Parce que je sais où tu vis, cette fois-ci, et je te traquerais.

— J'espère que ce ne sera pas nécessaire, dis-je en riant. Tu as gardé de la place pour le dessert, alors ?

Les yeux de Donovan se baissèrent entre nous. De ce point de vue, il regardait directement dans mon tee-shirt.

— Toujours de la place pour le dessert.

Il agita ses sourcils, et je ris.

— Donc, tu préfères noix de coco aux pépites de chocolat, cookies et crème ou beurre de cacahuète-chocolat ?

— Oui.

— Bon choix. J'aime aussi avoir un échantillon de chaque. Pourquoi ne vas-tu pas te changer et te détendre pendant que je prépare les bols ?

Donovan disparut dans la salle de bain et en ressortit quelques instants plus tard avec un jean et un tee-shirt. Il jeta son sac à dos à côté du canapé et s'installa.

— Je regardais les films disponibles avant que tu n'arrives, mais je n'étais pas sûre du genre que tu aimais, alors j'en ai enregistré plusieurs dans mes favoris sur Netflix, si tu veux y jeter un coup d'œil.

— En fait, j'ai quelque chose en tête que je me suis dit que tu aimerais regarder, dit-il. Je vais le mettre en route.

— Oh... d'accord !

Je préparai deux bols de glace avec du chocolat liquide, de la crème fouettée et des *crunchies* et je me dirigeai vers le canapé. Son bol était deux fois plus rempli que le mien.

— Celui-ci est pour toi. J'ai un peu exagéré. J'espère que tu aimes toutes les cochonneries que j'ai mises dessus.

— Il n'y a pas grand-chose que je ne mange pas, sauf le ketchup. Ma mère ne cuisinait pas beaucoup, mais quand j'avais sept ou huit ans, son connard de petit ami a emménagé chez nous pendant quelque temps. Il avait l'habitude de nous faire des œufs pour le petit déjeuner et de mettre du ketchup dessus. Je lui ai dit que je n'aimais pas ça, et par la suite, il en mettait deux fois plus dans mon assiette. Je n'ai plus mangé de ce truc depuis le jour où il a déménagé.

— Bon à savoir. J'envisageais d'ajouter du ketchup à nos sundaes, aussi.

Il rit.

Je repliai mes pieds sous moi sur le canapé et tirai une couverture sur mes genoux avant de fourrer une cuillerée de crème glacée dans ma bouche.

— Alors, qu'est-ce qu'on regarde ?

Donovan attrapa la télécommande et appuya sur un bouton. La télévision s'alluma sur une demi-douzaine d'épisodes du *Bachelor*.

— Oooh ! Tu es très gentil, mais nous ne sommes pas obligés de regarder ça. Je sais que tu n'es pas fan.

— Comment vais-je savoir si le père de Kayla a vraiment frappé Brad durant leur visite dans sa ville natale ou pas, si je ne regarde pas le prochain épisode ?

Mes yeux s'écarquillèrent.

— Tu as regardé le *Bachelor* ?

— Tu as dit que tu allais regarder les cinq derniers épisodes si Skye avait la grippe.

Il haussa les épaules.

— Je me suis dit que j'avais du retard à rattraper. Je suis sorti du tribunal plus tôt aujourd'hui, alors j'ai tout regardé jusqu'à l'endroit où tu t'étais arrêtée.

Mes entrailles fondirent.

— Je n'arrive pas à croire que tu aies fait ça.

Il avala une bouchée de glace et pointa sa cuillère vers moi.

— Si tu en parles à Bud, je le nierai.

Je fis semblant de cadenasser ma bouche pour dissimuler mon sourire.

— Ton secret est en sécurité avec moi.

Après avoir fini mon dessert, je me blottis contre Donovan sur le canapé et nous couvris tous les deux d'une couverture. À un moment donné, il fit une pause dans sa glace et posa sa main sur ma cuisse. J'avais l'impression qu'il pouvait graver son empreinte sur ma peau nue. Je fis de mon mieux pour l'ignorer. Au milieu du premier épisode, mon téléphone portable sonna. Il était sur la table d'appoint à côté de Donovan, alors il me le tendit. *Papa* était affiché sur l'écran.

Je soupirai.

— Il n'a pas arrêté, ces derniers jours. Son mariage est le week-end prochain, et je ne lui ai toujours pas donné de réponse. Ma thérapeute pense que je devrais y aller.

Donovan appuya sur un bouton de la télécommande pour mettre l'émission en pause.

— Mais tu n'en as pas envie ?

Je secouai la tête et fis taire mon téléphone.

— Je ne sais pas. Nous étions si proches, surtout juste après la mort de ma mère. Je n'ai pas beaucoup de famille à part lui. Ma mère était fille unique, et ses parents sont décédés quand j'étais petite. Mais... c'est difficile pour moi d'oublier la façon dont il a géré les choses il y a six ans.

Les yeux de Donovan parcoururent mon visage.

— Tu as dit qu'il n'a pas été d'un grand soutien après, mais n'a-t-il pas été à tes côtés quand les choses ont mal tourné ?

— Il a insisté pour que je suive une thérapie, et il a fait tout ce que je lui ai demandé. Mais il a été plutôt distant pendant tout le processus. Au poste de police, lorsque j'ai enfin décidé de signaler ce qui s'était passé, je pleurais tout le temps, et la policière me réconfortait. Mon père est juste resté assis là, presque détaché. Et je ne comprenais pas comment il pouvait rester associé avec le père de Braden après tout ce qu'il m'avait entendue dire.

— Qu'a-t-il dit quand tu lui en as fait part ?

Je fronçai les sourcils.

— Je ne l'ai pas fait… pas au début, en tout cas. J'ai laissé toute ma colère envers lui s'accumuler pendant longtemps. Environ un an après les événements, ma thérapeute m'a convaincue de lui parler. Malheureusement, je l'ai fait après avoir un peu trop bu un soir, et la conversation ne s'est pas déroulée comme elle aurait probablement dû. J'étais très émotive et j'ai dit des choses horribles, puis j'ai refusé de lui parler une fois que j'avais dessaoulé — pas très mature, je sais.

— Une personne qui a vécu ce que tu as subi le gère comme elle peur. Il me semble que tu n'aurais même pas dû avoir cette discussion ni faire face à tout ça.

— Quand j'ai refusé de l'écouter, il est allé parler à ma thérapeute. Elle n'a discuté de rien avec lui, mais il lui a demandé de l'écouter et de me parler en son nom. Il a prétendu avoir été secoué pendant un certain temps, qu'il s'était vu faire les choses machinalement avec moi, mais qu'il était en état de choc mental, comme s'il regardait un film sur ce qui se passait. C'est pour ça qu'il n'était ni émotif ni compatissant à ce moment-là.

— Et tu n'y crois pas ?

— Je ne sais pas. Ma thérapeute dit que beaucoup de ce qu'il lui a décrit correspond à des symptômes classiques de choc psychologique. Mais je…

Je secouai la tête.

— Je me suis juste sentie tellement seule à l'époque que j'ai du mal à l'oublier. De plus, il y a ses nombreux mariages et les choses folles qu'il a faites au fil des ans.

— Est-il toujours associé avec le père ?

— Non. La semaine suivant ma tirade alcoolisée, il s'est séparé de son associé. Il a prétendu qu'il n'avait pas réalisé à quel point ça me bouleversait, parce que je n'avais rien dit et parce qu'ils avaient viré Braden après mon dépôt de plainte.

Je secouai la tête.

— Honnêtement, il a essayé de se rattraper pendant des années. Il a mal géré les choses, mais peut-être avait-il vraiment ses raisons. Je voudrais lui pardonner et oublier, mais je ne sais pas comment.

— Tu dois faire les deux ?

— Comment ça ?

— Pardonner et oublier... Je pense que ce sont deux choses différentes. Quand tu pardonnes, tu t'autorises à ne plus nourrir de ressentiment pour être, toi, en paix avec quelque chose. J'ai pardonné à ma mère les merdes qu'elle a faites quand j'étais petit, d'avoir disparu pendant des mois et de m'avoir laissé me débrouiller tout seul dans la rue. Elle n'est pas parfaite, ça, c'est sûr. Mais j'avais besoin de me débarrasser de mon ressentiment, plus pour *moi* que pour elle. Cela dit, je n'ai pas oublié. Chaque fois qu'elle appelle pour me demander de l'argent, je m'en souviens. Mais je lui demande comment elle va et je lui parle quand même. Parfois, on se retrouve même pour dîner, si elle ne me raccroche pas au nez après que je lui ai dit que je ne lui donnerai pas d'argent pour qu'elle se le fourre dans le nez.

Il caressa ma joue.

— Je ne pense pas qu'on puisse oublier, et je pense que c'est probablement une bonne chose, parce qu'on apprend de toutes les merdes de notre passé. Mais on peut toujours choisir de pardonner, si on veut.

Donovan mit ses mains en l'air.

— Pour être clair, je ne prends pas le parti de ton père. Tout ce que tu m'as dit me fait le détester encore plus que c'était déjà le cas. Mais je suis de *ton* côté, et si tu veux aller de l'avant, fais-le. Tu ne peux pas attendre d'être capable de pardonner *et* d'oublier. Parce que tu n'oublieras probablement jamais.

Oh, mon Dieu ! Des vagues d'émotion m'envahirent. Ma thérapeute avait essayé pendant des années de me convaincre d'aller de l'avant avec mon père et en cinq minutes, cet homme avait réussi à le faire. Il avait tout à fait raison. Si j'attendais que tout soit derrière moi pour avoir une relation avec mon père, j'attendrais pour toujours. J'eus l'impression qu'un grand poids avait été ôté de mes épaules.

— M'accompagnerais-tu au mariage si j'y allais ?

Donovan sourit.

— Mon cœur, si tu me demandais de t'accompagner en enfer, je ne dirais pas non. Bien sûr que j'irais avec toi. Je serais heureux de le faire.

Je souris à mon tour.

— D'accord, enfin... je ne suis pas sûre qu'un huitième mariage et un voyage en enfer soient si différents, alors, merci.

Il me fit un clin d'œil.

— Pas de problème.

Donovan racla ce qui restait de crème glacée au fond de son bol comme s'il ne venait pas de me convaincre d'une percée monumentale dans ma vie. Cet homme ignorait complètement à quel point il était parfait. Avoir son apparence, son intelligence et une compréhension si profonde de la psychologie imparfaite humaine ? Il était vraiment spécial.

Je tendis la main et pinçai son bras.

Il baissa les yeux sur mes doigts et releva le regard avec un adorable sourire de travers.

— C'était pour quoi ?

— Pour m'assurer que tu es bien réel.

Il posa son bol de glace sur la table sans me quitter des yeux et m'attira sur ses genoux.

Je gloussai tout en l'enjambant.

Donovan enfouit ses doigts dans mes cheveux et attira mes lèvres vers le bas pour rencontrer les siennes.

— Viens ici. Je vais te montrer la réalité.

Sa langue plongea à l'intérieur, et il inclina très légèrement ma tête pour approfondir le baiser. Seigneur, cet homme pouvait faire des choses magiques avec sa bouche ! Et je me souvins de notre week-end ensemble, qu'il était très généreux en déployant ce talent à d'autres endroits. Il y avait quelque chose de si désespéré lorsque nous nous touchions tous les deux ! C'était ainsi depuis le début, comme si, une fois que nous étions entrés en collision, nous avions besoin l'un de l'autre pour survivre.

Je le sentis durcir sous moi pendant que nous nous embrassions. Avec mes jambes grandes ouvertes, le denim de son jean poussait contre mon clitoris, et j'appuyai plus fort, cherchant désespérément la friction.

Donovan gémit et attrapa mes hanches. Il commença à me guider d'avant en arrière sur son érection, et les choses devinrent très rapidement frénétiques.

Oh, mon Dieu ! Je pourrais jouir rien qu'en me frottant à cet homme.

Mon corps ralentit, réalisant que c'était exactement ce qui allait se passer.

— Tu veux que j'arrête ? marmonna Donovan entre nos lèvres scellées.

— Non, je... je...

Il s'écarta pour que nous puissions nous voir l'un l'autre. J'étais un peu gênée, mais je ne voulais pas qu'il pense qu'il avait fait quelque chose de mal.

— J'ai presque... tu sais.

Le plus malicieux des sourires étira ses lèvres.

— Tu as failli avoir un orgasme en me chevauchant tout habillée ?

— Ne prends pas cet air suffisant. C'est moi qui faisais tout le travail.

— Ah oui ?

D'un geste rapide, il me souleva de ses genoux, et mon dos se retrouva contre le canapé. Il grimpa sur moi et me surplomba.

— Eh bien, on ne peut plus faire ça, maintenant, n'est-ce pas ?

Il embrassa mon nez, puis mon menton, et baissa la tête pour embrasser mon cou avant de planter un baiser sur le haut de mon décolleté. Sa voix était plus basse et plus rauque quand il reprit la parole.

— Pourquoi devrais-tu être la seule à faire le travail ? Je pense que je veux aider.

Donovan souleva l'ourlet de mon tee-shirt et embrassa mon nombril, puis attrapa le bouton de mon short tout en me regardant. Ses yeux étaient sombres et ses paupières lourdes, mais il ne rompit pas le contact visuel lorsqu'il l'ouvrit.

— Je veux enfouir mon visage en toi et ne pas m'arrêter avant de te sentir jouir sur ma langue. J'ai envie de toi, Autumn. *Envie* est un mot trop faible. Ce que je ressens est bien plus avide que ça.

Je déglutis.

— Dis-moi que ça te va. Je ne voudrai jamais te pousser à aller trop vite et être un regret le lendemain.

Son ton me fit mal au cœur. Il avait été si incroyable et inébranlable avec moi, et, en retour, je ne lui avais donné que des doutes. J'avais évité l'intimité avec Donovan parce qu'un autre homme en qui j'avais confiance m'avait pris quelque chose. Peut-être était-il temps que je pardonne à quelqu'un d'autre les choses qui s'étaient passées — *moi*. Comme un homme sage m'avait dit un jour, aller de l'avant ne signifiait pas forcément oublier. Je devais juste de lâcher prise. Et regarder le bel homme que je désirais tant me semblait être le premier pas dans la bonne direction.

Je hochai la tête.

— J'ai envie de toi, Donovan.

Ses yeux s'écarquillèrent, cherchant à être rassurés par les miens.

— Je ne le regretterai pas demain, et je ne disparaîtrai pas.

— Tu es sûre ?

J'acquiesçai.

Pourtant, il y avait encore de l'hésitation sur son visage.

— Qu'est-ce qui est hors limites ?

Je souris.

— Rien.

Les yeux bleus de Donovan s'assombrirent jusqu'à devenir presque noirs.

— Rien ? C'est peut-être un décret dangereux à donner à un homme qui te désire depuis un an, maintenant. Tu pourrais ne pas marcher, demain.

Un frisson me parcourut. Je savourai l'idée d'être trop ravie pour sortir du lit. Mais s'il pensait être le seul à se sentir désespéré, il avait tout faux. J'arquai un sourcil.

— Ou peut-être que c'est toi qui ne seras pas capable de marcher quand j'en aurai fini avec toi.

Les yeux de Donovan pétillèrent.

— Ça ressemble à un défi, et je n'aime *pas* perdre.

— Je vous attends, monsieur Decker.

Il répondit en mordillant mon nombril. Au lieu que j'enregistre cela comme de la douleur, son geste envoya une secousse électrique directement entre mes jambes. Donovan baissa ma fermeture éclair et m'ôta mon short et ma culotte. Il déposa un doux baiser sur le haut de mon pubis et leva les yeux vers moi.

— Rien que pour ça, tu ne vas pas rester allongée pendant que je te fais jouir.

Il se mit à genoux et redressa mon corps sur le canapé avant de se retourner sur le dos et de se glisser à ma place. Il guida l'une de mes cuisses pour qu'elle enjambe son torse.

— Bouge tes fesses, mon cœur. Tu chevauches mon visage.

J'en restai bouche bée. Donovan tendit le bras et tapota mon menton avec un sourire effronté.

— C'est une offre très généreuse. Je la garde pour plus tard. Pour l'instant, enfile ton chapeau de cow-girl.

Avant que je puisse pleinement prendre mes marques, ses doigts s'enfonçaient dans mes hanches tandis qu'il me soulevait et me guidait sur son visage. Pendant une brève seconde, je me sentis un peu gênée, mais tout cela s'envola avec un coup de langue. Mon clitoris était comme un paratonnerre, et un seul coup envoya des décharges électriques dans tout mon corps. La faim grandissait à mesure qu'il retraçait mon entrée, me taquinant avec des léchouilles douces et frétillantes. Il garda un rythme régulier, de plus en plus soutenu, mais chaque fois que je crus que j'allais basculer, il ralentit et nous recommencions ce jeu du chat et de la souris. Après quatre autres rounds, chacun se terminant de la même façon, j'étais frustrée et me mis enfin à bouger les hanches.

— Là, voilà ! dit-il. Chevauche-moi, ma belle. Chevauche mon visage.

Réalisant qu'il s'était retenu jusqu'à ce que je prenne le contrôle, j'eus envie de le tuer — mais ça devrait attendre plus tard. D'ici là, je jouerais son jeu. M'abaissant, je frottai mes lèvres humides contre son visage et incitai sa langue à lécher exactement là où j'en avais besoin. Cette vague revint en force, plus rapide et plus furieuse, et je gémis en me déhanchant sans vergogne.

— Je... Je... Je vais...

Donovan n'attendit pas que je finisse ma phrase. Il se déchaîna sur mon clitoris et suça fort, déclenchant une explosion à l'intérieur de moi. J'entendis les sons étouffés de ses gémissements alors que je perdais la tête, mon corps convulsant si fort que des larmes pointèrent aux coins de mes yeux. Longtemps après le pic de la vague, il continuait à me lécher comme un homme qui n'avait pas été nourri depuis des jours et dont j'étais le dernier repas. Je pouvais à peine tenir mon corps droit lorsqu'il ralentit enfin. Sentant que j'étais sur le point de retomber de ma hauteur, il me souleva et me guida pour me coucher sur lui, ma tête contre son torse.

— C'était...

Je fis une pause et essayai de trouver le bon adjectif, mais *incroyable* ne semblait pas rendre justice à ce qui s'était passé.

Donovan embrassa le dessus de ma tête.

— Le début. C'était juste le début.

29

Autumn

Le sexe sans lien émotionnel pouvait être physiquement satisfaisant, mais avoir de vrais sentiments pour quelqu'un amenait les choses à un tout autre niveau — un endroit dont j'avais oublié l'existence, ou peut-être que je ne l'avais jamais vraiment connu.

Après le cunnilingus de Donovan, nous nous allongeâmes sur le canapé pour parler longuement. Je retraçai le contour d'un des petits tatouages en noir et blanc sur son bras.

— Y a-t-il une raison pour que tous tes tatouages soient en noir et blanc ?

Il haussa les épaules.

— J'ai eu les premiers ainsi, et je suppose que je n'ai pas eu le sentiment que les suivants devaient se démarquer plus que les autres.

— Celui-ci a une signification particulière ?

C'était un petit oiseau enfermé dans une cage.

— Je l'ai eu à seize ans. Il résumait assez bien ce que je ressentais à l'époque. Je me sentais comme cet oiseau.

— Je ne savais pas qu'on pouvait se faire tatouer si jeune.

— Tu peux tout avoir dans le vieux quartier. Peut-être pas dans une boutique qui a une licence, mais beaucoup de gars tatouent chez eux.

— Oh !

Donovan sourit et caressa mes cheveux.

— Ce n'est pas comme ça que ça se passe dans le vieux Greenwich, Connecticut ?

Je gloussai.

— Probablement pas.

Je passai mon doigt sur le petit oiseau solitaire.

— Je pense que je peux aussi m'identifier à cet oiseau. Sauf que tu avais l'impression d'être enfermé par ton environnement. Moi, je me suis enfermée volontairement ces six dernières années. Pour être honnête, j'ai même eu du mal avec le sexe. Je pensais que j'étais cassée, dis-je.

Donovan inclina mon menton pour que je regarde vers lui.

— Que veux-tu dire ?

— Je ne pouvais pas avoir d'orgasme comme je viens de le faire. Je n'en avais que lors de rapports sexuels réels, et seulement si j'étais dessus.

Donovan fronça les sourcils.

— Tu avais besoin de garder le contrôle. C'est compréhensible.

— Mais je ne veux pas de ça avec toi. Tu peux me promettre quelque chose ?

— Tout ce que tu veux.

— Ne me traite pas comme du verre.

Il se renfrogna.

— C'est ce que tu crois que je viens de faire ? Te faire monter sur mon visage, c'était te traiter comme si tu étais fragile ?

Je souris.

— Non, absolument pas. Mais tu étais hésitant au début, et nous avons eu une conversation où tu as demandé ce qui était hors limites.

— Tu avais établi certaines règles, Autumn. Je marchais sur des œufs en essayant de ne pas les briser.

— Exactement... c'est exactement ce que tu viens de dire. Tu marchais sur des œufs. Je ne veux pas que tu t'y sentes obligé. Il m'a fallu du temps pour en arriver là, parce que j'avais peur, mais je suis là, maintenant, et je ne veux plus que tu retiennes quoi que ce soit.

Il étudia mon visage.

— On parle émotionnellement ou sexuellement ?

— Les deux.

Son pouce caressa ma joue.

— Alors, je peux te dire que je suis fou de toi ? Que je pense à toi toute la journée, et que ma vie entière n'avait pas de but jusqu'à ce que je te rencontre ? Que tu me donnes un but dans la vie, et que c'est de te rendre heureuse ?

Je ne pouvais presque plus respirer. Donovan eut un sourire puéril.

— C'est trop ?

Je secouai la tête.

— Non, ce n'est pas trop. Tu m'as juste prise par surprise, c'est tout.

Il sourit.

— D'accord.

— Et sexuellement, aussi. Ne te retiens pas. Je suis sérieuse. Je te veux comme tu étais avec moi le week-end où nous avons été ensemble, avant que tu saches ce qui m'était arrivé. J'ai du mal à l'admettre, mais tu peux être un peu autoritaire pendant les jeux, et j'aime vraiment ça.

Un sourire malicieux étira ses lèvres.

— Ah oui ? Tu aimes que je sois autoritaire au lit ?

Je levai les yeux au ciel.

— Que ça ne te monte pas à la tête. Dieu sait que ton *ego* est assez gros.

Donovan nous fit bouger sur le canapé de sorte que j'étais maintenant sur le dos, et lui était couché sur le côté. Il m'aida à enlever le reste de mes vêtements avant de tracer une ligne imaginaire de ma clavicule à mon sein, passant sur mon mamelon et descendant jusqu'à mon nombril avant de faire le même chemin en sens inverse jusqu'à ma bouche. Il tapota ma lèvre inférieure.

— Donc... pas de limites, hein ?

Nos yeux se rencontrèrent, et je secouai la tête.

Je vis le bleu clair de ses yeux s'assombrir à nouveau.

— Alors, te faire mettre à genoux, tes cheveux enroulés dans mes mains, et prendre ta bouche ? C'est d'accord ?

Je déglutis. *Seigneur !* Rien que d'y penser, cela m'excitait, alors je hochai la tête.

— *Sympa.*

Sa main descendit à nouveau vers mes seins, dont il pinça durement un téton avant de frotter l'espace entre les deux globes.

— Et m'asseoir sur ton torse en faisant des va-et-vient ici et jouir dans ton cou ? C'est bon, aussi ?

Je déglutis à nouveau, mais hochai la tête.

— *Magnifique !*

La main de Donovan plongea entre mes jambes. J'étais déjà mouillée, mais il fit courir ses doigts de haut en bas, étalant l'humidité avant de glisser doucement un doigt à l'intérieur.

Je haletai et cambrai le dos.

— Les doigts ? Donc pas de limite au nombre de doigts à l'intérieur de toi ?

Je fermai les yeux alors qu'il commençait à entrer et sortir. Après quelques allers-retours humides, il ajouta un deuxième doigt.

— Deux rentrent parfaitement, mais je pense qu'un de plus au minimum serait agréable, peut-être même un vibromasseur, parfois. Tu en as un, n'est-ce pas, mon cœur ?

J'ouvris les yeux et hochai la tête.

Il sourit et accéléra les mouvements de sa main.

— Bien. J'ai hâte de l'utiliser sur toi. Peut-être quand je te prendrai par-derrière. Est-ce que ton cul est hors limites ?

J'écarquillai les yeux, et Donovan sourit tout en retirant ses doigts.

— Je vérifie juste que tu le penses quand tu dis « pas de limites ».

Je secouai la tête.

— Je n'ai jamais... fait ça.

— Opposée à l'idée d'essayer ?

— Je ne pense pas.

Donovan se pencha en avant et effleura mes lèvres des siennes avant de faire glisser sa bouche jusqu'à mon oreille.

— Je ne suis pas pressé, mais j'ai hâte de te faire mienne à cet endroit-là maintenant que je sais que ce sera ta première fois.

Il me regarda dans les yeux avec intensité.

— Y a-t-il autre chose dont nous devons discuter ?

Ma poitrine se soulevait et s'abaissait très vite.

— Je ne pense pas.

Il sourit.

— Bien.

Une seconde plus tard, il était debout et me soulevait du canapé pour me jeter sur son épaule.

Je gloussai.

— Que fais-tu ?

Il tapota mes fesses nues tout en se dirigeant vers ma chambre.

— Je t'emmène au lit pour pouvoir m'amuser avec toi, maintenant que tu viens d'enlever les menottes.

J'agitai mes pieds, mais j'adorais chaque minute de ce moment.

— Hééé !

— Pas de limites, mon cœur. Habitue-toi à un peu de douleur. Ton cul va avoir de nombreuses empreintes de doigts.

Dans la chambre, je m'attendais à ce qu'il me jette sur le lit. Mais non. Donovan me posa doucement, jeta son portefeuille sur la table de nuit et s'assit à califourchon sur moi alors que j'étais allongée au centre du lit. Nous avions tous les deux un grand sourire aux lèvres.

Il retira son tee-shirt et se pencha pour presser ses lèvres sur les miennes.

— J'aime ce sourire. Il me fait des choses.

Regardant toutes les ondulations de sa tablette de chocolat, je fis courir mes doigts de haut en bas, sur les monts et les vallées de ses muscles.

— Ça, ça me fait des choses.

Donovan attrapa ma main et la porta à sa bouche, embrassant ma paume. La façon dont il me regardait, avec tant de vénération, me donnait chaud partout, même si j'étais complètement nue.

Il abaissa son corps sur moi et s'empara de ma bouche pendant qu'il faisait descendre son pantalon le long de ses jambes. La chaleur et la dureté de son érection contre mon ventre me rendirent désespérée. Mon Dieu ! J'avais tellement envie de lui que mon corps était humide et pulsait de désir. Lorsque notre baiser se rompit, il tendit la main vers la table de nuit et sortit un préservatif de son portefeuille, jetant tout le reste sur le sol.

Mon corps vibrait d'impatience tandis que je le regardais déchirer l'emballage avec ses dents. Il se protégea et s'installa entre mes jambes une fois de plus, me regardant profondément dans les yeux tout en s'enfonçant en moi.

— Putain ! gémit-il. C'est le paradis, ici.

Il fit de doux va-et-vient, prenant son temps pour s'assurer que j'étais prête. Même si je l'avais déjà touché auparavant, j'avais oublié à quel point il était long et épais, et mon corps avait besoin d'un léger encouragement pour l'accepter tout entier. Quand il fut enfin profondément en moi, ses bras tremblèrent, et il s'arrêta pour me regarder dans les yeux.

— Tu es si belle !

Je sentis une bouffée d'émotion.

— Toi aussi.

Il m'embrassa doucement. Mais très vite, les coups de reins légers se firent plus fermes, et la tension se lut sur son visage. La sueur baigna nos peaux, et tout, à part le claquement de nos corps mouillés, s'estompa dans le lointain. Le son était absolument érotique et mon corps se dirigeait vers l'orgasme. Les veines gonflèrent dans le cou de Donovan alors qu'il ondulait, créant une friction contre mon clitoris, et je perdis ma bataille pour me contrôler.

— Donovan ! m'écriai-je en tirant sur ses cheveux. N'arrête pas...

Il me mordit l'épaule, et mon corps bascula. Normalement, je chassais les orgasmes, mais pas aujourd'hui. Aujourd'hui, je luttais pour ne pas le laisser me submerger. Mes muscles pulsèrent et mes yeux se fermèrent alors que des vagues d'extase se succédaient dans mon corps.

— Ouvre les yeux, râla-t-il. Je veux te regarder.

Ce fut difficile, mais je maintins mes yeux fixés sur les siens. Enfin, alors que les déferlantes atteignaient leur sommet, Donovan accéléra le rythme, se dirigeant vers sa propre fin, jusqu'à ce qu'il gémisse et s'enfonce dans mon corps une dernière fois. Même à travers le préservatif, je sentis la chaleur s'échapper de lui et se répandre en moi.

La plupart des hommes que j'avais fréquentés au fil des ans se retournaient sur le lit ou se levaient pour aller aux toilettes ensuite. Et s'ils ne le faisaient pas, c'était moi qui le faisais. Avec eux, ce n'était pas l'amour que nous faisions, et je n'avais jamais voulu ces moments intimes juste après, mais je les désirais avec Donovan presque autant que l'acte lui-même.

Il retira une mèche de cheveux humides de mon visage.

— Tu me prendrais pour une mauviette si je te disais que c'était presque... saint ?

Je ris.

— Je pourrais penser que je suis allée à la mauvaise église en grandissant.

Ses lèvres effleurèrent les miennes.

— J'aimerais ne pas avoir à me lever pour m'occuper de ce préservatif. Je veux rester là où je suis... peut-être t'attacher et te garder sous moi pendant quelques jours.

Je caressai sa joue.

— Tu n'as pas besoin de m'attacher. Je ne vais nulle part, cette fois-ci.

Donovan sourit.

— J'aime entendre ça.

Il quitta le lit, et je me soulevai sur un coude pour le regarder marcher nu vers la salle de bain.

— Hé, petit cul ferme ! criai-je quand il atteignit le seuil de la porte.

Il se retourna avec un sourire.

— Oui ?

— Tu n'auras peut-être plus besoin de m'attacher pour me garder, mais ça ne veut pas dire que je n'aimerais pas que tu le fasses quand même.

Il s'esclaffa et quitta la pièce en marmonnant :

— Tu vas me tuer. Je le sais.

Je fus réveillée par une lumière aveuglante. Un rayon de soleil s'était glissé entre deux lamelles du store et avait atterri sur mon visage. Je me protégeai les yeux avec la main et regardai le réveil sur la table de nuit.

Onze heures trente-trois ? C'était l'heure exacte ? J'attrapai mon portable pour vérifier. Cela faisait des années que je n'avais pas dormi aussi tard. Mais il était vraiment presque midi.

Je ne pus retenir le sourire qui étira mes lèvres quand je me souvins des raisons pour lesquelles j'avais fait la grasse matinée — de très nombreuses raisons. Donovan et moi avions fait un marathon de sexe. Je n'étais même pas sûre du nombre de fois que nous l'avions fait, mais la dernière, c'était sous une lumière magnifique. L'aube venait de se lever, et le soleil jaune-or du matin avait traversé les stores comme il le faisait maintenant. Seulement, à ce moment-là, le rayon avait atterri sur le beau visage de Donovan pendant que j'étais sur lui, me balançant jusqu'à un autre orgasme béat. Sa mâchoire était parsemée de poils, et ses yeux brillaient d'un bleu incroyable. L'or du soleil les avait rendus presque translucides. Mais c'était son sourire qui m'avait coupé le souffle. Il semblait tellement heureux de me regarder que cela avait rendu ce moment encore plus intime.

Mon corps me faisait mal de la manière la plus délicieuse qui soit et mon entrejambe était gonflé. Mais le simple fait de penser à la façon dont il m'avait dévorée des yeux lui fit oublier sa douleur. Je me retournai donc pour voir quelle était la profondeur du sommeil de l'homme sexy à mes côtés et découvris qu'il ne dormait pas du tout. Tapotant les draps, ma main rencontra du froid. Apparemment, j'étais la seule à avoir fait la grasse matinée. Je retirai le drap du lit, l'enroulai autour de mon corps et partis à la recherche de Donovan.

Mon appartement était calme, et mon petit ami était introuvable, mais l'odeur du café flottait dans l'air. Mon nez me mena à la cuisine, où je trouvai un pot de café frais avec une orchidée à côté. Sous la plante se trouvait un petit mot.

J'ai dû filer au bureau prendre un dossier. Quand j'avais huit ou neuf ans, j'ai interrogé Bud sur le sexe. Il ne m'a pas donné de détails, mais il m'a dit que le plus important quand on est avec une femme, c'est de s'assurer qu'elle est nourrie le lendemain matin. Il y a donc un parfait au yaourt et aux fruits dans le frigo et un bagel beurré sur le comptoir. Je n'étais pas sûr de ce que tu aurais envie de manger. J'ai réglé le café pour onze heures, en supposant que tu dormirais au moins quatre heures. Je serai de retour à midi avec le déjeuner.

X
Donovan

P.S. Ton appartement a besoin de plus de plantes, et celle-ci m'a fait penser à toi. La plupart des gens ne comprennent pas les orchidées et pensent qu'elles sont fragiles, mais elles ne le sont pas. La vérité, c'est qu'elles sont beaucoup plus résistantes que ce que l'on croit, et bien sûr, elles sont magnifiques.

Je serrai le petit mot contre ma poitrine comme une écolière. Sérieusement ? Cet homme était trop beau pour être vrai. Il était magnifique et dur à l'extérieur, mais à l'intérieur, il était doux et presque vulnérable. Je soupirai et posai le mot pour me servir un café dont j'avais bien besoin.

Un peu avant midi, je décidai de sauter sous la douche avant que Donovan ne revienne. Je laissai la porte de la salle de bain ouverte afin de pouvoir entendre s'il frappait avant que j'aie terminé. Mais j'étais juste en train de m'envelopper dans une serviette quand il le fit.

— Salut, dis-je en ouvrant la porte.

Les yeux de Donovan descendirent et remontèrent.

— Merde !

Il tendit le pouce vers l'autre bout du couloir et souleva un carton.

— Le livreur d'Amazon s'apprêtait à frapper pour déposer ça quand je lui ai dit que je le prenais. Tu aurais ravi la journée de ce gamin !

Je souris de façon timide.

— Juste celle du gamin, pas la tienne ?

Il fit un pas à l'intérieur et passa un bras autour de ma taille, me rapprochant pour effleurer mes lèvres des siennes.

— Tu as ravi ma journée plusieurs fois avant que le soleil ne se lève.

La façon dont il regarda mes lèvres quand il parla me donna des papillons.

— Je pense que nous avons ravi la journée de l'autre.

Une fois dans mon appartement, Donovan posa le carton sur le comptoir de la cuisine.

— À quelle heure t'es-tu finalement réveillée, marmotte ?

— Oh, mon Dieu ! Pas avant onze heures et demie.

— C'est à cause de l'Ambien sur ta table de nuit ? Je ne t'ai pas vue en prendre.

Je clignai des yeux plusieurs fois. *Mon Dieu !* Je n'avais *pas* pris de somnifère la nuit précédente. C'était la première fois en presque six ans que je m'endormais sans une sorte d'assistance chimique.

— Je... je n'en ai pas pris.

Donovan sourit.

— Ça veut dire que mon sexe est plus efficace que les médicaments ?

Il se montrait bien évidemment effronté, mais il ne comprenait pas à quel point le fait de ne rien prendre était important pour moi.

— Ça fait presque six ans que je n'ai pas dormi une seule nuit sans un cachet, Donovan.

Son sourire s'effaça.

— Vraiment ?

Je hochai la tête.

— Même pas après... commença-t-il avant de s'interrompre, secouant la tête. Je suis désolé, c'est peut-être l'homme de Neandertal en moi, mais je ne peux pas finir cette phrase. Rien que de penser à toi avec un autre homme...

— Non, jamais. Pas une seule fois. Je garde un flacon dans mon sac et un autre sur ma table de chevet. Il y a quelques années, j'aimais beaucoup courir. J'ai fait un semi-marathon, puis je suis allée à un after. En rentrant chez moi, j'étais épuisée et je me suis dit que c'était peut-être la seule nuit où je pourrais m'en passer. Mais ce n'est pas une question de physique, c'est une question de mental. Quel que soit le degré de fatigue de mon corps, mon cerveau ne s'éteint pas.

— Je suppose que nous avons trouvé le point de basculement pour éteindre cet interrupteur. Ça risque d'être difficile de continuer comme on l'a fait la nuit dernière, mais je suis prêt à essayer. Je serai heureux de remplacer tes comprimés.

— C'est très noble de ta part, mais je pense que c'est moins l'effort qu'autre chose.

Les sourcils de Donovan se rapprochèrent.

— Quoi, alors ?

— Je me suis sentie en sécurité.

Je le regardai digérer ce que j'avais dit. *Je me suis sentie en sécurité.* Quelque chose de très simple, qui signifiait pourtant tout pour moi.

Il réduisit l'espace entre nous et repoussa une mèche de cheveux derrière mon oreille.

— Je veux t'offrir le monde, mais c'est toi qui viens de le faire en disant ça, Red.

30

Donovan

— Quand sauras-tu si tu deviens associé dans ton cabinet ? demanda Autumn en retirant ses chaussures pour replier ses jambes sur le siège. Ça devrait être bientôt, non ?

Je regardai par-dessus mon épaule avant de changer de voie.

— Le mardi suivant la fête du Travail, donc un peu plus d'une semaine.

Nous étions en route pour le Connecticut pour le mariage de son père.

— Tu penses que tu auras le poste ?

— Ton pote Dickson a été plutôt sympa, ces derniers temps. Le client qu'il m'a refilé et que j'ai emmené dîner était vraiment content des conseils que je lui ai donnés. Il a même recommandé l'un de ses amis, ce pour quoi Dickson m'a donné une demi-tape dans le dos. Cela dit, cet ami est une ordure, et je ne suis pas impatient de travailler avec lui.

— Je ne veux pas paraître méchante, mais tous vos clients ne sont-ils pas des ordures ? Je veux dire, ils

354

viennent vous voir parce qu'ils se sont fait attraper en train de faire quelque chose de fourbe et d'illégal.

Elle marquait un point. Mais je ne pensais pas qu'ils l'étaient tous. Je haussai les épaules.

— Certains ne sont vraiment pas de mauvaises personnes. Ils se perdent juste en chemin dans leur ascension vers le sommet. Crois-le ou non, bien souvent, ils ne voient même pas que ce qu'ils font est mal, au moment où ils le font. J'ai eu un nouveau client accusé de délit d'initié la semaine dernière. C'est un trader qui a découvert des informations privées sur une société pour laquelle travaille un ami à lui. La société était sur le point de faire approuver un nouveau médicament par la FDA, ce qui aurait fait exploser les actions. Sa femme l'a dit à sa sœur, et sa sœur l'a mentionné à son nouveau petit ami, qui a couvert ses arrières et acheté une tonne d'actions. Il s'est fait une petite fortune, mais a aussi attiré l'attention des régulateurs, qui sont remontés jusqu'à mon client. Le gars n'aurait pas dû le dire à sa femme, mais il l'a fait. Ça ne fait pas forcément de lui une mauvaise personne.

— Oui, certainement pas dans ce cas. Mais ça doit être difficile de représenter certains d'entre eux.

— Ce n'est pas toujours facile. Mais certains peuvent apprendre de leurs erreurs, surtout des plus grosses. J'essaie d'y penser de cette façon. Regarde-moi, j'ai fait des choses assez stupides et j'étais sur la mauvaise pente. J'ai été arrêté trois fois avant mes seize ans — principalement des trucs mineurs, mais c'est aussi comme ça que la plupart des gens en prison ont commencé. Si quelqu'un ne m'avait pas aidé, je ne doute pas que je serais là où certains de mes amis sont aujourd'hui : en taule.

— Tu parles de Bud ?

— Il a risqué beaucoup pour moi. La dernière fois que j'ai eu de vrais ennuis, le juge a voulu me donner une leçon. Bud a hypothéqué sa maison et a fait un emprunt pour payer un avocat. Celui que le tribunal avait désigné avait vingt-trois ans environ, et j'allais être sa première vraie affaire.

— Oh, waouh !

— Bud a fait un pari. On a trouvé un avocat qui portait des chemises sur mesure, et il m'a fait sortir sur un vice de forme, même si je ne le méritais pas. J'ai appris trois choses de cette dernière arrestation : un, j'avais eu de la chance, et il y avait des risques que ça ne se reproduise pas. Deux, Bud croyait en moi, et il était temps que je commence à en faire autant. Et trois...

Je souris.

— Je voulais vraiment porter des chemises sur mesure.

Autumn rit.

— C'est donc pour ça que tu es devenu avocat ? Pour pouvoir t'offrir des chemises sur mesure ?

Je jetai un coup d'œil vers elle, puis revins vers la route.

— Je devrais probablement dire que c'est parce que je voulais aider les autres ou me battre pour la justice ou un autre truc noble. Mais c'est surtout parce que je savais que je n'aurais jamais à aller à la soupe populaire ou chez un type comme Bud pour avoir un repas. De plus, comme je te l'ai dit, je suis doué pour lire les gens et argumenter, et c'est déjà à moitié gagné dans mon boulot.

— Oh, c'est vrai ! taquina-t-elle. J'avais oublié que tu crois être doué pour savoir ce que pensent les gens.

— Je ne crois pas être doué pour ça, je sais que je le suis.

Autumn sourit et ferma les yeux.

— À quoi je pense en ce moment ?

Je gloussai.

— Nous avons déjà eu cette discussion. Il y a une différence entre lire les gens et lire dans les pensées. Je ne peux pas étudier ton visage pendant que je conduis.

Autumn se mordit la lèvre inférieure.

— Tu pourrais te garer...

Ce ton-ci, je pouvais le lire. Nous n'étions qu'à une demi-heure de l'hôtel où nous logions, mais qui s'en souciait ?

Je captai son regard une seconde et mis mon clignotant pour m'engager à la sortie suivante. Après être entré sur le parking vide d'un chantier de construction, je m'assurai de me garer loin des lampadaires avant de couper le moteur et de me tourner vers Autumn.

Elle n'avait pas dit un mot, et cela me fit me demander si elle ne m'avait pas taquiné et si je n'étais pas allé trop loin en quittant la route. Cependant, son sourire malicieux lorsqu'elle avait parlé m'avait donné espoir.

Autumn s'agenouilla complètement sur le siège et tourna tout son corps pour me faire face.

— C'est mieux ? demanda-t-elle en inclinant la tête. Es-tu capable de lire ce que je pense, maintenant ?

Je baissai les yeux. Ses tétons pointaient presque à travers son chemisier.

— Tu penses à t'asseoir sur mes genoux et à me chevaucher...

Elle balaya du regard le parking désert et attrapa le bouton de mon pantalon. D'un coup sec, elle l'ouvrit.

— Faux... En fait, je ne pensais pas à te chevaucher.

C'était vraiment dommage, parce que mon sexe était déjà assez dur. Mais je jouai le jeu.

— Tes tétons me font saliver, et ton air coquin indique que tu te prépares à quelque chose.

Elle baissa lentement la fermeture éclair de mon pantalon. Le son des griffes qui se séparaient était un meilleur préliminaire que n'importe quel porno que j'avais regardé.

Autumn me regarda de derrière ses cils épais, ses yeux brillant de façon diabolique.

— Oh, je me prépare à quelque chose de bien !

Elle passa sa langue le long de sa lèvre supérieure.

— Je veux te sucer.

— Seigneur, Red !

Ma tête tomba en arrière, se cognant contre l'appui-tête.

— Redis-moi ça...

Elle s'appuya contre moi, son nez touchant mon oreille, et murmura de la voix la plus sexy qui soit :

— Je veux te sucer.

— C'est la chose la plus érotique que j'aie jamais entendue, gémis-je.

Elle mordit le lobe de mon oreille.

— Je veux que tu me montres à quel point tu aimes ça. Enroule tes doigts dans mes cheveux et montre-moi.

Je haletais comme un chien, et elle ne m'avait même pas encore touché.

— Ça va être embarrassant. Je suis déjà tellement excité.

— Baisse ton pantalon pour moi, chuchota-t-elle.

Je fis glisser ce fichu pantalon sur le sol en deux secondes.

Autumn baissa la tête et lécha l'humidité qui s'était déjà formée au bout de mon sexe. J'avais cru qu'elle allait me torturer un peu plus avec d'autres taquineries, mais elle me surprit quand elle ouvrit la mâchoire en grand et prit presque toute ma hampe dans sa gorge.

— Bon sang !

Je ruai, et mes fesses se soulevèrent du siège alors qu'elle me suçait, remontant presque jusqu'à la pointe. Mon sexe eut sa propre volonté et le suivit. Elle s'immobilisa au bout du gland, aussi enfonçai-je mes mains dans ses cheveux et la poussai-je vers le bas. Autumn gémit. *Putain, oui !* Alors, je la tirai vers le haut et la poussai vers le bas une deuxième fois. Elle gémit encore.

Putain de merde ! Je n'allais pas tenir une minute de plus. Je fermai les yeux et reposai ma tête contre le siège tandis que je tirais à nouveau ses cheveux, guidant sa tête vers le haut. Mon membre était imbibé de sa salive, et le bruit de succion qu'elle faisait à chaque va-et-vient me rendait fou. Je raffolais de ça, mais soudain, ce ne fut plus assez. J'empoignai ses cheveux à pleine main et accélérai le mouvement — la poussant vers le bas, puis la tirant vers le haut, la poussant vers le bas et... *oh, le son étranglé* qu'elle émit quand je la poussai un peu plus loin.

Le meilleur. Fichu. Son. Du. Monde !

C'était terminé. J'étais foutu. Mon orgasme était en train de déferler comme un train de marchandises en fuite, alors je relâchai ma prise sur ses cheveux.

— Autumn... bébé... je vais jouir.

Elle continua, gardant le rythme que j'avais fixé, même si je ne la guidais plus.

— Autumn... tu as cinq secondes...

Je gémis, essayant de me retenir pour qu'elle puisse bouger avant que je n'explose. Mais elle fit exactement le contraire. Elle m'aspira encore plus profondément, jusqu'à ce que je sente le fond de sa gorge. Il était impossible de me retenir maintenant.

— Putain...

Mon corps se mit à convulser et je laissai échapper un long jet de sperme.

— Putain... putain... *putain... putain !* gémis-je.

Je haletai comme si j'avais fait un sprint, essayant de reprendre mon souffle. Autumn continua à glisser de haut en bas, tandis que j'étais assis là, le crâne penché contre l'appui-tête. Finalement, après une ou deux minutes, elle s'essuya la bouche du revers de la main et se redressa.

— C'était...

Je secouai la tête.

— Je crois que tu vas devoir conduire le reste du chemin. Je n'y vois plus clair.

Elle gloussa.

— Et moi qui pensais que ce week-end allait être tendu, avec le mariage de ton père !

— Oh, crois-moi, il le sera ! Je vais être coincée et gâcher ton week-end. C'était juste ma façon de te remercier d'être venu.

Elle sourit.

— Je suppose que ça a en quelque sorte deux significations, maintenant.

— Je suis heureux d'être venu... n'importe quand, n'importe où, avec toi. Et je le pense vraiment des deux façons.

Je pris sa main, mêlai ses doigts aux miens et amenai ses articulations à mes lèvres pour un baiser.

— Je ferai de mon mieux pour m'assurer que tu passes un bon week-end.

Nous nous sourîmes, et je pensais sincèrement ce que j'avais dit. Je voulais l'aider à rester détendue et à profiter de son séjour dans le Connecticut. Bien sûr, je n'imaginais pas que ce ne serait pas elle qui gâcherait le week-end... mais moi.

— Merde ! J'ai oublié d'apporter des chaussettes.

Le lendemain matin, je fouillai dans mon sac pour prendre mes affaires de *running* et me rendis compte que je n'avais pris que des chaussettes blanches à porter avec mes baskets. Autumn et moi nous étions réveillés tôt, avions fait l'amour et avions commandé un room service. Ensuite, je lui avais demandé si elle voulait sortir courir, mais elle semblait préférer rester au lit quelques heures de plus avant de devoir nous préparer pour le mariage de son père.

— Nous ne sommes qu'à un pâté d'immeubles de l'artère commerçante principale. Je peux aller t'en acheter pendant que tu vas courir.

Elle se redressa sur le lit, et le drap glissa vers le bas, me donnant une belle vue sur ses seins parfaits. Je suppose que mes yeux s'attardèrent un peu plus longtemps que je ne le pensais.

— On a fait l'amour il y a une heure ou deux, et pourtant, tu me regardes comme si j'étais ton déjeuner, dit-elle en souriant avant de lever le drap pour se couvrir.

Je m'approchai et m'assis sur le bord du lit à côté d'elle.

Tirant le drap vers le bas, je rétorquai :

— Je te mangerais volontiers pour le déjeuner.

Elle rougit.

— Je n'ai pas non plus vraiment le cœur à courir, en fait. Pourquoi ne pas aller chercher les chaussettes ensemble quand tu auras envie de te lever, et on prendra un autre café, aussi. Quand on rentrera, je ferai des pompes en guise d'exercice... avec toi sous moi.

Elle sourit.

— Ça me va. Même si te voir en sueur après avoir couru me semble aussi plutôt appétissant.

— Tu sais quoi, j'irai courir autour de l'hôtel à notre

retour, juste pour être assez en sueur avant de faire des pompes.

Elle rit, mais je ne plaisantais pas vraiment. Si elle aimait que je transpire, je transpirerais.

Un peu plus tard, nous marchions sur Greenwich Avenue. Une femme tourna à l'angle de la rue et fonça droit sur Autumn. Celle-ci trébucha, mais je tenais sa main et pus l'empêcher de tomber.

— Je suis vraiment désolée ! s'exclama l'inconnue en levant les mains en l'air. Je ne regardais pas où j'allais. Vous allez bien ?

— Oui, ça va.

La femme plissa les yeux.

— Autumn ? Autumn Wilde ?

Autumn fronça les sourcils.

— Je suis désolée. On se connaît ?

— Je suis Cara Fritz. Nous étions amies, enfants. Nous étions dans la classe de monsieur Fleming ensemble.

Autumn inclina la tête, puis son regard s'illumina alors qu'elle reconnaissait la femme.

— Oh, mon Dieu ! Bien sûr ! Comment ai-je pu ne pas te reconnaître... Cara Fritz. Mon Dieu, ça fait longtemps !

Cara regarda vers moi.

— Mes parents ont divorcé à mon entrée au collège. J'ai déménagé dans la ville voisine, ce qui signifiait une nouvelle école, donc Autumn et moi avons fini par perdre contact. Cinq kilomètres en valent quatre cents à cet âge-là.

Autumn hocha la tête.

— C'est tout à fait vrai. Mais ça fait très plaisir de te voir.

Elle posa sa main sur mon avant-bras.

— Je suis désolée. Je suis impolie. C'est mon… petit ami, Donovan.

Cara me salua de la tête.

— Ravi de te rencontrer, Donovan, dit-elle avant de sourire à Autumn. Alors, tu vis toujours ici, à Greenwich ?

— Non, en fait, je suis juste en ville pour un mariage. Je vis à Manhattan, maintenant.

— Oh, un mariage !

Son visage s'illumina, et elle tendit la main en remuant les doigts, montrant une bague étincelante.

— C'est pour ça que je ne faisais pas attention où j'allais. Je me suis fiancée hier soir, et je ne peux pas m'empêcher de regarder ma main.

— Oh, waouh, félicitations !

— Tu sais, je vis toujours à Rock Ridge, mais mon petit ami…

Elle sourit.

— Je veux dire mon *fiancé* vit ici, à Greenwich. Il est quelque part en train de garer la voiture, parce que c'est impossible de trouver une place ici, sur l'avenue. Mais il est né et a grandi ici. Vous vous connaissez peut-être, tous les deux. Vous êtes allés au même lycée, même s'il a quelques années de plus que nous.

— Peut-être, dit Autumn. Comment s'appelle-t-il ?

Juste à ce moment-là, un type qui avait l'air d'appartenir complètement à Greenwich traversa la route et se dirigea vers nous. Il portait un bermuda beige, une chemise à manches longues et un pull rose noué autour de ses épaules.

— Oh, il est là ! lança Cara.

Elle regarda le gars à l'apparence de crétin comme s'il était une sorte de célébrité et se blottit dans ses bras.

— Chéri, tu connais Autumn Wilde ? Vous avez fréquenté le même lycée.

Monsieur Pull-over rose sourit. Si je ne me trompais pas, cette bouche blanche étincelante avait quelques dents en plus.

— Je la connais. Bonjour, Autumn. Ça fait très plaisir de te voir.

J'attendis quelques secondes, mais Autumn ne répondit pas. Aussi me tournai-je vers elle ; on aurait dit qu'elle était sur le point de s'évanouir. Toute couleur avait déserté son visage. Je l'attrapai.

— Autumn ? Tu vas bien ?

Son corps entier tremblait. Avait-elle une attaque ?

— Oh, mon Dieu ! s'exclama Cara, dont le visage se décomposa. Je suis infirmière. Elle fait de l'hypoglycémie ?

Je n'avais aucune idée de ce qui se passait.

— Je ne pense pas.

Je serrai son bras, mais Autumn se contentait de regarder devant elle.

— Autumn, tu vas bien ?

Quand elle ne répondit pas, mais qu'elle ne s'évanouit pas non plus ou quoi que ce soit d'autre, un mauvais pressentiment m'envahit. Je suivis sa ligne de mire jusqu'à monsieur Pull-over rose. Contrairement à sa fiancée, il n'avait pas l'air inquiet du tout. En fait, il avait toujours ce grand sourire carnassier sur les lèvres. *Quoi ?* Il avait l'air plutôt content qu'Autumn ne se sente pas bien.

J'eus brusquement une révélation, comme si je conduisais une moto à cent soixante kilomètres à l'heure droit dans un mur de briques. Les poils de ma nuque se dressèrent et je sus. *Putain ! Je sus, tout simplement.*

— Votre nom ? demandai-je.

Je levai le menton, tenant toujours Autumn.

— Quel est votre nom, *bordel* ?

Le visage du gars finit par se décomposer. Probablement parce qu'il avait vu mon regard meurtrier. Il ne répondit pas non plus à ma question.

Cara regarda à tour de rôle son fiancé et moi à plusieurs reprises. Elle semblait aussi confuse que je l'étais une minute plus tôt.

— Que se passe-t-il ?

Le match nul entre nous continua pendant qu'il l'ignorait. J'avais l'impression que de la fumée s'échappait de mon nez et de mes oreilles.

La voix de Cara se fit plus forte.

— *Braden*, que se passe-t-il ?

31

Donovan

Je me tenais la tête entre les mains, tirant mes cheveux des deux côtés, tandis que je me repassais encore et encore la journée de la veille dans la tête. Finalement, je me levai et me dirigeai vers la porte de la cellule. M'accrochant aux barreaux, j'appelai le flic assis à son bureau à six mètres de là.

— Puis-je passer un autre coup de fil, s'il vous plaît ?

Le flic continuait à regarder sa paperasse et m'ignorait complètement.

— J'ai droit à trois appels téléphoniques. Je n'en ai passé que deux.

Il soupira, son stylo cessant d'écrire, mais il ne leva toujours pas les yeux.

— Nous savons que vous connaissez vos droits, maître. Vous n'avez pas besoin de démontrer votre force. Vous pensez être spécial parce que vous êtes avocat — vous pensez tous être spéciaux. Mais aujourd'hui, vous n'êtes pas un avocat, vous êtes un délinquant. Je m'en occuperai quand je m'en occuperai.

Je fis les cent pas dans la cellule de détention. J'avais appelé Autumn deux fois depuis que tout était parti à vau-l'eau. Les deux fois, j'étais tombé directement sur la messagerie vocale. La lecture de l'acte d'accusation devait avoir lieu dans les prochaines heures, donc si je l'appelais et qu'elle ne répondait toujours pas, il y avait de fortes chances que personne ne soit là pour mon audience, et je ne serais pas en mesure de payer la caution fixée. À ce stade, j'aurais probablement mieux fait d'appeler Trent ou Juliette — quelqu'un qui pourrait au moins manœuvrer dans le système depuis l'extérieur. Mais je préférais rester enfermé un jour de plus plutôt que de ne pas essayer de joindre Autumn. Je voulais m'excuser... Je voulais voir si elle allait bien.

Je fis les cent pas pendant encore vingt minutes avant que le policier ne s'approche et déverrouille la cellule. Il me montra la sortie d'un mouvement de bras et nous retournâmes à son bureau.

— Numéro ?

J'énonçai le numéro de téléphone d'Autumn, et il me tendit le récepteur.

Cela sonna une fois.

Allez. Allez... pas encore la messagerie vocale.

Je fus soulagé de ne pas entendre son message enregistré directement après la première sonnerie comme la veille au soir.

Cela sonna une deuxième fois.

Décroche, Autumn. Décroche.

Rien. Mon cœur s'emballa à la troisième sonnerie.

Putain ! Putain ! Putain !

Au milieu de la quatrième sonnerie, cela coupa et j'entendis le message de la boîte vocale. Je fermai les yeux, écoutant sa voix, puis me raclai la gorge.

— Autumn... Je suis vraiment désolé. Je voudrais juste savoir que tu vas bien. Si tu ne veux pas me parler, ce n'est pas grave. S'il te plaît, réponds juste pour que je sache que tu vas bien.

Le flic tendit la main et remit le vieux récepteur téléphonique sur sa base.

— Si vous appelez la rousse, dit-il, elle allait physiquement bien. Elle a dit qu'elle était juste tombée sur le cul quand la victime et vous vous êtes battus. Mon partenaire a pris sa déposition sur place après qu'on vous a mis dans la voiture de police.

— Ce n'est pas une putain de *victime* ! C'est un violeur !

— Peut-être bien. Mais il a une fracture de l'orbite, un nez cassé et une commotion cérébrale. Donc aujourd'hui, c'est lui, la victime. Et c'est *votre* victime. Si ce que vous dites est vrai, vous devriez savoir mieux que quiconque que prendre les choses en main n'est pas la bonne façon de faire.

Je regardai le doigt du flic. Il portait une alliance. Aussi le regardai-je droit dans les yeux.

— C'est comme ça que vous réagiriez si vous tombiez sur le type qui a violé votre épouse et s'en est tiré ?

Le visage du flic s'adoucit.

— Nous partons pour la mise en accusation dans une heure. Vous avez une sale tête. Je vais vous emmener aux toilettes pour hommes, vous pourrez vous laver.

Deux heures plus tard, j'étais assis dans le couloir privé à côté de la salle d'audience, l'endroit où ils parquaient les accusés en attendant qu'on les appelle. J'avais refusé l'avocat commis d'office pour me représenter moi-même à l'audience.

— Decker !

Je me levai. Dès que je franchis la porte du tribunal, je cherchai Autumn. Je la trouvai assise au premier rang, avec un homme à l'air très en colère à côté d'elle.

Elle avait amené son père.

Putain !

Son père s'avança vers la petite porte en bois qui séparait les parties prenantes des spectateurs.

— Gerald Wilde pour le défendeur, votre honneur.

Ma première réaction fut de dire « merci, mais non merci ». C'était mon domaine, et je savais comment jouer le jeu mieux que quiconque. Mais j'hésitai, parce que c'était son père. Et je fus content de l'avoir fait quand le juge reprit la parole.

— Gerry... ne devrais-tu pas être en lune de miel ?

Les yeux du jeune marié se tournèrent vers moi avant de regarder le juge.

— J'ai dû la repousser d'un jour.

Je jetai un coup d'œil à Autumn à plusieurs reprises. Elle établit finalement un contact visuel, mais détourna rapidement le regard.

L'audience fut assez standard, et le père de ma petite amie fit du bon travail. La caution fut fixée à dix mille dollars, ce qui n'était pas un problème. Après que le juge eut frappé son marteau, mon défenseur me grogna dessus.

— Je ne paierai pas votre caution. Je suppose que vous pouvez le faire ?

— Oui, monsieur. Puis-je vous demander de passer un appel à quelqu'un de mon cabinet qui pourra s'en occuper de là-bas ?

Il ferma sa mallette et la souleva.

— Je ne pense pas que ce soit nécessaire. Quelqu'un de votre cabinet est déjà là.

— Ah bon ?

— Apparemment, l'une des officiers de justice de ce bâtiment a été assistante juridique dans votre cabinet. Elle a vu votre nom sur le registre et a passé un appel pour vous. Si je l'avais su, je n'aurais pas eu à repousser mon départ en lune de miel.

— J'en suis désolé, monsieur.

Je secouai la tête.

— Je suis désolé pour le chaos que j'ai causé le jour de votre mariage. J'ai juste... J'ai perdu la tête en voyant ce type regarder Autumn après ce qu'il a fait.

Le père de celle-ci baissa la tête. Il posa une main sur mon épaule et la tapota deux fois.

— Bonne chance.

Alors que l'officier de justice me conduisait hors de la salle d'audience, je jetai un coup d'œil autour de moi pour voir si Trent ou Juliette y était. J'avais été tellement concentré sur Autumn que je n'avais même pas remarqué qui était là.

Mais bien sûr, il y avait quelqu'un. Quelqu'un de mon cabinet, absolument.

Des poignards glacés m'étaient lancés depuis la dernière rangée de la salle d'audience. Je fermai les yeux et pris une inspiration saccadée.

Juste quand je pensais que les dernières vingt-quatre heures ne pouvaient pas être pires.

Mon Dieu, comme j'avais tort !

Parce que Blake Dickson était en train de me fusiller du regard.

～

Il fallut attendre la fin de l'après-midi pour que tout soit réglé. Après avoir récupéré mes effets personnels au guichet et signé les papiers pour la caution, je sortis sur les marches du palais de justice et pris une profonde inspiration. Mon téléphone avait dû se casser pendant l'altercation, et je ne savais pas s'il était mort parce qu'il n'avait pas été chargé ou s'il l'était définitivement. J'avais espéré qu'Autumn m'attendrait, mais je ne vis aucun signe d'elle. Cependant, appuyé contre l'un des grands piliers à proximité, quelqu'un était bien là et attendait de me parler.

Merde !

Dickson.

Je pris une profonde inspiration et m'approchai. Il ruminait clairement depuis le matin même, et il valait mieux en finir.

— Salut. Désolé pour tout ça, dis-je.

Le visage de Dickson était inflexible.

— Définissez *tout*. Faites-vous référence au fait d'avoir été arrêté pour agression, de m'avoir tiré de mon lit un dimanche de bonne heure pour venir payer votre caution ou de coucher avec une cliente qui, il n'y a pas si longtemps, était ma petite amie ?

Je fermai les yeux et secouai la tête.

— Ce n'est pas ce à quoi ça ressemble.

— Non ? Donc vous ne couchez pas avec une cliente ?

— Techniquement, Autumn n'est pas une cliente. C'est Storm qui en est un.

À la minute où les mots quittèrent ma bouche, je sus que ce n'était pas ce qu'il fallait dire, même si c'était la vérité.

Les yeux de Dickson se plissèrent.

— Quand je vous ai demandé de bien vous occuper de la cliente, je n'ai pas pensé que je devais expliquer que cela n'incluait pas de fourrer votre queue en elle.

Je passai une main dans mes cheveux.

— Ce n'est pas si simple. Autumn et moi avons une histoire. Quand vous m'avez assigné pour aider Storm, je ne savais pas qu'elle serait là. On ne s'était pas vus depuis longtemps. Il y avait beaucoup de choses non résolues.

Dickson me regarda fixement en silence une bonne minute avant de se redresser du pilier contre lequel il s'était appuyé.

— Et dire que je penchais vraiment en votre faveur pour le vote !

Il secoua la tête et commença à descendre les marches du palais de justice. À mi-chemin, il se retourna.

— Les associés doivent être informés de votre arrestation, car elle a un effet sur le cabinet. Il est de ma responsabilité de le faire, indépendamment de l'abus de confiance personnel.

— Je comprends.

Avec seulement un regard de dégoût en guise d'au revoir, il fit demi-tour et continua à marcher. Je restai ancré au même endroit jusqu'à ce qu'il parte, le poids de tout ça soudain assimilé. Ma carrière, ma licence, ma liberté, un probable procès civil... J'avais vraiment merdé, cette fois. Mais le pire était ce qui manquait alors que je me tenais là, seul sur les marches : *Autumn*.

⌒

— Bonjour. J'étais dans la chambre 15-10. Nous nous sommes enregistrés vendredi et nous devions partir aujourd'hui. Mais un imprévu est arrivé, et comme l'heure de libérer la chambre est passée, ma clé ne fonctionne pas. Savez-vous si l'autre personne qui était avec moi est déjà partie ?

La femme tapota sur son clavier et sourit.

— Monsieur Decker ?

— C'est moi.

— Il est dit que nous avons quelque chose derrière qu'a laissé pour vous l'autre personne. Attendez une seconde, je vais le chercher.

Elle revint en tirant ma valise, une enveloppe à la main.

— Puis-je voir une pièce d'identité, s'il vous plaît ?

— Bien sûr.

Je sortis mon permis de conduire de mon portefeuille et le lui montrai avant qu'elle ne fasse sortir mon bagage de derrière le comptoir. Puis elle me tendit l'enveloppe.

— Voilà. Puis-je faire autre chose pour vous ?

— Je ne pense pas. Merci beaucoup.

Je ne m'éloignai que de quelques pas du comptoir avant de déchirer l'enveloppe. À l'intérieur se trouvait un mot écrit par Autumn.

Donovan,
Je suis désolée pour tout ce qui s'est passé. J'ai promis de ne plus jamais m'enfuir sans rien dire, mais j'ai besoin de temps et d'espace. J'espère que tu comprendras.
– Autumn

32

Donovan

Le bureau tout entier était en effervescence lorsque j'arrivai le lundi matin. Personne ne me dit quoi que ce soit, mais les voix se turent quand je passai, et il y eut une sorte de gêne dans les sourires et les salutations que je reçus. Je supposai donc que Dickson avait tout balancé à d'autres personnes qu'aux associés. Je n'étais pas surpris. Pour lui, ce n'était pas seulement un coup professionnel. C'était personnel, et je ne pouvais pas lui en vouloir.

Trent et Juliette entrèrent dans mon bureau deux minutes après moi, tous deux munis de blocs-notes. Ils fermèrent la porte derrière eux.

Je soupirai et m'assis à ma place.

— Je suppose que vous êtes déjà au courant.

— C'est quoi, ce bordel ? demanda Trent.

Secouant la tête, il s'assit sur l'un des fauteuils réservés aux clients.

— Je *savais* que ça allait t'exploser à la figure, déclara Juliette, les sourcils froncés.

— Que savez-vous au juste ?

— Dickson a dit à son assistante que tu avais été arrêté pour agression et aussi que tu couchais avec une cliente. Il a également insinué que tu avais un problème de drogue et d'alcool.

— Super !

Je secouai la tête. L'assistante de Dickson était une vraie commère. Elle diffusait tous les ragots. Je me frottai les tempes.

— Je suppose que la bonne nouvelle, c'est que je n'ai pas de problème d'alcool ou de drogue. J'étais parfaitement sobre quand j'ai tabassé ce type.

— C'était qui, bon sang ?

Je m'affalai sur mon fauteuil.

— C'est une longue histoire, et ce n'est pas à moi de la raconter.

Je soutins le regard de Trent.

— Fais-moi juste confiance quand je dis qu'il l'a cherché pendant longtemps, et qu'il a mérité tout ça. Il a blessé Autumn, et je ne parle pas de ses sentiments.

Trent hocha la tête.

— D'accord. D'accord. Donc, on fait quoi, maintenant ? J'ai une licence pour plaider dans le Connecticut. Tu as eu recours à un avocat commis d'office lors de la lecture de l'acte d'accusation ou tu t'es représenté toi-même ?

— Ni l'un ni l'autre. Le père d'Autumn est venu. Il est avocat là-bas. Je pense qu'en fait, ça a pu m'aider. Il était ami avec le juge.

— Il fait du pénal ?

Je secouai la tête.

— Planification successorale, je pense. Il possède un cabinet de bonne taille. Je suis sûr qu'ils ont une section criminelle.

— Tu veux qu'ils soient impliqués ?

— Absolument pas.

— D'accord. Je vais déposer une notification de changement d'avocat aujourd'hui pour indiquer que je te défendrai.

— J'apprécie l'offre, mais je peux m'en occuper.

Trent fronça les sourcils.

— L'agression est liée à quelque chose qui s'est passé entre le type et Autumn, c'est ça ?

Je hochai la tête.

— L'incident a eu lieu alors que c'était la première fois que tu étais en contact avec lui ?

— Oui.

— A-t-il dit ou fait quelque chose pour te provoquer ?

— Il a souri.

Trent secoua la tête.

— Tu as tabassé un mec parce qu'il souriait. Tu ne penses pas que ce n'est peut-être pas une bonne idée de te représenter ? Dois-je vraiment te rappeler le vieil adage ? « Un avocat qui se représente lui-même dans un procès criminel a pour client un idiot. » Que vas-tu faire quand ce type te sourira de l'autre côté de la salle d'audience ? Même si tu réussis à ne pas te jeter sur sa table, tes décisions seront-elles les bonnes alors qu'elles seront chargées d'émotion ?

Je passai une main dans mes cheveux et soupirai un grand coup.

— D'accord... oui, tu as raison. Mais tu ne fais pas de pénal.

— C'est bon. Tu m'apprendras. Il n'y a pas meilleur avocat en droit pénal que toi. Tu as juste besoin d'un porte-parole avec un comportement calme pour présenter ton affaire.

Je hochai la tête.

— D'accord. Merci.

Juliette avait été silencieuse jusqu'à présent.

— Autumn et toi allez bien ?

Mon cœur se serra. Les implications légales et criminelles de ce que j'avais fait ne m'inquiétaient pas autant que ce que j'avais pu faire à ma relation avec Autumn. Elle avait de gros problèmes de confiance, sans parler du fait qu'elle détestait la violence, et je lui avais montré directement qu'on pouvait quitter un quartier violent, mais que ce quartier violent ne nous quittait pas.

Je secouai la tête.

— Je ne lui ai pas parlé depuis samedi. Elle était avec son père à la lecture de l'acte d'accusation et a déposé une caution pour ma libération, mais elle a quitté la ville avant que je sois libéré et m'a demandé de lui laisser du temps et de l'espace. Je me suis dit que je l'appellerais ce soir.

Juliette grimaça.

Je soupirai.

— Je sais. Vraiment. J'ai dit plus d'une fois à des femmes que j'avais besoin d'un peu d'espace. Tu sais ce que je voulais vraiment dire ? « Tu es un peu trop fragile pour que je te plaque d'un seul coup, alors on va faire ça petit à petit. » Crois-moi, je comprends que ce n'est pas bon.

— Peut-être que ce n'est pas si mal, dit-elle après un moment. Je ne connais évidemment pas les détails, mais je sais que tu avais une sacrée bonne raison pour faire ce que tu as fait. Elle sait l'homme que tu es et elle a probablement juste besoin d'un peu de temps pour régler certaines choses.

J'espérais que Juliette avait raison, mais j'avais un sentiment de malaise au fond des tripes. Le plus grand combat d'Autumn pour surmonter ce qui lui était arrivé avait été d'accepter de ne pas avoir vu qui était Braden avant qu'il ne l'agresse. Maintenant, elle ressentait peut-être la même chose pour moi et doutait d'elle-même encore une fois.

———

Messagerie vocale. Encore.

Je n'avais pas laissé de message les deux fois précédentes où j'avais essayé de la joindre, réticent à placer la balle dans son camp. Mais le message était clair et net, à présent, et si Autumn n'avait pas l'intention de décrocher le téléphone pour m'écouter, je devais espérer qu'elle écoute au moins mon message vocal.

Je tentai de mettre de l'ordre dans mes pensées en écoutant le court enregistrement, mais ce n'était pas facile.

— Salut, commençai-je. Je sais que tu m'as demandé un peu d'espace, mais je veux juste m'assurer que tu vas bien.

Je fis une pause, cherchant les bons mots, mais il n'y en avait pas. Alors je parlai avec mon cœur.

— Je sais que ce que j'ai fait était mal. J'ai merdé, et je t'ai laissé tomber. Quand j'étais enfant, Bud me disait toujours qu'un moment de patience, quand on est en colère, peut éviter des années de regret.

J'enfonçai mes doigts dans mes cheveux et tirai dessus.

— J'ai juste... Il te *souriait*. Il ne mérite pas de respirer le même air que toi, et j'ai perdu mon calme. Je suis désolé, Autumn. Je suis vraiment désolé. Je sais ce que tu penses de la violence, et je ne sais pas comment te montrer que la personne que tu as vue ce jour-là n'est pas moi. Je ne te ferais jamais de mal.

Je fermai les yeux pour retenir mes larmes et secouai la tête.

— *Putain !* Je suis amoureux de toi, Autumn. Ce n'est pas la façon dont je voulais te le dire, mais c'est la vérité, et j'ai besoin que tu le saches. Tu peux penser que c'est trop tôt, mais je crois que je l'ai été dès que tu es entrée dans ce café, l'année dernière.

Je soufflai un grand coup.

— Bref. Je comprends que tu aies besoin de temps. S'il te plaît, appelle-moi quand tu te sentiras prête.

J'éteignis mon téléphone et m'assis à mon bureau. Il était neuf heures du soir, et quelques personnes s'agitaient encore dans le cabinet, mais je n'en avais rien à faire. Je pleurai comme un bébé.

33

Autumn

Une semaine plus tôt, je me sentais comme un papillon qui avait passé des années dans une sorte de cocon. J'avais tellement eu peur de m'aventurer dans le monde par moi-même ! Mais j'avais battu des ailes à plusieurs reprises, et une fois que j'avais commencé à voler, l'isolement obscur dans lequel je m'étais trouvée pendant si longtemps m'était apparu comme une punition plutôt que comme un lieu de protection. Aujourd'hui, je voulais désespérément retourner dans ce cocon, mais il semblait que je n'y aie plus ma place.

Au cours des jours précédents, je n'avais cessé de repenser à ce petit moment anodin que Donovan et moi avions partagé. Nous étions à l'hôtel la veille du mariage de mon père. Parce que le simple fait de traverser la frontière entre New York et le Connecticut m'avait stressée, j'avais décidé de prendre une douche chaude. Après, je m'étais installée au bureau situé en diagonale par rapport au lit où Donovan regardait un match de baseball à la télé.

J'étais perdue dans mes pensées, songeant au temps qui s'était écoulé depuis la dernière fois que j'étais allée chez mon père, tout en séchant l'arrière de mes cheveux. À un certain moment, mes yeux croisèrent ceux de Donovan dans le miroir. Il souriait, ne regardant apparemment plus le match, aussi avais-je éteint le sèche-cheveux pour lui demander ce qu'il regardait. Il avait haussé les épaules et dit qu'il aimait juste me regarder. J'avais repris ce que je faisais — ce qui était pénible, puisque mes cheveux étaient devenus assez longs. Donovan s'était approché et m'avait pris le sèche-cheveux et la brosse des mains. Il avait l'air complètement hors de son élément, presque comme s'il ne savait même pas comment orienter le séchoir d'une main et manipuler la brosse de l'autre. Mais il était resté là pendant dix minutes — toujours vêtu d'une chemise faite sur mesure pour le travail ce jour-là, une chemise qui couvrait tous ses tatouages de dur à cuire — et avait fini de sécher l'arrière de mes cheveux.

C'est à ce moment-là que j'avais su. J'avais su que malgré tous mes efforts, même si je me battais, je ne pouvais pas m'empêcher de tomber amoureuse de lui. Et c'était pourquoi aujourd'hui, après avoir passé des jours entiers en boule sur mon lit, je m'étais levée, j'avais cherché l'adresse d'un certain avocat dont je n'aurais jamais pensé taper le nom sur Google et pris le train pour Hartford.

— Bonjour, je suis ici pour voir...

Je pris une profonde inspiration.

— Braden Erlich.

La réceptionniste sourit.

— Bien sûr.

Elle tapa sur son clavier et leva les yeux.

— Hmmm... Je n'ai pas de rendez-vous pour monsieur Erlich cet après-midi. Il doit avoir oublié de le mettre dans l'agenda principal.

— En fait, je n'ai pas de rendez-vous.

— Oh !

— Mais nous avons quelques affaires qui doivent être finalisées. Pourriez-vous juste lui faire savoir que je suis ici ?

— Bien sûr. Quel est votre nom, s'il vous plaît ?

— Autumn Wilde.

Je regardai son visage quand elle appela Braden.

— Bonjour. Autumn Wilde est ici pour vous voir. Elle n'est pas sur l'agenda, mais elle a dit...

L'homme à l'autre bout du fil lui coupa clairement la parole. Elle écouta avant de couvrir le téléphone de sa main et de murmurer :

— Ai-je bien compris votre nom ?

Je souris.

— Tout à fait.

Elle découvrit le téléphone.

— Oui, le nom est bien Autumn Wilde.

La réceptionniste eut l'air confuse en posant le téléphone.

— Euh... Il doit être sur l'autre ligne ou quelque chose comme ça. Je suis sûre qu'il rappellera quand il aura fini.

À peine eut-elle fini de parler que Braden arriva dans le couloir derrière elle. Il avait deux cocards, un nez bandé et l'un de ses yeux étaient tellement gonflé qu'il en restait fermé, même si presque une semaine s'était écoulée. Il me regarda fixement, le visage dur, et je crus que j'allais vomir. Il contourna le bureau de la réception et me saisit le coude.

Je le repoussai d'un coup sec et sifflai :

— Ne me touche pas !

Le regard de Braden se tourna vers la réceptionniste, puis vers moi, et il leva les mains.

— Que veux-tu ?

— Te parler.

Sa mâchoire se contracta.

— Pas ici. Viens dans mon bureau.

— C'est généralement comme ça que ça marche, murmurai-je.

Je parvins à mettre un pied devant l'autre alors que je me dirigeais vers le sanctuaire de son cabinet d'avocats de luxe. Quand nous arrivâmes à sa porte, il tendit le bras en avant pour que j'entre en premier. Je le fis, mais je m'arrêtai devant lui.

— La porte reste ouverte.

— Je préfère l'intimité.

— Et je préférerais ne pas avoir à prendre de médicaments la nuit pour dormir parce que j'ai peur qu'un animal vienne dans mon appartement et me viole. Je suppose qu'aucun de nous n'a ce qu'il préfère, hein ?

Braden se frotta le visage tout en me fixant.

— Bien. Baisse la voix.

Je pris un siège de l'autre côté de son bureau. Mes mains tremblaient, aussi agrippai-je les accoudoirs de toutes mes forces pour qu'il ne le voie pas.

Il croisa les bras sur son torse.

— Si tu es ici pour essayer de me faire abandonner les charges contre ton voyou de petit ami, tu as fait le voyage pour rien.

Quand j'avais envisagé de venir ici, je pensais qu'il serait difficile de regarder Braden, mais pour l'instant, c'était tout le contraire. Peut-être était-ce dû au fait qu'il était battu et meurtri, mais le regarder me faisait me sentir plus forte, pas comme la mauviette recroquevillée que j'avais imaginé que je serais. Mon cœur faisait toujours des bonds dans ma poitrine, ma peau était moite et ma posture était effectivement rigide, mais je me disais qu'un peu d'exaltation se mêlait peut-être à ma terreur.

J'inclinai la tête.

— Tu penses à ce que tu m'as fait ?

Il tressaillit, mais tenta de le cacher.

— Bien essayé. Tu portes un micro ou tu essaies de m'enregistrer sur ton téléphone ?

Je soulevai mon sac à main en maintenant le contact visuel, sortis mon téléphone et le posai sur le bureau. Je l'allumai avant de tourner l'écran vers lui et appuyai sur le bouton pour l'éteindre. Braden ne dit rien, mais il n'avait toujours pas l'air convaincu. Alors je me levai et tendis les bras à l'horizontale.

Après une minute à me fixer, il me fit signe de m'asseoir.

— Que veux-tu, Autumn ?

— Je veux des réponses.

Il regarda mes yeux l'un après l'autre.

— À quoi ?

— Tu es passé à autre chose. Je veux savoir comment.

Il m'adressa un sourire de fou.

— Tu pensais que j'allais rester célibataire après notre rupture ?

Je secouai la tête.

— Non, mais je veux savoir comment tu peux dormir la nuit en sachant que tu m'as violée.

Son regard vola vers la porte derrière moi.

— Baisse la voix.

— Ou quoi ?

Je souris de façon sardonique.

— *Oh*... bien sûr ! Personne ici ne sait de quoi tu as été accusé... ce que tu as *fait*. S'ils le savaient, ils te regarderaient un peu différemment. La plupart d'entre eux diraient qu'ils ne le croient pas. Mais au fond d'eux... il y aurait toujours...

Je levai mon pouce et mon index, laissant apparaître un espace de quelques millimètres.

— ça... ça de doute que tu l'aurais peut-être fait. Même les gens qui t'apprécient ne ressentiraient plus jamais la même chose pour toi. Je parie que certaines femmes feraient aussi en sorte de ne jamais rester en dernier, seules dans le bureau avec toi le soir.

La mâchoire de Braden se contracta.

— Va droit au but, Autumn. Je ne suis pas idiot, donc je ne répondrai à aucune de tes questions. Si c'est tout ce que tu es venue faire...

Il traça un cercle avec sa main.

— Ne claque pas la porte sur tes fesses en sortant.

— Je ne m'attendais pas à ce que tu répondes à mes questions, et honnêtement, je ne suis pas sûre que quoi que ce soit que tu puisses dire ait une quelconque valeur pour moi. Mais tu vas écouter ce que j'ai à dire.

Je pris une profonde inspiration.

— Pendant un an après que tu m'as violée, j'ai regardé de vieilles vidéos de nous ensemble. J'ai passé d'innombrables heures à les étudier — à observer ta façon de me regarder, à scruter tes yeux pour voir ce que j'avais manqué. Je veux dire, le diable ne sort pas de quelqu'un, comme ça, en seulement un jour. Il s'infiltre dans ton âme et petit à petit, il aspire tout ce qu'il y a de bon en toi. C'est comme un cancer non traité. Ça se diffuse et grandit et prend tout le bien de ton corps jusqu'à ce que tu sois une coquille vide de ce que tu étais autrefois. Donc je ne comprenais pas comment je ne l'avais pas vu arriver.

Je tapotai ma poitrine.

— Je ne pouvais *pas* accepter d'avoir passé quatre ans avec une personne qui, depuis le début, était capable de faire une chose aussi odieuse. J'avais *obligatoirement* raté quelque chose. L'alternative était tellement pire ! Si je ne l'avais pas vu chez toi, comment pourrais-je le voir chez quelqu'un d'autre ? Ça signifiait qu'on ne pouvait faire confiance à *personne*.

Je fis une pause et secouai la tête.

— Savais-tu que lorsque tu cherches quelque chose, tu regardes toujours de gauche à droite ? Tu ne scrutes jamais une pièce en commençant par la droite. Et quand un autre homme s'approche de toi, même un type qui passe et ne te prête pas la moindre attention, tu redresses les épaules. Tu aurais dû être un paon, au moins, tu aurais eu de jolies plumes à montrer. Oh, et quand tu bois de l'alcool, tu lèves toujours le verre pour voir combien il en reste avant de prendre la gorgée suivante ! On a passé quatre ans ensemble, et je n'avais jamais rien remarqué de tout ça. Mais regarde quelques vidéos — *oh, je ne sais pas*, dix, peut-être vingt mille fois — et tu repères des choses.

Je saisis des peluches imaginaires sur mon pantalon.

— Sais-tu combien il est difficile de voir le visage de l'homme qui t'a violée sur une vidéo, encore et encore ? Surtout quand il y rit et s'y amuse, et que tu réalises qu'il est aussi probablement en train de rire et de s'amuser au même moment. Alors que moi, je venais de vomir mon dîner... encore une fois.

Je pris une autre grande inspiration et étudiai le visage de Braden. Ce que je vis me fit sourire. J'étais certaine que ce sourire paraissait fou, mais je m'en moquais.

Je me tapotai le coin de l'œil gauche.

— Tu viens de tressaillir. C'était très léger, parce que je suppose que tu as appris à mieux cacher tes réactions au fil des ans, mais je l'ai vu. J'ai oublié de mentionner qu'en étudiant ces vidéos, j'ai aussi appris que tu te sentais extrêmement menacé par mon père et le tien.

Je pointai du doigt le coin de son œil.

— C'est un peu difficile à voir aujourd'hui, entouré de tout ce noir et ce bleu, mais c'était là. Tu te sens menacé, en ce moment.

— Ne prends pas tes désirs pour des réalités, cracha Braden, les dents serrées. Le muscle de mon œil est probablement endommagé, ce qui provoque des secousses involontaires. Je m'assurerai de le noter dans mon procès civil contre le voyou que tu fréquentes *après* m'être assuré qu'il est sous les verrous.

— Bien sûr, c'est ça.

Je souris et regardai mes ongles.

— Bref, je voulais juste te faire savoir quelques petites choses de plus. Premièrement, tu as gâché ma vie pendant six ans. Je m'en suis voulu de ne pas avoir vu des choses en toi, et à cause de ça, je me suis tenue loin de tous ceux avec qui j'aurais pu avoir un vrai lien. J'avais peur qu'avoir à nouveau des sentiments m'empêche de voir la véritable personnalité de l'autre, comme ça a été le cas avec toi. J'avais confiance en toi. Même quand j'ai su que tu me suivais et que tu mentais à ce sujet, je t'ai fait suffisamment confiance pour t'ouvrir la porte de ma maison cette nuit-là et te laisser entrer pour parler. Je me sentais mal de t'avoir blessé, même si je n'avais rien fait de mal dans notre relation. Quand tu as refusé d'arrêter, ça a fait plus que briser ma confiance en toi. Ça a brisé ma confiance en tous les hommes — en fait, ça a brisé ma confiance en l'humanité. *Tu étais mon premier, Braden.* Mon premier petit ami sérieux, ma première expérience sexuelle, mon premier tout. Les premières fois sont celles où on apprend des choses pour les deuxièmes et troisièmes. Et j'ai appris des choses qu'aucune femme ne devrait jamais avoir à apprendre. *Tu as gâché ma vie.*

J'étais sous adrénaline depuis que j'étais entrée, mais je sentais maintenant que l'inévitable chute arrivait. Il était donc temps de partir. Me levant, je lissai mon pantalon et regardai le visage qui avait hanté mes rêves pendant tant d'années. Il était normal qu'il soit battu et meurtri.

— Au revoir, Braden.

J'étais presque arrivée à la porte quand il cria :

— C'est tout ? Tu ne vas même pas me supplier d'être clément avec ton petit ami ?

Je pivotai sur moi-même.

— Je t'ai supplié d'arrêter autrefois, alors je sais déjà comment ça se passe. Je vais garder mon souffle pour prier pour les autres survivantes. Parce que je suis sûre que je ne suis pas la seule à qui tu aies fait ça.

Le coin de son œil tressaillit, et sa mâchoire se contracta.

— C'est bien ce que je pensais, dis-je. Va brûler en enfer, violeur !

34

Donovan

Dix jours s'étaient écoulés depuis la dernière fois que j'avais vu Autumn. Elle m'avait envoyé un message pour me dire qu'elle allait bien, mais qu'elle avait besoin de régler certaines choses toute seule. Cependant, il devint rapidement clair que l'une d'entre elles était *moi*.

C'était le mardi suivant la fête du Travail — le jour que j'avais attendu pendant des mois et qu'à présent, je redoutais.

— Tu viens ? demanda Trent, passant la tête par la porte de mon bureau.

— J'y suis obligé ?

Il sourit tristement.

— Non. Mais si tu veux t'en sortir, tu dois commencer par garder la tête haute et encaisser.

Je soupirai et jetai mon stylo sur le bureau.

— Bien.

Nous prîmes l'ascenseur ensemble jusqu'à l'étage des cadres. L'« annonce » des noms des nouveaux associés se faisait toujours dans la salle de conférence avant de sabrer le champagne. Mais les futurs nommés en avaient été informés avant la fête du Travail, car ils devaient signer un gros chèque pour valider officiellement leur statut d'associé. Inutile de dire que mon téléphone n'avait pas sonné ce week-end-là.

Trent me donna un coup de poing dans le bras quand l'ascenseur s'arrêta.

— Tête haute, mon pote.

Je mis mes mains dans mes poches.

— Bien sûr.

La salle de conférence du quatorzième étage était bondée, aussi dûmes-nous rester debout dans le couloir, ce dont je fus soulagé. Juliette était entassée près de la porte, avec les autres sardines. Quand elle nous vit, elle se faufila jusqu'à nous. Elle jeta un coup d'œil à mon visage et fronça les sourcils.

— Tu n'as toujours pas de nouvelles d'elle ?

Je secouai la tête. C'était assez drôle que nous soyons debout à attendre que soit annoncé que quelqu'un d'autre que moi était devenu associé et que Juliette sache que ce n'était pas la raison de ma tête d'enterrement.

Elle frotta mon bras.

— Elle va changer d'avis.

À son visage, je voyais qu'elle ne croyait même pas ce qu'elle disait. Mais elle était une bonne amie, et je n'avais pas l'énergie de discuter de toute façon.

— Merci.

Pendant les vingt minutes qui suivirent, je restai debout alors qu'ils annonçaient les noms des nouveaux associés. Je gardai les yeux fixés droit devant moi, même si je sentais que les autres me scrutaient pour voir comment j'allais réagir. Lorsque ce fut enfin terminé et que les premières bouteilles de champagne furent ouvertes, je me penchai vers Trent.

— Je vais filer d'ici.

Il me tapa sur l'épaule.

— Oui, bien sûr. Tu as fait ce que tu devais faire. Aucune raison de prolonger la torture. Tu commandes un dîner pour dix-neuf heures ?

Je secouai la tête.

— En fait, je vais m'arrêter là pour aujourd'hui.

Je souris à moitié.

— C'est l'un des avantages quand on dévie de la voie du partenariat — plus besoin que je fasse quatorze heures par jour.

Trent hocha la tête.

— Vas-y doucement, mon pote.

Dehors dans la rue, je pris une grande inspiration et desserrai ma cravate. L'air avait été étouffant là-haut, mais je savais que si je rentrais chez moi aussi tôt, je finirais par boire pour engourdir mes pensées. Je décidai donc d'aller chez Bud. Je lui avais parlé plusieurs fois, mais je n'étais pas allé le voir depuis le week-end dans le Connecticut.

Je le trouvai dans le garage avec une règle d'un mètre sortant de son plâtre et une scie près de lui sur la table.

— Que fais-tu, bon sang ?

— Ce fichu truc est coincé. Je dois le scier parce que je n'arrête pas de cogner des choses en marchant.

Je gloussai et m'approchai pour voir ce qui se passait.

— Pourquoi c'est là-dedans, d'abord ?

— Ça me démangeait. Je transpire dans ce machin, et ça me démange beaucoup.

— Tu as essayé de tirer dessus ?

— Oh, c'est une super idée ! J'aurais aimé l'avoir.

Il leva les yeux au ciel.

— Bien sûr que j'ai essayé de tirer... c'est coincé.

— Laisse-moi essayer avant de scier.

Cela prit environ dix minutes et un peu d'huile d'olive en guise de lubrifiant, mais je parvins à sortir la règle.

Bud secoua son bras.

— Je ne sais pas si je pourrai tenir les huit semaines pendant lesquelles ils veulent que je garde ce truc.

— Prends-le au jour le jour, et fais du mieux que tu peux.

Bud sourit.

— Je crois que c'est ce que je t'ai dit durant la moitié de ta vie.

Je confirmai d'un hochement de tête.

— C'est vrai.

Nous entrâmes dans la maison, et Bud montra l'arrosoir qu'il avait depuis que j'étais enfant.

— Aide-moi à faire les plantes à l'intérieur, veux-tu ? Si j'utilise mon autre main, je renverse la moitié de l'eau sur le sol. Si j'utilise la main plâtrée, ça dégouline sur mon bras et ça me démange.

— Pourquoi ne pas t'asseoir et te détendre. Je m'en occupe.

Bud tira un tabouret de l'autre côté du comptoir pendant que je remplissais l'arrosoir.

— Du nouveau concernant les accusations dans le Connecticut ? demanda-t-il.

Je secouai la tête.

— Non. Nous avons rempli des papiers et demandé une réunion. Mais je ne m'attends pas à avoir de nouvelles avant plusieurs semaines.

Il hocha la tête.

— Les choses se sont arrangées avec Autumn ?

Je fronçai les sourcils.

— Elle ne veut même pas me parler.

Mon regard accrocha celui de Bud avant que je ne commence à arroser son million de plantes d'intérieur. Il resta silencieux un moment, ce qui ne me surprit pas. Bud n'était pas un homme qui parlait pour le plaisir de combler le silence.

— Je parie qu'elle souffre.

Comme si je ne me sentais pas assez mal.

— Bien sûr qu'elle souffre. Et c'est ma faute.

— Peut-être, dit-il en haussant les épaules. Mais je vais te demander quelque chose. Tu ne crois pas qu'elle aurait souffert rien qu'en tombant sur ce type ? Même si tu ne l'avais pas frappé ?

— Oui. Tu aurais dû voir sa tête quand il est arrivé, comme si elle avait vu un fantôme. Ce qui s'est passé a peut-être eu lieu il y a six ans, mais c'était deux secondes plus tôt, à ce moment-là.

— D'accord... alors, supposons que tu aies géré les choses différemment. Elle serait quand même probablement encore un peu sur les nerfs. Que ferais-tu, dans ce cas-là ?

— Comment ça, « ce que je ferais dans ce cas-là » ? Je lui parlerais, j'écouterais tout ce qu'elle voudrait dire. Je ne la quitterais pas d'une semelle, si ça l'aidait à se sentir mieux.

— D'accord... Et pourtant tu es ici et non chez elle, ce soir.

Je finis d'arroser une fougère qui devait être aussi vieille que moi et posai l'arrosoir.

— Elle croit que la violence n'est jamais justifiée. Elle ne veut pas me parler.

— Et toi, que crois-tu ?

— Je crois que ce type mérite bien pire que ce que je lui ai fait. Mais ce n'est pas la question. Ce n'était pas à moi de faire ce choix. J'ai fait une erreur.

Bud sourit.

— Mince ! Pourquoi ce n'était pas aussi facile de te faire admettre des choses quand tu étais adolescent ?

Je soupirai.

— Je pensais avoir dépassé ça. Vraiment.

— Je ne suis pas sûr que j'aurais agi différemment à ta place, fiston. Ce n'est pas comme lorsque tu te battais pour des conneries. Un homme a fait du mal à ta douce — un homme qui n'a jamais eu ce qu'il méritait — et tu voulais changer ça. La violence n'est peut-être jamais justifiée, mais parfois, elle ressemble beaucoup à de la justice.

Les yeux de Bud croisèrent les miens.

— J'en déduis que tu es amoureux d'Autumn ?

Je hochai la tête.

— Je n'étais jamais sûr d'être amoureux, avant. Mais maintenant, je réalise que quand on l'est, on le sait très bien.

— Tu te souviens quand, au collège, tu as eu des problèmes pour avoir séché un cours de maths avancées, et que le conseiller d'orientation t'a dit de laisser tomber le cours parce que tu ne serais pas capable d'y arriver, de toute façon ?

— Monsieur Schultz. Il avait une haleine épouvantable.

— Tu as laissé tomber le cours ?

— Non, j'ai eu 100 à tous les contrôles.

— Et qu'as-tu fait de ces contrôles quand tu les as récupérés ?

— J'ai glissé chacun d'eux sous la porte de Schultz. Je ne serais pas capable d'y arriver, mon cul !

— Et quand tu as été déçu de n'avoir battu que quatre-vingt-dix-neuf virgule cinq pour cent de toutes les personnes qui ont passé l'examen d'entrée en fac de droit, et que je t'ai suggéré de peut-être t'inscrire dans d'autres facs de droit que Harvard, juste pour être sûr ?

Je haussai les épaules.

— J'ai repassé le LSAT[3] et j'ai eu un score parfait. Puis je suis allé à Harvard.

— Tu ne vois pas qu'il y a une tendance, fiston ?

— Je n'écoute pas ?

Bud sourit.

— Eh bien, oui. C'est tout à fait vrai. Mais ce n'est pas ce que je veux dire, cette fois. Tu n'abandonnes pas quand tu veux quelque chose. Toute ta vie, tu as rencontré des obstacles, et tu as trouvé un moyen de les contourner.

— Et ?

Bud secoua la tête.

— Seigneur, parfois, tu es une vraie tête de mule ! Tu es amoureux de cette fille. Tu as fait une erreur. Ne laisse pas cette erreur tout détruire. Répare-la. Trouve un moyen de la contourner. Ne reste pas assis là en espérant que ça s'arrangera tout seul.

Pendant tout le trajet du retour jusqu'à Manhattan, je repensais à ce que Bud avait dit. Il y avait une différence entre donner de l'espace à Autumn et rester sur la touche. J'avais merdé, et je devais l'assumer, mais je devais aussi m'assurer qu'elle savait que je n'allais nulle part, et la façon de le faire n'était certainement pas par SMS et messagerie vocale. Donc quand je quittai le pont, je tournai vers chez elle au lieu d'aller chez moi.

Le temps que je trouve une place pour me garer, il était presque vingt et une heures. Je ne savais toujours pas si c'était la bonne décision, mais comment pouvais-je

---

3 *Law School Admission Test,* examen nécessaire pour entrer dans une école de droit aux États-Unis, au Canada et dans certaines universités australiennes en particulier.

empirer les choses à ce stade ? Aussi pris-je une grande inspiration, marchai-je jusqu'à la porte et appuyai-je sur la sonnette de son appartement.

Je savais qu'elle avait une application lui permettant de voir et d'entendre qui était à la porte avant de laisser entrer les gens, donc, pendant que je me tenais là et que j'attendais d'entendre la serrure se déverrouiller, je levai les yeux au ciel et fixai la caméra.

Allez, Red ! Fais-moi entrer.

Une minute passa, et mon cœur commença à se faire lourd. Autumn pouvait être en train de dormir ou même être sortie, mais elle pouvait aussi faire semblant de ne pas être là pour m'éviter. Puisque j'avais fait tout ce chemin, je sonnai une deuxième fois et levai les yeux vers la caméra.

— Autumn, je veux juste parler. Tu me laisses monter ? Ou descends si tu ne veux pas que j'entre. Je ne vais pas rester longtemps, je te le promets. Je veux juste te dire quelques trucs et je te laisserai tranquille.

De nouveau, j'attendis. Les minutes qui s'écoulaient étaient éreintantes. Au début, j'avais décidé d'attendre cinq minutes puisque je lui avais demandé de descendre et qu'elle devait peut-être attendre l'ascenseur ou autre chose. Mais passé cinq minutes, je cherchai à justifier pourquoi ce n'était peut-être pas assez.

Peut-être qu'elle dormait et devait s'habiller ?

Ou bien elle avait besoin d'aller aux toilettes, puis de s'habiller ?

Dix minutes.

J'attendrais dix minutes. Cinq, c'était trop rapide.

Mais après six cents secondes, je n'étais toujours pas prêt à abandonner.

Son ascenseur est sacrément lent.

Il valait mieux mettre quinze minutes.

Oui, quinze.

Quinze minutes se transformèrent en vingt, et vingt en une demi-heure. J'avais l'impression d'avoir un nœud dans la gorge lorsque je me tournai pour partir. Je fis quelques pas, puis m'arrêtai et fis demi-tour.

Et puis merde ! Si c'était le seul moyen pour qu'elle m'écoute, je devais saisir l'occasion. J'appuyai donc une fois de plus sur la sonnerie et regardai la caméra.

— Autumn, je sais que tu as lu mes excuses. Et je suis désolé pour ce que j'ai fait. Mais je ne sais pas combien de temps ce truc enregistre, donc je vais plonger dans les choses que je n'ai pas dites.

Je passai une main dans mes cheveux, essayant de trouver un moyen d'exprimer ce que je ressentais.

— Depuis tout petit, j'ai toujours voulu plus que ce que j'avais — plus d'argent, plus de respect, plus de vêtements, plus de reconnaissance, plus de famille, juste plus. Jusqu'à ce que tu entres dans ma vie. Maintenant, aucune de ces choses ne semble importante. Je n'ai pas besoin de plus d'argent, plus de reconnaissance, plus de quoi que ce soit. Tout ce dont j'aie besoin, c'est toi. Rétrospectivement, il y a un an, je pensais tout savoir, mais la vérité est que je n'avais aucune idée de ce qu'était l'amour. Mais j'ai finalement compris. L'amour est... suffisant. Rien de tout le reste n'est important quand on trouve la bonne personne. Tu es dans mon cœur, Autumn — ou plutôt mon cœur est à toi. S'il te plaît, ne l'oublie pas.

Les larmes s'accumulèrent dans mes yeux, et je me sentis soudain épuisé. Je levai les yeux vers la caméra une dernière fois.

— J'espère que tu vas bien.

Je décidai de marcher un peu pour me vider la tête avant de prendre le volant. Deux pâtés de maisons plus loin, je passai devant un bar et décidai d'y entrer. C'était sombre et triste à l'intérieur, alors j'eus l'impression d'avoir trouvé le bon endroit. Je pris un siège au bar à côté d'un homme plus âgé, penché sur son verre.

Il me regarda, alors je levai le menton.

— Salut.

— Salut, grommela-t-il, pas très accueillant.

Quand le barman arriva, je commandai d'abord une bière.

— En fait, j'ai besoin de quelque chose de plus fort.

— Que voulez-vous ?

Je secouai la tête.

— Ça m'est égal. Quelque chose de fort.

Le vieux type à côté de moi fronça les sourcils.

— Bourbon... fais-en deux, un pour moi.

Je souris au barman.

— Deux bourbons, s'il vous plaît.

Le liquide ambré brûlait la gorge en descendant, mais le type à côté de moi ne sembla pas le remarquer. Il engloutit ses trois doigts d'alcool comme si de rien n'était.

— Ta génération est molle, ricana-t-il.

Je gloussai intérieurement. Il n'avait pas tort. Concernant la plupart des gens, en tout cas. Car j'aimais penser que j'étais un peu différent de la plupart des gens nés la même année que moi. Je hochai la tête.

— C'est à cause des trophées.

Le visage du vieil homme se plissa.

— C'est quoi, un trophée ?

— Vous savez, les statuettes en métal, même si de nos jours, je suis sûr qu'elles sont surtout en plastique. Les enfants en reçoivent quand ils font du sport et tout ça.

— Oh, un trophée !

— C'est ce que j'ai dit.

— J'ai cru qu'il y avait une nouvelle signification que je ne connaissais pas. Qu'est-ce qu'un trophée a à voir avec le fait que vous soyez mous ?

— Eh bien, dans votre génération, il n'y avait qu'un seul trophée. Il allait à l'équipe gagnante. De nos jours, les enfants reçoivent des trophées quand ils terminent une saison… juste parce qu'ils ont terminé. Même l'équipe qui finit à la dernière place reçoit un trophée.

Le vieil homme réfléchit et hocha la tête.

— C'est stupide.

Je finis le liquide dans mon verre. La troisième gorgée fut aussi difficile que la première. Je fis tourner les glaçons dans mon verre.

— Comment pouvez-vous boire ça ? Ça a un goût horrible et ça brûle le gosier.

Il sourit.

— Je n'ai jamais eu de fichu trophée.

Je ris et levai le menton vers le barman.

— Une autre tournée pour moi et…

Je regardai le vieil homme.

— Fred.

Je hochai la tête.

— Moi et Fred.

Pendant les heures qui suivirent, je restai assis à côté de mon nouvel ami et bus trop de bourbon. Il s'avéra que Fred en avait après les milléniaux parce qu'il avait un petit-fils d'environ mon âge qui avait annulé son invitation à une fête qu'il organisait ce week-end-là et ne prenait pas ses appels.

— Il voulait que j'aille à une fête de *révélation de sexe*. Qui donc organise une fête et fait préparer un gâteau pour connaître le sexe d'un bébé ?

— En fait, beaucoup de gens le font, de nos jours.

Fred fronça les sourcils et secoua la tête.

— Comme je l'ai dit, *mous.*

Je souris et avalai mon troisième bourbon *on the rocks.* L'alcool commençait à me faire effet, maintenant, ce qui était très bien.

— De mon temps, les hommes n'attendaient même pas à l'hôpital pour savoir ce qu'ils allaient avoir. On déposait juste la femme et on rentrait chez nous pour dormir un peu. Si on avait épousé une gentille fille, elle ne nous appelait pas avant le lendemain matin pour nous dire ce qu'elle avait eu, de sorte qu'on pouvait se reposer.

Je ris.

— Je suis sûr que ça ne marcherait pas avec les femmes d'aujourd'hui.

Il me fit un signe de main dédaigneux en ronchonnant.

Un peu plus tard, je me levai pour aller aux toilettes et trébuchai. *Merde !* J'étais plus saoul que je ne le pensais. J'allai me soulager, ayant l'intention de payer mon ardoise. Mais quand je revins, Fred m'avait, à son tour, payé une tournée.

Il inclina son verre vers moi.

— Tu n'es pas si mal que ça pour un de ces gamins alphabet. Je n'arrive jamais à me souvenir des âges de la génération X, Y ou Z.

Je souris.

— Merci.

— Alors pourquoi es-tu assis dans cet endroit déprimant à essayer de battre un vieux pro comme moi ?

— Problèmes de femme.

Fred tendit son verre vers moi pour que je trinque.

— Putain de femmes ! Il faut se méfier d'elles. Elles sont dangereuses. Tu connais un autre animal qui peut extraire le jus d'une noix sans la casser ?

Je ris si fort que je tombai de mon siège. Fred me tendit la main pour m'aider à me relever. Sa poigne était plutôt forte pour un type qui devait avoir près de quatre-vingts ans.

Une fois debout, je posai une main sur son épaule.

— Merci beaucoup, mon pote ! C'était exactement ce dont j'avais besoin.

— De tomber par terre ?

— Non. De ne pas être capable de tenir debout.

Je lui dis que j'allais partir, mais Fred me convainquit de prendre un autre verre. Ce dernier me terrassa complètement. Je passai de joyeusement ivre à malheureux à cause d'Autumn. Il était hors de question que je conduise jusque chez moi dans mon état, aussi commençai-je à me diriger vers le train, en me disant que je récupérerais ma voiture le lendemain. Mais à un moment donné, je changeai de direction et retournai chez Autumn.

Je n'avais aucune idée de l'heure qu'il était, mais il devait être minuit passé quand je sonnai.

— Autumn... c'est moi.

Je levai les yeux vers la caméra et pointai mon visage.

— S'il te plaît, laisse-moi entrer.

Quand quelques minutes se furent écoulées et qu'elle ne répondit pas, je passai de la déprime à la colère. Ce que j'aurais dû faire, c'était rentrer chez moi. Mais à la place, je sonnai encore.

— Autumn, tu vas me parler ?

Pas de réponse.

J'étais blessé, triste et tellement frustré ! Alors je sonnai encore et levai les yeux vers la caméra.

— Tu sais quel est ton problème ? Tu as eu un putain de trophée. Personne n'a besoin de faire des efforts quand on reçoit un trophée juste pour s'être pointé. Mais la vie est dure, Autumn !

J'appuyai la tête contre la porte et marmonnai :

— La vie est tellement dure !

Je fermai les yeux, et il est possible que j'aie commencé à m'endormir là, debout. Au bout d'une minute, je me forçai à ouvrir les yeux et m'éloignai de la porte. J'étais ivre, émotionnellement épuisé et rempli d'une telle colère refoulée qu'avoir frappé ce connard ne représentait même pas un début de soulagement. Ma colère n'était pas dirigée contre Autumn, bien que, dans ma brume alcoolisée, je m'en prenne à n'importe qui. Je levai mon majeur vers la caméra.

— J'emmerde tout !

35

Donovan

Je fus réveillé par le bruit d'une rame de métro à six heures du matin. *Merde !* Je levai la tête. Où étais-je, bordel ? La femme en face de moi me jeta un regard mauvais et mit son bras autour de son enfant.

— Désolé.

Elle détourna le regard.

Mais que s'était-il passé la nuit précédente ? Je me souvenais de l'annonce des nouveaux associés au bureau et de la visite que j'avais rendue à Bud. Mais tout le reste était un peu flou.

Oh, attendez ! J'étais allé chez Autumn, mais elle n'était pas là. Puis j'étais entré dans un bar.

Le train entra dans une station. Ce n'était pas la mienne, mais j'avais besoin de prendre l'air, alors je descendis et grimpai les marches situées à environ huit cents mètres de mon appartement. Quand j'atteignis le sommet, un sans-abri était assis à côté de l'entrée. Cela me rafraîchit la mémoire.

Fred. J'avais avalé du bourbon dégoûtant avec un type nommé Fred au bar pendant quelques heures. Puis il

403

y avait eu un arrêt belliqueux à l'appartement d'Autumn, qui s'était terminé par un doigt d'honneur à la caméra de sécurité. Après ça, quand j'étais allé à la gare, un sans-abri m'avait demandé de l'argent. Il était assis devant un magasin de spiritueux, alors j'étais entré et avais acheté un tas de ces petites bouteilles qu'on sert dans les avions et j'avais pris place à côté du gars. Nous avions bu toutes les bouteilles ensemble. *Pas étonnant que je sois dans un état lamentable.* Je n'en étais pas sûr, mais il était possible que j'aie pleuré à un moment donné. *Super !* Vraiment super. Tu sais vraiment te ressaisir quand Autumn a besoin de toi, Decker !

Sur la route pour rentrer chez moi, je m'arrêtai dans une épicerie et pris du jus d'orange et du Motrin[4]. Au moment où j'arrivai à mon appartement, j'étais prêt à m'écrouler pour quelques heures. Je n'avais aucune idée du temps que j'avais dormi dans le train, mais je savais que ce n'était pas suffisant. J'avais l'impression que je pouvais perdre conscience et ne pas me réveiller pendant des jours. Je m'appuyai même contre la paroi de l'ascenseur pendant que je montais à mon étage.

Heureux de pouvoir bientôt m'affaler sur mon lit, je sortis de la cabine la tête baissée et l'esprit fortement embrumé. Mais au bout de quelques pas dans le couloir, j'eus l'impression que quelqu'un avait posé les plaques d'un défibrillateur sur mon torse et m'avait réveillé d'un seul coup.

M'étais-je endormi dans l'ascenseur et étais-je en train de rêver ?

Mon rythme, qui avait été, au mieux, lent, s'accéléra brusquement alors que j'avançais dans le couloir. Et mon cœur l'imita.

---

4 Marque d'ibuprofène.

Autumn était assise par terre à côté de ma porte, les yeux baissés sur son téléphone, mais elle se leva quand elle me vit.

— Salut, désolée d'être passée sans appeler, dit-elle.

— Tu n'as jamais besoin d'appeler avant.

Elle me regarda de haut en bas. Mes vêtements étaient froissés, et j'étais certain que mon menton commençait à être poilu.

— Est-ce que... tu as passé toute la nuit dehors ?

Je hochai la tête.

— Je suis allé chez toi. Tu n'y étais pas, alors je me suis arrêté dans un bar à quelques rues de là et j'ai un peu trop bu. Je me suis réveillé dans le métro.

— Ça ne te ressemble pas.

Je soufflai un grand coup.

— Apparemment, je ne me suis pas beaucoup comporté comme moi-même ces derniers temps.

Autumn hocha la tête.

— Je suis restée chez Skye, hier soir.

Elle avait l'air fatiguée, même si elle était encore absolument magnifique. Ses yeux verts étaient bouffis et avaient de petites traces rouges, et le dessous de ses yeux était foncé et creusé.

— Tu vas bien ? demandai-je.

— Oui. Tu crois qu'on peut parler ?

— Bien sûr.

Je déverrouillai la porte de mon appartement et l'ouvris pour qu'Autumn passe la première. Elle alla directement dans le salon.

Je jetai mes clés sur le comptoir de la cuisine attenante.

— Tu veux du café ?

— Volontiers.

Je pris le café moulu dans le placard et attrapai le pot de la cafetière pour le remplir d'eau. Mais je dus essuyer mes paumes sur mon pantalon pour pouvoir ouvrir la boîte en fer tellement elles étaient moites à cause de ma nervosité. Après avoir appuyé sur le bouton pour lancer la préparation, je dis à Autumn que je revenais rapidement et allai dans la salle de bain pour me laver et me brosser les dents, avant de retourner dans la cuisine remplir deux mugs.

— Voilà.

Elle s'était assise sur le fauteuil, pas sur le canapé, ce que j'analysai comme un mauvais signe. En droit, le siège que choisissait un client ou un avocat en disait souvent long sur sa personnalité ou la puissance de sa position. Le fait qu'Autumn ait mis une distance entre nous me troubla.

Nous restâmes tous les deux silencieux alors que je m'asseyais. Elle fixait le sol, tandis que je la regardais attentivement. Finalement, je n'en pus plus et parlai.

— Tu dors ? Tu as l'air fatiguée.

Ses yeux se levèrent pour rencontrer les miens.

— Par intermittence. J'ai arrêté de prendre l'Ambien il y a quelques jours. Je me suis renseignée, et l'insomnie est fréquente quand on arrête. Mon corps est en manque après des années d'utilisation.

— Tu as plutôt bien dormi la nuit où je suis resté chez toi et que tu as oublié de le prendre.

Elle sourit tristement.

— Je pense que c'était parce que tu étais dans mon lit.

Je souris à mon tour.

— Eh bien, si je peux être d'une quelconque aide... dormir est important, tu sais.

Son sourire fut plus authentique, cette fois. Elle sirota son café, puis le posa sur la table.

— Je veux te dire certaines choses sur ce qui s'est passé il y a six ans. Je t'ai raconté ce que je pensais que tu devais savoir, mais je ne me suis pas vraiment ouverte sur la façon dont j'ai géré les choses par la suite.

Mes sourcils se froncèrent.

— D'accord...

Elle prit une profonde inspiration.

— En fait, je ne suis pas allée à la police deux semaines après que Braden m'a violée. Je veux dire, je leur ai parlé, mais ça ne s'est pas passé comme je te l'ai peut-être laissé croire. En réalité, c'est elle qui est venue me voir.

Autumn leva la tête et ancra son regard dans le mien. La souffrance qui submergeait ses yeux provoqua une douleur lancinante dans mon cœur.

— Elle est venue parce que j'ai tenté de me suicider. Mon père m'a trouvée inconsciente et a appelé les secours. Une fois la drogue éliminée de mon organisme et mes signes vitaux stabilisés, une policière m'a persuadée de lui raconter ce qui s'était passé.

J'eus un goût de sel dans la gorge, que j'avalai. Je pris la main d'Autumn, la serrai et ne la lâchai plus.

Elle tenta de se forcer à sourire avant de continuer.

— J'étais allée voir mon médecin traitant et je lui avais dit que j'avais du mal à dormir, alors elle m'avait donné une ordonnance d'Ambien. J'avais fait des recherches pour savoir qu'il fallait beaucoup de comprimés pour faire une overdose — plus que je n'en avais, à moins de les réduire en poudre et de les faire passer dans mon sang d'un seul coup.

Elle prit une autre grande inspiration.

— Alors, j'ai mis le contenu du flacon dans mon mixeur et j'ai sniffé la poudre.

Elle rit, mais pas de façon amusante.

— Je n'avais jamais pris de cocaïne de ma vie. Mes premières lignes ont été de l'Ambien.

Bon sang ! J'avais envie de la serrer dans mes bras, mais son langage corporel me disait que ce n'était pas ce qu'il fallait faire. Je me doutais aussi que cette révélation n'était pas la seule chose qu'elle voulait m'expliquer...

Je secouai la tête.

— La façon dont tu as informé la police n'a pas d'importance. Ce qui compte, c'est que tu sois en bonne santé et que tu t'en sois sortie.

— Je pensais m'en être sortie, moi aussi. Je commençais sincèrement à croire que j'allais de l'avant et que le passé était derrière moi. Mais ce n'était pas le cas. Quelques jours après avoir rencontré Braden, j'ai recommencé à dériver. Cet animal se promenait comme si rien ne s'était passé, alors que j'étais à nouveau incapable de dormir et de manger, et que tu avais été arrêté. Je me sentais vraiment mal. Un soir, j'ai pris le flacon d'Ambien dans la main et je suis restée assise à le fixer pendant une heure.

Autumn baissa les yeux.

— Je n'ai jamais vraiment envisagé d'en reprendre, mais j'ai réalisé que j'avais beaucoup de choses à gérer. Ne pas les gérer complètement la dernière fois n'a fait que les empirer. J'avais besoin de me mettre dans le bon état d'esprit. Je ne voulais pas me retrouver à nouveau avec ces mauvaises pensées. Je suis donc allée voir ma thérapeute à plusieurs reprises. Nous avons beaucoup parlé de l'importance de tourner la page, et puis...

Elle prit une autre profonde inspiration et me regarda dans les yeux.

— Je suis allée voir Braden.

Quand mes yeux s'écarquillèrent, elle secoua la tête et les mains.

— Non, ne panique pas. Je suis allée le voir dans son bureau très peuplé et je lui ai imposé de laisser la porte ouverte. J'ai toujours été en sécurité.

Même si j'étais soulagé, je n'arrivais toujours pas à bien respirer.

— Que s'est-il passé ?

— Il a été méprisant et a cru que je portais un micro pour essayer d'enregistrer ses aveux — à peu près ce à quoi je m'attendais. Mais je ne suis pas allée là-bas pour obtenir quoi que ce soit de lui. J'y suis allée pour moi, parce que j'avais besoin de lui dire certaines choses.

Elle secoua la tête.

— Je ne me souviens même pas de tout ce que j'ai dit, mais je voulais qu'il sache qu'il a gâché de nombreuses années de ma vie et m'a empêchée de faire confiance à qui que ce soit ou à moi-même, qu'il sache tout le mal qu'il avait causé — non pas que je pense qu'il s'en soucie. Mais j'avais besoin de le regarder dans les yeux et de le traiter de violeur.

Elle sourit.

— Je lui ai aussi dit de brûler en enfer, ce qui, étonnamment, m'a paru plus cathartique que tout le reste.

Je souris. Elle avait porté sur ses épaules le poids du choix des autres pendant trop longtemps, et j'étais sacrément fier qu'elle s'en soit débarrassé.

— Tant mieux pour toi.

— Son visage ne ressemblait à rien. Tu l'as bien amoché.

Les commissures de ses lèvres se relevèrent, mais elle baissa rapidement les yeux.

— Je déteste la violence. Pas seulement à cause de ce qui m'est arrivé, mais aussi à cause de tous les enfants avec qui je travaille. Ça ne résout jamais rien. Ça ne fait que créer de nouveaux problèmes.

— Je sais. Et j'en ai créé un sacré tas. Je suis désolé, Autumn. Je le suis vraiment.

Elle se rapprocha et baissa la voix.

— Je peux te dire un autre secret ?

Je hochai la tête.

— Bien sûr.

— Je ne suis pas si désolée que ça, alors tu ne devrais pas l'être non plus.

Mon cœur fit un bond, mais j'avais encore peur de me faire de faux espoirs.

— Vraiment ?

Elle hocha la tête. Cette fois, ce fut elle qui me serra la main.

— Je suis désolée de t'avoir repoussé. J'avais juste besoin de temps pour faire le point. En fait, j'ai l'impression de dire que j'ai fini par régler les choses. Je suis sûre que ce n'est pas le cas, mais je pense que j'ai enfin commencé. Je ne peux pas te promettre que me rapprocher de toi ne me fera pas peur ou que je ne ferai pas quelque chose de stupide comme m'enfuir à nouveau. Mais si tu veux bien de moi, j'aimerais essayer.

— Si je veux bien de toi ?

Je la tirai hors de son siège et l'installai sur mes genoux.

— Mon cœur, essaie un peu de te débarrasser de moi !

Elle sourit.

— Tu pensais vraiment ce que tu as dit dans ton message vocal ?

— Qu'est-ce que j'ai dit ?

Autumn se mordit la lèvre.

— Que tu m'aimes.

— Ça te ferait peur si c'était le cas ?

— Non.

Elle se pencha davantage pour que nous soyons nez à nez.

— Tu sais pourquoi ?

— Pourquoi ?

— Parce que je t'aime aussi.

Le plus grand et stupide des sourires illumina mon visage.

— Putain, que je t'aime !

Elle gloussa.

— Putain, hein ? C'est l'équivalent de beaucoup ?

Je pris ses joues dans mes mains et écrasai mes lèvres sur les siennes. Quand nous reprîmes notre souffle, je souris.

— Totalement suffisant.

Ses sourcils s'affaissèrent.

— Suffisant ? Tu ne veux pas plus de baisers ?

Je souris.

— Oh si, je veux plus de baisers ! Est-ce que ta sonnette, par hasard, garde les vidéos qu'elle enregistre quand quelqu'un sonne ?

Elle hocha la tête.

— Pendant un mois ou jusqu'à ce que je les supprime, pourquoi ?

— Tu pourras les regarder plus tard et comprendre ce que je voulais dire par suffisant.

Je m'apprêtais à l'embrasser à nouveau quand je réalisai que je n'avais pas uniquement avoué mon amour pour elle sur la vidéo de la sonnette et dit qu'elle me suffisait. J'étais revenu ivre et agressif. *Merde !*

— En fait, je peux t'emprunter ton téléphone une seconde ? Je voudrais voir cette application...

Cet après-midi-là, j'allai nous chercher à dîner et fis un détour inattendu. J'envoyai un message à Autumn pour qu'elle ne s'inquiète pas de mon absence plus longue que les quinze minutes qu'il m'aurait fallu pour aller acheter de la nourriture chinoise à deux rues de là.

— Je commençais à me faire du souci.

Autumn leva les yeux de son ordinateur portable quand je revins enfin. Elle était assise jambes nues, les pieds sur le canapé.

— Tu es parti depuis presque deux heures et demie.

Je posai le sac de plats à emporter sur le comptoir de la cuisine et m'approchai pour l'embrasser.

— Désolé.

Elle ferma son ordinateur portable.

— Je pensais que parler aux plantes était un conte de bonnes femmes. Alors que c'est vrai.

Je souris.

— Plongée en eaux profondes sur l'intérêt de parler aux plantes, pendant mon absence ?

Elle haussa les épaules.

— Je pensais que tu l'avais inventé.

Je retournai à la cuisine et ouvris les emballages en carton de nourriture.

— Non. Mais j'avoue que lorsque Bud m'a dit qu'il leur parlait, j'ai cru qu'il était fou. J'ai vérifié moi-même.

Autumn entra dans la cuisine. Elle prit place à l'îlot en face de moi.

— J'ai regardé un épisode entier de *Mythbusters* à ce sujet. Ils ont installé plusieurs serres les unes à côté des autres. Les serres silencieuses sont celles où les plantes poussent le moins.

— Ah oui ?

Elle confirma d'un hochement de tête et sortit un rouleau de printemps d'un sac.

— Je meurs de faim.

Je ris.

— Je le devine. Tu n'as même pas attendu que j'attrape des assiettes ou des couverts.

Elle sourit et se couvrit la bouche.

— Pardon.

— On va juste manger dans les emballages et partager.

— D'accord.

Elle finit de mâcher et tendit le rouleau de printemps vers moi.

— Alors, qu'est-ce qui t'a pris autant de temps ?

Je haussai les épaules.

— J'ai dû faire retoucher quelque chose.

Ses sourcils se froncèrent.

— C'est vague. Et prends une bouchée avant de me rendre ce rouleau de printemps.

— Waouh, tu es autoritaire quand tu as faim !

Elle tendit la main.

— Mords ou rends-le-moi.

Je pris une bouchée et le rendis.

— Qu'as-tu fait retoucher ?

Je montrai mon bras gauche.

— Un tatouage.

Elle rit.

— Tu plaisantes, n'est-ce pas ?

Je relevai ma manche et lui montrai le bandage. Un morceau de gaze était étiré sur la zone, recouvert d'un plastique transparent.

— Non.

— Tu as décidé, comme ça, de faire retoucher un tatouage en allant chercher notre repas ? Quel tatouage ?

— L'oiseau.

— Celui dans la cage que tu as eu à seize ans ? Je l'adore. Il était tellement significatif, et je pouvais comprendre ce que tu ressentais au moment où tu l'as fait.

— Moi aussi. Mais les choses changent.

— Je ne comprends pas.

Je décollai lentement le plastique de mon avant-bras, puis soulevai la gaze. Le tatouage original était un petit oiseau noir, seul dans sa cage. Jimmy, de *Dark Ink*, avait fait plusieurs de mes tatouages au fil des ans, alors je savais que ce que je voulais serait facile à retoucher. Il avait modifié l'un des barreaux et l'avait transformé en porte, et maintenant, la cage était ouverte. Je lui avais aussi demandé d'ajouter un deuxième oiseau juste devant la porte.

— C'est en couleurs ! s'exclama Autumn avec un sourire. Tu m'avais dit que tu pensais que rien n'était assez important pour être mis en couleur.

— C'était le cas. Jusqu'à maintenant.

— Waouh ! Eh bien, c'est magnifique ! Avant, c'était si solitaire, un oiseau enfermé dans une cage ! Mais maintenant, on dirait presque que le petit oiseau rouge guide l'autre vers la sortie.

Je souris.

— C'est ce qu'elle fait.

— Elle ? L'oiseau rouge est une fille ?

Je hochai la tête.

— C'est toi, Red.

J'observai Autumn tandis qu'elle fixait mon bras. Alors qu'elle avait souri et s'était montrée taquine, son visage se décomposait soudainement. Je me demandai si c'était trop tôt et si je ne l'avais pas fait paniquer. Quand ses yeux se remplirent de larmes, je me dis que j'avais peut-être vraiment merdé. Mais ensuite, elle se leva et fit le tour du comptoir.

Elle se pencha et déposa un baiser juste au-dessus du haut du bandage qui était encore partiellement en place.

— Je l'aime.

Elle me regarda dans les yeux.

— Et je t'aime, Donovan.

Baissant la tête, je laissai échapper un profond soupir.

— Seigneur ! Dieu merci ! Je pensais t'avoir contrariée.

— Me contrarier ? Mon Dieu, non !

Elle plaça sa main sur son cœur.

— J'ai juste été un peu submergée par l'émotion, c'est tout. Je l'aime, et j'aime ce qu'il représente pour toi, même si je pense que tu as tout faux. Donovan, c'est toi, l'oiseau rouge qui a aidé à ouvrir ma cage et à me libérer, pas l'inverse.

J'appuyai mon front contre le sien.

— C'est la destinée, Red. Tu sais ce que j'ai réalisé d'autre tout à l'heure ?

— Quoi ?

— On doit signer un formulaire de décharge quand on se fait tatouer — du moins dans les endroits légaux où je vais maintenant. Je n'avais aucune idée de la date, alors j'ai demandé au type derrière le bureau. Nous sommes le 30 septembre. Ça fait un an aujourd'hui que tu as volé ma valise.

— Vraiment ?

Je hochai la tête.

— Tu es sûr ? Je sais que l'enterrement de vie de jeune fille a eu lieu après la fête du Travail, mais je ne me souviens plus exactement quand.

— J'ai vérifié la date sur la photo que j'ai prise de toi. C'était le matin suivant notre nuit blanche. Elle est datée du 1er octobre.

— Waouh ! Donc il y a un an aujourd'hui. On dirait que c'était il y a une éternité.

Elle sourit et enroula ses bras autour de mon cou.

— Tu craques pour moi depuis longtemps, alors.

Je souris.

— Absolument ! Tu as peut-être disparu de ma vie, mais je n'ai pas pu m'empêcher de penser à toi. Pendant longtemps, je n'ai pas compris pourquoi. Mais ça prend tout son sens, maintenant. Je ne pouvais pas te laisser partir, parce que je n'étais pas censé le faire. Nous étions destinés à être ensemble.

ÉPILOGUE

Autumn

Un an plus tard

Nous arrivâmes au restaurant avec quelques minutes d'avance. Donovan nous avait conduits jusque-là en voiture, même si nous avions l'habitude de marcher ou de prendre le métro pour un endroit aussi proche. Mais les talons hauts que j'avais mis pour notre dîner de fête n'étaient pas vraiment adaptés au béton.

— Bonjour, dis-je au maître d'hôtel. Nous avons une réservation pour six personnes à vingt heures.

— Votre nom, s'il vous plaît.

— C'est probablement au nom de Decker.

Donovan arriva pendant que j'attendais. Il passa un bras autour de ma taille et se pencha pour embrasser mon épaule nue.

— Je suis désolé, déclara le maître d'hôtel en secouant la tête. Je ne vois pas de réservation au nom de Decker pour vingt heures.

Je regardai Donovan.

— C'était pour vingt heures, n'est-ce pas ?

— Elle est à ton nom.

Il me fit un clin d'œil avant de s'adresser au maître d'hôtel.

— La réservation est au nom de Wilde. *Docteur* Wilde.

L'homme parcourut encore son registre.

— Ah oui, la voici. Docteur Autumn Wilde.

Je levai les yeux au ciel, mais je n'avais pu m'empêcher de sourire depuis qu'ils avaient appelé le *docteur Autumn Wilde* à la cérémonie de remise des diplômes plus tôt dans la journée.

— J'ai hâte de rentrer à la maison tout à l'heure, chuchota Donovan à mon oreille. Je n'ai jamais couché avec un médecin. Et tu garderas ces talons quand je t'arracherai cette robe, doc.

Comme lors de ce jour mémorable où nous nous étions rencontrés dans un café pour échanger nos bagages, deux ans plus tôt, des papillons volèrent dans mon ventre. Les choses ne s'étaient jamais ternies avec cet homme, et certainement pas au cours des douze derniers mois. Beaucoup de choses s'étaient passées, mais tout cela nous avait rendus plus forts.

Durant les semaines qui avaient suivi ma visite à Braden, je n'avais pu m'empêcher de repenser à la tête qu'il avait faite quand j'avais parlé de prier pour ses autres victimes. Les heures innombrables que j'avais passées à me torturer en regardant des vidéos de nous après mon agression avaient finalement porté leurs fruits. J'avais su à ce moment-là que je n'étais pas la seule qu'il avait blessée. Au début, j'avais juste laissé ce sentiment me turlupiner. Après tout, j'essayais d'oublier cette partie de ma vie et de passer à autre chose. Mais finalement, j'avais réalisé que c'était impossible. S'il y en avait eu d'autres avant, il pourrait aussi y en avoir d'autres dans le futur, et je ne pourrais pas me regarder dans une glace si je n'essayais pas d'empêcher que cela se produise. J'avais donc demandé à Donovan ce que je pouvais faire, et cela avait déclenché une série d'événements qui avaient changé nos vies à jamais.

Donovan avait demandé à un détective privé qu'il employait pour un bon nombre de ses affaires au travail de fourrer son nez dans les relations que Braden avait eues après moi au fil des ans. C'est ainsi que nous avions appris l'existence de Sarina Emmitt, une femme que mon ex avait fréquentée pendant un an après moi. Le détective avait parlé à l'une des anciennes collègues de Sarina et découvert que deux semaines avant de démissionner brusquement et de retourner chez elle dans l'Ohio, elle s'était présentée au travail un lundi matin avec un œil au beurre noir et avait dit à ses collègues qu'elle s'était fait agresser dans la rue. Son amie s'était demandé si c'était la vérité, car Sarina semblait vraiment secouée et certains détails de son histoire ne collaient pas. Le détective avait vérifié sa version auprès de la police et n'avait trouvé aucune plainte pour agression. J'avais donc saisi ma chance et réservé un vol pour l'Ohio.

Au début, Sarina avait nié avec véhémence qu'il lui était arrivé quelque chose. Mais je lui avais raconté mon histoire et j'avais vu sur son visage qu'elle mentait. J'étais déçue, mais je ne voulais pas forcer une victime. Je lui avais donc laissé mon numéro de téléphone portable et j'étais rentrée chez moi en avion le lendemain. Vingt-trois jours plus tard, elle avait appelé. Elle n'avait pas pu dormir depuis mon départ et était prête à raconter son histoire. Cet appel avait tout changé. Contrairement à moi, Sarina avait des preuves. Elle avait une sonnette Ring, le genre de sonnette qui filme les allées et venues de chacun, et elle avait sauvegardé les images de la nuit où Braden l'avait attaquée — une vidéo où l'on voyait qu'elle répondait à la porte sans œil au beurre noir, et Braden partant une heure plus tard avec des marques de griffures sur tout le visage. Elle avait même une image d'elle sortant le lendemain matin avec un œil au beurre noir, alors que personne d'autre n'était entré. Sarina avait essayé de lutter contre lui et avait perdu. Elle avait été en état de choc et dévastée, mais étrangement, elle avait aussi eu la force de garder ses vêtements déchirés.

Main dans la main, Sarina et moi étions allées à la police ensemble. Braden avait été arrêté trois semaines plus tard et inculpé de deux chefs d'accusation de viol avec violence au premier degré. Et malheureusement, bien que cela puisse justifier les actes de Donovan, sa propre affaire d'agression avait suivi son cours — jusqu'à ce que Cara, désormais l'ex-fiancée de Braden, vienne dire à la police que celui-ci avait, en réalité, déclenché la bagarre et que Donovan n'avait fait que se défendre. Apparemment, elle avait commencé à avoir des doutes sur son fiancé depuis qu'elle avait vu mon visage ce jour-là. Et après avoir entendu l'histoire de Sarina, elle n'avait pu nier davantage la vérité. Nous avions été de bonnes amies à l'école primaire, et elle avait voulu m'aider, ce qui, dans son esprit, signifiait dire un pieux mensonge.

Je ne pense pas que le procureur l'ait vraiment crue, mais cela leur avait donné une raison d'abandonner les charges contre Donovan.

— Par ici, s'il vous plaît, dit le maître d'hôtel.

— Je me demande si les autres sont déjà arrivés, songeai-je à voix haute.

— Je suppose que nous allons le découvrir, répondit Donovan.

Nous suivîmes le maître d'hôtel à travers le hall et dans un long couloir. J'étais déjà venue plusieurs fois à la

Tavern on the Green, mais j'avais toujours été assise dans la salle à manger principale. Nous tournâmes à gauche, puis à droite ; au bout du couloir se trouvait une double porte.

Plutôt que de l'ouvrir, le maître d'hôtel s'arrêta et sourit à Donovan.

— Je vous laisse placer le docteur Wilde.

— Merci.

Mon front se plissa alors qu'il s'éloignait.

— Il nous laisse choisir la table qu'on veut ?

Donovan replaça une mèche de cheveux derrière mon oreille.

— Je suppose qu'on peut dire ça. Avant d'entrer, je veux juste te dire une fois de plus combien je suis fier de toi. Pas seulement pour ton diplôme, mais aussi pour tout ce que tu as traversé l'année dernière. Je sais que ça n'a pas été facile.

— Je n'aurais pas pu le faire sans toi.

Donovan sourit.

— C'est gentil à toi de dire ça, mais c'est n'importe quoi. Tu peux tout faire. J'ai juste de la chance d'être dans le coup, Red.

Il effleura mes lèvres des siennes avant de me tendre son bras.

— Vous êtes prête à fêter ça, docteur Wilde ?

Je ris et pris son bras.

— Tu agis bizarrement, mais oui, je suis prête.

Donovan ouvrit la double porte et nous entrâmes. Skye et son petit ami, et mon père et sa nouvelle petite amie (oui, il avait *encore* divorcé) étaient déjà assis.

— Salut, tout le monde !

Skye se leva.

— J'espère que tu ne crois pas que je vais te payer pour écouter mes conneries maintenant que tu es un grand médecin chic.

Je ris.

— Jamais !

Je la pris dans mes bras. Mais alors que j'allais dire bonjour à son petit ami, je remarquai un visage familier par-dessus l'épaule de Skye. Mes yeux s'écarquillèrent.

— Oh, mon Dieu ! C'est Storm ?

Il sourit. Il était adorable en chemise et cravate. Mais avec qui était-il ? Je regardai la table et fus encore plus confuse. La moitié du personnel avec qui je travaillais à *Park House* était là aussi. Je jetai un coup d'œil à Donovan, qui se pencha vers moi.

— Je ne les ai pas laissés crier « Surprise ! » parce que je ne voulais pas te faire peur, chuchota-t-il. Mais continue de regarder...

Je balayai la pièce du regard ; il devait y avoir une centaine de personnes... des amis à moi, des amis de Donovan, des gens de mon travail et de l'école, Bud et sa « bonne amie », les nouveaux partenaires de Donovan, Juliette et Trent (ils avaient tous quitté *Kravitz, Polk & Hastings* trois mois plus tôt pour monter leur propre cabinet ensemble), et la récente fiancée de Trent, Margo, souriait aussi.

Je me tins la poitrine et me tournai vers Donovan.

— Oh, mon Dieu ! Tu as fait tout ça pour moi ? Comment as-tu fait pour contacter tout le monde ?

— J'ai eu beaucoup d'aide de la part de Storm et de Skye. Tu méritais une fête de fin d'études.

— C'est fou ! Mais merci beaucoup !

Je jetai mes bras autour de son cou et écrasai mes lèvres contre les siennes.

— Je t'aime.

— Moi aussi, Red.

Je frottai mon nez contre celui de Donovan.

— Tu savais que certaines des topiaires qu'Edward a taillées dans *Edward aux Mains d'Argent* étaient exposées ici avant que le restaurant ne ferme pour quelques années ?

Donovan rit et m'embrassa sur le front.

— Vous n'êtes que pléthore d'informations inutiles, docteur Wilde. C'est l'une des choses que j'aime chez vous.

Pendant la demi-heure suivante, je fis le tour de la salle pour saluer les gens. Donovan resta consciencieusement à mes côtés, disparaissant seulement de temps à autre pour remplir mon verre de vin. Et les gens me donnaient des cadeaux ! J'étais complètement submergée. Lorsque nous visitâmes la dernière table, nous avions à nouveau tous les deux les mains pleines. Une longue table de buffet était disposée sur un côté de la pièce où nous avions empilé des sacs et des boîtes de cadeaux. Nous nous approchâmes pour poser le dernier lot, et je regardai autour de moi une fois de plus.

— Je n'arrive toujours pas à croire que tu aies fait tout ça. Et que tous ces gens soient venus fêter ça avec moi.

Je montrai les cadeaux et secouai la tête.

— Tout ça, c'est bien trop !

Donovan enroula ses bras autour de ma taille.

— Eh bien, je ne t'ai toujours pas donné mon cadeau.

— Tu veux dire qu'il y a plus qu'une fête géante dans un restaurant chic au milieu de Central Park ? Je ne suis pas sûre que tu puisses dépasser tout ça.

Donovan sourit.

— Tu sais que j'aime les défis, déclara-t-il avant d'embrasser mon front. Reste ici une minute.

Je le regardai aller vers Skye et revenir avec deux flûtes de champagne. Il m'en tendit une, et je crus que nous allions boire un petit verre pour fêter ça tranquillement. Mais au lieu de ça, il se racla la gorge et cria :

— Puis-je avoir votre attention à tous, s'il vous plaît ?

La pièce bruyante se calma.

— Merci.

Il sourit.

— Je veux juste porter un toast, et ensuite je vous promets de vous laisser tous manger.

— Parlez vite ! cria Storm, faisant rire tout le monde.

— Tout d'abord, je tiens à vous remercier d'être tous venus pour célébrer le grand jour du docteur Wilde. Tous ceux qui sont dans cette pièce savent à quel point aider les gens la passionne.

Il désigna Storm.

— Même ceux qui sont des emmerdeurs.

Tout le monde éclata de rire.

— Il y a une minute, Autumn m'a dit que tout ça la submergeait.

Il indiqua la table des cadeaux

— Et je lui ai rappelé que je ne lui avais pas encore donné mon cadeau. Elle m'a dit qu'il serait difficile de surpasser cette soirée parfaite, mais vous me connaissez, je suis un perfectionniste.

Donovan posa sa coupe de champagne sur la table des cadeaux, et tout commença à se dérouler au ralenti. Il mit un genou à terre et me prit la main. La sienne était froide et moite, et quand je baissai les yeux vers lui, je vis à quel point il était nerveux. Cela rendit l'instant encore plus irréel, parce que mon homme arrogant avait des nerfs d'acier.

Donovan leva ma main vers sa bouche et embrassa mes articulations.

— Autumn Renee Wilde, il y a deux ans, tu es entrée dans ma vie et tu m'as mis KO. Je pensais avoir tout ce que je voulais, mais tu m'as très vite montré que je ne savais même pas encore ce qui me manquait. Tu es la personne la plus dure que j'aie jamais rencontrée, et pourtant, tu arrives aussi à être la plus gentille. Avant de te rencontrer, je vivais pour le prochain défi au travail. Mais maintenant, le seul défi qui semble important, c'est d'être l'homme que tu mérites.

Donovan fit une pause et baissa le regard. Quand ses yeux rencontrèrent à nouveau les miens, ils étaient débordants de larmes.

— Red, j'ai été tellement fier de te voir traverser cette scène aujourd'hui ! La seule chose qui pourrait me rendre encore plus fier serait de dire aux gens que le docteur Wilde est ma femme.

Il fouilla dans sa poche, en sortit un écrin et l'ouvrit. La plus magnifique pierre de forme princesse brillait à l'intérieur.

— Épouse-moi, Autumn... s'il te plaît ?

Je renversai presque Donovan en me jetant sur lui, enroulant mes bras autour de son cou.

— Oui ! Oui ! Bien sûr que je vais t'épouser.

Il me serra très fort et se redressa, me soulevant du sol en écrasant ses lèvres sur les miennes.

La salle entière se mit à applaudir, acclamer et siffler.

Je ne pus m'empêcher de sourire lorsque notre baiser prit fin.

— Eh bien, tu y es arrivé ! Comme tu l'avais dit, ton cadeau a tout surpassé.

— Mon cœur, ce n'est pas le cadeau auquel je faisais référence.

Il fit un clin d'œil.

— Je te l'offrirai plus tard, quand on rentrera à la maison.

GARDEZ LE CONTACT

Rejoignez plus de 18 500 lecteurs de romance dans le groupe de lecture privé de Vi !

Suivez Vi sur Instagram

Inscrivez-vous à sa liste de diffusion pour en savoir plus sur ses prochaines parutions !

Autres livres
https://www.vikeeland.com/france.html

REMERCIEMENTS

À vous, les *lecteurs*. Merci beaucoup pour votre enthousiasme et votre fidélité. J'espère que l'histoire de Donovan et Autumn vous a permis de vous évader pendant un petit moment, et que vous reviendrez bientôt pour découvrir qui seront les prochains !

À Penelope. Écrire, c'est un peu comme chevaucher les montagnes russes — c'est tellement mieux quand on a une amie assise à côté de soi qui nous rappelle de lever les bras et de profiter du voyage. Merci de toujours être avec moi.

À Cheri. Merci pour ton amitié et ton soutien. Je suis prête pour d'autres aventures sur la route !

À Julie. Merci pour ton amitié et ta sagesse.

À Luna. La première personne avec qui je discute presque tous les matins. Tant de choses ont changé au fil des ans, mais je peux toujours compter sur ton amitié et tes encouragements. Merci d'être toujours là.

À mon incroyable groupe de lecteurs sur Facebook, *Vi's Violets*. Vingt-deux mille femmes intelligentes qui aiment parler de livres ensemble en un même endroit. J'ai beaucoup de chance ! Chacune d'entre vous est un cadeau. Merci de faire partie de cette folle aventure.

À Sommer. Merci de savoir ce que je veux, souvent avant moi.

À mon agent et amie, Kimberly Brower. Merci d'être toujours là. Chaque année apporte une opportunité unique grâce à toi. J'ai hâte de voir ce que tu vas inventer !

À Jessica, Elaine et Julia. Merci d'avoir aplani toutes les aspérités et de m'avoir fait briller !

À Kylie et Jo de *Give Me Books*. Je ne me rappelle même pas comment je faisais avant vous, et j'espère ne jamais avoir à le découvrir ! Merci pour tout ce que vous faites.

À tous les blogueurs. Merci d'avoir encouragé les lecteurs à me donner une chance. Sans vous, il n'y aurait pas de lecteurs.

Je vous aime
Vi

À PROPOS DE L'AUTEURE

Vi Keeland est une auteure de best-sellers n° 1 au classement du *New York Times*, n° 1 au classement du *Wall Street Journal* et figurant au classement de *USA Today*. Avec des millions d'exemplaires vendus, ses titres sont mentionnés dans plus d'une centaine de listes de best-sellers et sont actuellement traduits en vingt-cinq langues. Avec son mari et ses trois enfants, elle habite à New York où elle vit son propre conte de fées avec le garçon qu'elle a rencontré à l'âge de six ans.

www.ingramcontent.com/pod-product-compliance
Lightning Source LLC
Chambersburg PA
CBHW061611210726
48287CB00001B/91